麒麟

戰爭之王

——海外護航

桔子樹◎著

大約在六百年前，鄭和率領艦隊遠航曾到過這個「非洲之角」。
如今，這片原本美麗迷人的地方成了無數過往船隻的夢魘。
索馬利亞，究竟是海盜的故鄉，還是被上帝遺忘的受難之地？

歷史總有某種默契。

時至今日，共和國的艦隊再一次來到這裡。

做為中國的軍人，怎能缺少麒麟？

這一次，夏明朗、陸臻，還有那些好兄弟，走向深藍，揚威域外……

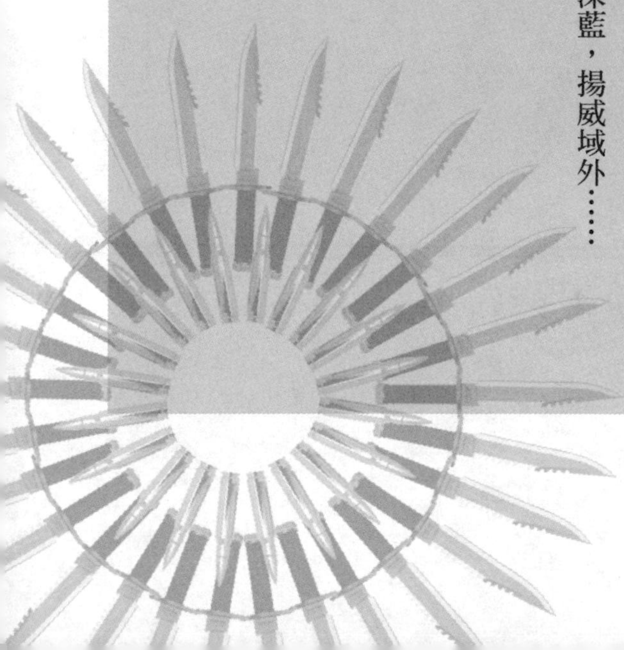

第一章 奔向海洋

「得令，保證完成任務！」

陸臻進門時聽到夏明朗一聲斷喝，聲音很硬，字字咬緊，好像每個字都由生鐵鑄造，四四方方，見棱見角，砸到地上都帶著響。

「什麼事啊？」陸臻一時好奇，在夏明朗掛斷之後迫不及待地詢問起來。

「佛曰：不可說，不可說！」夏明朗豎起食指搖了搖，抱著電話筒平躺在椅子上，他在進行這個嚴肅通話的同時，讓身體放鬆到了匪夷所思的程度。於是，座椅往後傾倒，只剩下兩隻椅腳支撐，整個人維持著一種搖搖欲墜的平衡。

秋日午後的陽光帶著煦烈的味道從窗戶鋪進來，大約是空氣過於純淨的緣故，陽光與陰影的過渡比別處分明，夏明朗的臉隱在暗處，只露出一點似笑非笑的影子，肩上的三顆星泛著微光。

陸臻「切」了一聲，忽然一下飛踢高高躍起，跨過夏明朗並不寬大的辦公桌直取胸腹，腿法乾淨俐落，已經頗有幾分陳默的風采。在陸臻的計畫中，夏明朗要麼往後倒直接栽下去，要麼往前擋，總得蹭著點。沒想到夏明朗不搖不晃地硬碰硬，一掌斜劈直接對上陸臻的小腿迎面骨。陸臻疼得齜牙，身子一斜勁力已經走偏，為了保住夏明朗的電腦和桌子上堆積如山的檔案夾，陸臻差點在這個窄小的桌面上做了一個湯瑪斯迴旋（Thomas Flair）起倒立。

「都跟你說了，別老是玩這種華而不實的招數，沒用！」夏明朗不動聲色地活動了一下手腕，坐正身體。

「那什麼招數才是華而又實的？我親你一下嗎？」

「哎，這個問題值得考慮。」夏明朗眉開眼笑。

陸臻鬱悶地站起來磨了磨牙，忽然又笑了：「得，我還偏不問了，我就不問，你也甭告訴我，我看你瞞到什麼時候去，我憋死你！」

夏明朗忍不住笑，從軍褲口袋裡扯出一條銀色的鏈牌甩出去：「哎，接著！」

陸臻愕然回頭，看見一道銀色的弧光，在爬升到最高點時闖入太陽的領地，迎光一閃，將陸臻的眼睛刺得一痛，在視網膜上留下一個淡淡的印跡。

陸臻在半空中截住那道銀輝，入手有微微暖意，還帶著另一個人的體溫。

「什麼呀？」陸臻左右翻看，掌心裡握著的是兩個橢圓形的銀色金屬牌，四周包邊，正面精雕了一隻威武的麒麟，另一面是他姓名的羅馬拼音、血型、出生年月日和隊中編號。

「軍牌嘍！」

「什麼人設計的啊？」

「總部支隊的一個幹事，好像姓余的什麼什麼……那名字太怪了，我沒記住。」

「就這？就這樣……」陸臻撇嘴，很嫌棄的模樣。

「行了，知足吧，就這算不錯啦！」夏明朗態度誠懇，「你看南京軍區那條龍都肥成啥樣啦？」

「您是故意的，知道小生出身東海是吧？！君子不辱舊主！」陸臻瞪眼。

「得，得了，其實吧，你看，你們南京也不是最慘的，最慘的是空降。哎，知道不，他們本來應該叫傘兵特種，好吧，隊標出來，大隊長不幹了，說這怎麼行啊，SBTZ，那不成了傻B特種了嗎？不行，絕對不行。好吧，改，結果人現在就叫空降了……」夏明朗狡猾地眨了眨眼睛，「結果更慘！」

「更慘？」陸臻愣了一下沒反應過來，「叫空降怎麼了？」

「慘在你小子從來幹不好的那事上。」

陸臻還在琢磨，心道小爺跳傘不錯啊。眼角的餘光中，夏明朗忽然輕舔了一下食指，眼神勾人。陸臻一愣，登時醍醐灌頂，恍然大悟到連耳朵尖都燒得通紅。

「你你……我說你這人！」陸臻哭笑不得。

「這我可冤枉啊，這事不是我發現的，他們家換第二任老大就發現了，聽說把那哥們鬱悶的……不行不行的。老許記得吧，當年特訓隊結業給他兩個選擇，一個是空降一個是東北虎，那小子看完隊標後，麻利（俐落）地奔往東北。」

陸臻痛苦地捂住臉：「四總部都讓你們氣出血了。」

「所以說，做人知足，就這……」夏明朗從領子裡扯出自己的軍士牌，湊在陽光下端詳，「就這樣的，算不錯了，真的。」

「是啊，還好叫麒麟啊，你說咱們要是叫麒艦什麼的，那不就完蛋了嗎？」陸臻無奈。

夏明朗一愣，臉黑了一半，忽然發現笑話別人是蠻開心的，可要是笑話到自己頭上，那還真挺鬱悶的，他決定以後看到空降的哥們，態度都得好一點。

陸臻是說了不問了，可是他的耐力總是不如夏明朗強悍，因為隊裡最近的莫名異動太過頻繁，陸臻撐了兩天還是破功。

太好奇了，沒有辦法。陸臻為自己開脫，誰讓我是個科學工作者呢，對吧？

老實講有時候陸臻特別羨慕陳默，因為全隊上下也就陳默能釘住夏明朗。可是，不自覺地，他又想起夏明朗哄他的：寶貝，咱活人有活人的活法，別跟那些心智不健全的人學！

不知道是不是錯覺，陸臻總覺得自從那次在雪地裡彷彿無理取鬧一般的真心話大冒險之後，夏明朗對他的態度變了很多，不那麼威嚴霸道的樣子，真正進可攻退可守，能屈能伸大丈夫。陸臻偶爾也沮喪，最初其實是想著要不惜一切去成就他的，可是最後卻是這樣的，被他細緻妥帖地包裹著溺死在那片無邊的海裡。

只願長醉不願醒哪！

陸臻非常唾棄自己，只是，溫柔鄉素來就是英雄塚，古有明訓，罷了罷了。

到晚上，陸臻索性來個直接的，單刀直入扯著夏明朗問：「到底什麼任務？」

第一個請路人向老婆求婚的是天才，第二個請路人向老婆求婚的是人才，到了第三個，那就是庸才了。同一個事，玩少了是有趣，玩多了就成肉麻，所以夏明朗笑了笑，坦白說道：「上面打算抽一批人去水鬼營加訓，增強海戰的能力。」

「就這樣？」陸臻懷疑地皺起眉。

「要不然呢？」

陸臻握緊拳頭伸到夏明朗面前，忽然一鬆手，銀色的軍牌墜下來，兩塊鏈牌碰到一起，發出清脆的聲響。

「嗯，怎麼？」夏明朗微笑。

「我今天才發現，老宋沒配發這個。我本來以為這次是全軍大換裝，經費直接從總部專項撥下來，可現在不對啊，這錢得從總部支隊的帳上走。結果我就納悶了，你說就憑羅長宏那個愛佔便宜，見有好處就要乘機撈一把的個性，他能好端端的給咱們做這麼個玩意？南海艦隊啥時候這麼有面子了，去他們那兒試個訓還得專門做套牌？」

夏明朗苦笑：「您能別這麼明察秋毫嗎？」

陸臻笑瞇瞇地搖了搖頭：「不能。」

「行，跟你說實話吧，海訓只是第一步，這次可能有公開外事任務，所以要做個套牌，集成電子識別和小範圍電磁定位。」

「什麼外事任務？」陸臻的眼睛閃閃發亮。燃暴了，有沒有？這可是要上戰場的裝備啊！

「索馬利亞護艦知道吧？」夏明朗得意地直挑眉毛。

「不可能吧？這種獨食的事，他們也能讓咱去啃一口？」陸臻是東海艦隊出來的，知道情況。海陸特種不像麒麟，實戰機會特別少，就這麼個護航任務三大艦隊全盯著呢。

「所以說，現在不能太聲張嘛。」夏明朗神秘兮兮地，「你看啊，建制跨度這麼大，協調也有難度，大BOSS們還在商量。但你放心，頭兒剛剛給我透個底，邵將軍是力挺這事的。你也知道，麒麟從來沒下過海，這是個好機會。」

「全世界，全天候，隨時隨地，無處不在，無所不能。」陸臻輕聲唸誦。這是麒麟藏在內部秘而不宣的口號，可是它卻比那句刷在總部支隊高樓牆面上的「勇敢！忠誠！首戰用我，用我必勝！」來得更深入人心。或者，只因為這是一句更切實大膽的誓言，不像「勇敢、忠誠」那麼流於形式，也不像「用我必勝」那樣空泛，這是值得仰望也可以企及的理想。

夏明朗聽到這句話眼神也是一變，一手攬到陸臻肩上：「旱地鴨子算個屁的全世界，對吧？」

陸臻失笑：「你倒是瞞得好，保密功夫一流。」

「傻了吧？」憐愛似的勾著陸臻的脖子把那顆高速運轉的小腦袋拉過來順了順毛，「第一，這事還沒定案，不知道成不成，搞不好海訓訓完打道回府。第二，這種消息要是一漏出去，嘿嘿！」夏明朗意味深長地一笑：「老子就甭想清靜了！」

陸臻是聰明人，一點就透，很快明白過來夏明朗為什麼非得留一手。想想也是，兄弟們這些年一直悶在深山裡憋屈（憋悶、委屈）著，一身神技，錦衣夜行；難得有次公開的外事任務，可以堂而皇之地掛上肩章和國旗出戰，這種機會誰肯放過，請戰書能淹沒夏明朗的辦公桌。現在狡詐的夏明朗只說要去南海訓練，以加強麒麟的海戰能力。這麼一來，戰士們熱情大減，沒了死氣白賴要跟上的，沒了選不上鬧情緒的，夏明朗順利完成前期準備。

夏明朗是獅子搏兔的個性，凡事求全力，務須猛準狠，歸根到底一句話：要贏！

初訓選派三十人，夏明朗幾乎抽走了一中隊的大半精英，所有的武器裝備全由基地直接帶走，分門別類地安放在一立方米的彈藥箱裡，一共裝了兩個防彈箱式車。當然，主要是陸臻的設備佔地方，隊裡剛上了最新的戰時資料鏈體系，邵將軍指名道姓地要求陸臻和他的設備一定要帶上，為了保證新裝備能充分發揮作用，陸臻差點把一中隊的通信人才全帶走，只留下一個老宋留守。

宋立亞聽完交接班要求，極為謹慎地問了一句：「你跟隊長都要去？」

陸臻笑著說：「是啊。」

宋立亞露出若有所思的表情，問道：「陳默也去？」

陸臻僵硬地點了點頭，心想不光陳默要去，狙擊組高手盡出，只留下一個肖准，突擊組也差不多。這次任務特殊，週期漫長，而且極具開拓意義，不得不鄭重對待。

老宋唔了一聲，不再多言。

陸臻感慨，這年頭怎麼都是些明察秋毫的人啊。

原本夏明朗建議全部人員裝備從軍區借運輸機走，可是後勤的羅長宏中校感覺時間不緊，路也不遠，立刻葛朗台上身，強烈要求他們自己開車過去，美其名曰「一次依託公路網的長途機動演習」。

陸臻正想據理力爭，嚴正已然點頭叫好，於是大錘落定。

麒麟基地沒有長途運兵車，雖然讓所有人擠在大卡車裡撐過那一千多公里也不是難事，可是後勤的哥們到底心疼人，花三小時改裝了兩輛解放大卡車，在後車廂裡焊上鐵架子，各裝了五組三層一共十五張吊床。當然，工作幹得糙了點兒，普通人看見大概會抓狂，也就麒麟這幫子非正常生物能把那些一尺寬的吊床當席夢思睡。

從麒麟基地到雷州半島的最南端徐聞縣海安鎮全程一千三百多公里，夏明朗挑了個下午發車，兩班司機輪換，全程北斗導航，第二天早上九點左右，車隊順利行至海安碼頭，吃飽睡足的麒麟們一個個精神抖擻。

南海艦隊海陸特種的水鬼營派了專人過海來接，渡口還遠時電話已經追到。夏明朗把車載電話的信號接進喉式通話器，耳機裡傳出來的聲音意外的低沉柔和笑意滿滿。夏明朗隨口問怎麼接頭，對方笑著說船已經包好了，到渡口不用買票，前方三百米有加油站，可以加油。

開車的常濱從群通裡聽到，嘀咕了一聲：「油還有啊。」

「因為過了海汽油就貴啦，海南沒有過路費，都算在油價裡。Oh My God！羅總管果然不是一個人在戰鬥。」陸臻誇張地大叫。

說話間三百米已經開過，路邊的加油站生意興隆，大都是準備過海的貨車。兩個穿07海洋迷彩作訓服的軍人站在其中顯得特別醒目，夏明朗目光銳利地看到其中一人領章上的少校銜，果然車還沒停穩，對方已經笑容滿面地迎了上來。

「幸會幸會，路上辛苦了，在下柳三變，也可以叫我柳三，陸戰四旅兩棲偵察一營副營長。」海陸少校十分熱情地逐一握手，抓握很滿，用力很緊。

博聞強記的陸臻愣了一愣忽然反應過來……什，什麼？柳永？這時候，柳三變已經握手握到後面去了。夏明朗走南闖北，什麼人沒見過，陡然撞上柳三變這號熱情滿表的自來熟也沒什麼不自在。

從海安到海口大約十二海里，船行兩小時，窮極無聊，只能各自找事做。

夏明朗和柳三變兩位主官捧著電子地圖溝通下一步的路線；陸臻則攬著方進和徐知著聊天八卦。正所謂愛美之心人皆有之，陸臻遇上好看的男人還是會忍不住多瞄兩眼。這位柳少校膚色黝黑，面容清秀，一雙鳳眼笑成月牙狀，細看之下溫柔可親相當討喜。可陸臻瞄著瞄著感覺眼熟起來，也不知夏明朗在跟人扯點啥，柳三變漸漸收了笑意，無意中一抬頭，讓陸臻看清了那張臉：眉色濃烈斜挑入鬢，眼睛狹長……

「啊，哦……」陸臻忽然一拍巴掌，激動地扯住方進，「你看他長得像誰？」

「誰啊？」方進莫名其妙。

「陳默啊！」陸臻壓低聲音。

「不……不會吧！」方進嚇了一跳，連忙扭頭去看。方進辦事生猛，柳三變詫異地衝著他笑了笑，眼睛又彎成了月牙狀。方進做賊心虛，連忙調轉視線投向陳默。陳默正靠在車身的陰影裡閉眼假寐，忽然睜開眼睛看過來……這於陳默而言大約已算是最溫柔的詢問，可還是如刀似劍帶著冷兵器的銳利。

「是……是蠻像的啊！」徐知著顫著聲。

「神了……」方進抱頭，百思不得其解，眼前下意識地閃現陳默彎眉笑眼，對著他柔柔一笑的畫面，頓時嚇得一個哆嗦，雞皮疙瘩掉了一地。

「侯爺啊……」陸臻聲音沉痛地攬住方進的肩膀，「我以前一直以為默爺的冷漠是天生的，老天爺賞這麼一張臉，無力回天了，現在看來好像不是的啊。」

方進驚嚇過度，愣愣地點了點頭，半晌回不過神中。

方進為免心理陰影，那麼愛湊熱鬧的一個人，下船時愣是不肯頂常濱的班開越野指揮車，寧願悄沒聲兒地溜到後面去開防彈車。倒是陸臻和徐知著明知山有虎偏向虎山行，覥著臉強烈要求坐進指揮車，徐知著沒撈著位置甚至自告奮勇地要求開車。夏明朗被這幾隻搞得莫名其妙，瞪了陸臻好幾眼都被無視，心裡感慨這年頭娶進門來那就是不值錢了啊。

就這樣，車隊再次啟動時，柳三變坐在指揮車的副駕駛位上引路，徐知著開車，陸臻眨巴著一雙亮晶晶的大眼睛嚴肅地審視相似面目下截然不同的氣質，夏明朗一頭霧水地坐在一旁，不動聲色地思考。轉瞬間，他已經把柳三變是否真是一位同志的可能性都思考了一遍，可惜全無頭緒。

車隊在海口港上岸，繞城而過，遠處的高樓映著純藍的天幕。陸臻的注意力漸漸轉移，忽然笑道：「哎，我差點忘了，我們家在三亞還有房子呢。」

「真的啊？可惜了，我們到不了三亞，直接從牛山港上船去營地。」柳三變接起話來又快又自然，「不過等任務完成了，應該還是有空的。」

「有空也沒用，我沒鑰匙，也不知道我媽賣掉沒有，好幾年前的事了。」陸臻樂了。

「千萬別賣，真的！聽哥一句話！」柳三變轉身嚴肅地按住陸臻，「最近這房價漲得比飛機還快，都翻倍了，千萬別賣。」

「是嗎，三哥也有房子在海南嗎？」陸臻與人打交道最不扭捏，順著杆子已經叫起了哥。

「我哪兒買得起啊，就那麼點工資，再說我們住營地的。哎……以前就買不起，現在更甭指望了。」柳三變開了對講機詢問，「小馬，你叔家三亞那套房子多少錢了？」

柳三變的副手小馬少尉此刻正開著最後一輛卡車壓隊，回覆的聲音又酷又冷乾淨簡潔：「哪間？」

「三亞灣的。」

「三萬。」

「我靠！」

「真的啊……」

別說陸臻，這價碼連柳三變都嚇了一跳，拍拍胸口：「我上次進城才兩萬，也沒這麼快吧。」

「三哥您上次進城什麼時候？」陸臻懷疑的。

「一兩個月前吧。」

陸然漲了百萬身家，陸臻有種錯愕的興奮，特別不真實的感覺，他轉頭瞅了一眼夏明朗，欲言又止，一會兒又瞅一眼。夏明朗一聲輕咳，坐直了身體，陸臻取下喉式送話器，俯耳過去悄聲說道：「哎，我送給你做聘禮吧！」

夏明朗面無表情地挑眉掃了他一眼，繼續把視線投向窗外，陸臻頓時困惑，頂了一腦袋的問號。夏明朗堅持不懈地繃著臉，忍不住想樂，又沒捨得。

這是海口市郊的環城路，路面上車輛不多，徐知著輕鬆開到最高限速。前方同車道一輛小車忽然橫向越過徐知著，壓雙黃線180度調頭變向。徐知著猝不及防，連忙大打方向盤，連累車隊後面幾輛車一起緊急剎車，險些追尾。

夏明朗眼尖，錯身而過的瞬間已然看清了對方的車牌，輕聲笑道：「軍牌啊！」

柳三變臉色微變，敏銳地捕捉到夏明朗眼中那絲不以為然的調侃，擰開對講器沉聲下令：「小馬，截住他。」

「明白！」

「方進，配合一下。」夏明朗看著柳三變微微一笑。

這車攔得毫無懸念，前後一堵已經被攔在路邊。軍牌車裡坐了個青年的少尉，對方顯然不服，探身出來嚷嚷：「什麼事！」

「你說什麼事！」柳三變開門下車，怒氣衝衝地走過去。陸臻好看個熱鬧，索性跟了過去。

對方一見柳三變就愣了，夏明朗的車隊做過偽裝，部隊標誌被清除得乾乾淨淨。那小子被扣在路邊正要發飆，沒料想對方車上居然跳下個少校來。

「軍官證。」柳三變冷著臉，見對方還想遲疑，猛然把人拖出來壓上車門，「按說這事也不歸我管，但撞上了就算你倒楣。」柳三變側身錯開一個角度，壓低了嗓子湊近說道：「看後面車上，別惹他發火。」

夏明朗已經下了車，見對方向他張望，微微瞇了瞇眼，沒穿軍裝卻仍然天成一派威嚴的氣勢，少尉下意識地抬手，柳三變已經先他一步把軍官證掏了出來。

「哎，你……」少尉急了。

「三天後到稽查大隊拿證件。」柳三變把人塞回車裡，抬手一揮，呈半月形包圍的車隊四下散開，歸為直線開走。犯事的少尉這才反應過來軍官證讓人給收了，頓時嚇得變了臉色，可是猶豫了良久也沒敢直接跟上去討要。

「最不懂事就是這些小軍官、新兵，剛有了點苗頭就不知道自己是誰。」柳三變上車翻了翻收來的軍官證，一邊大聲抱怨著一邊撥電話：「張隊長，剛替你辦了個事。」

對方大約還在發愣，柳三變頓了頓笑道：「最近的小朋友膽子越來越大了啊，連我的車都敢別，雙黃線直接調頭，我差點撞上去。也幸好遇上我了，真出了車禍怎麼辦？影響多不好！我把他證給扣了，回頭找人給你送旅部去，我讓他後天去你那兒拿。」

「三哥威武！」陸臻見柳三變收線，馬上做狗腿狀。

「見笑見笑。」柳三變抱拳求饒不迭。

「都說在海南是軍老大、回老二、政府排老三，果然不錯。」夏明朗笑道。

「您看這話說的……」

「不不不，別緊張，千萬別緊張，我這純粹就是嫉妒。你看啊，我們在駐地就沒這待遇，眼紅哪！」

「行了行了，您就饒了我吧！」柳三變一臉的無奈，「要這麼算起來，廣州那邊更威風啊，那咱過去開會也誇他們一把……真，真不是什麼特別光彩的事，這都是歷史遺留問題，在治理。現在比過去好，將來肯定比現在好，真的。」

夏明朗只是習慣性地戳人心窩，不料柳三變態度如此誠懇，一時間倒有些不好意思。陸臻難得看到夏明朗被人悶住，轉過頭，無聲地狂笑不止。

2

所謂的牛山港是一個地圖上找不到的小型軍港，駐守著一個排的兵力，負責海外野訓基地的後勤運送調配工作。夏明朗他們在這裡封存了所有的車輛棄車登船，船行三個多小時後調頭向東，繞過一個突入大海的小半島，眼前豁然開朗。夏明朗這才明白柳三變為什麼一定要用船才能把他們送進來。

兩棲偵察營的野外訓練營地建在一個C形的海灣裡，入海口最窄處不過幾百米，海灣南部有一片不大的新月形沙灘，四周礁石林立，背後是尖峰嶺的支脈，雄壯的大山巍然挺立，山上是密不透風的熱帶原始雨林。

如此天險，從陸路那是絕對進不來的。

浪高船小，麒麟眾都沒什麼坐船的心得，大半被晃得有些暈乎，只有陸臻還樂呵呵地趴在甲板上看風景。不遠處的碼頭上站立著一行穿常服的哨兵，一水兒的小白服，釘子似的紮在黑色的礁石上，映著身後的青山碧海藍天白雲，那叫一個養眼。

「漂亮！」陸臻忍不住哀嘆，「我就是走早了，要不然趕上07換裝也能帥一把。」

剛巧柳三變從艙內出來，聞言笑道：「你喜歡？回頭送你一套。」

「哇，三哥您真大方。」

「沒關係，我們這兒常年配發三套夏裝……」

陸臻剛想說真奢侈，就聽見柳三變笑著說：「不發冬裝。」

呃……陸臻一時語塞。

柳三變卻忽然變了臉色，錯愕地看向碼頭：「我靠，這……這是抽哪門子的瘋啊？」

「怎麼？」夏明朗聽出異常。

「沒……沒事。」柳三變一把扯過小馬少尉，指著碼頭問道，「怎麼回事？怎麼都穿上常服了？」

小馬一愣，連忙搖頭。

「穿常服不應該嗎？」陸臻不解。

柳三變苦笑：「你看這天，你看這地，你再看看這衣服，穿一次就得洗，混了沙進去根本洗不出來，得拿去海裡漂，沾著海水太陽一曬料子就得黃，還得先給它用淡水泡，穿一次得洗半天。」柳三變鄭重其事看向夏明朗，「夏隊長，還是你們有面子，上回旅長過來視察工作，讓他們穿常服出來，一個個抱怨得那是……」

夏明朗眨巴眨巴眼睛，實在不知道應該擺個什麼臉，最後只能受寵若驚地哦了一聲。

雖然形象工程是不當什麼，可是船行入港，看著兩岸的礁石上隔開三米就站上一位筆直的「小白楊」向你立正敬禮，那感覺……還真是超規格的，要說沒有一點暗爽那簡直就是騙人的。可是眼看著柳三變的表情越來越嚴肅，夏明朗在這暗爽之餘，心裡多少有了那麼一絲莫名的忐忑。

靠岸下錨，麒麟們兩人一組抬著彈藥箱上岸。彷彿有無聲的命令劈下，碼頭上的士兵們嘩地跑步集合，站成條線筆直的方陣，山呼海嘯似的吼道：「熱烈歡迎陸軍的領導來我部蒞臨指導！」

這吼聲太過嘹亮，音潮凝聚成拳在整個海灣裡衝撞，回音不絕。

夏明朗一愣，下意識地轉頭去看柳三變，後者丟給他一個無奈的眼神。夏明朗只能慢慢收回視線，一聲輕咳，雙手背握跨立，站出最穩定的姿勢。

四下裡驟然一靜，只餘海風的輕嘯。

夏明朗凝立著不動，身後，幾十位麒麟的視線如閃電般越過夏明朗直射出去，面前，上百名水鬼的目光如狼似虎般直撲而來。恰在這劍拔弩張雙雄對峙的關鍵處，夏明朗忽然一笑：「都熱了吧？」

呃？

「熱了都回去換衣服吧。整什麼呢？嚇唬我們好玩？我們來，是想學點真本事。但兄弟們也不會讓你們吃虧，今天帶過來的……」夏明朗回身一指泛著冷光的軍械箱，「都是真傢伙！大家既然站在同一塊石頭上，那就是兄弟了。兄弟之間不玩虛的，我們不是什麼領導。大夥兒散了吧，該幹嘛幹嘛去。」

「聽見沒，把衣服換了，該幹嘛幹嘛去，都不訓練了啊？醬仔，你們今天下午沒課了嗎？連你也過來湊熱鬧……」柳三變拍了拍手出來打圓場，扯著打頭那排一個中尉的肩膀硬把人轉回去，屁股上踹了一腳，「滾，幹活去。」

雪白的常服上印下一個黑色的腳印，大家一陣哄笑，氣氛終於緩和下來。

夏明朗笑得粗豪，一把攬過柳三變的脖子，彷彿極為親熱地穿過水鬼們的佇列，暗地裡握拳已經頂到柳三變肋下：「好小子，有種，敢陰我！虧得哥哥一路過來都把你當自己人看。」

「我是真不知道……」

「你他媽不知道才有鬼，你自己帶的兵你不知道！」夏明朗咬著後槽牙，笑出滿目的森冷。

「夏隊，我真的真的，我真不知道。在下，兄弟我一向都有那麼一點治下不嚴。」柳三變盡可能小幅度地掙扎，露出些許不好意思的笑。

夏明朗忽然停住，一手按住對方的脖子直看到他眼底去，柳三變大吃一驚，背後生出一道涼意，笑容頓時僵硬。

「三哥，給兄弟們指條明路嘛，你看這地方叫天天不應，叫地地不靈，我們這群遠來的羔羊就算是陷在您的狼陣裡，也得讓我們死個明白吧？」陸臻笑容和煦，一手搭上柳三變的肩膀柔和地施力，把人從夏明朗的怒視中搭救出來。

「你看哈，這次任務的名單還沒定，就從我們這兩家人裡出。你們多去一個，我們就少走一個。」柳三變指了指碼頭上傲然挺立的「小白楊」，「你們的名額，都是從他們身上搶下來的。」

夏明朗眉間一皺，旋即溫柔而笑：「懂了。」

「兄弟出門前已經教訓過了，都是自己人，為國爭光的事，別這麼計較。但是……小孩子嘛。」柳三變微笑。

「瞭解瞭解。」夏明朗笑出一口白牙，殷勤地幫柳三變整了整作訓服，做出一個您請先行的手勢。

搶任務，而且是搶這種出國爭光長臉能賺錢的極品任務，這對於一群血性軍人來說，不亞於奪妻之恨，夏明朗萬沒想到上面會幫他把海洋試訓直接安排在狼窩裡。到嘴的鴨子讓人啃走一半，那群強盜還大模大樣地在你眼前杵著，這就好比是三十多歲讓老婆趕出門，眼睜睜看別的男人住你的房子開你的車，睡你的老婆打你的娃。

在這種情況下，夏明朗覺得柳三變還能給他個好臉，對他笑了這一下午，就已經算是非常有涵養，相當講政治了。

然而糾結歸糾結，既入虎穴，也就只能硬著頭皮往前闖了。夏明朗與陸臻對視一眼，各自搖了搖頭。

海訓前期用不著實彈，從基地帶來的大部分裝備都得先找個穩妥的地方存放著。海軍陸戰隊雖然是旅級建制，但是從成立的第一天起就是精兵戰略，即使是最基本的新兵兵源也是全軍首屈一指的。水鬼營的武備庫建在海邊一塊巨大的岩石內部，與山體連在一起。

夏明朗跟隨柳三變繞過開口處打掩護的礁石，裡面豁然開朗，挑高的洞穴黑漆漆地通向看不見的深處，中間是鋼筋水泥砌成的寬闊水道。洞穴兩側的山壁上嵌著幾扇鐵鑄的水密門，柳三變在其中一扇門前停下，按了密碼開門，指揮大家把武器入庫。

陸臻趁柳三變不注意丟出一塊珊瑚入水，發現水道頗深，足可以進出基洛級的潛艇。都說外行談戰略，內行看後勤。面對這樣的營地，看到眼前的種種設施，陸臻對未來的海訓生活充滿了憂慮：啃上硬骨頭了！

把裝備安置好，夏明朗他們從庫房裡出來時已是黃昏，海面上低低墜著碩大渾圓的落日，一層一層的霞光把海水染出瑰麗的色彩。陸臻不自覺地深呼吸，南中國海的海風與東海不同，這裡的空氣幾乎沒有一點海腥味，只有波瀾壯闊的純淨的水，彷彿浩瀚無疆。然而他也知道，就在這平靜深海的正前方，不過百餘海里的地方，危機已經隱隱地潛伏著。

在槓上夏明朗之前，陸臻對麒麟基地的第一個壞印象就是：這地方的軍容軍貌也太他媽的差了吧！來來往往那麼多人，就沒有一個扣牢風紀扣的。

可是等他看到日落西山之後的水鬼營地，才發現其實麒麟的軍容軍貌還是相當不錯的，至少麒麟們還有風紀扣可扣。趁著夜色涉水而歸的水鬼們幾乎清一色地光著膀子，黝黑的皮膚與夜色融合在一起，即使走近，也只能看到綽綽鬼影。

柳三變正帶著麒麟們熟悉營地，夏明朗看著由桄榔葉和椰子樹搭起來的棚子一時驚嘆，柳三變尷尬地笑了笑說因地制宜。也是，這鬼地方處得偏僻，一磚一瓦都得由外面用船運進來，有那麼點鋼筋水泥花在刀刃上造個潛艇碼頭就不錯了，住人的地方哪兒還有什麼可講究的。

粗陋的草棚，大通鋪，直接就搭在沙灘上，下床就是沙。床上除了枕頭一無所有，連解放軍象徵性的豆腐塊都看不到，當然，在這兒也用不著。陸臻拍著柳三變感慨說你們一定從來拿不著內務標兵紅旗。柳三變聞言大笑，說我們回旅部時偶爾也是能爭取一下的。

沒有食堂，晚餐就是露天解決的。有用切碎的小螃蟹熬的粥，每人分了兩條烤魚，還有一些鹹水煮的貝類，大桶裡滾開了蛤蜊煮的湯，極為鮮美。沒有蔬菜，每個人發了兩隻芒果補充維生素。

陸臻最喜歡吃海鮮，輕而易舉地幹掉兩碗米飯，幸福地捧著肚子說太奢華了，太奢華了。柳三變苦笑，真希望你一個月以後還這麼想。

在野外，柴油和電都是需要節省的東西，司務長生了幾堆火。因為雙方的敵意太過明顯，自然而然地分成了兩撥人，只有柳三變帶著小馬少尉樂呵呵地坐在夏明朗身邊吃飯。

陸臻正頭疼這微妙的關係將來要怎麼處，方進忽然扯著他的胳膊指向一邊：「哎，你看，那倆小身板細得，比你還像娘們。」

陸臻額頭青筋一暴，心想老子啥時候成了娘們的標準了，當下笑眯眯地回禮：「是啊，比你還矮點，真不容易。」

方進馬上臉就綠了。

柳三變坐在對面努力打眼色，示意他們別再說了，方進卻驚叫起來：「哎呀不對，真是娘們，那，那倆是女的啊！你們這裡怎麼會有女人？」

柳三變無奈地說：「我們這次專門抽調了全旅最優秀的潛水夫過來幫助你們訓練。」

方進張大嘴巴愣了半天，忽然搖頭大聲說：「那那，那可不行，反正我不要女人跟我一起訓練。」

柳三變痛苦地捂住臉：「你就不能小聲點嗎？」

方進吼得太響亮，真是讓人想聽不到都難，兩位女兵一聲不吭地走到火堆前，抿直嘴角氣呼呼地瞪著方進。

柳三變笑著站起來打招呼：「秦月，哎呀筱桐也來啦……你們隊長……」

「報告指導員，我們隊長有任務出去了。」回話的是那個名叫秦月的女兵，一邊還不忘記狠狠瞪著方進。

視線兇猛，方進不自覺縮了縮，轉而又覺得自己底氣很硬，又把背給挺了起來。就是嘛，招什麼女兵嘛，多糟踐啊，你看一個個曬得像個鬼似的，頭髮剪得短，沒前沒後的……方小侯小聲嘀咕。好在這時候柳三變已經把人領走了。

陸臻輕聲說道：「這人挺有意思。」

「笑面虎。」夏明朗懶洋洋地靠在陸臻背上。

「是啊，深藏不露。你給嚴頭兒打電話了嗎？」陸臻不動聲色地觀察著四周，在群狼環伺的目光中，柳三變回眸一笑揚手道別的身影顯得如此突兀。

「頭兒說，兵來將擋，水來土掩。」夏明朗的聲音沉靜。

「頭兒也沒招了？」

夏明朗抬眸看向陸臻，笑了：「別說這麼實在，你娘家不好惹，頭兒也沒辦法。」

陸臻被逗得大笑。

按嚴頭兒的說法，這就是各方大佬們彼此妥協的結果，海軍的BOSS們不好惹，總參的老大也不是吃素的。你要來搶飯碗是嗎？行，我就把你架在火上烤。

「到最後，不會讓他們來考核我們的訓練結果吧？」陸臻無意識地嘆氣。

夏明朗默不作聲地瞪著他，半晌，露出一絲苦笑：「烏鴉嘴。」

當天晚上睡覺前，夏明朗把全體麒麟成員叫在一起開了會。會議的內容很簡單，但效果非常熱辣。簡而言之：為了麒麟的尊嚴而戰！

3

特種軍人不需要調整期，第二天一大早麒麟們就正式進入訓練。早上是超長距離的輕裝長跑，深呼吸，低心率，最大限度地進行有氧訓練，增加肺活量，而下午則正式開始潛水。

沒有訓練大綱，沒有課程介紹，柳三變用一條大船把麒麟和陪訓的水鬼們直接拉到了深海。夏明朗對接下來要發生的事心知肚明，然而，他最不怕的就是明刀明槍，麒麟們都受過專業潛水訓練，雖然比不上這群以海為生的，但夏明朗對他的隊員有信心。

比起一片肅顏的水鬼們，麒麟的隊員們要輕鬆得多，多年來的實戰經驗給了他們骨子裡的傲氣，無人激發時還能偽裝偽裝兄弟一家式的平易近人，現在既然打上門了，自然沒有一個會滅自家的威風，去長旁人的氣勢。

在這樣暗潮湧動的對峙中，昨天被方進腹誹過的兩位女潛水夫走到柳三變面前立正敬禮。

「怎麼了？」柳三笑容和煦。

「報告指導員，我們要求把他交給我們。」秦月與吳筱桐異口同聲，兩隻素手齊齊指向方進。

「這個……」柳三變笑彎了眼睛，轉頭看向夏明朗。

夏明朗一腳踢在方進屁股上把人踹過去，大方揮手：「拿去，隨便玩！」

方進慘叫：「不是吧……隊長？！」

方進試圖激烈反抗，可惜身邊戰友大都唯恐天下不亂，而且事關男人的面子與麒麟的尊嚴。請戰書送到門下，即使對方是女人，也只有勉為其難地接下了。方進拖住陳默，大聲嚷嚷著這架怎麼打，打娘們爺沒經驗啊……小細胳臂小細腿兒的，捏壞了算誰的？他自顧自說得熱鬧，渾然未覺身後的姑娘們已經鐵青了一張臉。

船開進指定海域慢行，船尾的水鬼們開始把大團大團的潛水服和裝備往海裡扔，陸臻正覺得奇怪，一眨眼的工夫整船的水鬼都下了海，在碧浪翻滾中抓到自己的潛水服，一個猛子紮下去，再冒頭時已穿戴整齊。

濕式潛水服的內側是光滑的橡膠，在岸上非常不好穿，所以有經驗的潛水夫都會藉助水的潤滑。陸臻抱上自己的裝備下水，心想何必如此炫技，穿個衣服都這麼大熱鬧，真沒別的可炫耀了嗎？陸臻深吸了一口氣，在水下調整好潛水服和重力腰帶，背後有人伸過手來做了一個OK的手勢。陸臻浮上水面一看，正是昨天被柳三變踹了一腳屁股的那位醬仔。

潛水鏡遮住了大半個臉，陸臻只看清醬仔緊抿的嘴唇，一聲不吭地單手握拳拇指向下一指，翻身便潛了下去。陸臻暗忖大約這位就是配對管自己的，連忙抖擻精神全力跟上。醬仔下潛的速度極快，陸臻雖然勉強也能跟上，但已經顧不上充分調整耳壓，耳膜深處禁不住針扎似的疼。

兩個人一路往下潛，光線漸暗，陸臻估計著大約已經下潛了十幾米，視野忽然一空，前面那位蛙人已經消失無蹤影。

陸臻頓時心驚，知道雙方立場不合，互有「奪妻」之恨，第一天試訓必有下馬威。連忙急停下來四下搜索，轉眼間已經轉了360度上下前後左右，可是眼前只有暗色的珊瑚與各式各樣的熱帶海魚。在水下視野受阻，不安全感陡然加重，陸臻越是尋覓越是緊張，可是一股力道像是從虛空而來，一把扯掉了陸臻的呼吸咬嘴，緊接著一記重拳撞到胃部。陸臻在猝不及防下吐出半口氣，細碎的銀色泡沫遮住了全部視野。

水下格鬥！

陸臻在百忙之中，還是忍不住分心對方小侯爺幸災樂禍了一把。

海洋與大地擁有完全不一樣的法則，在陸地所有的力量來自土地，那是踏實的、深厚的、由下而上的力量，由腿支撐從腰發力。可是在海裡不是這樣的，海水是變幻莫測的，在海裡，力量來自四面八方，來自於人的心。

陸臻憑本能還擊，強忍住噁心死死咬牙鎖住肺裡的空氣。轉眼的工夫已經換了好幾招，陸臻被海水嗆得幾乎暈眩，已經記不清這是第幾次被扯去呼吸口，身上又挨了幾下重的，鹹澀的海水刺得他喉嚨辣痛，他開始懷疑柳三變低啞柔緩的嗓音大約不是天生的。

海洋，這裡是一些人的故鄉、一些人的噩夢，它擁有像森林那樣強大而不可抵抗的自我意志，你只能順應它，讓它在你身上留下痕跡。

陸臻看到醬仔轉身向他衝過來，這些生長在大海的孩子們大都擁有巧克力般的膚色與漂成深金色的短髮，他們瘦長而結實，並且非常靈活。陸臻試圖像在陸地上那樣躲避這種攻擊，卻發現所有的海水都在擠壓他，彷彿無所不在的繩索，束縛著他。陸臻異常厭惡這種不對等的彷彿挑逗似的格鬥方式，他決定不顧一切地反擊，用最危險最樸素的方式——抱住他！

格雷西柔術可以用於任何地面纏鬥，然而這是陸臻第一次在水下使用它，效果出人意料地好，因為這也是一種不從大地發力的格鬥術。力量在尺寸之間爆發與絞緊，這是純粹的來自於人的肢體與肌肉的力量。

醬仔似乎大吃了一驚，顧不上攻擊，在陸臻全力收絞的瞬間奮力掙脫，陸臻藉助他最後脫離時那一下反踢順勢而去。雖然逃跑不是一個好詞，但三十六計走為上，只要眼前不是夏明朗，陸臻一向都冷靜又理智。他的潛泳速度一向驚人，眼下為了逃命更是把小宇宙爆發到極致，醬仔雖然很快地醒悟過來拼命追趕，可還是被陸臻甩下，眼睜睜看著那道黑影消失在他的視線中。

呼吸深緩，划水有力，陸臻一路狂飆游得極爽，等他終於確定已經把尾巴甩掉，停下來四下一望，心裡暗暗叫了一聲苦。

因為……迷路了！

海底不像陸地，沒那麼多象徵性的東西，而且陸臻之前沒看過這一區的海底地圖，此刻根本兩眼一抹黑連東南西北都分不出。在萬般無奈之下陸臻只能上浮，所幸他配發的特種腕錶集成了簡易的GPS，陸臻本來覺得這玩意精緻度太低偏差太大簡直就是個雞肋，沒想到還真有用上的時候。大概地校定了自己的方位，陸臻憑藉早上出海時的模糊印象頑強地游回了停船下錨的地方。

這時候船上已經聚集了不少人，陸臻看到方進像頭死豬那樣趴在側舷嘔吐，馮啟泰則興高采烈地蹲在旁邊對著他指手畫腳，陳默站在船身的陰影裡靜靜地看著他們鬧騰。陸臻一眼望去沒找到夏明朗和柳三變就有些發慌，他記起夏明朗說過他最怕溺水。

方進終於吐完了滿肚子的海水，狼狽地翻過身四腳朝天，馮啟泰幸災樂禍地嚷嚷著：「哎呀，武俠小說裡不都這麼寫的嗎，行走江湖最怕遇到什麼哎，第一，書生；第二，和尚；第三，女人！聽見沒，是女人，你那麼多金庸白看……哎，喂喂……啊！！」

撲——通！

「你他媽就給我在海裡待著，上來一次老子扔一次。」方進兇神惡煞似的指著阿泰罵。

馮啟泰瑟瑟地從海裡冒出頭來，默默地游向船尾，惶惶然四顧，不敢上船。

陸臻彎下腰摸了摸馮啟泰的頭頂，無奈嘆氣：「跟你說過沒事別招他，你又打不過他。」

馮啟泰雙目含淚，陸臻看著好玩，忍不住又摸了兩下。

旁邊的碧水中忽然湧上大股的氣泡，一道黑影破水而出，陸臻一看那輪廓就知道是夏明朗，心頭大喜，已經伸出手去。夏明朗卻像是愣住了，浮在海裡不動，一手扯下潛水鏡扔上甲板，視線順著陸臻的指尖往上走，爬過瘦長而結實的胳膊，越過肩膀停留在嘴唇上。

陸臻驀然停住了呼吸，口乾舌燥。

不知道這算不算是一種特異功能，可是任何時候只要夏明朗看向他，他都能感覺到，那目光火熱而有力，彷彿有形實質，讓陸臻從心底生出騷動的期待。然而此刻光天化日，兄弟環繞，活生生把這期待掰成令人哭笑不得的惱火。陸臻開始強烈地猶豫，是不是該索性撲下去把夏明朗拉到水底痛痛快快地吻一場……身體對抗著理智的束縛緩緩放低，陸臻迎面撞進夏明朗的視線裡，登時便怔住了。

那個瞬間，彷彿錯覺一般，他看到一雙潮濕的黑眸，濃黑不見底，有如一口深井將他吞沒，無聲地叫囂著恐懼與壓抑，讓陸臻驚慌失措。然而，下一秒，夏明朗厚實的手掌已經握住他，巧妙地借力，輕盈地躍上了甲板。

陸臻仍然有些怔忡，他看到柳三變拉著小馬從右舷爬上來，雙手抱拳向夏明朗說了一聲佩服，看到夏明朗揚眉而笑，還是那種懶洋洋的老子天生就該橫行天下的笑容。陸臻終於心安，確定剛才真是自己想多了。

唉，陸臻再一次唾棄自己，怎麼能相信那小子當年說過的話呢？

方進還在船舷與阿泰死磕，柳三變撓著頭髮走過去，笑眯眯地勸慰：「哎，小方中尉，你看哈，筱桐和秦月她們那都是船上人，從小還沒走就會游，十歲出頭頂個木盆就能下海撈珍珠，在水下拼不過她們，太正常了，真的……所以呢，你心裡千萬別過不去，你讓她們出個氣，這事就算過去了……」

「他們剛剛約好陸上再打一場。」陳默說道。

呃……柳三變眨巴著眼睛轉頭去看夏明朗。

夏明朗做痛苦狀搖頭，笑道：「真不好意思，兄弟我一向都有那麼一點治下不嚴。」

「報告，」秦月不忿地繃著臉，「我們剛剛跟岸上聯絡過了，隊長說等手頭的任務完成要過來一次，親自會一會這位自稱在岸上沒有對手的方進中尉。」

「你們，隊長？」柳三變微一點頭，露出若有所思的神情。

夏明朗頗有興致地挑起了眉毛，彷彿看好戲是他人生最大的樂趣。陸臻有些無奈，拍拍夏明朗的肩膀示意他收斂點，卻被不動聲色地握住，粗糙的拇指在掌心最柔軟處劃過，五指相扣又瞬間放開，悄悄地退去。陸臻有些詫異，自從方進事件之後，夏明朗絕少在人前做這種小動作，而今天卻不知道為什麼連眼神都有些不對似的，那種壓抑不住的渴望彷彿呼之欲出。

好像也沒有禁慾太久啊，陸臻嚴肅地思考著。

PS：我發現有一些朋友對海軍陸戰隊不是很瞭解，所以對一些內容看得不是很懂，所以做一些簡單介紹。

「中國人民解放軍海軍陸戰隊（PLA Navy Marine Corps），海軍陸戰隊是海軍的一個獨立兵種，它是一支多兵種合成的能實施快速登陸和擔負海岸、海島防禦或支援任務的兩棲作戰部隊，組成包括兩棲偵察兵、陸戰步兵、裝甲坦克兵、炮兵、導彈兵、空降兵、防化兵、通信兵、工程兵等。」

所以修正兩個概念，第一，很多人以為陸戰隊就是特種部隊，其實他們不是。他們是精兵，是快速反應部隊，他們的訓練與兵源都要好過一般的野戰部隊，但他們並不全是特種部隊。第二，雖然叫陸戰隊，但這是一個旅級建制，比較特別，一個旅大概有5000人，目前一個艦隊配製一個旅（所以我們可以發現，其實沒有陸戰四旅^_^）。

另外，索馬利亞護航是輪班制，大約三個月輪換一批，包括艦艇與艦上人員，所以柳三變們的不爽在於，別的陸戰旅護航的時候全是自己人，輪到他們這裡，本來就不多的名額又被外人分流掉一批，而且理由很窩火。

4

全新的海訓就這樣自然而然地展開，看似碧海微波，內裡暗潮洶湧。

如果說夏明朗的麒麟是危機四伏的原始森林，幾乎在初見第一眼就給你巨大的震懾，讓你馬上心生警惕大驚大怒，痛哭後狂喜，赤裸裸的叢林法則，勝者為王，優勝劣汰；那麼柳三變的水鬼營就像海洋，那蔚藍的深水在陽光下蕩漾著波濤，寧靜得幾乎柔媚，在不動聲色間吞沒你，那是一種看似溫柔卻又無所不在的危險。

夏明朗性子兇猛，從來不懼怕任何正面轟擊，倒是對柳三變這號笑面虎總不免有些警惕。他最煩看不透的人，而眼前這位柳營長簡直是風吹弱柳一笑三變。夏明朗猜不透他的心思，也就只能耐下性子與他慢慢玩。

麒麟是外來搶飯吃的和尚，水鬼們是倒楣被侵害的土著，這叫天然的階級對立，矛盾不可調和。兩撥人隨便對個眼神都是火星撞地球的範本，嗞嗞啦啦的電流聲能崩出驚雷來。

基於建制，水鬼營的職業化以士官為主，軍官與士官的比例在1：10。陸臻不清楚是有人刻意鼓勵還是此地軍風素來如此，水鬼的上士們普遍無法無天。按說麒麟一水兒的尉校，單憑軍銜也能壓制了他們，可頂不上對方「沒規矩」！柳三變長期「治下不嚴」，甭管發生什麼衝突都是呵呵一笑兩邊和稀泥，於是一幫子士官簡直要造反。

陸臻堂堂一個中校，領子上鑲著貨真價實的兩顆星，按說隨便站到哪個上士面前都會被尊稱一聲首長。可是在這裡，想都甭想。水鬼們個個鼻孔朝天，到了訓練場上更是往死裡折騰人，折騰完了連點基本的尊敬都欠奉；如果陸臻不幸落敗，那就更完蛋了，鄙視加三級。而方進自從得罪了那兩位女士以後日子更加難過，女兵在陸戰隊生存不易，成績都是流血流汗換來的，那是極為珍視的榮耀，遇上方進這樣不開眼的主，不把此人滅了簡直沒臉繼續混下去。

情況如此緊張，柳三變卻像是眼瞎耳聾了一樣，仍然堅持採用混訓制，讓麒麟與水鬼們一般無二地同時訓練，這下就更不得了。心高氣傲的神獸們又怎麼可能接受同一件事有人能做得比他們更好，而水鬼們自然也不能容忍有人在家門口逞強。連戰鬥動員都不必，人人都在拼命，你爭我趕互不相讓火星四濺，氣氛緊張得好像戰時，隨時隨地都有人槓上要PK，大小衝突不斷。

夏明朗一時猜不透柳三變的心思，只能不變應萬變，把衝突控制在一個還能收場的範圍內，以眼神示意屬下迎頭痛擊或者退一步海闊天空；而柳三變看起來就比他忙多了，像個救火隊員似的忙著四下滅火兩邊勸解，有如穿花蝴蝶。

只是，偶爾夏明朗閒下來細想，自從他們到這裡訓練，架打了不少，氣受了不少，卻沒撈到一次機會可以大發作或者藉機往上告狀。雖然夏明朗從沒想過要抱領導大腿，或者憑官大一級壓死人，但不想和沒機會下黑手還是不一樣的。

就這樣，在這劍拔弩張的氣氛下，柳三變笑容可掬溫文有禮地安排了整個海訓課程，包括水下格鬥、水下爆破、水下排雷、抗曝曬、深潛、長距離負重泅渡、長時間海中生存、搶灘登陸、海島防禦等等全系列，然後萬分無辜地把所有這些聽到爛的常規課程發揮到極致。

這裡的潛水作業居然是可以不穿潛水服的，海中的礁石與珊瑚大都鋒利如刀，水下控制略有偏差，便會碰出一身破碎的傷口，鹹澀的海水浸入，有如酷刑。

這地界抗曝曬上來就是五小時，直接撲倒在沙灘上，從後背到腳跟，均均勻勻地曬透之後翻面繼續。陸臻感覺到陽光好像開水澆下，那是一種火燙酷烈的熱，遠遠看去細白的沙灘像一個明光光的烤盤，被烤熱的空氣在地表翻騰著，好像整個空間都在沸騰。被強烈曝曬後的皮膚呈現出不同色澤的黑與紅，嘴唇乾裂焦脆，會在說話時破裂，流下鹹甜的血。

水，這種時候每一個細胞都會瘋狂地叫囂著水……巨大而寧靜的藍色水面近在咫尺，然而那不能喝，那一刻陸臻感覺到最直切的，屬於海的乾渴絕望。

夏明朗看著陸臻紅通通的後背大皺其眉，陸臻佯裝踉蹌，蹲下來輕撫了一下夏明朗的腳背，仰頭笑道：「可惜了，就剩下最後這麼一點了，也沒了。」

夏明朗頓時哭笑不得，順勢一腳踹過去，笑罵：「小兔崽子！」

陸臻並非故意打岔，只是那會兒他自己都不知道曬傷會這麼嚴重，他不是沒有被曬傷過，也不是沒潛過水，但是從來沒把這兩項混到一起進行過。而柳三變排課程時更是沒考慮這一層，因為別人都沒陸臻這麼倒楣，大家曬傷一次就會變黑，只有他一直曬紅，受損的表皮蛻去，露出嫩紅的新肉，浸入海水中時的感覺有如強酸腐蝕……陸臻差點咬著呼吸器在海裡尖叫出聲。

情況嚴重，偏偏又不好大作宣揚，因為曬傷這個理由實在太不爺們了。在這種事事都攸關麒麟尊嚴的時刻，陸臻理所當然地瞞下了所有人，自己偷偷去找嚴炎要了一些藥，抹是抹了，但……貌似無效，陸臻鬱悶之極，然而非常時期，只得默默忍耐。

隨著訓練的深入，水鬼與麒麟的矛盾自然逐步升級，你來我往間迸發出彈壓不住的火星。夏明朗終於耐不住性子決定主動出擊，畢竟是一國的軍人，鬥可以，不能真傷了感情。他索性直接叫板（挑戰）柳三變，好給雙方一個發洩的機會。

軍人嘛，都是軍人，彼此不服氣的時候還能有什麼出路？戰一場，乾脆爽利！

柳三變起初自然是要推託的。方進馬上高聲叫囂：你要是不行，讓那兩個丫頭上。柳三變臉上發黑，知道自己再無退路。

比拼項目是一次由海底出發的海島偵察破壞，比誰更先登陸完成地圖作業，破壞「敵對方雷達基站」後活著回來。

是的，重點是活著！

夏明朗挑眉而笑，柳三變扶額。

隊長級的單挑，這是盛事，頓時群情激昂。項目剛剛確定，周邊賭盤已經如火如荼。麒麟諸人對夏明朗有盲目信仰，而水鬼們則無條件支持柳三變，定賠率時差點又掐一架，最後只能定成一比一。

雖然軍官的工資要比士官高那麼一些，可是架不住水鬼營人多，夏明朗的盤面大大遜色於柳三變，陸臻差點想上存摺給自己男人長臉，被夏明朗攔下了。

小賭怡情，大賭傷身，不好不好。夏明朗一臉的嚴肅誠懇，陸臻忍不住笑，心想老子果然幼稚。

為了公平起見，比賽地點定在一個陌生海域的無名小島，武器裝備任選。柳三變下船時抱拳向夏明朗說了一聲承讓，夏明朗笑嘻嘻地回禮，說客氣客氣。

然後兩人毫不客氣地一頭紮進那片碧海波濤之中……

這裡是特意挑選的珊瑚亂礁地帶，水下地形複雜，暗流橫生。馮啟泰興奮地拉過陸臻的手背敲打摩爾斯碼：你說隊長會怎麼贏他？陸臻努力無視全身上下火燒火燎的痛，咬牙切齒地回覆：天曉得！

的確是天才能曉得，因為醬仔剛剛拉亮冷光棒，夏明朗就在起跑線之前撲向了柳三變。夏明朗的戰術很簡單，從肉體上直接消滅你，然後任我從從容容地抄地圖炸碉堡。

中淺層海域，光線昏暗，夏明朗暗色的潛水刀完全融化在海水裡。有如隱形的兵器，柳三變倉促拔刀，動作有些狼狽。在水中搏鬥時你看不清對方的眼睛，刀相交之際也沒有火星迸出，聽到的聲音卻會比岸上更響亮一些。那是十分怪異的感覺，好像視覺已經退到了很弱的位置，對戰場的感知是全方位的，甚至更多地來自於皮膚。

水的流動、壓力與牽扯，對方呼吸出的氣泡……種種細小而繁亂的觸覺流過皮膚，需要瞬間感知，瞬間反應，做出應對。

這是一場令人心曠神怡的打鬥，至少對於旁觀者來說如此。都是一流高手，進退之間隱隱有自己的章法氣度。海水的阻力與浮力把他們原本迅捷的動作拉長，變得大氣舒展，好像精心設計的慢鏡頭。

陸臻發現柳三變一直想脫離，而夏明朗則寸步不讓地纏鬥。陸臻記起醫仔在水下給他的噩夢，馬上想通了夏明朗選擇搶攻柳三變更深一層的意義。不能讓他消失，因為大海是他的故鄉，他會被海水妥當地保護起來，完美地隱蔽，給你一擊必殺的偷襲，就像夏明朗在荒漠與叢林裡所能做到的那樣。

冷光棒產生的火焰漸漸熄滅，天光在水波流蕩中扭曲閃爍，把人的身影拉成影影綽綽的一團黑影，彷彿來自地府的鬼怪。柳三變與夏明朗身高相仿，身形略瘦一些，穿上潛水服幾乎辨不出你我，纏鬥中他們後背上貼的螢光條時隱時現。馮啟泰不時拉著陸臻焦慮地問：哎呀，哪個是隊長？

陸臻抬手，指定其中一人。

不遠處，柳三變已經從夏明朗的糾纏中脫離出來，漸漸拿回自己的節奏，纏鬥轉變為接觸戰，動作越來越慢，而且角度匪夷所思，有如蜻蜓的飛行，輕盈地掠過，一觸即分。陸臻發現自己完全沒有平時觀戰的緊張感，一切都舒緩得不可思議，就像春江花月夜的舞蹈，可是驀然間透明的海水中彈出幾線血色，強烈的反差讓人心驚肉跳。

看不出誰的傷更重，方進打開自己的強光手電筒湊近去。夏明朗像是終於欣賞夠了，猛然出手打斷柳三變的表演，他握住柳三變的腳蹼用力拉回，反手一刀抹向他的脖頸……這是最乾脆毒辣的招數，而最可怕的，這是違反海水阻力的快，像這樣平平無奇的出手大概需要經歷千百次的訓練，體會潛水刀劃開水流時細微的壓力差別，以尋找最佳角度。

柳三變一瞬間鬆開了背上的呼吸系統，整個人從裡面脫出來，夏明朗的刀尖碰到鋼瓶上，發出一聲脆響，被柳三變用鬆脫的重力鉛塊死死地纏住。陸臻大吃一驚，在水下鬆開呼吸器是大忌，他不覺得柳三變已經危險到了這種地步。

如此良機夏明朗當然不會錯過，他馬上棄刀與柳三變爭奪起呼吸器。陸臻看到水鬼那邊陡然冒出大片的泡沫，看來有人已經激動到忘記自己是在水下。

然而接下來發生的事讓所有人都想不到，柳三變深吸一口氣之後居然徹底放棄呼吸器，他一下擰開氣瓶的閥門，壓縮空氣從窄口噴出，帶著氣瓶像炮彈一樣撞上夏明朗。夏明朗猝不及防，被挾帶著撞上海底的亂石，前後夾擊，口中湧出大團的泡沫，柳三變趁亂迅速脫離。

他想幹嘛？陸臻困惑地皺起眉，這麼一下雖然是挺重的，可是絕對傷不著夏明朗的筋骨，但是他自己呢……沒了呼吸器，在這二十多米的深海，他難道想直接游上去？他只要再讓夏明朗纏上一回就一敗塗地！

觀戰的人群迅速分裂成兩拔，一群人追著柳三變而去，另外一群人還在等夏明朗恢復。然而背著全械的潛水夫們沒有一個追得上輕裝的柳三變，此人在失去外來氧氣之後居然不是直接往上，而是往下鑽入礁石的縫隙中，轉瞬間消失無蹤影。

戰士們頓時傻了眼，陸臻與馮啟泰面面相覷，方進在水裡砸拳，痛心疾首。夏明朗甩開纏在身上的累贅，呼嘯著從他們身邊游過，陸臻看不清他的臉，直覺反應夏明朗此時應該是臉色鐵青。後來，很多次，陸臻因為忽視了夏明朗此刻的情緒而後怕懊惱，可此時此刻他的確把更多的注意力放在了自己身上，背上太疼了，幾乎要影響游動了。

他會不會成為史上第一個因為曬傷而非戰鬥性減員的特種兵？陸臻一邊奮力地跟隨大部隊上浮，一邊非常沮喪地想。

目標登陸點是一個三角形的小島，西北面是細白的沙灘，南邊是直上直下的黑色礁岩。眼下對抗的雙方已經分散開各自登陸，近距離觀戰已經不可能，水鬼與麒麟們意猶未盡地爬上浮船，揪住各自的同伴激烈討論。方進顯然是最興奮的那個，對著陳默連說帶比劃，對夏明朗各種崇拜。秦月與筱桐頗為警惕地看向他，果然，三分鐘後方進自信滿滿地對著她們放話：下一次，老子鐵定滅了你的！

秦月臉上黑得發紅，筱桐苦笑，拉著自己姐妹坐回去。

陸臻無奈地搖了搖頭，一邊偷偷打開定位儀搜索夏明朗與柳三變的位置，一邊小聲抽著氣脫下潛水服。很快的卡-28直升機的機師回話帶來好消息，他在北面的島礁岩壁上發現了夏明朗。

各位要不要上去看看？

機師相當「風騷」地擺了擺機尾，甩下一條粗繩。

這種時候，軍銜大的好處就展現出來了，陸臻做為在場唯一一個中校當仁不讓地爬上了直升機；不一會兒，陳默也爬了上來；只見方進在下面急得抓耳撓腮地分辯自己明年年初就能升上尉，但此人迅速陷入水鬼營人民戰爭的汪洋大海中，醬仔與另外幾名水鬼趁機爬上來。機師下令收繩，直升機破空而起。

在螺旋槳巨大的轟鳴聲中，陸臻模模糊糊地聽到方進的大嗓門兒在嚷嚷：幫我跟隊長打聲招呼哈！說兄弟悟了！

北面，是完全不一樣的景致，在廣闊的藍天之下，黝黑的礁石有奇異的莊嚴，海浪捲起濃重的藍色海水撞碎在岩石上，雪白的飛沫濺起數米高。不過轉眼的工夫，夏明朗已經爬了一半，黑色的潛水服脫到腰際紮牢，露出古銅色精壯的上半身。

夏明朗聽到直升機的轟響，扣住一條岩隙，回身去看，陽光直射在他赤裸的胸膛上，折出銳利的光，彷彿太陽神的塑像，不可逼視。陸臻只覺得心懷激盪，忍不住縱聲清嘯，半真半假地親吻自己右手的食指與中指，送出一記飛吻，握拳高呼：夏明朗，我永遠支持你！

水鬼們一陣哄笑，抱頭討論等會要是看到柳三變該怎樣表示FANS的愛慕之情。陳默看著陸臻說道：「方進讓我幫他打聲招呼。」

直升機螺旋槳產生的噪音巨大，陳默這種正常音量根本沒人能聽見，陸臻探頭過去問：「啊？」

陳默擺了擺手，拿起機艙裡配的九五步槍，打出四發點射，在夏明朗頭頂兩米處的石壁上鑿出下三上一的四個點。這是麒麟的暗號，通常由主力留給偵察尖兵，意思是：任務已完成，你小心保重，儘快會合。

夏明朗被陡然飛濺的碎石片唬得一愣，爬上去一摸，回身向陳默狠狠地比了一下中指。原來一山還比一山高，水鬼們被麒麟層出不窮的離奇表達方式驚得目瞪口呆。

假想中的雷達站就設在這片懸崖的頂部，夏明朗只剩下最後一塊外突的飛岩要越過。他正在調整負重尋找最佳攀登角度，多功能腕錶忽然紅光大作，示意：目的物已被摧毀。夏明朗抬頭看到崖頂升起濃白煙霧，柳三變依稀在向他揮手。

夏明朗打開送話器，笑著說了一句：「不錯。」

柳三變低沉的嗓音漾起少有的水潤亮色，歡快地說道：「承讓承讓。」

夏明朗頓了一秒鐘，沉聲道：「繼續吧。」

柳三變一愣，心想還繼續個啥，崖下站著的那位已經消失無蹤影。夏明朗高速繩降，從幾十米高的岩頂直接墜入水中。機艙裡水鬼們的歡呼聲戛然而止，面面相覷。柳三變忽然捶了一下地面，迅速消失在濃霧裡。

活著！是的，關鍵字還得活著。這雖然看起來有些賴皮，但遊戲規則就是如此，因為對於所有的任務來說，只有活著回來，才代表了最終的完成。

陸臻看著監視器上代表夏明朗的小綠點迅速地向南面移去，心情激動得連指尖都有些微微發脹。他想起很久之前，當他還是一個新丁排長，當夏明朗還只是個上尉，他在海灘上經歷的那次屠殺。

夏明朗是最完美的伏擊者！

柳三變已經回過神來，正拼命往山下跑。他沒帶攀岩裝備，從一開始他就沒考慮過那條路，因為他不相信自己會在海裡落後，也就沒必要考慮南面的崖壁，那裡光禿禿無可遮擋，簡直就是後來人的活靶子。事實上，他也不相信夏明朗真能在此地幹掉他，畢竟他現在居高臨下，目的也只不過是要回到海裡這麼簡單，只要能回到海裡，他就有足夠的方法可以擺脫夏明朗。

然而，第一顆子彈帶來的訊息就如此驚魂，當空包彈擦著他的頭皮飛過時，柳三變全身每一個毛孔都湧出冷汗，差點忘記現在是演習。他不明白夏明朗是怎麼繞到他上面去的，但這並不可怕，他的目的地是海，夏明朗採取這樣居高臨下的攻勢反而會方便他且戰且退。

柳三變盡可能伏低身體一點點往下蹭，砰的一聲槍響，他感覺到右腳跟被大力猛擊，輕便的登陸靴被空包彈挖掉一塊鞋底。柳三變連忙縮回，躲藏在石縫裡，動彈不得，他忽然明白什麼叫令人絕望的槍法。

你不知道他在哪裡，不知道子彈從何而來，不知道他會瞄準何處……不知道，都不知道！亮白的沙灘近在咫尺，卻已經成為無法接近的天涯。

陸臻在遠處的直升機上用望遠鏡觀戰，肌肉不自覺地微微震顫，血液狂流，帶著躍躍欲試並肩而戰的衝動激情。

柳三變已經沿著岩縫退到了岩石的邊緣，這是幾塊堆疊在一起的大石，高不過十幾米，石下驚濤拍岸。柳三變輕輕呼氣，心中大定，只要有半米深的水他就能逃生，而這下面顯然還不至於這麼淺。

陸臻看出柳三變的意圖急得想大叫，陳默抱肩站在陸臻身後，永遠平靜無波的臉上露出一絲隱約的笑意。遠處，柳三變縱身一躍離開岩石的表面……夏明朗從狙擊位站起，側立姿瞄準，壓住第一道火。

這一刻，忘記呼吸，忘記心跳，甚至忘記自己，四下裡寂靜無聲，漆黑一片。十字準星相交處滑過一道迅捷下墜的人影，夏明朗平滑地收緊食指，子彈在不知不覺中擊發，呼嘯而去……槍身的後坐力將夏明朗從狙擊狀態拉回，最後一剎那，他看到高倍瞄準鏡裡閃過柳三變懊喪的臉。

5

幹架嘛，贏了很開心，輸了要鬱悶，可是現在這樣算是個什麼情況？爆了目標的傢伙掛了，掛人的沒完成既定任務……群眾紛紛表示有些囧。於是議論紛紛，柳三變卻一聲不吭地坐在那裡埋著頭檢查自己的腳踝，夏明朗那淩空一槍雖不致命，但嚴重地影響了他的入水姿勢，在被迫蹬踏海底時扭傷了右腳。

「你有另外的輔助呼吸設備？」夏明朗上船後繞開了所有人，站到他面前。

「沒有。」柳三變沒有抬頭。

「當時水深有24米。」

「我可以的，比這再深也可以。」柳三變的聲音低沉平緩，聽不出情緒的起伏，小馬從駕駛艙拿了藥箱出來，柳三變把雙手搓熱，倒了藥酒給自己按摩。

「要不要緊？我沒想到那麼淺。」

「比這更淺也能跳，這不是個問題，我沒想到這麼快你也能打中，這才是個問題，所以……算平局嗎？」

柳三變笑出了聲。

「不，你贏了！」夏明朗乾脆地回答。

柳三變抬起頭，當他發現夏明朗並不在開玩笑之後，臉上慢慢露出了詫異的神色。

「你贏了，你我都是軍人，首先被放在第一位的是任務，然後才是自己的命。雖然完成任務沒能活著回來是不夠圓滿，可是相比之下，我輸得更徹底。」夏明朗說得很平靜，用一種無可辯駁的誠懇的語氣，以致於在場的所有人都安靜得忘記去爭論什麼。

柳三變埋頭想了一會兒，說道：「其實這次的比賽設置有問題，你很難在水下超越我，我也沒辦法闖出你的海岸封鎖，所以最後的結果註定就是現在這樣。」

「是的，」夏明朗笑了，「你不覺得這樣很好嗎？我們來這裡，不是為了取代誰，更不是為了要滅掉誰，尤其是你，柳三變。2004年全旅校尉級軍官比武，你是綜合技能評分最後一位……」

「我現在還是最後一名。」柳三變笑得眉眼彎彎，「讓您費心了。」

「但是你從來沒在對抗中輸過。2005年調入女隊，兩年後女隊的戰術考核第一次達到了全旅平均水準。」

「這個，必須要解釋一下，我當時幹的是指導員，這個成績主要不是我的。」

「2008年升任兩棲偵察營副營長，主管訓練。」

「到目前為止還沒有任何值得稱道的成績。」柳三變馬上跟進補充。

「有！你剛剛贏了我。」夏明朗站直身體，向他伸出手，「我不想取代你，我也沒法取代你，就像你也幹不了我的事，不過這樣才對頭，不是嗎？我們不過來搶飯碗的，我們是來合作的，把你和我的優勢整合在一起。像這樣子……」

柳三變啞然，過了好一陣，他慢慢露出一個極淺的笑容，緊緊地握住了夏明朗的手。

陸臻很猶豫，他在思考在這種時候鼓掌會不會顯得有點傻。可是驀然有幾下稀落的掌聲響起，他看到醬仔漲紅了臉，很激動地拍了兩下又猛然停下。這時候愣頭的方進拯救了所有心潮起伏還要強裝淡定的人士，他大大咧咧地嚷著：「哎呀，還是隊長說話最有水準啊！」手舞之足蹈之。

氣氛馬上熱烈起來，柳三變笑著搖頭，輕聲說道：「兄弟我幼稚了，見笑。」

「是兄弟就不用說這麼多了。」夏明朗用力拍了拍柳三變的肩膀。

陸臻有時會覺得，夏明朗這個人也太厲害了點，如此輕而易舉地解除了彼此之間的火爆氣氛，更重要的是，他讓那位永遠客客氣氣有商有量讓人看不出真實意圖的柳三變少校，第一次對他敞開胸懷露出了真誠的笑容。

他做得那麼自然，毫無痕跡，甚至在他揭開最後的底牌之前，都沒人知道他的目的是什麼。所有人都猜錯，好像他自己也不知道似的，就這樣自然而然地完成了這一切，流暢到讓你回頭去看也看不出任何預先設計與生硬的成分，彷彿春水落地潤物無聲。

柳三變開心地放話說晚飯咱得吃好點，司務長萬般心痛地貢獻出了他養在箱網裡的大海魚。在沙灘的火堆旁氣氛融洽得不正常，戰士們就像是剛剛被大人點醒，發現自己居然如此幼稚的小孩子那樣變本加厲地對彼此好。

陸臻看到夏明朗咬著烤魚坐在人群之外，與柳三變推杯換盞談笑風生（當然杯子裡是茶），心裡有些微妙的小小惆悵。他撓一撓徐知著的頭髮把人拉近，小聲感慨地問道：「哎，你說柳三變長得帥不帥？」

徐知著噗地噴出一口湯，睜大眼睛上上下下仔仔細細地把陸臻臉上每一點細小的表情都收入眼底，驀然笑倒，一頭紮進陸臻懷裡。陸臻極度鬱悶，礙於修養等他笑了幾秒鐘，嫌棄地一巴掌拍在他背上：「笑夠了沒有？」

徐知著笑得眼淚都要嗆出來，指著自己的臉說：「我感覺我長得最帥了！」

「滾！」陸臻毫不客氣地大掌按在徐知著最帥的臉上。

徐知著順勢倒下，捶地狂笑不止。

「組長，他怎麼了？」阿泰好奇地探頭過來。

「別理他。」陸臻惱羞成怒，兇神惡煞似的瞪過去一眼，阿泰眨一下眼睛，默默地把自己的身體縮成一個球，圓潤地退開了。

「喂，你這叫遷怒。」徐知著嚷道。

陸臻深呼吸，專心吃魚不理他，過了好一會兒，聽到邊上確定是不笑了，陸臻鼓起勇氣打算好好解釋一下，擺事實講道理，力圖把徐小花腦子裡那點不上臺面的齷齪思想清理乾淨。

可是他剛剛一轉身，卻愣了。徐知著還在笑，無聲而燦爛。他是那種少見的黑瘦時反而更好看的人，臉上的嬰兒肥褪盡，顯出下巴剛正立體的輪廓，眼睛大而深，五官極為精緻，微笑時有隱現的酒窩，眼角彎出漂亮的紋路，睫毛濃長，染了落日的餘暉，像是飛了一層赤金的粉末。

陸臻一時間看入了神，忘記自己想說什麼。徐知著被他看得心裡發毛，慢慢收斂笑意露出警惕的神色。

「小花啊！」陸臻說，「我剛剛發現，你果然是個美人啊！」

「你……他媽的！」徐知著像一隻被踩了尾巴的貓那樣跳起來，臉色大變義憤填膺，「你他媽的……你你你，你噁心我是吧？你這人也太小氣了！你你你……」

「別生氣啊！」陸臻大樂，「唐突了佳人，就是小生的罪過了。」

徐知著忍無可忍，他深知這輩子拼得過夏明朗的槍，也鬥不過陸臻那張嘴，生怕還有什麼更噁心人的話出來，當下憤怒地踹陸臻一腳，頭也不回地跑了。

「切，誰比誰小氣呀！」陸臻撇撇嘴，非常不屑。

夕陽，海灘，火堆，燒烤……陸臻獨自一人，頗覺無聊，他環視全場發現夏明朗已經不見了，摸一摸自己滿足的胃，決定吃完飯去消個食，順便會另一個佳人。

月上椰樹頭，人約黃昏後，甚好甚好，在激烈的訓練生活之後，就是應該多一些這種美好的調劑。

陸臻問過柳三變夏明朗的去向，沿著海岸的礁石灘找過去。

陸臻走出很遠才看到夏明朗，獨自坐在西邊直插入海的一塊孤石上，遠方落日熔金，有磅礴的威嚴，卻不是讓人輕鬆愉悅的景色。

「怎麼一個人跑了？」陸臻一路過來想了一肚子話，此刻全堵在喉嚨口。

「有點累。」夏明朗雙手撐在背後，仰面看向他，露出無辜而疲憊的神情。

陸臻頓時心疼，光天化日之下又不好意思做得太肉麻，支吾了一會兒，還是笑了：「我說，你這人有時候也太厲害了點吧？連我都被你騙了，真不厚道，下套兒都不告訴我一聲，我壓了一個月工資買你贏！」

「都跟你說讓你賭小點，盡會敗家。」夏明朗懶洋洋地微笑，溫暖而縱容。

「得，反正問題解決了我這幾千塊錢花得也值，哎，你怎麼早沒想到這招呢？」陸臻在夏明朗身邊坐下。

「帶兵，就怕他們不爭，不爭還練什麼？沒鬥志沒目標！有個現成的由頭讓他們鬥起來，事半功倍。可鬥得太過了也不好，傷感情。」

「不對啊，你他媽是不是一開始就沒想贏啊？」陸臻醒過神來。

「倒也不是，也沒那麼不上勁，只是贏面不大。」

「那贏面大你會怎麼樣？」陸臻很好奇。

夏明朗轉過臉，眼神誠懇而深情：「我會說，寶貝，要對我有信心。」

陸臻噗的一聲笑倒，捶地不已：「你這個人，你這人真是……」

夏明朗溫和地笑了笑，慢慢又恢復了之前的樣子，曲起一條腿把下巴支在膝蓋上。

陸臻感覺有些詫異，這不像正常的夏明朗，正常時候的夏明朗雖然看起來也是很懶的，可是那種懶洋洋的做派裡隱匿著彈簧那樣一觸即發的勁力。他總是好像很無賴但是又非常囂張，他永遠大度但也喜歡爭強好勝。這是一種微妙的矛盾，無法用語言形容，可是即使在夏明朗最溫柔笑容裡也有鋒芒，他是令人不敢放肆對待的存在。然而現在，那種懾人的氣場不見了，陸臻幾乎想摸一摸他後頸的短髮，然後把他抱進懷裡。

陸臻驚覺自己這古怪的衝動時嚇了一跳，苗頭不對。往常，夏明朗要是幹了這麼一件漂亮事，怎麼著也得在自己面前得瑟到死，那是個多麼喜歡囂張的傢伙，他會神氣活現地做出高深莫測的表情。

「你怎麼了？」陸臻慢慢伸出手，兩人之間不算長的距離他用手指爬了很久，然後輕輕地放在夏明朗的大腿上。

天高海闊，彷彿置身海角天涯的錯覺，可是陸臻明白地知道，他所有的兄弟們就在身後不遠處。然而，此時此刻他就像一個初戀的小男孩那樣渴望觸碰戀人的身體，好像只要這樣，少少的，只要碰到一點點就好，掌心感受到夏明朗皮膚的肌理，從指尖傳遞到心臟的溫度與觸感令人心安。

「沒什麼。」夏明朗搖頭，「我就是覺得，活著挺好的。」

陸臻大笑：「我最近可沒幹壞事啊！」

夏明朗沒吭聲，他側過臉專注地凝視著陸臻的手掌，就像從來沒有見過那樣慢慢捧起仔細端詳，從手背到手掌，從掌心的紋路到指根的硬繭，每一點，每一分，單純而專注的……

陸臻只覺莫名其妙，卻不敢出聲，他緊張地豎起耳朵搜索遠處哪怕是一隻海鳥飛過天際的振翅聲。

「隊長。」陸臻終於受不了輕咳一聲，他本想說：光天化日，請不要隨便調戲良家婦男……

夏明朗卻像什麼都沒聽見似的，微微閉上眼，攏住陸臻的手掌輕輕貼到自己臉頰上。陸臻驀然瞪大了眼睛，心跳如鼓，他不明白這是怎麼了，時間與地點都不對，卻該死地動情。

他感覺自己好像已經分裂成了兩個。

一個在焦慮地叫喊著：抽醒他快點兒抽醒他，什麼時候啊，亂發情！

另一個卻想沉溺……

陸臻想，我總是不能拒絕他的，從開始到現在。

全身的血液都湧上頭頂，陸臻感覺到自己的臉紅得發燙，喉嚨口燒灼著焦渴，好像痛飲烈酒，遠望去，天與地都變了顏色，晚霞泗出滴血的豔紅……驚心動魄的慌與亂！

「要，要做嗎？」陸臻脫口而出，他聽到自己的牙齒在打戰，恨不得咬碎舌頭吞下去。

夏明朗慢慢睜開眼睛看向他，目色濃鬱深沉，像一口深井，看不出半點情緒，卻將濕熱的舌尖探出來，緩緩滑過陸臻的掌心。

好像是通了電，陸臻全身都在哆嗦，手指不自覺縮起，卻被按住，細緻地舔咬中指與無名指之間最柔嫩的部分。他記得夏明朗說過他全身都是敏感帶，這大概是真的，可是這只對這混蛋有效。

真是要了命了，要了命了，不帶這樣的，陸臻幾乎有些絕望，傳說中的狐狸精都不帶這樣挑逗書生的。

得！死就死吧！

他忽然閉了閉眼又睜開，手腕反轉扣住夏明朗的，扯著他站起來。

「我記得有個地方……可能……」陸臻拽著夏明朗在礁石上跳來跳去，終於讓他看到一個石縫。剛剛跳下去，夏明朗已經貼上來，陸臻被他撞得往後退，後腦撞進夏明朗厚實的掌心，被緊密地抱住。

「真，真的要做嗎？」陸臻委屈地抽了抽鼻子，眼眶發紅。剛剛迎風一陣狂奔已經讓他的腦筋清楚了一點，這地方真不安全啊！太不安全了，光天化日，沒遮沒擋，海風送來不遠處的人聲笑語，令他驚慌失措。

夏明朗專注地看著陸臻的眼睛，過了一會，輕聲嘆息：「那讓我抱一會兒。」

他的聲音很沉，好像從胸腔裡發出來，陸臻怔愣著無法拒絕，其實……擁抱也是很不安全的吧。陸臻心慌得每一根寒毛都豎起，拿出在狙擊手眼皮子底下潛伏的敏感度來監視周遭。

夏明朗壓低了呼吸，細密的輕吻從耳根處綿延下去，被刻意地壓抑過力度，輕柔得彷佛不帶慾望。

無法深吻，怕在身上留下難以褪去的痕跡，夏明朗反反覆覆地吮吸著陸臻的耳垂，濕熱的舌尖滑入耳廓，這是最要命的刺激，讓陸臻全身發抖，只能死死咬住自己的手指，忍耐著不發出呻吟。

陸臻到底年輕，情慾來得猛烈卻不持久，猛然間仰起臉，夏明朗看到他鮮紅的舌頭抵在牙間顫動，喉結滾來滾去，無聲地吶喊。

起風了，海水更猛烈地撞上礁石，陣陣濤聲吞沒所有急促的喘息，夕陽融入海水中，在海天處留下鐵色的暗紅。

夏明朗像是終於忍耐不住似的衝動地把陸臻壓到石壁上，身體擠壓到一起，動作越發狂野，忽然雙臂收緊把陸臻勒進懷裡，灼熱的呼吸噴在他的後頸處。過了好一會兒，緊繃的肌肉才放鬆下來，夏明朗輕輕碰了碰陸臻的嘴唇，眼中還有未盡的火光。

「這就夠了。」

「下次，下次再想想辦法。」陸臻難受得要命，從身到心都是。總覺得有些事沒有徹底處理乾淨，他能感覺到夏明朗的渴望，那種渴望讓他焦慮不安。

夏明朗終於笑了，點頭說好，退開一步距離，貼上另一面石壁。這地方極窄，面對面站著幾乎都能貼到一起，陸臻努力調整呼吸，別過臉去看向遠方。

夏明朗忽然笑：「我好像有點失控。」

「你才知道啊！」陸臻惱羞成怒，魂都讓你勾沒了。

「不知道怎麼了，看到你就有想法。」夏明朗笑得像個十八歲的毛頭小夥子那麼單純無辜。

陸臻剛剛滅下的心火被這一句話又挑起來，熱血上湧連耳垂都燒得通紅，咬著牙一腳踹過去。夏明朗急閃，嚷嚷著：「喂，別那麼狠吧，把我廢了你下輩子的性福找誰去啊！」

陸臻氣結，把臉貼在陰涼的礁石上降溫。

夏明朗伸手戳之：「生氣啦？」

陸臻哼一聲。

「那以後不這樣嘍！」

陸臻一聲不吭，繼續踹一腳。

「不滿意？那你的意思是以後還要這樣？」夏明朗故意拖長了音調。

「是場合！不是行為！場合問題你懂不懂！！」陸臻抓狂。

夏明朗懵懂搖頭：「你也知道像我這種粗人，沒讀過什麼書，對於場合禮節這種問題，向來都不是很懂。」

陸臻活生生氣得冒煙，連原來想問的話都忘了。他被曬傷了原本就上火，剛剛被撩得情動更上火，現在火上加火，只覺得鼻子裡都能噴出火星來，再涼的風也吹著熱，呼啦啦扯開作訓服的衣襟扇風。夏明朗原本只是想看個春光，多看一眼之後臉色沉下來，指著陸臻的胸口問道：「這是怎麼回事？？」

陸臻大驚，他猶豫了一秒鐘把曬傷定性為吻痕，然後栽贓嫁禍給夏明朗的可能性；一秒鐘後他坦白從寬。

「曬的。」陸臻盡量說得很平靜。

然而夏明朗從不上當，抬手就把陸臻的作訓服給扯了下來，藉著黯淡的天光研究了一下背脊上的重災區之後，臉色黑得與礁石有一拼。

「為什麼不告訴我？」夏明朗幫他把衣服披上。

「你又不是醫生，我找隊醫了。」

「有用嗎？」

「沒用……」陸臻頹然，但還是妄圖狡辯，「可是告訴你也一樣沒用啊！」

夏明朗扯著陸臻的領子把人往上扔：「上去，帶你找人去。」

「找誰啊？」

「柳三！」

「他會有辦法嗎？」

「他沒辦法讓他去想，想不出來老子滅了他！」夏明朗氣勢洶洶。

夜空如黛，乾乾淨淨的沒有一絲雲，群星像水晶一樣閃爍著，清爽透明。

陸臻偷偷看向夏明朗充滿警告意味的鍋底臉，忍不住仰起臉，嘴角微微翹起，心懷竊喜。

夜色真美啊！

6

柳三變的營部是這個營區最像樣的建築，紅磚小樓兩層，上下大概兩百來平米。不過，看那個水泥標號多半是造潛艇基地剩下的邊角料。為了省電，屋子裡用的是低瓦數的節能燈，陸臻光膀子坐在房間正中間，灰裡發青的燈光讓他的皮膚泛出詭異的慘白色，猶如一口待宰的生豬。柳三變饒有興趣地托著下巴繞陸臻順時針轉圈，嘴裡嘖嘖有聲，這一行為更增加了陸臻心裡油然而生的行貨（註1）感。

「看夠了沒？有招沒招給個準話啊！」陸臻不耐煩了。

「你怎麼能曬成這樣？」柳三變嘿嘿直樂。

「還不都是你害的？！」陸臻大怒。

「喲，大家都是一個太陽曬的，怎麼就你成這樣了？」柳三變仍然笑嘻嘻的。

夏明朗不太習慣陸臻被除了自己以外的人擠兌，伸手按柳三的肩膀，示意，問題比較嚴重，兄弟指條明路。

柳三變呵呵一笑，神色間頗有些得意：「這事也就是你們問著了，也就兄弟我了，你們打這門出去，尋遍三軍，我保證有辦法的也不超過一隻手，這其中，就有兄弟我！」

註1：行貨就是劣等貨物，不過問題的關鍵不是劣等而是成為貨物。「《水滸傳》上寫到，宋江犯了法，被刺配江州，歸戴宗管。按理他該給戴宗些好處，但他就是不給。於是，戴宗就來要。宋江還是不給他，還問他：我有什麼短處在你手裡，你憑什麼要我的好處？戴宗大怒道：還敢問我憑什麼？你犯在我的手裡，輕咳嗽都是罪名！你這廝，只是俺手裏的一個行貨！」所以關於行貨的深入解釋，參看王小波的《「行貨感」與文化相對主義》。

「真的？」陸臻大喜，顧不上詫異柳三怎麼忽然嘴就貧了。

「真的！」柳三變誠懇點頭，去雜物櫃裡一陣翻找，尋摸出一個髒兮兮的棕色玻璃瓶。

「就這？」夏明朗有些懷疑。

「你放心，靈得很。」柳三變擰蓋子用力倒了一些出來，咕噥著，「不多了，趕明兒讓你嫂子給你帶點過來。」

「什麼成分啊？」陸臻滿眼狐疑地看著柳三變掌心裡汪著的那一小攤淺色液體。

「這又不是我配的，我哪知道什麼成分，管用就成了唄，反正你也不是第一個用的，怕什麼？」柳三變滿眼戲謔。

陸臻被一個曬傷廢成這樣心裡一直挺自卑，現在聽說自己還有同道，陡然生成一股子豪氣，振臂一揮就吼：「來吧！」滿臉的毅然決然，倒像是要上法場。

夏明朗點點頭，自然而然地搓熱雙手想接過玻璃瓶，卻被柳三變抬手讓過了。

「我來吧，這玩意跟藥酒不一樣，你沒經驗。」柳三變一巴掌拍在陸臻的光脊背上，示意他趴到行軍桌上去，陸臻齜牙咧嘴地過去趴了，越發覺得自己像過節時供桌上的犧牲。夏明朗一聲不吭地讓了一步，柳三變把藥液塗了滿手，按到陸臻的肩膀上。

觸感冰涼，陸臻忍不住嘶聲輕顫了一下。

「怎麼了？」夏明朗問道。

「有點涼。」陸臻還顧著分析成分，「有薄荷嗎？」

「你別問了，我是真不知道。什麼感覺，是不是還有點辣？」柳三變實在受不了陸臻這種科學工作者式的追根究底了。

「有點。」陸臻發現在起初的清涼之後果然有一絲絲火辣辣的微疼，倒是不難受，反而覺得暢快。

「行，那就對了。」柳三變輕快地呼了口氣，「你這是火性內毒，咱先外用，再內服，等你這皮子長好了，還得找人給你拔火罐去去虛火。」

「拔火罐方進就能幹。」夏明朗說。

「那最好，我正尋思著怎麼向人開口呢。」柳三變顯得很愉快，「那就沒事了，一天三次藥，這幾天別下水，不能出汗……」

「這怎麼可能！」陸臻大叫，「我的潛水時程還差很多呢。」

「時程這玩意兒就是個屁！」柳三變嗤之以鼻，「還不是我給你算的？我給你加三十小時，鬼知道。」

陸臻抬起頭異常震驚地瞪著柳三變，夏明朗雙手抱臂，站到柳三變對面。

柳三變有些不好意思地笑了笑：「當然這話不能在戰士面前說，影響不好。不過，我跟你們敞開說亮話，剛到那會兒，我就知道你倆沒我的事，你，」他指著夏明朗，「你是什麼路數來的我不知道，但絕對不是國內訓出來的，國內沒這水準。至於你，陸少校，你一下水把醬仔都整傻了，天生水感太好了，還好沒在東海讓人給糟蹋了。有些東西它就不是傻練能練出來的，同樣300小時下去有人就成了，有人就菜了，又不是跑五公里，成天傻跑總能好一點。」

「可是我這幾天幹嘛呢？」陸臻被行家盛讚頗有些得意。

「我帶你玩自由潛水（註２）啊！下去得穿乾式潛水服，到時候給你墊層紗布，保證一點問題都沒有。」

柳三變揚了揚眉毛。

陸臻與夏明朗迅速交換了一個眼神，目光發綠地盯著柳三變。

柳三變咧開嘴笑得特別開心，就像一個少年在垂涎欲滴的同伴面前展示自己獨家專有的變形金剛，他眨眨眼甚至壓低了聲音，頗有幾分神秘地說：「我們營地東面有一個海溝，我托潛艇的深潛蛙人在那兒埋了一根鋼纜，有八十米深。」

「就為了玩？」夏明朗瞇了瞇眼。

柳三變的表情頓時變得有些沮喪：「本來是當成新課程上報的，沒過，就只能我自個留著玩了。」

「為什麼不過？」陸臻不解。

「危險嘛，萬一傷了幾個、暈了幾個……最要命再掛上一個，全旅上下都得折騰，多不好啊，對不對？哪有跑五公里來得和諧？」柳三變無奈地。

夏明朗一聲悶笑，扶上柳三的肩：「你五公里跑幾分鐘。」

「還行，也就那樣。」柳三變有些扭捏。

註２：自由潛水就是不攜帶水肺而盡可能深地潛入海中的短時間閉氣潛水運動，目前男子恆重無腳蹼自由潛水的世界紀錄為116米，保持者為紐西蘭的威廉·特盧布里奇。

陸臻茫然地看著夏明朗，試圖在後者臉上找到目前話題的進程，他當然不知道柳三變對長距離負重跑的怨念，倒是忽然想起了白天最大疑問：「三哥，就您這樣厲害的人，怎麼就至於考核最後一名呢？」

柳三變顯然是試圖從容坦然，可是多少還是有些抹不開面子，於是表情就變得複雜起來，他略略低頭躲開陸臻明亮好奇的注視，輕咳了一聲笑道：「因為我擅長的科目他不考，他考的東西我不擅長。」

陸臻也是在陸戰待過的人，心下了然，不再戳柳三變的心窩子。

柳三變的上藥程序擦完前身也擦過後背，目前已經順利進軍到陸臻的後腰處。方才聊得興起陸臻也不覺得，這會兒忽然靜下來……一雙男性的手在後腰敏感處溫柔遊走的反常觸感毫無阻礙地反射進了神經中樞，登時就讓他頭皮發麻。

陸臻雖然不見得是個男人都能發情，可是他畢竟是Gay，有些東西是天生的，天然的審美與天然的好感。柳三變長得不錯，身材和相貌都能稱得上一個帥。陸臻不是柳下惠，能擋住美色的誘惑已算是不容易，可要命的是夏明朗還在一邊瞪著。這感覺，簡直有如偷情。

陸臻試圖說服自己這只是個單純的醫療程序，可是眼下這情況也太他媽詭異了，於尷尬彆扭中滲出一絲絲反常的刺激感，讓他不得不深呼吸控制自己的生理反應。他偷偷轉頭觀察夏明朗的神情，卻發現後者眉頭微皺，目光深不可測……

陸臻正糾結著，柳三變輕輕拍了拍他的屁股，示意脫褲子。可憐的小陸中校頓時就傻住了，雙手下意識地扣在褲腰上，正好卡住，進退不得。

柳三變笑了：「脫了啊，你大爺來我這兒裝什麼純啊？」

「那那……那下面我就自己來吧！」陸臻漲紅了臉，脫口而出。

柳三變有些困惑地看了陸臻一眼，笑容變得詭譎起來：「不是吧，大哥，就你這死守褲頭的架勢怎麼活到現在的？？咱這屋才兩人啊，又沒個丫頭，你這是幹嘛？」

「我們那兒不玩這個！」事已至此，陸臻只能硬著頭皮耍賴。

「喲，兄台師從何派啊？」

「國防科大。」

「高等學府啊，果然文化人的地頭就是不一樣！」柳三變笑著點頭，「要換我們那兒，就您這號的早就讓人扒光衣服了。」

陸臻那個後悔，隨便找個什麼理由這事也就混過去了，怎麼就傻得打實招了呢？當然，如果夏明朗不在，那真是沒啥，大夥兒都在也沒什麼關係，扒光了也無所謂，要不然在部隊這麼多禁忌他早完蛋了。

可是眼下……

事實證明剝開道貌岸然的虛偽外殼，骨子裡的柳三變少校也是正常的鷹派基層軍官一名，與普通人沒什麼不一樣。他樂不可支地看著陸臻的窘樣，拿肩撞向夏明朗：「哥幾個並肩子（朋友）上吧，把這倒楣孩子在這兒給圓滿了！沒讓人扒過衣服的軍校生活絕對是不完整的，咱給他補上。」

如果當前扒的是方進、馮啟泰什麼的，陸臻保準就並肩子上了，但是任何洗具（喜劇）洗到自己頭上那都是杯具（悲劇）……事起非常，一時間陸臻什麼聰明才智都全沒了，只能哀怨地怒視夏明朗：你男人的清白都快沒了，你你你……你還笑！

夏明朗哈哈一笑，親切地攬過柳三變：「經驗很豐富嘛！」

「那是，哎，你可別也跟他裝啊，我還真不信了。」柳三變露出重溫年少輕狂的神往之色。

「我不是說這個，我是說你這藥上得挺有經驗。」夏明朗笑眯眯的。

柳三變一怔，他目前的注意力根本不在這塊。

「挺好的，早先常常幹吧！」夏明朗笑得更歡了。

夏明朗這話沒頭沒尾，如果不是笑容實在曖昧猥瑣，柳三變鐵定還是反應不過來，可是當柳三的腦子轉過彎來，他的臉就白了。

「不不不，這個，我沒經驗。」柳三變急了。

「別謙虛啊，就你那手勢一看就是練過的。唉……還是帶女隊好啊，福利多啊！哪像咱們，十里八鄉找不出一個女的，全是烏七八糟的大小夥子看著都煩。還是你好，萬紅從中一點綠，幸福！」夏明朗捏著玻璃瓶直晃悠，無限心酸地，「這都快用完了。」

「沒，這玩意兒不住用……啊不是，不不，不是這樣，我對這事沒經驗，我……」柳三變連忙搖頭，急得臉色都變了。

在部隊明面兒上最犯忌諱的就是作風問題，最容易讓人取笑的也是作風問題，尤其是像柳三變這號天下少見的女隊男指導員，當年還不知道怎麼苦哈哈地COS（cosplay，角色扮演）柳下惠煎熬出頭，這一身清白來得著實不易。

「哪能啊，你剛不是說了嗎，我沒經驗，你有。說吧，那都啥感覺啊，也說點給咱開開眼。」夏明朗一臉忠厚誠懇的期待，眼神卻極為挑逗。

柳三變忽然閉了嘴，這次是他自己拿刀遞給夏明朗，自作孽不可活！他看看憋笑已經憋得把頭埋進桌子裡的陸臻，又瞅瞅滿臉壞笑的夏明朗……哀聲嘆了口氣，認栽！

「夏大哥，真的，這事開不得玩笑。」

「別介意啊……」夏明朗皺起臉。

柳三變沉默了幾秒，忽然奪門而出，聲音從樓下飄上來：「哎呀，我忘記小馬剛剛叫我有事，你們慢聊，回頭幫我把燈關了……夏隊，那藥你幫他上了也一樣的，都一樣，都一樣……」

夏明朗拍桌狂笑，十分開懷。陸臻咬牙切齒地踹在夏明朗肩上：「我不求你，你還不出手了是吧？你就眼睜睜看著我讓人佔便宜嗎？」

「喲，人可沒想佔你便宜啊！」

「可那也是個男的啊，又不是女人！我會有反應嘛！」陸臻氣急敗壞。

要是個女的，我就……夏明朗小聲嘀咕。

「你就一點不鬧心（心情煩躁）？」陸臻飆上了。

「沒沒沒……不是。」夏明朗笑夠了，深吸一口氣，「是這樣的，你聽我分析，開始呢，我也是覺得有點不對勁的，可是後來我發現你比我還要不對勁……」

「然後你就坦然了？」陸臻從桌上跳下，已經準備要幹架。

「那倒也沒有，然後我就覺得看你不對勁挺好玩的。」

陸臻直接開大腳，夏明朗閃過第一下就嚷嚷起來：「不是我說你啊，怎麼越來越娘們了。」

陸臻咬牙：「我這就讓你看看我有多爺們。」

「我剛才那也是信任你，我以為你能搞定嘛！要不然回頭又得叫喚：哎呀，給我一點空間啊，你要看著我努力嘛，讓我表現表現會死嗎……」夏明朗誇張地學陸臻說話，眉飛色舞的。

陸臻愣住，一身的張牙舞爪慢慢耷拉下來。

夏明朗把人扯進懷裡順了順毛，扒在陸臻耳邊輕笑：「沒事，這不配合得挺好嗎！以後你就得這樣，你得給我點訊息，什麼事你想自己去搞，那你就去，你不成了，你得通知我。你看就像剛剛這樣……哎，我就明白了。要不然，我也不是你肚裡的蛔蟲，哪能事事踩上大爺你的鼓點子。」

陸臻可能有一萬種缺點，但絕對有一個優點很突出，那就是從善如流。他幾乎瞬間就羞愧了，眼神躲閃地瞅了瞅夏明朗，低頭囁囁地：「我這人是不是挺不好的？」

「還行吧。」夏明朗異常大度，「一個家裡能有一個男人把著舵就成了，剩下那個鬧騰點也出不了事。」

陸臻深吸一口氣，連腮幫子都鼓了起來，一方面他非常不能接受這句評語，因為很明顯他不是那個把舵的，他是鬧騰的；可是另外一方面，眼下這情勢，他還真沒什麼反駁的餘地，只能默默地把這口悶氣吃下，哀怨地爬到桌上去：「快點上藥吧！」

「脫褲子！」夏明朗淡定的。

正所謂識時務者為俊傑，跟夏明朗鬥久了陸臻就對這條古訓最有心得。這會兒天時地利人和都不在他手上，當下，利利索索地就把褲子給脫了。

結果，換夏明朗愣住了。

因為陸臻十分徹底地把內褲也給脫了。

陸臻的想法是這樣的：反正這屋現在沒外人，老子全身上下也早讓你看透了，趕緊的，把事給辦了，那藥我感覺有點稀，別沾在我褲頭上還不好洗。

其實他這想法本身是挺正確的，唯一沒考慮到的就是夏明朗的心情。

夏明朗發現這好像是他第一次認真觀察陸臻這個部位，腰胯很窄，肌肉緊實挺翹，燈光在他的後腰微凹處留下陰影，然後拉起一條亮線勾勒出整個輪廓的弧度，像是被精心雕琢過，有種蘊含著力度的優美。相比起全身上下令人不忍卒睹的曬傷，這裡的皮膚白得驚人，光潤緊繃，泛著健康的光澤。

夏明朗下意識地握住拳，居然有些不敢碰，手掌攤平輕輕地放上去，皮膚在藥液的作用下變得滑膩而溫潤，手感絕佳。夏明朗忽然發覺到，要他平心靜氣地完成這次工作，其實有點難度。

「快點啊！等什麼呢？」陸臻有些不滿。

夏明朗心頭一跳，手掌先於大腦的指令滑開去。陸臻滿意地哼了一聲，側過臉放在自己手背上，舒舒服服地趴下了。

夏明朗手掌寬大，掌心熾熱，在藥液的聯合作用下被他按住的地方彷彿火燒，可是滑開後又是一片清涼。陸臻這幾天火燒火燎燥得身心俱疲，就像在火焰山走了八百里地，此刻驟然跳入清涼的泉水中，絲絲入扣的濕潤清涼從皮膚表層一直滲入到心裡，讓陸臻舒暢得幾乎要睡著。

夏明朗很鬱悶，並且越來越鬱悶，他有點想不通。柳三變剛剛也就是摸個背而已，這小子炸毛炸得都快露餡了，可是現在他已經進入到真正的三角區了，身下這人反倒歇火了。夏明朗很不甘心，手掌沿著陸臻大腿的外沿滑到胯部，略略使了一點勁，陸臻順從地翻身仰臥。

昏暗燈光下的光與影再次起了變化，夏明朗的目光順著自己的手指劃過結實的胸肌與平坦均勻的小塊腹肌……眼前這具身體很安靜，柔和而放鬆，一切都呈現出最自然安穩的模樣。

夏明朗回想起某些時刻這玩意劍拔弩張的模樣，不由自主地伸手握上去，卻被人按住了手背。

「別鬧。」陸臻含糊地咕噥一聲，撥開夏明朗的狼爪，給自己找了個更舒服的睡姿。他曲起一支胳臂枕在頸下，像一隻小貓崽那樣哼哼唧唧地側過臉蹭了蹭。

夏明朗被徹底打敗了，抽手就在陸臻大腿上拍了兩巴掌。

陸臻困頓睜眼：「好啦？」

「沒！」夏明朗沒好氣。

「吵我……睏死了。」陸臻舔了舔嘴唇，又倒下去。

「那剛才倒是精神，我看你都快升旗了。」

「他那麼折騰我，長得還挺帥，我能沒點反應嗎。」陸臻睏得糊里糊塗口齒黏連，聽起來有種意外的撒嬌味道。

夏明朗頓時錯愕，這邏輯與他三十幾年的基礎認知嚴重不符，即使理智上他明白可能這樣對陸臻來說才是正常的，可情感上還是傻眼了。

「嗨，合著給你找個姑娘你就沒反應了。」夏明朗訕訕的。

「廢話！我給你找個……」陸臻困頓地揉著眼睛，感覺拿夏明朗舉例子可能已經不恰當，「你給方進找個男人折騰他，你看他能有啥反應，也就是起雞皮疙瘩的反應。」

「漂亮的也不行？」夏明朗總不能徹底相信。

「那就不是漂亮不漂亮的問題，是根本性的問題。」

「你就喜歡長得帥的？」

「嗯……嗯！」陸臻搖頭，「身材，身材很重要，嗯，比長得帥更重要。」

「那你覺得誰身材最好。」夏明朗無可控制地聯想到自己約等於一米八的身高，頗有些酸溜溜的。

「你嘍！」陸臻似乎認為單純的語言已不足以表達他的情緒，甚至孩子氣地揮舞著胳臂在半空中重重一頓。

「真的啊？」夏明朗開心了，心花怒放不足以形容。

「那是，要不然怎麼就追你呢！」陸臻笑盈盈的，將睡未睡時的鬆弛神情讓他看起來就像個孩子，異常的純良而誠懇。

夏明朗老臉一紅，幾乎有些羞澀，十分違心地誇起旁人：「其實鄭老大也不錯嘛，哦，還有方進。」

「唔，方進太……太魁了。嗯，不過有人喜歡吧，有人就喜歡這樣的。」

夏明朗非常竊喜。

「其實陳默挺不錯的。」陸臻眨巴了一下眼睛，又安心地合上，總結陳詞似的，「不過還是你最好了。」有時候夏明朗很痛恨自己的記憶力，就在這甜蜜蕩漾的頂峰，腦海中卻陡然閃出一個模糊的人影。然而，當這個人影與陳默的身形相重合以後，夏明朗的笑容停滯了。他慢慢俯下身，輕舔著陸臻的耳垂，彷彿無意地小聲問道：「藍田有多高？」

「188！」陸臻迅速蹦出這個數字，幾乎有些憤憤，「丫的，見鬼了，那傢伙從來不鍛鍊，從來不鍛鍊！怎麼就能長那麼高，不公平。」

「他的身材跟陳默差不多吧。」夏明朗無比唾棄地捶自己腦門，因為連他自己都聞著了那字裡行間的酸味。

「拉倒吧，他能跟默爺比嗎？他能有一塊腹肌就不錯了。」陸臻忽然撐起半邊身子，目不轉睛地盯著夏明朗。

「幹嘛？」夏明朗心生警惕。

「親愛的，你是不是吃醋了？」陸臻十分得意。

夏明朗哼一聲，試圖淡定但未果，索性就黑臉了。

陸臻一看還認真上了，也有些不爽：「怎麼啦，我都沒問過你原來女朋友叫什麼名字。」

「那也得我還記得啊。」

陸臻一愣。

「分了就是散了，就忘了，也就不剩下什麼了。」夏明朗指指自己胸口，見陸臻的眼睛越睜越大，卻又笑了，溫柔而無奈的，「放心，我不會跟你分的，你是我老婆，跟別人都不一樣。我知道你不喜歡這個詞，回頭我們再想一個，反正差不多就這意思。」

「以前，就沒出現過別的讓你想娶來當老婆的人嗎？」陸臻怯怯的。

「也有，可是八字還沒一撇就黃了（事情沒辦成），正兒八經拜過天地的就你這麼一個。」

拜天地……陸臻被夏明朗這神來的語言整得無語而凝噎，偏偏心裡又甜得很，低頭偷笑，嘴角止不住地往上揚。夏明朗心頭一軟，揉搓著陸臻後腦勺上毛茸茸的短髮，有些後悔自己提這無聊的茬。

「你是不是一直對我和藍田現在的相處模式有疑問？」陸臻小聲問。

「也不是，主要是我們那塊沒你這風格。在我們那兒只要是真正好過的，散了就散到底，老死不相往來。沒見識過你們這種文化人，好聚好散，隔三差五還要通個消息打個電話什麼的，比朋友還親。」夏明朗頗有些自嘲地笑了笑，繼續自己在正面的上藥工作，陸臻仰面躺下去盯著天花板，

心結這個東西，有時只要說出口就爽到了，並非一定要求個什麼結果。夏明朗知道陸臻對他什麼心思，知道這是自己的結，鬱也只能自己鬱著。

「你需要我跟藍田斷絕聯絡嗎？」

「你明知道我不是這個意思。」夏明朗不高興了。

「你別激動，雖然藍田是我最重要的朋友，可是如果讓你感覺不舒服……」陸臻看著夏明朗的臉色，明智地閉上了嘴。

半晌，陸臻清亮的聲音在這個屋子裡流淌起來：「我跟藍田認識很久很久了，一起長大，一起面對人生的難題。我們很相似，用同一種原則生活，相信同一套價值觀，說不清是誰影響了誰，總之到最後我們變得很像，常常會想到一起去，看著同一個東西會不約而同地笑……」

「喂！」夏明朗沉下臉，心想這還沒完了。

「我不想把你們兩個人放在一起比較，因為那不公平。我也不想貶低他來讓你開心，因為那沒必要。藍田是非常出色的人，我相信他是我今生會遇到的最厲害的人之一。我曾經非常愛他，我甚至擔心因為他拔高了我對男人的期待，我會很難再找到喜歡的人……可是，」陸臻微微笑，握住夏明朗的手掌按到心口，「對於我來說，你跟他是不一樣的。我不知道你是否能理解這種不一樣，他是我愛過的一個人，可即使是我最愛他的時候，他還是他，我也是我。而你就像我的心臟一樣，沒有你，我會死。」

夏明朗目瞪口呆。

「藍田也說你很好。」陸臻笑得很開心。

「你跟他說我？」夏明朗感覺匪夷所思。

「如果可能的話，我想跟所有人談論你，可惜不能，我只能跟他說。他覺得你很了不起，他說信任比愛更難，我跟他相處十年，我們仍然不能彼此信任，可是我才認識你兩年，就像個傻瓜那麼單純地信任你。」

「說什麼呀，都聽不懂了，噁心巴拉的……」夏明朗禁不住老臉泛紅，他掩飾性地拍著陸臻的大腿說，

「轉過去，轉過去……還沒上完呢。」

陸臻乖乖聽話，當然沒有提醒他其實背面早就上完藥了。

氣氛很好，好得動人心魄。當然，如果那扇門沒有忽然被推開，某個愣頭沒有忽然闖進來的話，一切還會更美好。

「營長，阿梅姐來……」洞開的大門外，一個烏漆抹黑的人影模糊在夜色裡，只剩下兩排雪亮的白牙映著月光。

醬仔張口結舌地豎在門口，石化了。

夏明朗與陸臻聞聲回頭，心中紛紛爆出一個詞：我靠！

一個痛心疾首，媽的，光顧著煽情了，沒顧上觀察敵情。

一個疾首痛心，見鬼，被這渾小子感動了，沒顧上支楞耳朵。

正所謂滄海奔流方顯英雄本色，關鍵時刻才見男兒氣概，到底是夏明朗臉皮厚反應快，心理素質過硬，當下，只見他淡定地輕咳了一聲，招招手說：「你過來。」

醬仔的眼睛瞪圓了三圈，不動。

夏明朗搖了搖玻璃瓶說：「藥快用完了，你知道你們柳營把剩下的放哪兒了嗎？」

「唔……哦！」醬仔撓著頭走進來，接過玻璃瓶對著光仔細研究，研究了半天才歉疚地還給夏明朗說，「對不起，夏隊，我不知道。」

玩我？夏明朗氣血上湧，殺人的心都有了。

「這，這……陸中校你這是怎麼了？」醬仔小心翼翼地探出食指碰了碰陸臻破損的皮膚。

「曬的。」陸臻言簡意賅，心中咒罵，你丫怎麼還不滾。

「行，沒就沒了吧。」夏明朗大大咧咧地揮手，裝模作樣地說道，「那陸臻，反正也沒了，你先穿衣服。」

陸臻閉了閉眼，一鼓作氣跳下桌子，以一種超越緊急集合的迅猛神速，轉瞬間套上了所有衣服。整理好軍容回頭，陸臻才發現他這麼快都白穿了，因為醬仔小朋友居然非常配合地轉身了！

陸臻心中感慨，這麼純良的孩子是怎麼在柳三變那隻笑面老虎的手底下活到現在的啊？

「姜清，你們營長剛剛出去了。」夏明朗態度從容內心悲涼，老子早幹嘛去了，怎麼早沒想到這麼打發他呢？

「哦。」醬仔點點頭。

「你找柳營長什麼事？」陸臻衣服穿好，心態就正常了，好奇心頓起。

「是這樣，女隊的萬隊長過來了，在操場……」醬仔頗為躊躇，「要跟你們方進比一場。」

陸臻與夏明朗對視一眼，奪門而出。

我靠！有熱鬧看！

營地的操場就在沙灘邊，依地勢平出一塊場地。夜深，探照燈從高處照下來，形成粗壯的光柱，在地面上留下一個雪亮的光斑。萬勝梅背光而立，短髮被照得半透明，周身騰起模糊的光霧，儼然一個武林高手。

陸臻倒吸一口冷氣：「好有範兒（派頭）。」

「人呢？」萬勝梅冷喝。

「喊什麼喊？催命哪，爺不可換身衣服嗎……」方進垂頭從暗處溜出來。

完了，完了……陸臻抱住夏明朗狂笑不止，小侯爺飆京腔了，他緊張了！

方進被迫正面迎光，被照得鬚髮俱明，在雪亮的強光下皮膚與作訓服都被刷成一個色，灰濛濛的。萬勝梅上下打量了一番，問道：「什麼規則？」

「規則？要他媽的什麼規則？」方進小聲嘀咕。

「痛快！」萬勝梅略一點頭，反手從背後抽出兩柄一尺多長的短刺。

陸臻頓時兩眼放光：這人用的兵刃跟他一樣。夏明朗悶笑，指指場子裡的萬勝梅，又指指陸臻腰上的刺刀袋，用幾不可聞的氣聲笑道：「娘們！」

陸臻大怒。

這邊暗潮湧動，那邊的方進卻已經懵了（傻住了），怎麼……還上械？玩兒真的啊？

萬勝梅挑了挑下巴，示意你想用什麼隨便挑。

方進猶豫了半天，最後從兜裡掏出兩枚指虎套上，雙手握拳拉開一個起手勢，等著。

萬勝梅微微一愣，繃直腳跟做出一個不同於軍用格鬥的起手禮節，然後右手微揚，掌心的短刺如風輪一般疾轉，人已經貼身攻了過來。

背光時看不清，方進起初還以為萬勝梅用的是軍刺，又或者是ASP軍棍的海軍版，這一轉他才醒過神來。哇靠，這婆娘玩的是正兒八經的峨嵋分水刺哇！

傳統的峨嵋刺一般全長一尺三分，兩頭為棗核狀。眼下萬勝梅手上這對顯然是改造過，方進在打照面時依稀看見有血槽，再然後就什麼也看不清了。畢竟峨嵋刺這種貼身近刃講究個神出鬼沒，要真讓你看清了，估計已經扎身上了。

原先方進選擇用指虎純粹是客氣，跟姑娘亮刀子他不好意思，可是對方已經上鐵了，你不用，又好像瞧不起她。眼下倒是歪打正著，以近防近以短涉險……只是，這麼打起來，實在是非常地，不好看！

這兩人打得太快也太近，以致於周遭人士再怎麼努力，都只看到強光下一團灰濛濛的影子，模糊中好像有人在扭來轉去，內部具體怎麼伸手怎麼抬腿，半點都看不清。

夏明朗揉了揉眼睛決定放棄：「這丫頭有點意思。」

「方小侯會輸嗎？」陸臻睜大了他視力1.5的眼睛還試圖繼續。

「說不定哦！」夏明朗嘿嘿一笑。

「這麼厲害？」陸臻驚了。

「是啊，挺漂亮的。」夏明朗一臉嚴肅，「身段也好。」

陸臻滿頭黑線，敢情你老人家看這麼久就為這個？！

其實方進沒打著三分鐘就感覺不爽了，這老娘們幹架怎麼會是這麼個纏人的路數，招招不封死，處處無退路，如影隨形煩死個人，一不小心就讓她咬一口，雖說沒大事，可是在陸地上都讓娘們給掛了，他方進的臉還能往哪兒擱？方進自小打到大，還從沒打得這麼心事重重又憋屈過，忽然把心一橫，單手護胸，腳下使絆子一個踉蹌就地上倒。

萬勝梅冷不丁看人矮下去，還以為他自己滑倒，心頭大喜，迎面一腳就跺上去……

人影乍分，圍觀群眾看了半天終於逮著一個完整的動作可供咂味兒（取笑），水鬼營哄然一聲叫好，陸臻抱肩冷笑。

直立格鬥，方進或者還相信強中自有強中手，也許有那麼一會兒能拼得過他，可是地面動作，方進自問在國內還沒遇上過對手。因為一般人不研究這個，這套路數打起來不好看，散打比賽也不承認，唯一的作用就是傷人，除了亡命之徒，專業人士很少有精通此道的。

萬勝梅這一腳自覺是跺實了，可是還沒高興上一秒鐘，整個人都讓方進給捲了下去。兩個人纏在一起，迎面就嗆進去一口沙，方進已然壓在她身上。萬勝梅知道上當，左手一揚，掌心的鋼刺劃出雪亮的銀光，貼著方進的咽喉劃下。沒想到方進根本不作理睬，略一偏頭任憑刺尖險之又險地貼著自己腮邊過去，右手抄下去一鎖，氣沉丹田，加上他整個人的體重，千斤墜往下砸。

正所謂藝高人膽大，他就賭的這一下壓實，如山的漢子也得讓他壓得喘不過氣來，就這麼個嬌小的女娃，還不得直接背過氣去結束戰鬥？

萬勝梅知道不好，猛吸氣想硬扛過這一下，可是沒等她感覺窒息，方進已經像彷彿觸了電一般自己彈了起來，而且一下彈出三步遠。

「怎麼了？」萬勝梅趁機跳起。

「不……不打了！」方進結結巴巴的。

「為什麼？」萬勝梅愣住。

「就就……就不打了嘛……」方進面紅耳赤，轉身就想逃。其實打這麼半天他一直沒看清萬勝梅長啥樣，剛才壓下去，被迫臉對臉眼對眼，才看清了一張窄瘦的瓜子臉，眉毛修得細細彎彎的，眼睛不大卻長，典型的南粵女子長相，薄唇秀鼻，黑裡生俏。

方進被這張臉唬了一唬也還沒啥，畢竟這也只是一般的好看，也沒到徐若瑄、關之琳的份上。可關鍵是方進同時抵到了兩團讓他非常陌生的東西……不同於他一直習慣的男人們有如鐵板一塊的胸肌，再剽悍的女子，胸口也是軟的，溫而柔韌，貼到手裡就像是握了一隻活潑的兔子。

方進只覺一頭熱血淋臉，臊得只想趕快逃。雖然之前他跟秦月和吳筱桐也打過，可是在水下被厚重潛水裝備阻隔的A杯與岸上簡單隔了一層T恤的C杯，在觸感上完全不可相提並論。方進好像忽然間意識到眼前是位姑娘，還是個比較有前，相當有後，大腿結實屁股渾圓的漂亮姑娘，方進於是深切地感覺到自己完了……

娘喲，我打她哪兒好哇！

「為什麼啊？？」萬勝梅急了。

「爺下不了手，成不？你說我打妳哪兒好啊！？我這不是耍流氓嗎？」方進比她更著急，幾乎語無倫次，「得得得，讓妳贏，妳贏了妳贏了，算爺輸成不成……好男不跟女鬥嘛，姐姐妳就饒了我吧，就當妳贏了！」

萬勝梅的臉色徹底變了，水鬼營集體靜默，麒麟們面面相覷。

語言，那絕對是一種具有魔力的東西，正所謂一句話讓人笑，一句話讓人跳。所以詞不達意絕對是一項生理缺陷，萬惡的高考早就告訴了我們：跑題的後果是很嚴重的！

陸臻一直相信方進早晚會死他那張臭嘴上，可是沒能想到的是，這麼快！

方進自覺已經拿出了他所有的誠意，做出了他最大的讓步，承受了最多的委屈。可是萬勝梅只是緊緊地抿起唇，漸漸收緊了下巴，渾身煞氣滿溢，眼角眉梢透出來的都是戾。很顯然，在她看來，這已經不再是一場普通的較量。下了校場就是對手，你可以打贏我，但你不能侮辱我，你這樣侮辱我，就是逼我跟你拼命。

「哎哎！妳這娘兒們怎麼這樣啊！都說了就當妳贏了還不成嘛！就當我輸了嘛……」方進再沒眼色，有人要殺他還是看得出來的，嚷到一半嚇得拔腿就跑，萬勝梅自然緊追不捨，可憐瞭望臺上掌燈的兄弟追著他們搖燈，累得滿頭大汗。

軍人嘛，第一護戰友，第二護姑娘，遇上這兩樣基本都沒什麼原則性，偏心是一定的。

萬勝梅既是戰友又是姑娘，水鬼們護起來簡直沒商量。甭管方進往哪兒逃，立刻就能圍出三層人牆，死死地把他的去路給堵住。而麒麟們的立場就很微妙了，方進跑路的理由雖然充分，可是他畢竟是個爺們，被姑娘追著跑已經很丟人，總不能大夥一擁而上再把他給救出來。

方進慌不擇路，眼前忽然映入一個熟悉的人影，喜得他大喝一聲，飛也似的撲過去：「默默，救我！」

陳默側身讓過，讓方進躲到自己身後。

「讓開！」萬勝梅急停，站在陳默面前。

陳默回頭看了看方進，方進雙手抱拳，虎目含淚。陳默站定，沒有動。

「讓開！」萬勝梅大喝，聲音頗尖銳，幾乎有些劈裂。

「他不想打了。」陳默說。

萬勝梅咬牙，慢慢收緊瞳孔：「換人了？！」

陳默進退不得，似乎不知道應該說什麼，只能不避不讓地與萬勝梅對視。

「倒是好兄弟。」萬勝梅上下打量著陳默，「我希望你能懂點規矩。」萬勝梅聲到手到，雙刺並起，十字封猛扎過來，陳默不能退不能讓，只能一腳側踢正面封擋。

萬勝梅退了三步：「給你十分鐘熱身。」

雖說事起突然，但默爺就是默爺，從不怕事。更何況在陳默的字典裡從來沒有性別這個詞，男人，女人，老人，小孩……在他看來都差不多，在他眼睛裡只有三類人：兄弟，敵人，路人。萬勝梅按理應該算兄弟，可是實在相交不深，基本也就是個路人，所以OK，沒問題，他非常下得了手……這是方進永遠也難以企及的優勢。

方進馬上激動了，歡呼雀躍著叫好：「陳默加油！」

陳默轉身瞪他一眼：再吵你來。

方進馬上閉嘴。

需要強調的一點是：方進之前打不下去想逃，不是因為他看上這姑娘了，也不是說渾小子瞬間紳士了知道什麼叫惜玉憐香……方進逃跑的理由非常不上臺面。純粹就是這輩子第一次跟一個這麼有水準又很像女人的女人幹架，他不知所措了。

萬勝梅的實力讓他不可能閒庭信步片葉不沾身地拿下，可是萬一打猛了……方進只是略作想像就全身起了雞皮疙瘩，在他看來無論是一拳掄上人家柔軟的胸脯，還是兜手抄起她的大腿根往地上砸，那都是非常要命的動作……萬一一個性起，仙人摘桃、斷子絕孫的拳腳也讓他不小心施展起來，那不就完蛋了嗎。

人呢……都是不經想的，你越是想著可千萬不能這樣，千萬不能這樣，腦子就只剩下這麼些動作，方進痛心疾首，由衷地感到會打架的女人都是老虎，遇上了千萬要躲開。

但是，他想逃避絕不代表他就希望萬勝梅能贏，所以眼下由他最好的兄弟，陳默同志心無雜念地挺身而出替麒麟的男人們挽回顏面，那真是再好也不過。方進喜得抓耳撓腮，簡直不知道怎樣表達自己的暢快心情。

方進這邊開心了，陳默卻難受了。陳默畢竟不是格鬥手，他不像方進、萬勝梅那樣家學淵源基礎深厚，貼身格鬥從來不是他的專長，練這玩意純粹為了防身。正常心平氣和的時候他都未必贏得了萬勝梅，眼下對方勢若瘋虎幾乎拼命，他馬上全線吃緊。

性格使然，陳默非常不喜歡與人近距離糾纏，並且為了更好地保護雙手，他的技巧幾乎全部集中在腿法上。完全不同於方進抱摔扭打亂中求勝的路子，他是只求速戰的人，勢大剛猛，只要沾上一點兒，非死即傷，恰恰與萬勝梅輕靈貼身的路子相剋，一不小心讓她貼近了，連踢都踢不出去。於是，陳默唯一能仰仗的就只有力量，男人面對女人時佔絕對優勢的強大力量。

可是這樣一來，場面就非常難看了。

陳默站直了能比萬勝梅高出二十多釐米，整個人大了三圈不止，以腿對手，力量本來就不在同一級。陳默被萬勝梅掛上彩，鮮血馬上滲進作訓褲裡，在強光下根本看不出，萬勝梅要是讓陳默踢中一點點，整個人都幾乎要飛起來，看起來根本就是大男人在欺負小女孩。

圍觀的群眾都是大老爺們，事關女人，男人之間的友誼就不那麼可靠了，別說水鬼們念著與萬勝梅的同袍之誼紛紛表達鄙視，連麒麟內部都開始出現分裂傾向。只有方進急得要命，別人看不出來他能看出來，再這麼下去，陳默死定了……

眼看著情勢越來越不好，方進實在受不了，也顧不上觀棋不語真君子，急得大喊大叫：「陳默你甩開她，脫離，快點甩掉她，這娘們有詠春的路數，打寸勁拳的，不能讓她貼身……」

水鬼們哄然一聲，咒罵連連：搞什麼嘛！兩個大老爺們聯手欺負一個女人？

醬仔身為在場軍銜最大的水鬼，憂心忡忡地扯著陸臻的袖子：「這這，這怎麼辦，陳默少校他會不會……」

陸臻對著他搖了搖手說：「你放心，陳默是那種少見的，連個人榮譽感都不怎麼強烈的軍人。」

瞽仔傻眼。

方進悔得腸子都青了，怎麼就把陳默推出去了呢？他應該撲向夏明朗的啊……至於他撲向夏明朗會有什麼下場，這個問題，他暫時沒顧上考慮。雖然方進只嚷了一句，但足夠關鍵，陳默聽懂了，猛然抬腿過頂一記直腿劈掛把萬勝梅逼開，轉身就跑。怎麼叫詠春的路數，怎麼對付寸勁拳……那些東西方進沒說過，他也不知道，可是脫離這兩字他明白，跑唄，有什麼脫離能比跑起來更快的。

陳默與萬勝梅那點身高差基本全賺在腿上，跑起來一步抵得上她兩步，萬勝梅真是望塵莫及。陳默疾衝急停回身飛踢動作流暢，不等萬勝梅貼上馬上轉身又跑……

古代日本浪客交擊術在詮釋以一敵眾的對戰中也有類似狂奔逃竄鑽小巷子的戰術，目的在於控制對方的攻擊範圍，把環形攻擊面拉長成點，然後逐一擊破。陳默此刻的打算也差不多，強行控制距離，把接觸點保持在讓他最容易發揮的層面上，不讓萬勝梅有機會近身纏上他。於是表面上看來陳默好像挺慘，被女孩子追著打，其實勝利的天平第一次真正開始向他傾斜。

不過幾個來回，萬勝梅已經感覺到厲害，手臂被震得發麻，心口氣血翻湧，滿嘴的血腥味，而更要命的是攻擊節奏被對方牢牢掌握，你根本追不上他。男人和女人在體能上有天然的差距，陳默比她高大了數倍，再這麼下去，光是跑，就能活生生把她給拖死。

按理，打到這個地步，硬拼已經不明智，可是這種專門針對性別弱勢的打法讓她憤怒得紅了眼，滿腔怒火都傾注在眼前這個冷酷而狡猾的身影上，不把他戳上幾個透明窟窿眼根本無法排遣。

方進大喜過望，也不管旁邊站的是不是自己人，一把摟將過來，指著場內嚷嚷：「我兄弟……我兄弟！厲害吧，多聰明，太聰明了！我操，你說丫腦子怎這麼好使呢？」

身邊人沒說話，惡狠狠的一腳跺向他的小腿迎面骨，方進嗷的一聲跳開，抬頭看到秦月鐵青的臉。得得得……好男不跟女鬥，反正也沒踢著，咱退！秦月倒也沒追擊，注意力全在場中間。

夏明朗眼中的嬉笑漸漸收斂，他把嘴裡叼著的菸頭吐在地上踩滅：「完了，這丫頭飆上了，陳默這愣小子……」

「怎麼了……」陸臻不解，話音還未落，身邊猛然擠出一個腦袋。

柳三變一眼掃過全場，臉色大變：「怎麼打成這樣了。」

「可不，誰讓你遲到這麼久。」陸臻還以為他在遺憾自己痛失上半場。

「不能再打了！」柳三變急得跳腳。

「這個恐怕很難吧！」陸臻笑道，就這位大姐拼命的架勢。

「阿梅她脾氣不好，她要是說什麼不好聽的衝撞了，全算我的……」

陸臻錯愕，這這……這都哪兒跟哪兒啊！

柳三變終於意識到他扯著陸臻廢話不頂事，連忙拉住夏明朗：「你這什麼意思？趕緊讓你的人停下來。」

夏明朗太久沒讓人這麼呼喝過，被噎得一愣，臉色也有些不好看：「我倒是能叫住我們家陳默，可是那位手上的錐子可不長眼啊！」

柳三變指著夏明朗：「別廢話，趕緊的！」說完一頭跑進場內提聲大吼，「吵什麼吵？看戲呢？誰他媽同意你們在我這兒打了？」

眾水鬼嚇得一愣，噤若寒蟬。麒麟眾人茫然四顧，夏明朗抬手虛按，示意大家都安靜，客隨主便。陳默以為這就收工了，也想停下，可是眼前銀光飛旋，完全沒有休戰的意思。

方進馬上不高興了，正想嚷……柳三變已經插到這兩人中間：「萬勝梅！妳給我住手！」

在那一瞬間陸臻差點想捂上眼，他以為那細長尖銳的峨嵋刺會直接扎進柳三變的太陽穴，可……沒想到她居然真停下了，就那樣臉色鐵青咬牙切齒地僵立著，狂猛的風暴在她頭頂盤旋……可是，真的，住手了！

陸臻震驚地張大嘴：不是吧，這樣也行？！

「阿梅……」柳三變溫柔靦腆地笑著，他似乎在瞬間用光了自己所有的氣勢。

「讓開！」萬勝梅冷冷地瞪著他。

「還打嗎？不打我回屋了。」陳默問道。

柳三變眼看著萬勝梅的瞳孔驟然收縮，連忙把人抱住。萬勝梅甩了兩下甩不脫，氣極了喝道：「放手！」

柳三變連忙退開一步，柔聲細聲地勸，「別這樣啊，大家都是兄弟，當什麼真呢？」

「是他們不給我活路。」萬勝梅怒道。

「怎麼可能啊！這都是誤會。」柳三變堆出滿臉的笑，「是吧，夏隊？」

夏明朗臉上一僵，心想這小子是急昏頭了嗎？在這個點上老子說什麼都搓火啊！果然，也不等夏明朗答話，萬勝梅抬手指了指柳三變，轉身就走，柳三變心裡大聲叫苦，硬著頭皮追上去。

夏明朗與陸臻面面相覷，這這……這算是哪齣？方進不明所以，兀自嚷嚷著怎麼了怎麼了？臨陣脫逃怎麼滴？陳默慢慢走近，伸手扶住他。方進這才發現沙灘上一長溜半掌血印，頓時慌了，趕緊蹲下去看傷：「陳默你沒事吧？」

陳默搖頭：「有事。」

「啊，阿梅姐是我們營長的……」醬仔結巴著解釋。

「相好？」陸臻會心微笑，有些感慨，「怎麼都內部發展了呢……」

醬仔眨了眨眼，有些不好意思。

「得，怎麼辦吧！」陸臻看著夏明朗直樂，「我說他怎麼急成這樣。」

「得解釋解釋啊！」夏明朗深沉的。

「方進！」陸臻提聲吆喝。

「吵什麼吵？忙著呢！」方進正跪在地上幫陳默檢查傷勢，專心得頭也不抬。

「走吧！」夏明朗摸摸陸臻的頭髮，「就方進現在這火氣，去了也得再幹一架。」

陸臻一想也是，拉上夏明朗直奔柳三變的營房。

果然，遠遠地就看見柳三變的營房亮著燈。營長夫人親臨，與柳三變同屋的小弟們都有眼色，一個個自覺地捲起鋪蓋去擠大通鋪。陸臻走近發現窗簾沒拉嚴，正想竄上窗臺扒個姦情看，才依稀看到萬勝梅淚眼微紅的一閃就被夏明朗扯著領子拽了下來。

「幹嘛？」陸臻不滿地亮牙。

傻樣兒，你想偷看早點做準備啊！夏明朗不屑地瞅著他，好像自個沒偷過情似的，有哪個偷情的人不是支楞著耳朵聽四方，警惕性比打仗還好？就咱倆走過來這動靜人早聽見了，這不是上趕著讓人抓現行嗎！

果然柳三變開門出來：「有事嗎？」

「梅隊長沒傷著吧！」陸臻連忙笑問。

柳三變一愣，笑了：「她姓萬，她叫萬勝梅。」

「哦哦，該死，看我這腦子。」

陸臻一邊笑著打哈哈，一邊就想推門進去。柳三變連忙攔住他：「別了，今天還是算了，剛不小心讓我給說哭了，這會兒要她命也不會見你的。」

「呵，合著她就只能哭給你一人看啊！」陸臻做驚訝狀，「你倆什麼關係呀！」

「我老婆。」柳三變輕聲笑語，神色間頗有些俗氣的曖昧，似乎是羞澀的，卻又有歡喜與得意。

陸臻一時啞口，他不明白自己為什麼會這樣。但是真的，當聽到柳三變那麼輕易就說出了那兩個字，那個他與夏明朗成天在背地裡打情罵俏你推我拒，卻從來沒敢宣之於世的名詞時，他的喉嚨口驀然一澀，好像有團亂髮堵在軟骨上，進退不得，癢得鬧心。

「三哥，你還真……就這就，就叫上老婆了啊！」陸臻訕笑。

「酒也辦了，證也扯了，除了沒生娃，別的都齊全了，我不叫她老婆叫啥呀！」柳三變也樂了，拉著他們往海邊走，「走吧，咱們去外面說。」

陸臻耷拉下腦袋垂頭跟上，夏明朗知道他的心思，伸手攬上他的肩膀用力緊了緊，陸臻微微笑，悄悄看著夏明朗用口型道：好媳婦。

夏明朗失笑。

柳三變一直走到海邊才停，背靠著一塊向海的礁石坐下，夏明朗給自己點上菸，彈出一支遞給柳三變，柳三變擺擺手，指向遠處還亮著的那扇窗。陸臻心中一動，輕輕踹著夏明朗的腳後跟，以眼神示意，瞧瞧人家……多自覺。夏明朗斜眼瞅著他，猛然後吸了一口，煙霧在口腔中吞吐成形，吐出一個圓溜溜的漂亮煙圈。

陸臻氣結，拉著柳三變極為親熱地拉家常：「三哥，你這手也太厲害了，指導員泡上隊長，你們旅長當時那表情！嘿……」

「這男未婚女未嫁的，他能有什麼表情？我看他都快樂死了。」柳三變沒好氣，「基層軍官，上面最怕的是什麼？家庭問題！一結婚，淨想著怎麼轉業，尤其是老婆娶得遠，感情還特好的那種。所以啊，內部發展了，多好哇？我跟阿梅不就賣在部隊了嗎？發光發亮，到死絲方盡……只等著人老珠黃沒用了再踹走……」

「他就沒點別的表示？」夏明朗深深地妒忌了。

「把我調走算不算？不過這也不能算，我本來就到時候了，應該要走了。」柳三變低低埋頭，手指無意識地劃著沙：「得，你們先別查戶口了。我說，你們那位陳默怎麼回事啊，下手也太狠了吧！」

「弟妹怎麼了？」

「剛在外面還硬撐，一進門就趴了，我估計沒兩天起不來。至於嗎，怎麼著也是一個姑娘吧！」柳三變雖然極力控制情緒，可是畢竟是自己老婆，不偏著向著根本是不可能的。

陸臻不以為然地撇嘴，沒敢吱聲，敢情，那姑娘對著您是梨花帶雨我見猶憐，對旁人那就是一炮仗，你以為我們家陳默樂意跟她這麼死磕啊？那不也是逼的嗎？

平心而論，陸臻覺著現在這局面也挺好的，萬勝梅以一敵二，車輪戰，雖然沒贏可也沒輸，怎麼著都面子齊整；而他們這邊，第一高手方進以一個是男人都能理解的理由退出戰鬥，臨時頂上陳默一個狙擊手也沒失了陣腳，場面上也算是過得去；而當地現管柳三變在緊要關頭壓住群雄力挽狂瀾，更是尊榮之至。

如此三方共贏，皆大歡喜，真是寫書都寫不出這麼個好局！

「我們家陳默傷得也不輕，老弟，你自己老婆什麼脾氣你應該清楚，今天這事，可不能光賴陳默吧？您家那位姑娘……」夏明朗表情誠懇語重心長。

柳三變沉默了好一陣：「阿梅倒是沒怨陳默，她說陳默夠意思，對她亮了真功夫。」

是啊，所以這會正在屋裡躺著呢！陸臻苦笑，跟她亮真功夫的代價可不小。

「可是大哥，就當我難為你，你站在她那角度想一想，你讓她怎麼辦？」柳三變苦笑著搓了搓臉，「方進就這麼撤了，還說那種話，擺明了就是說她一個姑娘，仗著身體優勢佔便宜。她也是個軍人，因為這種理由讓人撂在臺上，你讓她怎麼咽得下這口氣？」

「這……這個，的確是我們的問題。」夏明朗尷尬地回答。

「我知道你們這群人都傲氣，眼睛裡沒旁人。這沒什麼，誰讓你們厲害呢？可是你也得給別人一條生路走，就剛剛那情況，她不拼命還能怎麼辦？說真的，正經打一架，贏了輸了，阿梅都不會抱怨什麼，她不是那麼小氣的女孩子。我之前就跟她提過方進，我說很厲害，妳打不過他。她說沒關係，輸了就輸了，至少不會輸得難看。」

「兄弟……」夏明朗腦中飛轉，心想，這下糟糕了。

柳三變抬起頭盯著夏明朗，目光誠懇而純淨：「我這不是在追究誰的問題，我知道大家都無心的，可就這無心最傷人，你懂嗎？女兵們在這隊裡活得不容易，你得給她們留點餘地。她們可以苦可以累，可是就怕被人瞧不起，苦過了累完了，回頭發現自己就是個笑話一個擺設……那滋味。我不是說阿梅現在是我老婆，我同情她，而是那滋味我也嚐過，我跟她們一起嚐過。」

「是是是，是我們考慮不周，回頭一定讓方進向嫂子道歉。」陸臻點頭不迭。

「道歉？你想讓方進說什麼？這時候怎麼說都是錯。」柳三變苦笑。

「那怎麼辦？」陸臻很迷茫，這女兒家的心思他還真是不懂。

「行了，我也就是提個醒。這事就這麼算了，就當沒發生過。」柳三變站起身，拍了拍屁股上的海沙，「也是趕巧了，來的時候就一肚子火，前些日子有個小演習，說好了讓她們上的，沒想今天臨時一個通知讓她們去旅部，到目的地才知道來了個什麼外國友人要參觀，又是表演賽，完事了還讓她做武術表演，剛還對著我抱怨，說姐又不是賣藝的……」

「話說，三嫂那手功夫？」陸臻試著轉移話題。

「潮州萬氏，有沒聽說過？她們家是南拳的泰斗，聽說祖上還會過黃飛鴻……所以從小神氣活現的，進了部隊更不得了，恨不得要當將軍。」柳三變輕笑，眼中有隱約的寵溺與無奈，「這話說起來，你們那位方進？」

「方小侯據說族譜能追到明朝，不過功夫聽說主要不是靠家傳，是小時侯有個游方的什麼啥傳授的。」

「呵，這麼傳奇？」柳三變樂了，「回頭真得讓他們兩個正經會一會，搞不好他們練武的以武會友，一來二去的那心結就解了。」

話題總算是明快了些，都是有老婆的人，陸臻與夏明朗也大概能理解自己老婆讓人打得三天下不了床那是個什麼心情。尤其是在沒有罪魁禍首可追究的情況下，唯一能幹的也就只剩下獨自地窩火與心疼了。

夏明朗因為常常被迫陷入此種境地，所以格外同情柳三變，貼心話一串一串的，聽得柳三那個感動，上趕著叫哥。直說，小弟我自打成家後就一直受到來自男同胞的不公正待遇，對老婆稍微上點心，就成天擠兌我像個婦女主任似的。其實老話說得好哇，老婆如衣服，兄弟如手足，小弟還是一顆紅心向著組織的。

「話可不能這麼說。」夏明朗嚴肅批評，「這老婆娶回家就是要心疼的，兄弟如手足，可給你七手八腳你也跑不了，老婆如衣服，貼身一件遮體禦寒，這能少了嗎？壯士斷腕，那是男人的勇氣，衣冠整齊那是中華民族的傳統美德。」

柳三變從沒聽過如此慷慨激昂的妻管嚴理論，頓時驚為天人。陸臻在旁邊憋笑憋得差點背過氣去。

這氣氛磨開了，一切就好辦，柳三變甚至放話大包大攬，為表明自己在老婆面前還是說得上話的，爽快地答應說今天這事就交給他，一定不留隱患。

陸臻與夏明朗於是放下心來，開始有心情打聽點八卦，夏明朗的興趣點在羅曼秘史，柳三變明顯扭捏；陸臻倒是對萬勝梅手上那對鋼刺大為好奇，柳三變為了避開夏明朗越來越下三路的誘供，連忙像變戲法一樣變出一柄峨嵋刺來遞給陸臻：「是這個嗎？」

「你也有？」陸臻一陣驚喜，連忙接過來細看，這才看清楚細節模樣，原來峨嵋刺兩頭的血槽並不像56軍刺那麼明顯，幾乎是個箭簇形，細杆的中間連著一個鋼製的指環，指環上纏著黑色的細棉線，泛出隱隱的烏光，顯出天長日久汗水浸泅的痕跡。

「嗯，會一點。」柳三變把中指套進指環裡，靈巧地翻動手指，讓峨嵋刺轉出一團烏光，「這玩意在岸上優勢不明顯，在水裡特別好用，它沒阻力，鍍上鉻在水裡根本看不見。你別看它創口小，但那是圓形的，血止不住，捅進去出來就是一個洞，海水灌進去，馬上大量失血，比魚槍的殺傷力都大。」

「還好今天在水下你沒這麼給我來一下。」夏明朗心有餘悸地摸摸胸口。

「我倒是想呢，玩兒不好，沒輕沒重的，阿梅還在頭疼怎麼教我。」柳三變很遺憾。

「這也是三嫂的家傳？」

「不是，她專門找人學的，她爹托了好幾道朋友找的，不過也就他們這種人家能找著人，要換了我，連門都摸不著。」柳三變笑了。

「三哥，您這娶的哪是普通衣服啊，您這是龍袍啊！」陸臻可著勁兒地恭維。

柳三變嘿嘿笑，連忙說哪裡哪裡，可擺明了的得意寫在臉上，一點也不掩飾。

你還別說，居家男人的話題還就是不一樣的，柳三變一時也想過陸臻與夏明朗這倆單身漢怎麼就這麼能理解他，只覺得分外投緣，一直聊到深夜才歸。

陸臻與夏明朗裝模作樣地起著哄說要恭送柳三變再入洞房，三人輕手輕腳地摸回宿舍才發現燈還亮著，萬勝梅換了身整齊的作訓服端端正正地坐在桌邊，剛打了個照面就啪的起立一個敬禮。夏明朗與陸臻這些日子在柳三變這裡沒上沒下地混著都遲鈍了，陡然撞上這架勢都被唬得一愣，連忙還禮，幾乎有些狼狽。

「你怎麼起來了？」柳三變著急了。

「是啊，受傷了還是得多休息啊！」夏明朗做出溫和好大哥模樣。

「我沒事，夏隊，你別聽三變瞎說，他最會誇大其詞。」萬勝梅抿了抿嘴，嚴肅地說道。

夏明朗見萬勝梅臉色發白，知道她總是不太舒服的，也不好戳破，連忙拋了個眼色給陸臻：你不是對八歲到八十歲的女人都有一手嗎？露手藝吧！

陸臻於是堆起一臉純良美好足以秒殺萬千女同胞的笑容，極為體貼地說道：「三嫂啊，甭管您傷沒傷著，三哥這也是心疼你……」

「你怎麼能叫她三嫂呢……」柳三變義正詞嚴地打斷他。

陸臻錯愕，你老兄剛剛還老婆長老婆短的，生怕別人不知道你倆啥關係，怎麼這會又裝純情了？

「你應該叫她阿梅姐，叫我梅姐夫才對嘛。」柳三變一本正經。

萬勝梅終於撐不住，臉上繃著的嚴肅模樣垮下來，笑了：「柳三你……」

「阿梅姐好！」陸臻清脆響亮地喊了一聲。

「嗯，梅妹夫好。」夏明朗點了點頭。

「我真沒事，你們不用這麼逗我。」萬勝梅實在是拿這三個油腔滑調老奸巨猾的男人沒辦法，只能笑著坐下，神色也柔和了很多：「今天這事我有責任，但你們那位方進中尉也的確太過分了。我知道他對我們女隊員有想法，所以他讓我來，我就來了。我們正式上操場了，正正經經說開始了，我們就得拿出尊重來，對嗎？可是，他怎麼能那樣？」

「這這，這個大妹子，你這就誤會了。」夏明朗連忙按住她，「方進他絕沒有這個意思，方進嘛，這個……方進嘛，你就不能太把他當人看。」

萬勝梅一下愣住：「不當人，我拿他當什麼啊！」

「你就得把他當個……」夏明朗找詞著。

「寵物！」陸臻興奮地搶答。

這算怎麼回事？萬勝梅莫名其妙，不自覺地轉頭看向自己老公。柳三變正滿頭的黑線，想笑又不好意思，可是他畢竟是瞭解方進的，越想越覺得陸臻形容得精到。

夏明朗不滿地瞪他一眼，轉而又笑得一朵花兒似的對著萬勝梅說道：「方進嘛，他就是有點小孩脾氣，順毛驢，妳得誇他，捧著他點，什麼時候他犯點錯了呢，妳也別往心裡去。至於今天這事，其實沒別的，他就是害臊了，這小子這輩子也沒見過幾個真正的漂亮姑娘，他看見妳就慌了手腳，他哪兒敢碰你啊！」

萬勝梅呆了半天，苦笑：「所以，所以我其實……」

「您就是跟一個二子（白目、腦殘之人）認真了。」陸臻毀人不倦。

「差不多就這樣。」夏明朗異常誠懇，「這純粹就是一誤會，那小子還沒聰明到……能知道什麼叫歧視婦女。」

「行，」萬勝梅用力握了握拳又鬆開，「既然夏隊您都這麼說了，那一定就是這樣，是我誤會了，我道歉。」

「別別別，快別這麼說，主要還是方進那臭小子犯渾，該抽，應該的。」夏明朗心想，雖然基本都抽到陳默身上去了，你說這事鬧的，罪魁禍首啥事沒有，傷全讓別人背了。

「好！太好了，那就是沒事了……」柳三變興奮地搓手，彷彿生怕遲則有變，大有要馬上蓋棺定論的意思，「這天也不早了，大家都回去休息吧。」

「不，我還有事。」萬勝梅連忙道。

「有事明天說。」

「明天馬上得走，要不然我也不至於趕今天這一趟。」萬勝梅又急了。

夏明朗連忙按住她：「你說你說，咱一次把事都說完。」

「是這樣，其實我今天過來主要是請你們幫個忙，我希望，這次行動你們能給秦月和筱桐一個機會。」萬勝梅不自覺坐得腰背筆直。

夏明朗不覺一怔，抬頭看向柳三變。

「阿梅，不是……」柳三變頗為躊躇，「也不是夏隊就能做主的。」

「柳三。」萬勝梅緊緊地盯著夏明朗，幾乎是逼視的態度，「我不是來通路子走後門的，我只是想要一個機會，一個公平競爭的機會。夏隊長，我們知道外人對我們女兵有偏見，我今天過來也就是想破除這種偏見，我想會一會方進同志，不管是贏是輸，我想讓你們看到我們的實力。」萬勝梅本來是不打算計較的，可是說著說著又忍不住悲憤起來，「不過，他連看都沒看我，只是指著我說：看女人！然後滿場飛跑，讓我變成一個笑話。」

萬勝梅長得很秀氣，窄窄的瓜子臉不過巴掌大，含淚垂眸的樣子足可以讓一個普通男人心軟；尤其是，考慮到她強大的武力值，這種脆弱的反差更是讓在座的三個大老爺們壓力山大，無比愧疚。

「大妹子，妳看哈，我們家孩子不懂事，妳多擔待點。」夏明朗試探著勸導，感覺自己就像生了個闖禍精的倒楣老爹。雖然心情複雜，但道歉絕對誠懇，他才不會犯傻提醒萬勝梅您剛剛可是答應過不追究了，女人有反覆無常的特權。

「沒事，我不生氣。我只是看不開，其實這話我聽多了，但還是看不開。」萬勝梅紅著眼眶，「一直有人問，萬勝梅妳為什麼還沒習慣，可是，我為什麼要習慣？我就是不習慣！」

「對！阿梅姐，我支持妳不習慣！」陸臻忽然激動起來，神色間有異乎尋常的慷慨嚴肅，「最無知的就是這群人，戴有色眼鏡，憑經驗給人貼標籤！」

夏明朗不動聲色地握住陸臻的手，用力收緊又輕輕放開，在他手背上親暱地拍了拍。

「不如，讓我看看妳的實力？」夏明朗無視柳三變焦慮的瞪視，起身站到萬勝梅身前。這妞要的是尊重，不是附和。

萬勝梅抬頭凝視了他一會兒，猛然一揚手，峨嵋刺的確神出鬼沒，夏明朗根本沒看清什麼，只是條件反射地往後仰，刺尖停在離開他心臟三寸遠的地方。

「如果你現在在水裡，腳蹼作用力很慢，你靠什麼躲過這一下？」萬勝梅收勢。

真正的行家一點就透，夏明朗眼睛一亮。

「不過這東西很難學，對手腕和手指的要求非常高，技巧性也強，三變他練了有些日子了，也不行。我本來以為方進對這個會有興趣。」萬勝梅慢慢收手，有些沮喪。

「方進當然會對這個有興趣，不過你的方式出了問題，你不用暗示他，也不用刻意證明什麼，妳只需要把這玩意放到他面前去，說你要不要學？他就會哭著喊著求妳教他。」夏明朗笑瞇瞇的。

萬勝梅微微發怔，露出若有所思的表情。

「大妹子，今天這事真沒妳想得這麼壞！妳的實力，有眼睛的都看得到。」夏明朗極自然地從萬勝梅手裡把那支峨嵋刺拿過來，「這東西我先拿走，下次讓方進還給妳，妳到時候給我個面子，別跟小孩較真。」

「那當然，但……」萬勝梅很懊惱，不小心沒控制好情緒，把好好的一場談話整得怨氣橫生，不知道應該怎麼把話題再拉回去。

「另外，萬上尉。」夏明朗筆直地站在燈光下，眸光閃亮，「我知道你們過得不易，再不硬著點，誰都當你們是軟柿子。可勢要足，但不能用盡，不留餘地，最後害著的是自己。至於妳剛剛說的那件事，至少在我這裡一點問題沒有。我夏明朗雖然沒帶過女人，但只要妳們能來，我就敢收，我不怕麻煩。」

柳三變目露驚訝，拼命使眼色，夏明朗只當看不見，自顧自說下去：「妳信得過我，就跟著柳三叫我一聲大哥。我不管妳們是男是女，都是我的戰友，咱們一塊紅旗下，保一方國土。」

萬勝梅凝立很久，最後把另外一柄峨嵋刺也解下來遞給夏明朗。

陸臻發現在任何時候，夏明朗都有憑三句話就讓人肝腦塗地的本事，這是一種妖術，不可言傳。

柳三變一直沉默，目光深長，一聲不吭地把他們送出來，卻一直跟到很遠。夏明朗指著自己的營房說到了，柳三變長嘆了一口氣說：「你為什麼要哄她？」

「我沒哄她。」夏明朗一派坦然。

「你明知道上面不會同意的，帶上兩個女兵，多麻煩……萬一，再出點什麼意外……」柳三變壓抑地握起拳，「上面，旅部那些人，政治部……他們不會考慮阿梅想的那些東西的，他們只會想這麼幹有什麼好處，有什麼宣傳價值，有什麼後果。如果放幾個女醫療兵就可以解決所有問題，為什麼還要冒險讓男女行動隊員混編？你不能要求上面那些肩上掛金星的人在辦事的時候還考慮……一個女軍人的心情。」

「你好像很不想帶上她們。」陸臻詫異。

「不！我只是不想再看她失望，所以別給她那些虛幻的希望。」柳三變眨了眨眼睛，像是要把某種過分激烈的情緒逼回去，「你不明白她有多看重這件事，你就那麼答應了她，她會有多認真。是，她辦事不夠漂亮，總是很拼命好像很難看。可是，你有沒有想過，那些東西你看不上眼，卻是她拼了命才能賺來的。我們卻還要笑話她吃相太難看，這不公平……」

「我沒有！」夏明朗說道，「我也沒笑過你。」

柳三變怔住，迷濛而驚訝的。

夏明朗攬住柳三變的脖子：「還是那句話，信我，就叫我一聲大哥。兄弟我比你運氣好，進了個更好的地方，但我自問幹得還可以，不辱使命。可是我也不是那種混蛋小皇帝，自己吃得飽飽的，就笑你們為什麼不吃肉，我知道你們的處境。我不管到最後能走的是誰，但是，你的人，你老婆的人，我的人，老子一視同仁！」

柳三變不好意思地笑了，一拳砸在夏明朗胸口：「娘的，真想跟你混哪！」

「有興趣來麒麟嗎？」夏明朗哈哈大笑。

回去的時候所有人都睡了，夏明朗與陸臻簡單洗漱了一下，抱毯子擠進了大通鋪的角落裡。

夜色已深，月亮落下西邊山頭，天幕上星光繁盛，明豔欲滴，彷彿觸手可及。陸臻睡不著，翻身側臥，看到窗外的星光勾勒出夏明朗側臉的輪廓，他最初的心動與最終的情定。

「其實我能理解阿梅姐。」陸臻輕聲道。

夏明朗閉目微笑：「新鮮了，這世上還有什麼是您不能理解的？」

「不是那種理解，是更深的，因為從某種意義上，我也像她那樣經歷過……」

夏明朗睜開眼，轉頭看向他。

「我也被人貼過標籤，被歧視……所以，我欣賞那些敢於頭破血流的人。他們敢去挑戰不可能，他們捨得讓自己不習慣。以前藍田喜歡說，超越他們，讓他們不重要。我覺得阿梅姐也是這種人，努力爭取，證明自己。他們不聰明，可是他們有勇氣。我們這個世界，有太多的聰明，太少的勇氣。」

陸臻總覺得向夏明朗傾訴是一件太容易的事，他就那麼看著你，一聲不吭，目似星光。好像他什麼都懂，但是他從不解釋。他不試圖說服你相信，也不嘗試鼓勵你，他不說加油，也不說你別這樣，陸臻相信自己會沉醉在這雙眼睛裡。

「我也曾經憤怒過，」陸臻慢慢說下去，「然後開始習慣，承認我改變不了這個世界，開始學習說謊和偽裝，我告訴自己這是生活的智慧，因為我想要爭取的比這些更重要。但我知道這是一種懦弱，可我沒辦法，我不想被劃歸另冊。那種感覺非常無力，連憤怒的餘地都沒有，他們只會不耐煩地說你真矯情，憤憤不平的樣子真難看。我最怕聽見這個……」

夏明朗抬起手，寬厚的手掌撫過陸臻略長的頭髮，手指留戀地劃過精緻漂亮的耳廓。他用額頭抵著他的額頭，輕笑著用氣聲說：「我也很懦弱，所以我們都一樣，我陪你。」

陸臻凝定了目光，然後強迫自己閉上眼，直到夏明朗呼吸平穩地枕在他肩上沉沉睡去。他這一生聽過很多善意的安慰，聽過很多隔岸觀火的鼓勵，只有這個人，跳下來，與他站在一起，沒有抱怨沒有沮喪。

他說：我陪你。

當我對你的痛苦無能為力，對這個世界的現狀無能為力的時候……

我陪你。

第二天早上，方進反常早起，大呼小叫地嚷嚷，幫陳默打水刷牙，陳默有些茫然地站著。陸臻很同情他，好在陳默還不懂得什麼叫丟人。

方進斜眼看到夏明朗起來，又一次嚷嚷開：「隊長，您快點過來瞅瞅，那丫頭片子手也太狠了，瞧把咱默默給毀的！」

夏明朗一揚手，把那兩柄峨嵋刺扔過去，方進頓時大喜：「哎喲喂！隊長，您把那丫頭的傢伙繳了啊？」

夏明朗指指腳下：「坐下！」

方進茫然地撓著頭，就地坐下。

「坐近點。」夏明朗說。

「什麼事啊？」方進往旁邊蹭了蹭。

「方便揍你！」夏明朗一巴掌呼過去，方進機敏地往後閃，目瞪口呆地看著夏明朗：「隊長……您……怎麼個意思？」

「坐近！」夏明朗沉下臉。

方進眨巴眨巴眼睛，咬牙湊過去硬挨了那一下，疼得齜牙咧嘴的：「什麼事啊，隊長，別打腦袋成不，該打傻了！」

「不會了，你也不能更傻了！」夏明朗虎著臉，「我這下是幫陳默揍的！」

陸臻怕自己忍不住笑，連忙把嘴給捂上了，群眾一看……噫？苗頭不對，一個個聚攏，遠遠地圍觀開。

「打我幹嘛呀？明明是那小娘們傷了默默，壓根沒我事！您要打打她去啊！」方進鼓著嘴，極度地委屈與不解。

「萬勝梅手夠黑，可是你們家陳默腿也不白，他們兩個這筆賬平的，我打她幹嘛？至於你，方進，我問你，萬勝梅一開始跟你打的時候，下手黑不黑？」

「還……行吧。」

「那為什麼槓上陳默就開始拼命了呢？」夏明朗瞪著他。

「那娘們兒殺紅眼了唄！」

「她為什麼紅了眼的？」

方進張大嘴，啞了。

「被你給氣的！」夏明朗指著方進的鼻子開罵，「所以說，陳默那傷是不是你害的？我是不是得揍你給陳默報仇？」

「那，我……我就隨口一逗嘛，我哪兒知道這小妞兒這麼不局器（大方）呢？」方進頓時急了。

馮啟泰把早上的粥打回來，扯了扯陸臻的袖子，小聲說：「小侯爺又開京腔了。」

陸臻微微一笑，是啊，緊張了。他低頭聞到蟹味，胃裡一陣翻騰，捏住鼻子拿方進下粥。

「隨口一逗，哦？還說人小氣。」夏明朗笑了笑，「方進，就這麼著。趕明兒從軍區下個文，說凡身高不到175的特種兵一律退伍，你有什麼想法？」

方進氣憤得憋紅了臉，張了張嘴，大概實在不知道怎麼反駁，只能小聲嘀咕：「爺有175。」

「別介意啊，人軍區再下來個凱子，巨傲氣，巨牛B，鼻孔沖天，眼睛裡沒人，人說175以下的男人還是人嗎？那是三等殘廢！老子都不稀得（不屑）跟他們一隊。你不服？有種咱們上操場練練。好嗎，還沒開始，人拖拖拉拉把你晾操場上晾了半小時，好不容易開打了，沒三分鐘，人跳出來說不打了，為什麼呀？跟三等殘廢打架沒意思啊！打什麼打？不打了，就讓你贏……」

「哪兒有這種人呢！」方進急得眼眶都紅了。

「是呀！」夏明朗意味深長地看著他，「我也在想啊，怎麼會有這種人！」

「我就不是這個意思！」方進急得要命。

「那話都是你說的吧？原話吧？你方大爺自己知道是什麼意思，萬勝梅憑什麼知道你是怎麼想的？她是打小看著你長大了，還是晚上偷聽過你說夢話？人家可不就這麼想嗎？難道她還能想著，哎呀，我可真漂亮呀，看把人迷得？！你當人跟你似的，幹個架還這麼多私心雜念的？」夏明朗拍腿大怒，方進嚇得連忙往後一縮，夏明朗指了指自己身前，「坐過來。」

方進戰戰兢兢地坐了，垂著頭，一聲不吭地。夏明朗探身過去，方進極委屈地抬眼看著他，也不敢動，一雙燦亮的星光大眼睛一閃一閃的。夏明朗心頭一軟，大巴掌呼下去就變成了回勾，把那顆大頭撥拉進懷裡用力揉搓了兩把，暗嘆：媽的，都是讓老子給慣的，自食惡果啊！

方進被順過毛，才放心大膽地委屈起來：「我真不是這個意思！」

「行，我們先不說你什麼意思，我問你，就擱女人堆裡算，萬勝梅算不算牛B的？」

「別說女人，男人堆也算狠的。」方進小聲說。

「你憑良心講，她贏不贏得了你？」

方進偷偷看了夏明朗一眼，最後還是憑良心講了：「我琢磨著。」

「那你覺得，她知不知道自己贏不了你？」夏明朗步步深入。

方進眨眨眼，有些茫然，顯然他還沒想過。

「她知道！」夏明朗的語氣無可置疑地堅定，「你是誰呀，你是方進呀。方進中尉，武術特招的特種兵，麒麟基地格鬥總教官，第一高手……你要說萬勝梅過來，是篤定能在操場上滅了你，我借她仨膽子，她肯定沒這麼指望過。」

「那……那她……」方進越來越茫然。

「是啊，現在問題來了，她明知道贏不了，她還來幹嘛呢？我們來分析一下，為什麼……」夏明朗微微笑了一笑，反手一巴掌呼在方進腦門上，「媽的，還跟老子裝傻！？是誰躺在船上死氣白賴地吼，說：『媽的，有種跟老子在陸地再幹一架！』您老都這麼放話了她能不來嗎？您是誰呀，您是方進呀，就您這麼個大人物，在水下讓她手下倆小丫頭就給整暈了，您對此表達了強烈的不滿，她能不給點表示嗎？她能指著你的鼻子說麒麟都他媽菜鳥，頭號高手讓我倆丫環斃得滿地找牙……她能嗎？她敢嗎？她一個當隊長的，在男人堆裡混到這份上，她能不知道什麼時候得讓著點，給人點面子，也給自己留點餘地……」

「等等等，隊長等一下，你的意思是，她過來……」方進感覺自己已經反應不過來了。

「她過來，就是找一個機會漂漂亮亮地輸給你！這麼一來，大家的面子都全有了。人還為了你特意用上了峨嵋刺，你也看出來了，人家從小練詠春拳的，這峨嵋刺一個水下偷襲的東西，她拿到岸上來打擂臺用，她有病嗎？？她幹嘛拿這玩意，為了你！專門用這個上場是還打算教給你，贏了之後給你個機會再表表姿態。一個說果然厲害，一個說你也不差，一個說你這玩意有意思，一個說想學嗎？教你……就這麼著，和氣圓滿！結果呢？遇上你這麼個混球，全白瞎了！」夏明朗義憤填膺。

方進目瞪口呆。

「你自己想想看，這辦的叫什麼事？你一開口，她打老遠好幾十海里跟船進來。剛上場你就說不打了，跟女人打架沒意思。合著你叫她過來的時候不知道她是個女的啊？你玩她啊？招之即來揮之即去，你讓她的臉往哪兒擱？她不跟你拼命，把這口氣掙回來，以後還怎麼混？陳默被打這麼慘，全是你害的，我剛剛給你那一下還輕了。你呀！就是不值當人家給你臉，你就不配人這麼看重你。」

夏明朗痛心疾首，黯然神傷：「都是讓我給慣的，平時沒輕沒重也就算了，大家都讓著你。出門還這樣，誰知道你開玩笑啊？誰相信你方進這麼個大小夥子了，還這麼傻里傻氣的沒腦子呢？你看你把萬隊長給氣得，連傷帶堵昨兒晚上差點吐了小半碗血。你好意思嗎？人家好好一個姑娘家，帶著誠意來的，你就這麼對人家。人家昨天還問我，方進怎麼會是這麼一人呢？我都沒法回答她。我這張老臉都讓你給丟光了！」

「可是我打的時候你也沒攔著……」方進委屈地嘀咕。

「你小子刷的一下話就衝出來了，我還怎麼攔著？我不讓她跟陳默飆一場，人怎麼出氣怎麼下臺？」夏明朗惡狠狠地瞪著方進。

方進傻眼呆坐，半晌，囁囁地扯著夏明朗的袖子問道：「那，那怎麼辦呢，隊長？」

「我怎麼知道。」夏明朗斜他一眼。

「那，那我現在去賠禮道歉……還有用不？」方進侷促的。

「晚了，一大早人就走了，趕回去還有一個表演賽。聽說是為美國太平洋艦隊的一個司令搞的什麼表演，有『團體刺殺操』、『模擬登陸』什麼的，完了還有格鬥表演。對了方進，哥知道你最喜歡出風頭，不如你跟她們換換吧。你也別在這兒幹了，專門給人耍兩手功夫什麼的，也讓老外樂和樂和。」夏明朗嘴角微勾，笑出詭譎的弧度。

「別啊！隊長！」方進嚇得臉都白了，「誰樂意出那風頭啊！」

「是啊，誰樂意出那種風頭呢？可是人家還得去啊。方進，讓你跟萬隊長換你樂意不？我保證人家萬勝梅肯定很樂意。」夏明朗拍著方進的臉頰，眼睛卻看著在場所有的隊員，「我以前教你們要傲氣，因為當兵的不傲氣，沒個脊樑就不像個兵。現在我教你們什麼叫尊重，長臉的活讓咱們給佔了，咱們沒幹砸，這是光榮也是義務。髒活累活讓友軍扛了，咱們要懂得尊重，要知道感恩，我們都是國家的軍人，就沒個高低貴賤。麒麟的臉丟一次就夠了，別讓我看見下一次，明白了嗎？」

陸臻知道夏明朗要總結陳詞，即時放下了空碗，他每次都想，我不能再讓這妖人控制情緒，可是他再一次不由自主地跟隨著大家背手跨立，大聲吼出一個明白。很久之後陸臻才明白過來，為什麼夏明朗總是讓人無法拒絕，因為他從不打算控制誰的情緒，他只是把你藏在心裡的想法扒出來，用最簡單直白的方式還給你。

所以動人。

夏明朗聽到吼聲如雷，終於滿意地笑了笑，他親暱得像個老大哥那樣擰著方進的臉頰，把峨嵋刺別到他腰帶上。

「改天把這玩意給我練出來。」夏明朗從容的。

「這我哪兒會啊！」方進愣了。

「你問人去啊！」夏明朗樂呵呵的一臉壞笑。

方進傻眼，咬著嘴角，目光哀求，夏明朗呵呵一笑，揚長而去。方進哀怨地看向陸臻，陸臻說道：「柳三變也會一點。」

方進的眼睛亮了。

「但萬勝梅是他老婆。」

方進的目光迅速黯淡。

陸臻沉痛地摸了摸方進的腦袋：「侯爺啊，該長大了啊！」

方進淚流滿面。

「你看把默爺給害慘的。」陸臻語重心長。

方進感覺自己真想哭了。

雖然沒傷到筋骨，但是陳默這傷一時半會兒也下不了水。海南的天氣濕熱，好在空氣也還乾淨，沒有裹繃帶，上過藥的傷口直接暴露在空氣中。他雖然不在意，看起來也是有些嚇人的。

陸臻戳了戳夏明朗肩膀，小聲說：「我記得某人當時笑得挺開心的。」

「你也要允許我偶爾反應慢個半拍。」夏明朗十分坦蕩。

「哎，那會兒不知道是誰對著三哥吼來著。」

「陸臻同志，你要搞清楚，那是他老婆又不是我老婆，他能一眼看出問題的嚴重性我不能。」夏明朗一把攬住陸臻，聲音放得極低，「再說了，老子主要是不瞭解女人那心思，昨天跟柳三聊過，這才找到的誤區。你哥我要這麼懂女人，那不就沒你什麼事了嗎……」

陸臻眨了眨眼睛，實在不知道說什麼好，轉頭指了指陳默：「那個二子處理了，這位爺呢？？」

陳默暫時停訓，一個人靠在門邊玩虛槍射擊。陸臻轉頭看了他一眼，引起了陳默的注意。夏明朗驀然感覺自己心底生寒，看見陳默的眸光一閃從他身上掠開去，知道自己又死了一次。

「這位爺……」夏明朗痛苦地撓頭，「下次再說吧。」

反正這位爺硬是硬了點，愣是愣了點，至少從來不挑事。

9

處理完家事搞定了晨訓，夏明朗帶隊去找柳三變，正遇上後者在操場上訓話。柳三變身分尷尬，實在也不好訓得太明白，只能把同情的焦點投向方進，告誡大家嘲笑小朋友是不對的，同時要好好學習陳默與萬勝梅那種頑強拼搏的精神。

陸臻不自覺聽完了全場，心嚮往之，發現中國的語言藝術果真博大精深，柳三變此番明褒暗貶，方進徹底淪為低齡幼齒。不過回頭想想也沒招，禍是方進闖下的，人家說的也基本全是事實，把方進弱智化總好過惡意化，要不然昨天在萬勝梅面前也不至於這麼毀人聲名。可是為什麼現在聽柳三變這麼說還是覺著很不舒服呢？

陸臻想，果然，加菲曰：只有我可以打歐迪！

柳三變訓完話，招呼醬仔帶隊下海訓練，單獨留下了夏明朗和陸臻，呵呵笑著故作神秘地眨眼：「潛水去？」

陸臻心花怒放。

不知道是柳三變是當真從心底裡認可了夏明朗這個大哥，又或者他老婆的心願還有賴夏明朗大力支持，陸臻感覺柳三同志對他們的態度大有不同。之前的柳三變溫順客氣配合工作，是個挑不出毛病的好同事，但你仍然能看出他對你的生疏與隔閡，協助你只是他的工作，而現在的他可愛了很多，也真實了很多。

自由深潛的訓練點離開基地不遠，這是柳三變翻遍海圖好不容易找到的近海深溝。柳三變帶上全套裝備專門開了一條醫療艇出海，他指著船上的救生設備半開玩笑：「兩位，萬一要真出什麼事，咱們可是正常在水下讓水草絆了一跤跌的。」

陸臻忍俊不禁，抱著他笑道：「三哥你放心。」

到了地方，柳三變在船尾放下浮排，三個人換了乾式潛水服下水，把重力錘放下去，小馬在船上留守。

極限玩家們玩自由潛水，往往一根長繩就能開始，但柳三變這個潛水點原本是打算按常規訓練課程上報的，所以做了更多的防護措施，在水下埋有固定的鋼筋水泥柱。重力錘帶著裝有水下照明燈的尼龍深度繩緩緩下沉，柳三變背了氧氣下水，把長繩扣到鋼柱的環扣上，照明燈每隔5米安放一個，燈光開啟，長條形的燈管泛出深藍色的幽幽冷光，一直通向海洋的深處。

「水每深10米，就相當於增加一個大氣壓。潛到20米以下，身體裡的空氣被壓縮，浮力就會平衡，再往下你的身體會越來越重，重力會壓住你往下沉。」柳三變趴在浮力球上向陸臻他們講解重點，「不過，你們兩個常常下30多米，這些感覺應該都不陌生。今天的目標是25米，沒什麼難度，只要控制好心理狀態，比如說缺氧的恐懼。」

「三哥你最深潛到多少？」陸臻很好奇。

「82米。」柳三變想了想補充道，「有腳蹼，上升時有牽引。」

陸臻誇張地張大嘴。

「變重量自由潛水的世界紀錄有140多米。」柳三變有些不好意思，「其實潛太深了也沒什麼實戰意義，最有用的還是30到40米這個深度，能盡可能地多待一陣，能自由活動，關鍵時刻能救命。」

「有沒有秘訣啊？」夏明朗笑著按住柳三變的肩。

柳三變想了半天：「什麼都別想，注意耳壓平衡。」

25米的確不是什麼高難度，柳三變幫他們在腰上扣好安全繩，又講解實驗了浮力袋的用法之後，就放心大膽地讓這兩人上上下下。

南中國海的海水極為清澈，陽光幾乎可以直接穿透30米的水層。水下深谷的崖壁上鋪滿繁茂的生命，各種軟質硬質的珊瑚層層疊疊地覆蓋了每一塊岩石；曼妙的水草在水中浮動，顏色薄嫩；斑斕的海魚好奇地圍繞著陌生的來客，然後驚慌地閃開，消失在珊瑚叢中。

陸臻很興奮，所謂的缺氧的恐懼似乎從一開始就沒有出現過——去掉呼吸器，去掉重力腰帶，去掉碩大的氧氣桶與厚實的軟墊背心，陸臻忽然明白為什麼……叫自由潛水！

是的，是自由！

當你脫開器械的束縛，徹底拋棄那些模擬自己其實還在陸地的假相，忘記所有陸地的規則，真正地進入大海，在某個瞬間陸臻感覺自己彷彿身處夢境。皮膚渴望水的浸潤，渴望那種無所不在的擠壓，身體失去重量，隨心所欲地舒展，有如飛行。

這種時刻，甚至連呼吸都是多餘的！

他不知疲憊地浮起下沉，迅速地為自己找到更多樂趣。他興致勃勃地趴在岩壁上，看著長尾的熱帶魚從自己的指尖穿過，深層的水草呈現出漂亮的紅褐色，在水下像一團雲霧……長久地凝視，直到夏明朗扯著他的手臂把他拉出水面。

「你發什麼愣？嚇死我！」夏明朗臉色發青。

陸臻大笑，比低緯度線上的陽光更加燦爛明亮，然後奮力踩水，跳到夏明朗身上緊緊地抱住他的脖子：「我沒事啦！」

夏明朗不知所措地抱著他，手臂緊緊地箍住他結實的腰。他看到他背靠著太陽傻笑，像一個玩瘋了的孩子，晶瑩的海水從他臉上滴落，折射出奪目的光彩。

夏明朗不知道自己已經笑開，眼前這個青年是他的解毒良藥，無論何時何地，只要看到他歡笑的容顏，就能解一切苦毒。

「好玩吧！」柳三變大喊。

「啊！過癮死了。」陸臻揮舞著拳頭，看著他傻樂。

「好玩嗎？」柳三變慢慢游近，他捧住陸臻的腦袋頑皮地眨著眼，似乎全然不在意他花大力氣搭建的訓練基地就這樣成為了某人的遊樂場。

「嗯！」

「有什麼感覺？」

「像在飛。」

「我就知道，你是有天分的。別太High，過度興奮會讓你心跳加速，那是潛水的大敵。不過……」柳三變沉寂了一秒鐘，又笑了，凝視眼前的蔚藍深海，微笑著點頭，「去玩吧！Enjoy！」

陸臻繼續小口呼吸直到空氣充滿他的整個肺，然後靈巧地翻身，像一羽輕靈的鳥兒投入藍天。

「這小子就這樣，玩瘋了就沒個正經。」夏明朗有些不好意思地向柳三變解釋。

「不不，我真高興他喜歡！」柳三變笑眯眯的，「什麼是天分？最大的天分就是你喜歡。」

夏明朗笑了，第一次感覺到這個總是禮貌疏離的陸戰軍官這麼對他胃口。

「你感覺怎麼樣？」柳三變問。

「還行吧！」夏明朗抹了把臉上的水，抬手指了指四周，「挺大方，哦？」

「唔？」

「這麼好的地方，無功不受祿啊。」夏明朗笑得眉眼彎起，亮出雪白的牙。

「你這人……」柳三變馬上笑了，眼角彎起細長的紋路。他低頭往下看，源自海洋深處的燈火在他指間若隱若現地搖曳著，「你們以後還會再來的吧？」

「我們基地沒海。」夏明朗說道，算是側面回答了這個問題。

「那下次再來的時候，誇一下這個地方。」柳三變就像一個孩子在端詳他最心愛的玩具，微笑著注視那束深藍色的光芒。

「懂了。」夏明朗抬手揉一揉柳三變深金色的短髮，湊過去嬉笑道，「放心，只要逮著機會，哥幫你好好誇讚的。」

柳三變雙手抱拳，半開玩笑地行了個禮。

部隊最好的就是面子，甭管什麼東西只要有外人一搶，都成了金貴貨，牆裡開花從牆外香回來的事也不少。夏明朗發現他越來越欣賞這位柳營長，兩面三刀的性子，身段很軟，看起來沒骨氣，但極其聰明。行武之人總是過分強調血性，往往戾氣過重，死要面子活受罪。其實會得罪人不算本事，能成事才叫本事，柳三變有協調矛盾的腦子，知道怎樣不傷彼此顏面地達到目的，是個人才。

陸臻玩兒心重，當天下午就想往深了潛，被柳三變攔住了。對於自由潛水來說，相差5米就是一重天地，經驗不足很容易在上浮中出現缺氧症狀。所以一連好幾天，柳三都堅持把深度尺放在30米，讓他們慢慢探索自己的極限。

水下戰術有很多要領，深並不是唯一的技術指標，活動的靈巧與準確性才是更重要的。在柳三變看來，自由深潛真正的優勢在於訓練水感，那是與海水最直接最純粹的親近，人與海，全然沒入，直接面對。

沒有什麼比獨自沒入幾十米深的深海更能體會大海的本質：無法呼吸，隔絕氧氣，陸地的穩定與空氣的輕盈都不復存在，身體被海水沉重地包裹，方向失去意義，上下前後左右都是她……最徹底的海洋。當一個戰士可以從容地擁抱自由深潛，那從魚雷管彈射入水等等……簡直就像睡覺那麼舒服安穩。

三個人就這樣整天整天地泡在海裡，長時間在淺水層嘗試各種戰術操作，不時向深水發起挑戰。期間只上船休息幾次，補水補充食物，最後連柳三變都高喊吃不消。

陸臻玩得太High，從來也不覺得累，整塊岩壁都讓他翻了個遍，驚得魚蝦四散。柳三變偶爾會施展絕技徒手抓魚，他脫去水肺和腳蹼，只穿著潛水鞋在水下的石縫裡鑽來鑽去。陸臻發現柳三變的身體柔軟得不可思議，他可以鑽進各種完全不可能的角落，把自己折疊成各種形狀，彷彿雜耍藝人。

即使是天才級的玩家，將深度從20米突破到80米也需要一兩年的時間。還好最近麒麟與水鬼們相處融洽，不需要BOSS時時坐鎮，夏明朗他們便把更多的精力投注到自由潛水上。

這是個好專案，但一個好專案要怎麼開發，怎麼包裝成讓上級感覺有說服力的好項目，卻不是那麼簡單的。

柳三變天份過人，這反而不是件好事，因為天才的成長模式不可複製。這種時候，陸臻與夏明朗的工作就像戰機試飛那樣必不可少，教學相長，彼此交流，雙方都得到不少寶貴的經驗，為將來設計訓練大綱提供了第一手資料。

30米、35米、40米……柳三變在陸臻的要求下不斷下調深度，最後堅定地把深度固定在45米。因為60米是尋常人的死亡線，超過這個深度，巨大的水壓會讓人體內部的氮氣溶解到血液裡，「氮氣麻醉」會讓人變得像喝醉了酒一樣恍惚。

在柳三變口中，水感就像個哲學命題：畏懼與親近，拘束與超脫，征服與馴從……這些觀點新奇而有趣，無法在任何潛水守則上查找，可是陸臻卻相信這是柳三變所能教給他的最寶貴的東西。熱帶海洋的太陽燦爛迷人，陸臻時常興致勃勃地坐在船尾拉著柳三變討論，金黃色的陽光鍍滿他的全身。

萬勝梅托人送進來的藥很有效，陸臻身上的紅腫已經消退，大面積的脫皮被藥油軟化，可以很安全地撕下來，不再乾澀破損。但是黑了，從來都曬不黑的孩子被曬出了橄欖色，新生的皮膚在陽光下閃出緊繃繃的光澤。

夏明朗靠在陸臻背上，專注地精雕一條柳三變剛剛捉到的老鼠斑，把魚骨都拆盡，魚肉削成薄片，那完美的刀法讓開船的小馬嘆為觀止，差點偏離了航向。

在那一刻，陸臻深愛這海洋，以為她是最溫柔的美好。

新鮮的老鼠斑魚肉沒有一點腥味，只放兩滴醬油染味，灑上現擠的海南青金桔汁，鮮甜綿軟。

下。

「浪費了，應該清蒸的。」柳三變很惋惜，老鼠斑就是皮上那層膠質值錢，被夏明朗這麼一拆，啥也不剩

「就這麼一條，拿回去怎麼分？」夏明朗仔細地用淡水把潛水刀擦乾淨，收到刀鞘裡。

「上屜清蒸，不能先放鹽，要不然皮會乾，蒸透了皮開肉嫩，把鹽水連滾油一起淋上去……」柳三變舔舔唇，露出神往之色。

「三哥常吃嗎？」陸臻也饞了。

「沒！吃不起，這魚五六百塊錢一斤哪，平時見你嫂子能湊合著蒸條青衣就挺好了。」柳三變留戀地撫摸著老鼠斑的魚皮，「見鬼了，難得遇上兩次阿梅從來不在，淨便宜外人。」

陸臻很開心，轉頭看看夏明朗，傻乎乎地笑。

「跟你商量個事！」柳三變笑眯眯地用手肘撞陸臻的腰，「你那窩蘇眉……」

「你想也甭想！」陸臻瞬間變臉。

陸臻有一小群蘇眉魚，第一天下水就人來瘋地跟他打招呼，轉著360度好奇的大眼睛，用厚實的魚唇親吻他的手指，把陸臻樂得不知道怎麼辦才好，對這群漂亮的珊瑚魚寵愛有加，每天都從廚房偷小螃蟹帶下去餵它們。

柳三變常常跟在陸臻身後兩眼放光地指著這條「說」值八百，指著那條「說」三千八，被陸臻一巴掌呼開，堅定不移地擋住：我滴，都是我滴！

他花了一天時間研究每一條魚身上的花紋，跟隨它們回珊瑚叢的家，甚至給它們都起了名字，隨時清點警

惕，防著柳三變偷偷順走一條。

柳三變耷拉下腦袋，伸手扯了扯夏明朗。

夏明朗笑道：「老子當年宰了一條國家二級的蛇，讓他訓了三年，你那魚是國際瀕危級別，你估摸著他能訓你幾年？」

柳三變仰天長嘆，罷了罷了，本想帶一條蘇眉回旅部哄老婆，沒想到遇上了動物保護主義者。

時間過得很快，為期一個半月的海訓已經進入尾聲，接下來是回到旅部基地的聯合演習與選拔考核，考核結束正式成軍之後還有上艦訓練以及與潛艇部隊配合的蛙人特訓。

算算日子沒幾天了，陸臻便開始見天纏著柳三變要求感受挑戰60米。柳三變明白那種上癮的感覺，被束縛的痛苦與超越的快感……危險卻誘人。尤其是對於他們這種人來說，越是往下，內心會越平靜，周圍的一切都不存在，只有自己，那是非凡的體驗，彷佛宗教儀式般的神聖感。

然而柳三變很猶豫，一方面他喜歡陸臻，總想讓朋友能稱心如意，可是這似乎又太快了一些。他本想堅持真理，無奈陸臻纏功驚人，除了蘇眉沒得商量，別的一切好商量。柳三變被纏得沒辦法，還是在最後關頭鬆了口，神色猶豫地看著偏西的日頭：「我們試一下，你別勉強，天黑了就回家。」

陸臻歡呼雀躍。

「你想試嗎？」柳三變看向夏明朗。

夏明朗誇張地嘆了口氣說：「老胳膊老腿了，就不跟你們後生仔一起瘋了。」

柳三變失笑，少了一個冒險者保護工作要輕鬆得多，他很感謝夏明朗幫他省這個事。陸臻早就帶著水肺下到過60米的深度，感覺身體上的負荷足可承受，所以信心十足地做著水面準備，凝神靜氣收斂心神，開始做稍淺層的試潛。

一次，又一次地往下，以不強迫自己為準，陸臻看著深度繩上的數字逐漸增加，慢慢接近自己從未探索過的程度。這是一場獨舞，大腦與內心的對話，細微地感覺自己身體的每一點反應，摒除雜念。

在西方，紅豔驚人的碩大落日漸漸融入海水，海面上跳躍金紅色的火焰，將萬頃碧波燃燒成一片輝煌的火海。柳三變向不遠處的小馬揮手，示意他再等等，然後向夏明朗點點頭，把手放在他肩頭：「沒事的。」

夏明朗挑起了眉毛。

再一次下潛，柳三變在水下20米的深度做巡游保護，上浮時最後10米最危險，壓力減半，肺部體積會在短時間內擴張兩倍，對身體的承受力是很大的考驗。夏明朗將臉埋在水下，看見陸臻從海洋的深處撞入他的視野，披著一身透明的泡沫衝出水面。他張大嘴大口呼吸，貪婪地收進氧氣，彷彿無意識地握住夏明朗的手，分開他的五指緊緊交扣。

「怎麼樣？」柳三變探出頭。

「還差一點！」陸臻豎起食指，「下一次，下一次一定可以。」

「別太勉強。」

「最後一次！」陸臻固執而認真地看著他。

柳三變轉身向小馬高喊：「最後一次。」

陸臻咧著嘴大樂，仰面躺倒，漂浮在海面上休息，調整呼吸積蓄體力。夏明朗揉一揉陸臻的濕髮，克制而有分寸地讓他枕到自己肩膀上。

「送我一程吧！」陸臻睜大眼睛頑皮地看著他。

天色昏暗迷離，太陽已經整個地沉入了海平面，瑰麗的海水漸漸泛出沉重的青銅色，夏明朗安靜地看著他，慢慢露出一個笑容。很多年以後，陸臻仍然會想起這個笑容，後悔或者慶幸，心情複雜難言，他已經無力去分辨。而唯一明晰的只有……在這個笑容裡，包含著這個男人所能給他的最大的寵愛與縱容。

10

冥藍深海，照明燈在水下浮動，冰藍色的燈光一圈一圈地洇開，連成一條線。

這是攀向天堂的階梯，亦是沉入地獄的軌道。

陸臻嚴肅地看了夏明朗一眼，微微點頭，眼睛明亮得像天邊剛剛升起的星辰，然後戴上潛水鏡，拉著夏明朗雙雙沉入水中。柳三變在水下十餘米的地方等他們，他拉住深度繩做出一個攔截的動作，然後歡樂地讓開，腮邊湧出大團的泡沫——他在笑。

陸臻一邊向他揮手，轉頭看見夏明朗專注的側臉，與他同速下潛著，彼此相對靜止，這讓他感覺踏實。陸臻赤著腳，沒有攜帶任何輔助工具，以蛙泳的方式下潛；夏明朗則穿著腳蹼，流暢地劃動著雙腿，動作舒展有力，像一條優雅巡航中的殺人鯨。

天空的影子迅速消失，上與下失去參照物，深度繩上的數字逐漸增加，夏明朗已經閉上了眼睛。當安全繩碰到第一道卡標時，夏明朗停了下來。

40米。

他睜開眼睛在昏暗的光線中看到陸臻的臉，微笑的臉，向他揮一揮手，繼續往下，消失在無盡的濃黑中……

離開夏明朗，陸臻感覺心情更平靜了些，他放鬆雙腿，收緊下巴，努力從肺部抽取更多空氣，將它鎖在口腔中，這口氣體至關重要，必須要依靠它來平衡耳壓。深度還在增加，心跳卻變得更緩慢，陸臻感覺到海水越來越沉重的壓力，人類外放的五感被擠壓回身體內部，外部世界彷彿已經不復存在。

他閉上眼睛，越潛越深……進入自己內心的深處，這是百分之百屬於「我」的時刻，只有「我」。

安全繩被卡尺扣住時帶來輕微的扯力。

60米，到了。

陸臻睜開眼睛看周圍的世界，他拉住安全繩繼續往下一米，撕下61米的標籤條，然後調頭上浮。上升比下潛更需要體力，必須用力蹬腿對抗水壓和體重，那需要更多的專注與自信。

然而，水面就在上方，空氣就在上方，天空就在上方……夏明朗就在上方，在水面等待著他。

不再有任何哪怕是一絲的雜念，陸臻專心游動，不自覺地翹起嘴角。無法解釋這種矛盾的心情，他是如此地迷戀下潛，那種徹底與自己的靈魂重合的感覺；可是，每一次，他又是那樣迫切地嚮往著上浮，嚮往自由地呼吸，嚮往夏明朗專注期待的目光。

——

在冰藍色的燈光中，海水是那樣的清澈，如同水晶般剔透分明。被陸臻帶起的波紋向上擴散，好像海面已經近在咫尺。陸臻抬起頭，看見流蕩的波光中有一個人影正往下墜落。他困惑地睜大眼睛，不明白發生了什麼事，血液中過量的氮氣讓他的思維遲鈍，他只是那樣呆呆地看著，看著那個人，越來越近……

熟悉的面容蒙著霧一樣的光暈，水波從他身上滑過，他的眼睛緊閉著，宛如死去。

陸臻像是入了迷，眼睜睜看著這張臉從他眼前滑過，平靜的海水在他身邊拉扯出放射狀的紋路，他低下頭，看著腳下黑色虛空的深淵。

終於，一個來自心底的聲音擊中了他，好像心弦被撥響，他聽到如山的呼喊：抓住他！

陸臻猛然翻身下潛，激起一股水流趕上夏明朗，緊緊抱住他。兩個人的體重疊加到一起，夏明朗下沉的衝力帶著他往下墜，陸臻迅速拉住了深度繩。

43米。

陸臻抬頭往上看，沒有天空的影子，前方好像沒有盡頭。兩個人的體重讓上浮變得如此艱難，他用力蹬腿，一手拉住深度繩用力把自己往上拽。缺氧造成的暈眩與麻痺感逐漸擴散，陸臻意識開始模糊，肺部產生劇烈的疼痛。他努力睜大眼睛，卻發現自己已經看不清深度繩上的數字，在某個瞬間，他甚至以為自己在下墜。

絕望，如此沉重，每一下心跳都像重擊，敲打在鼓膜上，令雙耳嗡鳴。

在神志昏沉中，陸臻的眼前滑過一道巨大的金青色陰影，它優雅地轉過身，用厚實的嘴唇輕觸他的身體，然後緩緩上浮。

超雄性蘇眉魚！

據說，只有生長到一米以上的雌魚才有機會變性為雄魚，而在這其中，只有極少的一部分會生長為超雄性的蘇眉魚，它們是群落的首領。陸臻知道他的蘇眉孩子們一定擁有自己的首領，但他從來沒有見過。

陸臻目送這條兩米多長的巨魚離開自己的視野，低下頭凝視夏明朗沉寂的臉，緊鎖在懷中的軀體沉重冰冷，感覺不到任何心跳與呼吸。

生存？還是死亡！

放開他，可以向上。

抱緊他，一起墜落。

很久以後，陸臻才發現，彼時他還擁有如此截然不同的兩種選擇。

可是當時的他腦中一片空白，他只是側過臉，用鼻尖蹭了蹭夏明朗的臉頰，雙唇覆上他親吻過千百次的地方，試圖把最後的一點氧氣送過去。他像是忘記了自己在哪裡，只是將手臂收得更緊。

這是不能放開的人，永不！

柳三變帶著一身銀色的泡沫衝入深海，在幽幽藍光中，他看見陸臻緊摟著夏明朗懸在深度繩上。他連忙拽過陸臻，示意他把人交給自己。陸臻轉頭看向他，隔著兩層潛水眼鏡，柳三變看到陸臻冰涼的眼神，純淨而執拗，像透明的礦石，彷佛已經沉澱了一切人類的情感。柳三變鬆開口中的呼吸器遞過去，馬上拉開了自己身上的浮力袋。迅速膨脹的浮力袋產生出巨大的升力，海水壓力急遽變化。陸臻感覺雙耳劇痛，他在恍惚中看到救生船的影子，出水前最後一重黑暗擊中了他，眼前一片漆黑。

意識是在不知不覺中恢復的，耳朵疼得厲害，伴著嗡嗡的鳴響，陸臻聽到耳邊的人聲、濕鞋子奔走在甲板上的聲音……船艙頂部的燈光猛然照進他的眼底，陸臻不自覺收縮起瞳孔。

他側過頭，看見夏明朗躺在另一張床上，胸口的潛水服已經被割開，露出紮實的大塊胸肌，柳三變正雙手交疊有節奏地按壓著……就像被卡住一幀幀播放的視頻忽然變得流暢，腦海中模糊斷裂的片段連在一起，陸臻像倒帶般急速串起了事件的全過程。他忽然翻身坐起，巨大的恐懼懾住了他整個心神。

「你先別動！」柳三變焦慮地喊住他，「你剛剛暈過去了，先休息。」

陸臻張了張嘴，發現自己連一個字都說不出口，他指住夏明朗，示意：他怎麼了？

「不知道！」柳三變忙著做心肺復甦。

陸臻扯開身上的心電感測器，掙扎著坐了起來。夏明朗雙目緊閉，心電圖上跳躍著單薄混亂的曲線。柳三變還在一刻不停地做著心肺復甦，小馬忙著整理電擊器準備再做一次電擊除顫。陸臻極緩慢地走著，繞到擔架床的另一邊，夏明朗的右手垂在床邊，手指微微蜷起，像想要握住什麼，陸臻把自己的手放進去，嚴絲合縫。

小馬示意清場，柳三變與陸臻都退開了些，暫態電擊讓夏明朗的身體劇烈跳動，他忽然咳了一聲，在他寬厚的胸膛中，那顆強壯的心臟終於脫離了外力強壓給它的頻率，開始按照自己的方式跳動。

柳三變盯住心電圖看了一會，忽然脫力，捂臉蹲了下去：「老天爺！」

船艙裡一片寂靜，只剩下心電儀單調的滴滴聲。陸臻重新握住夏明朗，感覺到他的手指在收緊，慢慢地，牢靠地握住了他。空洞的胸口再一次被填滿，陸臻啞聲問道：「怎麼回事？」

「你！很好解釋，缺氧了。」柳三變疲憊不堪地趴地擔架床上，「最後幾米壓力小，四肢的毛細血管擴張，血液從一下子大腦流出來，腦缺氧馬上昏過去。不過沒關係，淺水昏厥很常見，日子久了總得倒那麼一兩次。至於他……你在什麼深度遇上他的？」

「43米。」

「暈了？」

陸臻點頭。

「這就奇怪了！」柳三變把臉埋進掌心裡，過了好一陣，他搓了搓臉頰，抬頭看向夏明朗，「你以前是不是出過潛水事故？」

「是的。」夏明朗安靜地平躺著，他看了看陸臻，又把視線再度投向天花板。

「有多嚴重？」

「心臟停跳28分鐘。」夏明朗的聲音低啞而平穩。

陸臻的心口驀然一涼，心臟劇烈地跳動起來。

「當時在野外，急救條件很差，聽說從水裡撈上來的時候已經全停了。好在教官和隊友都沒有放棄，輪流急救，撐到了醫療車過來。」

「你應該提前告訴我的。」柳三變臉色發青。

「有關係嗎？」

「或者有……說不定你的身體有習慣性反應，只要你一缺氧就自動休克，這個很難說……」柳三變明顯著急了。

「隊長，」陸臻提聲打斷他，「死是什麼感覺？」

夏明朗轉過頭，視線與陸臻相碰，交錯在一起。他沉默著，漆黑的雙眸連續地閃爍，終於，他移開視線，輕聲說：「就像潛水一樣。」

「我靠！你的問題很嚴重！」柳三變勃然大怒，「這麼大的事瞞著我們有意思嗎？你到底怎麼想的，你……」

「你現在知道了，有辦法治嗎？」夏明朗問道。

柳三變頓時啞然。

「有人怕高，有人怕黑，我怕水……沒辦法的事……」右手掌心一空，陸臻已經輕輕抽回手。夏明朗一下頓住，平穩的視線驀然飄忽不定，在陸臻臉上反覆流連，卻又避開他的雙眼。

「睡吧，」陸臻並起五指覆住夏明朗的眼睛，「先休息，以後再說。」

柳三變見陸臻轉身出艙門，連忙氣呼呼地跟上去：「你說他怎麼想的？這麼大的事瞞著，他怎麼把我們當兄弟的……」

「可能是真的怕了吧，才特別不想讓人知道……」陸臻只覺頭痛欲裂，這是缺氧帶來的後遺症。他捧住腦袋，背貼著牆壁滑坐到甲板上。前方是廣闊的大海，繁星滿天。

「再說了，讓你我知道又能怎樣？你能怎麼勸他？說『嘿，夏明朗，只是心理原因，別怕……』」陸臻苦笑，眼神中有某種溫潤下沉的東西。柳三變當時看不明白，只覺莫名地心疼。

「所以，三哥你還有別的高招嗎？」陸臻平靜地看向柳三變。他的目光柔和，並無期待，卻又不是絕望的。

「高招啊。」柳三變回過神，「以前阿梅問我，有人怕水怎麼辦？我說，要麼這輩子都別讓他沾水，要麼，就把他這輩子都扔水裡。」

陸臻微笑：「我進麒麟那會兒，試訓期有個哥們怕子彈，陳默把他綁在靶子上，實彈，貼著人打了一圈。」

「我靠！你們那什麼鬼地方？」柳三變大驚。

小馬輕手輕腳地從船艙裡出來，坐到他們身邊。

「怎麼樣？」柳三變問道。

「睡了。」小馬一貫言簡意賅。

陸臻回頭看，從這個角度，穿過敞開的艙門，他可以清晰地看到夏明朗沉睡的側臉。

「你說，他這是怎麼想的呢？」陸臻凝視著那張讓他魂牽夢縈的臉，眼神迷茫而溫柔，「難道這一個月，他就這麼每天死去活來十幾遍？」

「天曉得。」柳三變一臉愁苦。

這事起得突然，有如晴天霹靂，把柳三變嚇得不輕。回程時越想越害怕，柳三慘白了一張臉嚷嚷：「太可怕了，你都不知道當時那情況，他要是浮不上來，你鐵定陪他沉，結果就是一身兩命哪。我回去，立馬能讓人給撕了，大家都別活了。」

「不會的，不還有你嗎！」陸臻頭疼得厲害，還得分心思去安慰人。

柳三變愁得整張臉皺成個苦瓜，雙眉間有千溝萬壑：「萬一呢？萬一……夏隊出事了怎麼辦？」

陸臻怔忡起來，他困惑地發現自己居然並不驚慌。

如果夏明朗真的出事了怎麼辦？這個問題現在似乎已經不必有答案。陸臻輕輕呼出一口氣，心想如果他不在了，那我也一定不在了，所以，就不用去想怎麼辦了。

都是老兵油子，在部隊裡浸淫了好幾年，知道上下進退，所以這次事件理所當然地被瞞下，你知我知天知地知，一切就當沒有發生過。回到基地停船靠岸，生活一切如常，晚飯時交流交流訓練心得，醬仔也只隨口問了一句今天怎麼回來得這麼晚，至於陳默嘛，自然是不管這閒事的。

方進最近狀態神勇訓練水準突飛猛進，成了晚餐話題的中心。這小子像是忽然開了竅，別說秦月、吳筱桐已經按不住他，再加幾個都夠，隱隱有了他老人家在岸上的牛B風範。而且水感這玩意一通百通，方進在水下格鬥的感覺找到了，水底下什麼功夫都見長。

一天裡，晚餐是最幸福的時候，隊員多年如一日地抱怨著伙食，死皮賴臉地試圖從司務班再討點自己喜歡的吃食，可是氣氛歡樂而輕鬆。勞累了一天的戰士們大刀闊斧地把食物填進胃裡，他們動作生猛，就是貪圖那種飽脹的滿足。

雖然這會兒夏明朗看起來是沒事了，但柳三變脆弱的小心肝已經受不得一丁點意外。他求爺爺告奶奶地逼迫夏明朗晚上睡到醫療船上，而且一定要待在急救設備最完整的地方。這讓夏明朗十分哭笑不得，難道你以為老子隨時隨地都能暈過去？

然而，對於一個需要力保365天安全無事故，爭取安全訓練模範示範年的軍事主管來說。一位上校級軍官在水下43米處出現休克，心臟猝停超過一分鐘，需要使用電擊除顫、強心針、腎上腺素……才能把他救回來。這事故實在太大了，大到讓柳三變無法想像，而更要命的是，出事的地方完全不合規定。

給朋友添了這麼大麻煩，陸臻和夏明朗都感覺非常抱歉。這也就難怪有些地方八十年代的訓練大綱也還在使用，陸臻原來不理解，現在也能體諒了。

為了安撫柳三的情緒，夏明朗在晚餐後果真找了個藉口跑去船上待著，留下陸臻、柳三變、醬仔和陳默一起討論第二天的訓練課程。柳三變笑著說脫離大部隊這麼久，明天大人物們都要強勢回歸。醬仔憨憨笑著說好啊好啊。陳默則埋頭記錄。陸臻挑眉看了柳三變一眼，卻被他躲開了視線。

會後各自分散，陸臻心裡盤算著藉口，怎麼去船上找夏明朗。

「陸臻！」柳三變叫住他，追了上來，「不好意思，也沒通知你，就自己定了計畫。」

「應該的。」

「這幾天都是我不好，拉著你們一起瘋……」

「不，今天的事不是你的責任，就算上軍事法庭我也會這麼說，責任在我，責任在夏明朗。」陸臻的聲音很低，平和溫潤，乾淨疏朗的眉宇間上找不到一點嫉憤的影子，有如月光一般皎潔明亮。

柳三變盯住陸臻的眼睛，半晌嘆氣道：「你真厲害，太鎮定了。我都快嚇死了，到現在腦子都是亂的，你居然能這麼鎮定。要不是我知道你小子人品過硬，我真得懷疑你跟夏隊的關係。」

「小弟我一向反射弧比較長，要等明天早上才會嚇死。」陸臻笑了。

柳三變深呼吸，自嘲地搖了搖頭：「說實話，我以前不覺得自己比你們差什麼，比腦子、比身體、比技術……總感覺你們也就是錢多，仗著兵源好。現在看起來……真幼稚，就看你今天這份鎮定，老子再練十年也趕不上。」

「別這麼說。」陸臻溫和地看著他，「誰都有一開始，看多了什麼都會習慣，這不是水準高下。真要說有差別，小弟只是比你多見了幾次血。」

柳三變眉峰一凜，彷彿刹那間有千帆萬影劃過他的眼，靈魂深處某種熱辣辣的慾望探出了頭。

陸臻扶住柳三變的脖子將他拉近，最後紮實地抱住他：「相信你的能力，我們才敢放心下去。任何事都有萬一，五公里越野每年都要跑死幾個，這麼怕萬一，什麼都不用做。」他頓了頓，再一次強調，「這不是你的錯！」

柳三變愣了好久，終於笑了笑：「謝了。」

陸臻隔開老遠就看到夏明朗一個人坐在船頭，胸口驀然一熱，心臟活潑地跳動起來。他上船先裡裡外外找了一圈，沒找到小馬的蹤影，夏明朗在夜色中側過臉，嘴角勾起一絲笑意。

「他呢？」陸臻半跪在夏明朗背後，雙手合抱，把人攬進懷裡。

「一見面就打聽別的男人。」夏明朗故作惆悵。

「讓你哄哪兒去了？」陸臻忍不住，低頭洩憤似的咬住夏明朗頸側。

「打發回去睡覺了。」

陸臻放下心，分開雙腿在夏明朗身後坐下，雙手從腋下穿過緊緊地扣到腰間，心滿意足地把下巴擱到夏明朗肩膀上：「我有時候發現你還蠻纖細的。」

夏明朗渾身一震，因為太過震驚而無法理解這句話的內容，無意識地呆呆重複了一遍：「我很纖細。」

「是啊，」陸臻微笑著偏過頭去，極為露骨地在夏明朗耳邊吹了一口氣，「抱起來剛剛好。」

夏明朗像是觸了電似的彈開，眼色複雜地盯著陸臻看了半天，陸臻始終笑眯眯地回望他。終於夏明朗垂下頭，小聲問道：「不生氣嗎？」

「哦？」

「我以為你會揍我，再不然也得吵一架。」

陸臻一聲不吭，他慢慢抽回手，解開夏明朗作訓服的扣子悄然探入，粗糙的指尖劃過胸口突起，觸電般的感覺讓夏明朗輕微戰慄，他有些詫異地看著陸臻。陸臻忽然發力，將他按進自己懷中。心臟在跳動，在結實的胸肌下，屬於夏明朗的那顆強健的心臟在陸臻掌心有節奏地跳動著，他慢慢閉上眼，感受那種脈動，那樣的清晰有力。

陸臻鍾愛這種感覺。

夏明朗放鬆下來，他低頭微笑著，後背與陸臻的胸膛緊貼在一起，兩顆心慢慢跳到了同一個頻率，連同呼吸一起。

「隊長，死是什麼感覺？」陸臻輕聲問道。

「無力……」夏明朗停頓了一會兒，似乎找不到更好的形容詞，「很無力。」死亡是無能為力的挫敗。

「我問什麼你答什麼，要說實話。」陸臻收緊手臂將夏明朗抱得更緊，「聽懂了嗎？」

夏明朗失笑，輕輕點著頭說好。

「從什麼時候開始的？第一次下水我就覺得你不對，為什麼在基地沒這情況？」

「這裡是鹹水。」

陸臻一愣，幾乎有些挫敗，有時候真相藏在一些讓你無法想像的細節裡。他仔細回憶夏明朗這些日子來的種種，把每一個畫面都從腦子裡抽出來分析：「那次，你跟柳三變在水下幹架那次，是不是……有問題？」

「是。」夏明朗大方承認，「我嗆水了。」

海水鹹澀，刺激性強，嗆海水與嗆淡水的感覺完全不一樣，更容易陷入那種完全透不過氣來，彷彿窒息般的痛苦。

「我當時看你臉色不對。」陸臻十分懊惱，「但我沒有細想，我應該立刻問你的。」

「你當時問我，我也不會告訴你。」夏明朗側過臉去輕輕嗅著陸臻頸側的皮膚，剛剛洗過澡，淡淡的皂香與陸臻的體味融合在一起，變成獨特的動人氣息。

「為什麼？」

「我以為我能瞞住。」

「你是怎麼想的？」陸臻低頭握住夏明朗的下巴，「明知道自己不行還要往下跳，為什麼今天要陪我下去？這不是什麼大事，你不用這樣順著我的……」

「不，不是！」夏明朗握住陸臻的手背，「是你陪著我。」

陸臻一時不解。

「是你陪著我。」夏明朗從陸臻懷裡掙脫出來，雙手撐在甲板上，面向大海，「一直以來，都是你在陪著我。你就待在我身邊，開開心心的，很自在。看到你那個樣子，我就會覺得沒什麼好怕的，你看，這孩子玩得多高興。」

「可是……」

「麒麟不能有一個畏懼海洋的隊長。」夏明朗轉身微笑，漆黑的瞳孔裡映出天邊一輪明月，令人生出某種妖異的錯覺，彷彿是嚴肅的，又似乎有些委屈，「幫我保守這個秘密。」

「你不會放棄的對嗎？」陸臻問道。

夏明朗啞了半天，乾脆俐落地說出一個字：「是！」

陸臻起身站到夏明朗身前，低頭凝視他。

夏明朗忽然笑：「你別這麼看我。」

陸臻彎下腰碰了碰夏明朗的嘴唇，低聲抱怨：「你就不能服一次輸……」

夏明朗試圖辯解，陸臻已經即時吻住了他。

仰起臉，被人居高臨下地親吻這種姿勢總是會讓夏明朗感覺很不自在，他嗚咽地表達抗議想要站起來，卻被陸臻更強硬地鎖住了脖子。……好吧，害人擔驚受怕的罪魁禍首實在也不怎麼好意思過分掙扎，夏明朗只能不甘心地拽住陸臻的手臂。陸臻吻得兇猛而耐心，滑膩的舌頭緊絞在一起，反反覆覆無休無止，夏明朗幾乎找不到機會呼吸，最後實在受不了把人推開，大口地喘息。

陸臻死死地抱住他，一聲不吭。

都很累，太累了的兩個人只想深長地擁抱，把對方勒到自己懷裡，然後放鬆，沉沉睡去。

後半夜風雲突變，天邊傳出沉悶的雷鳴。夏明朗睜開眼就看到滿天烏雲翻滾，低低地壓在頭頂，間或有一條閃電劃過，將天空撕出猙獰的傷口。夏明朗剛把陸臻抱進船艙，暴雨就傾盆而下，巨大的閃電破空而過，挺立在海天之間，像連接天地的上古神木，雨水像鞭子一樣狂暴地抽打糾結在一起。

夏明朗站在舷窗邊出神地看向遠方他們曾經浮沉的地方，濃烈的水腥味撲面而來，暴雨飛濺出的水沫沾得他眉宇皆濕。

「想去嗎？」陸臻不知何時已經站在他身後。

夏明朗訝然。

「我幫你開船。」陸臻轉身就走。

「哎！」夏明朗拉住他，「你……」

「過了今晚上就沒機會了，三哥現在可拿你當瓷瓶供著。」電光乍現，陸臻的臉被照得雪白，陰影分明有如雕塑，神色凝重而執拗，目光純淨。

夏明朗一時怔住，結結巴巴地說道：「今天，今天……」今天已經發生了太多事了。

「隊長，」陸臻上前一步抱住他，「我只問你想不想。」

心跳如鼓，相互應和催動，直到耳邊只剩下血液狂奔的轟鳴。夏明朗生平第一次感覺手腳發軟，只想牢牢抱住懷中這個人。

雨大風急，醫療船在巨浪中劇烈的搖晃，陸臻好不容易放下浮排下好錨。夏明朗換上潛水服站在船尾發愣，陸臻二話不說換起了衣服，還沒等夏明朗回過神已經把他撲下了水。海面巨浪滔天，在船上還不覺得，下了水簡直就像山一樣壓下來，陸臻拉著夏明朗游向浮排，緊緊地拽住纜繩。

「下去嗎？」陸臻在夏明朗耳邊大喊。

夏明朗皺眉看他的眼睛，猶豫不決。

陸臻忽然笑，鬆開手，被巨浪吞沒。夏明朗連忙跟下去。

水上水下是兩個世界，上面越是濁浪翻湧，下面越是顯得寧靜深遠，往下去，十米以下就已經感覺不到水流的波動，深度繩沒有扣死，在水下微微晃動。陸臻藉著昏暗的燈光把安全繩扣好，他繞著夏明朗匯游了一圈，露出頑皮的笑意，伸出五指一個一個屈起。

夏明朗會意地點頭。

1、2、3……上浮！

剛剛衝出水面，夏明朗就迫不及待地大口呼吸，迎面一個巨浪撲來，夏明朗躲避不及，被嗆得大聲咳嗽，陸臻連忙遊過去幫他擋住水，讓出一個空隙給他喘氣。

夏明朗忍不住笑：「挺厲害的啊！」

水聲轟鳴，陸臻聽不清夏明朗在說什麼，側耳過去大聲問道：「啊？」

「我說，老婆我愛你！」夏明朗大喊。

陸臻笑得差點嗆水，指著夏明朗樂個不停。

我們的人生中總有很多莫名其妙的恐懼，連自己都不知道為什麼。問一聲怎麼辦？沒有人能知道怎麼辦。那些陰影可能永遠存在，那種疼痛永遠也變不成歡愉……可是，陸臻近乎憐惜地撫過夏明朗的臉頰：我只問你想不想。

只要你想，但凡我能，都會為你做到。

陸臻抱住夏明朗的脖子，額頭緊貼：「下去嗎？」

夏明朗點點頭，攜手下潛。

真好，當你需要時我能幫到你。陸臻握緊夏明朗的手，心中無比慶幸。

這種時刻深潛效果極差，波濤洶湧的水面讓人心跳過速，耗氧量大增，往往下潛不到十幾米就心慌氣短。回到水面，又得跟巨浪搏鬥，海浪滾滾而來，把拇指粗的纜繩深深地勒進手臂，不過一兩個回合，人就筋疲力盡。

夏明朗指了指醫療船示意回去歇歇，陸臻看著他的眼睛喊道：「你相信我嗎？」

夏明朗被那種目光擊中，來不及回想到底要相信什麼就已經回答：「行啊！」

陸臻回身，指向遠方雨幕之後深黑的陰影：「天琴島，離開這裡三公里，就我們兩個，去看看嗎？」

夏明朗笑了，他用力踩水，探身吻住陸臻的嘴唇：「想約會嘛，就直接點。」他大笑著放開陸臻往船上游，卻被拽住，黑色的潛水刀看不到一點刃光，夏明朗只覺身上一鬆，已經被割斷了安全繩。

夏明朗大驚。

「走吧！」陸臻把潛水燈綁在胸口，游到前方領路。

三公里，輕裝，這點距離在平時根本不是個事，可是現在？

夏明朗看著那一點光亮在波濤中一閃一暗，漸行漸遠，他咬了咬牙，毅然決然地追了上去。

如果你曾經站到100米高空，就不會在50米腳軟。

這是最笨的高招，唯一的辦法。

長時間在兩到三米的浪高中穿行，複雜的水況急速地消耗著夏明朗的體力，陸臻一直游在他前方一個身位的地方，偶爾會停下來等他。夏明朗知道陸臻在水裡很牛，但是之前憑藉強大的體能與意志力，他倒也沒覺得自己會比他差多少。然而天分與勤奮之間的距離總是在這種非常時刻變得越發鮮明，陸臻似乎天生就比他更懂得怎樣避開波浪，怎樣順應水勢。

如魚得水……可能這就是他怎樣努力都追趕不上的差距。

夏明朗微微有些沮喪，可是前行中觸碰到陸臻的手指，又覺得歡喜與驕傲：瞧瞧，我的人，多厲害！

繞過天琴島環形的珊瑚島礁進入潟湖，海面終於平靜了，夏明朗感覺身體裡最後一點力量都被耗盡，忍不住翻過身，仰面漂浮在水面上休息。雨水還在猛烈地往下倒，就像天河漏了個口子，雷聲卻漸漸稀疏。沒有閃電，陸臻身上的潛水燈成了這天地間唯一的一點光。夏明朗看著那一點亮光從前方折回來，貼到他耳邊大聲詢問：「累了嗎？」

夏明朗下意識地搖頭，想說沒有，卻感覺到陸臻的手指落到他臉側，細細地摩挲，找到他嘴唇的位置，停住……然後，微涼的嘴唇貼了上來，光滑而濡濕的，帶著鹹澀的味道。夏明朗不由自主地啟開牙關想要更深入細緻地品嘗這種滋味，陸臻火熱的舌頭已經竄了進來，包裹著厚厚的糖漿，甜蜜誘人。

巧克力、花生、太妃糖……

這不是制式裝備，卻是陸臻最喜歡囤積的野戰物資，可以迅速補充熱量，並有十足的飽腹感，而更重要的是，它夠甜。陸臻喜歡一切夠甜的東西。但夏明朗不喜歡，夏明朗只喜歡一切可以用來嘲笑陸臻的機會，這是美好的情趣。他一把按住陸臻的後頸加深這個吻，糾纏吮吸，爭奪每一顆花生。

呼吸之間，夏明朗與海水微妙的平衡便被打破，兩個人糾纏著沉進水裡……直至氣竭。

「還有嗎？」夏明朗大喊。

「你不是不吃嗎！」

「我吃堅果。」夏明朗笑了。

「那怎麼辦，花生都在巧克力裡呢？你要是不嫌噁心的話，我先幫你……」陸臻說到一半把自己先給噁心了，鬱悶地皺起鼻子。

夏明朗笑瞇瞇地貼上他的嘴唇：「我不嫌。」

好吧，那你不嫌我可以嫌，陸臻乾脆俐落地塞了一顆糖到夏明朗嘴裡，然後迅速躲開。夏明朗樂呵呵地咀嚼著，沾了海水的鹹味，味道居然還不錯。

陸臻溜了一圈，又滑回來，雙手扶到夏明朗腰間，緊緊貼近，他看著夏明朗的眼睛說：「下去嗎？」

夏明朗一愣。

「相信我！」陸臻說。

「那就下去吧！」夏明朗笑開，輕輕探身，貼到陸臻唇上。「不過，要先親一下，討一點便宜，才能相信你。」

陸臻用力蹬水，抱著夏明朗往下潛。

沒有深度繩，沒有長長的燈鏈，水下一片漆黑，夏明朗甚至分不清水面在哪個方向。陸臻的手臂扣在他的腰間，帶著他下潛與上浮，待得並不久，潛得也不深，好像海豚那樣淺淺地斜插下去，然後浮出水面換氣。夏明朗忍不住想笑，最初的緊張迅速平復，他甚至有些放鬆地抱住陸臻，心情舒暢地閉上眼，說真的，偶爾可以讓老婆抱著的感覺並不壞。

也不知道是第幾次沉入水中，夏明朗感覺到陸臻的手從他腰上鬆開，小心地抱住他的脖子。他好奇地睜開眼，幽幽的藍光從下方漫上來，照亮了陸臻緊抿的嘴角。

怎麼了？夏明朗挑起嘴角表示詢問。

陸臻沒有動，他甚至沒有一點表示，像凝固的雕塑。

忽然間燈光寂滅，夏明朗感覺到一股強大的水流撞上胸口，身體不受控制地漂流。他當場嗆水，下意識地掙扎著揮舞雙手，然而，一無所獲，心跳在轉瞬間飆到了高點。

極黑，這就是最純粹的黑，沒有聲音，沒有光線，沒有上下左右，沒有一點踏實的存在，沒有……邊界……

夏明朗恍惚間感覺自己已經失重，好像失去身體的感覺，曾經無數次在意識與潛意識中反覆出現的噩夢再一次攝住他——無邊的黑暗，無依無靠，心中有千軍萬馬的呼喚，然而……無能為力。

一切無能為力，他有多渴望，就有多無力。

沒有方向，沒有光明，沒有能力……什麼都沒有，彷彿泥沼陷阱一般的死亡的幻象！

原來旁觀的感覺是這樣的，陸臻懸停在水裡，紅外視鏡裡那團模糊的影子在劇烈地掙扎著。

此時此刻，一秒鐘像一年那麼長，如此漫長的時間錯覺甚至讓陸臻有心情去回想當年，曾經的夏明朗也是這樣靜靜地旁觀他與死亡的搏鬥吧？

虧了！陸臻憤憤不平，那混蛋當時絕不會像此刻的自己這般心疼和緊張。

預設時間到，腕錶輕微震動，陸臻迫不及待地伸出手去。指尖相碰，夏明朗迅速纏上來，力量大得驚人，陸臻猝不及防，被勒得差點嗆水。他忽然發現自己精密的計畫中還是出了個小漏洞，如果夏明朗現在失去神志，像每一個瀕死的溺水者那樣纏住他，那他很可能得等夏明朗真正暈厥以後才能帶著他浮上去。

陸臻急得想高喊，是我，是我在！！

自然，那不可能，他只能在混亂中近乎絕望地奮力反抗，試圖儘快把夏明朗控制住。眼前忽然間一亮，夏明朗在毫無目的性的糾纏中按亮了潛水燈……

是我，是我在！

陸臻推開紅外視鏡，拼命往夏明朗眼前湊……緊絞在身上的力量重重地一勒，瞬間鬆懈。陸臻心下大喜，馬上拽起夏明朗全力上浮。淹沒在水裡時總覺得很深，其實不然，不過五六米的深度，轉瞬間已經游回，陸臻拉著夏明朗衝出水面，闖進空茫的雨簾中，憋悶太久的肺部大量吸進氧氣，帶來微微眩暈的快感。

12

夏明朗一動不動地漂浮著，陸臻不敢鬆手，小心翼翼地看著他：「我，有有……有計時的。」

夏明朗微微抬頭，彷彿被驚醒，猛然撲上來，就像一頭掠食中的鯊魚。力量太大，太猛，潛水鏡撞在一起，讓陸臻一陣鼻酸，還沒等他反應過來，夏明朗已經一把扯掉了他的潛水眼鏡。

唔？！陸臻想說，這玩意真挺貴的，但是夏明朗已經瘋狂地咬住他的唇。

彷彿吞噬一般的深吻，不管不顧，好像野獸啃咬著細嫩的唇瓣。陸臻感覺到火辣辣的痛感，他錯愕地掙扎，想問怎麼了，卻被夏明朗更深入地纏住舌頭。這他媽是怎麼了？陸臻感覺自己都快要被淹死了，他好不容易掙開夏明朗，帶著他往岸邊游，兩個人在半沉半浮間被海浪捲起，推入礁石的空隙。

在水裡泡了太久，陡然上岸時陸臻幾乎有些站不穩，他用力咳著嗆進去的海水，又一個浪頭接踵而至，將他重重地推到礁石上，胸前的潛水燈被撞裂，四周頓時一片濃黑。

我靠！陸臻疼得齜牙，可是轉瞬間火熱的氣息和暴雨一起覆蓋了他，連同一具身體的重量。雙唇貼合，夏明朗的動作越發粗暴，雙手用力揉弄著懷裡的身體，瘋狂而焦躁，像一頭饑餓的狼。

陸臻只覺得這事不對勁，但夏明朗的動作讓他暈頭轉向，慾望叢生。那樣的灼熱唇舌，狂亂地啃咬著他的頸側與耳垂，粗重的喘息聲佔據了整個聽覺，雙腿被分開，一隻大手強硬地按上去，隔著潛水服用力搓揉。

啊……陸臻忍不住尖叫，手忙腳亂地踩掉腳蹼，雙手繞到背後去拉拉鏈。然而剛剛扯開一點間隔就讓夏明朗奪下，雙手握住兩邊用力一分，潛水服差點被撕成兩半，冰涼的雨水直接撲打到陸臻光裸的脊背上，在皮膚表面激起一顆顆細小的痲點。隨著雨水一起落下的還有狂暴的熱吻，火熱的唇舌沿著脊柱的中線一路舔囓吮咬，像一柄沾了火的刀，把他從中間分開。

陸臻被刺激得全身發顫，他摸索著扭過夏明朗的下頸發狠地親吻，彼此膠合間透出壓抑不住的喘息聲。血熱得像是快要燃燒，蠢動的慾望再也受不了潛水服緊密的禁錮，讓人迫不及待地想從裡面掙脫出來。

顧不得身下的海水，也顧不上粗糙的礁石表面，兩個人忘情激吻，滾燙的胸膛緊貼在一起，身下早就充血堅挺的東西彼此擠壓摩蹭，舒解內心難耐的躁動。陸臻只覺得還不夠，失陷在情慾摧折中的身體需要更多更直接的刺激。

「不不不……停下！」陸臻瞬間清醒，驚慌失措地按住夏明朗的手臂。

有沒有搞錯，這是鹹水，他想搞死他？

夏明朗頓住，卻沒有退出，陸臻緊張得全身肌肉都繃了起來，一時間進退不得。陸臻耳邊一熱，濕膩的熱吻混合著急促的呼吸聲在頸側徘徊，耳垂被吮住，火熱舌尖鑽入耳洞的強烈刺激讓他全身戰慄。

「我想要，給我，求你了……」夏明朗支離破碎地吐著字，聲音乾澀喑啞。

一股柔軟的溫情從陸臻的心口湧出填滿了他整個胸膛，陸臻咬牙切齒地點了點頭，吐著氣放鬆自己，半是委屈半是不安地抱怨：「會疼死的。」

夏明朗停了幾秒，猛然抽身而去，濃黑中陸臻什麼也看不見，慌亂地大喊：「你幹嘛去？」

「等我……」

嘩嘩的雨聲中傳來極模糊的兩個字。

不得釋放的慾望火焰在身體裡亂竄，陸臻整個人暈乎乎的，腦子裡像燒開了一鍋粥那麼亂。他努力定了定神，利用備份的理智摸到剛剛脫下的潛水服，憑直覺大概判斷出方向，慢慢往岸上走，不多遠，腳下綿軟，終於踩到了沙灘。

「你在哪兒？」夏明朗焦躁的聲音隨之而來。

「在在，在這兒！」陸臻連忙回應他，甚至還下意識傻乎乎地揮了揮胳膊。

夏明朗的手指像蛇一樣，一沾就脫不掉，眨眼間滑到他的脈門處反手一扣，陸臻一個踉蹌，跌跪在柔軟的沙灘上。黑暗裡，夏明朗從背後緊緊抱住他，腰被勒住，雙腿被分開，冰涼的手指裹著某種黏膩的液體擠進他的身體裡。太久沒做，陸臻的身體異乎尋常地緊窒，痛楚與歡悅混在一起，像電流一樣沿著尾椎流竄。陸臻兩腿發軟，不自覺地往後倒，整個人貼進夏明朗懷裡。

「陸臻！」夏明朗緊緊地抱住他，沉重地嘆息。

「啊？」陸臻狼狽不堪地掙扎著支撐自己，心中憤憤不平：太小氣了，不就是踹了你一腳嗎，至於這麼狠嗎？輸不起！！

夏明朗埋首在陸臻頸窩裡磨蹭著，火熱的鼻息灼傷了他大片的皮膚。在恍惚中，腰被提起，陸臻感覺到身後的人退開了一些。

隊長？他有些不安地回過頭，按住夏明朗的大腿。

敏感的腰側被用力地搓揉著握緊，某個比手指更火熱硬挺的東西，不容分說地擠了進來，快而迅猛，這是頭狼的作風，一口就要見血的狠勁與急切。

陸臻啊的一聲叫出來，只覺得全身的血液全部衝進頭頂，什麼反應都來不及，身體被打開，肉與肉最直白赤裸地廝磨，每一寸每一分的進出都是瘋狂。漫天的水聲讓他產生奇異的錯覺，完全失陷在情慾裡。對彼此的身體都太熟悉，不需要任何理智的引導就能找到契合，每一下都頂在最敏感的地方，進出間黏滯的節奏令他心跳失速。他感覺到夏明朗熾熱的胸膛緊緊貼住他的後背，連雨水都透不進來。他的手覆上他的手背，分開五指卡進去牢牢扣緊。

陸臻急促地呼吸著，咬唇呻吟，手指深深地插入流沙裡。他聽見有人在他耳邊喘息似的呢喃，叫他的名字，叫他寶貝兒，反反覆覆無休無止。

就著交合的姿態翻過身，夏明朗再一次覆上陸臻的身體，吮吸著柔潤濡濕的下唇。陸臻的呼吸被攪得更亂，黑暗中無力地低喘，發出含糊不清的嘶叫，倒灌進去的雨水讓他不停地咳嗽，肌肉不自覺收縮震顫，給兩個人結合的地方帶來更深刻的刺激。

陸臻偏過頭躲雨，攀住夏明朗的肩膀大喊。後腰被托住抬起，夏明朗更深地撞進他，陸臻頓時失語，腦中一片空白，恍惚中他只覺得被人極其深入地抱緊，滾燙的液體將他從身體內部灼傷……

也不知過了多久，陸臻模糊醒來時，感覺全身的骨架都散了，腦海裡充斥著讓人崩潰的畫面，他只記得自己最後失控地叫罵詛咒呻吟求饒，非常丟臉……好在當時暴雨傾盆，夏明朗應該也聽不見他喊什麼。

這個彆扭小氣輸不起的無恥混蛋！

雨已經停了，熱帶的暴雨總是如它們忽然而來那樣忽然而去，廣闊的天幕上星光燦爛，繁盛的星辰像洗過那樣明亮。

陸臻動了動身子，睜大眼睛打量周遭的環境，勒在腰上的手臂忽然一緊，溫熱赤裸的胸膛又緊緊地貼上了自己的後背。

「醒了？唔？」夏明朗輕柔地舔弄著陸臻的耳廓。

一向敏感過頭的圓耳朵不安地動了動，刷的一下紅透。

「哎，喂！」陸臻生怕他再來一次，馬上提聲叫嚷，「別過分啊！你倒是爽了，疼死我了，媽的！」

耳後的呼吸驟然加重，害得陸臻的心跳都跟著緊了一拍，可是一直勒在腰上的那手臂卻鬆開了，寬厚的手掌按上腰側，溫柔地搓弄著，力道恰到好處，陸臻舒服地放鬆了肌肉。

「很難受？」夏明朗彎下腰去親吻陸臻後腰處那條漂亮的凹線。

「嗯……」陸臻發出不滿的嘟噥，鼻音軟糯。

基本上，除了最初時無法用主觀意願彌補的硬性技術障礙，夏明朗在摸到門徑後還從來沒有哪次做得如此暴力。陸臻試著動了動腿，麻麻的刺痛令他齜牙，陸臻憤恨不平地回過頭瞪圓了眼睛：無恥的小男人，唔唔……男人的劣根性，在其他領域被超越就想用身體上的征服來證明自己……啊啊啊，可為什麼我還是喜歡他？

夏明朗下意識地抬頭，視線碰在一起，他馬上緊張地舔了舔下唇，不安地咬住，眼神內疚而心疼。陸臻瞬間心軟，得，算了，反正這劣根性我們都有……

「至於嗎？你覺得這樣特有力是吧？」陸臻氣呼呼地挑眉，有些無奈卻又不想承認的離奇得意。

「不，」夏明朗斷聲道，「我只會覺得，自己……還活著。」

陸臻怔住，心跳一滯，胸口滾過灼熱的血，燙得生疼。

「我……」夏明朗張口結舌，像是無論如何都找不到合適的解釋，急得眼眶泛紅。陸臻抬手撫摸夏明朗的臉側，憤然的眼神融化開，變得溫暖柔軟。

夏明朗嘆息一聲，側臉親吻陸臻的掌心：「我知道沒道理，可是我真的控制不了，特別想……我就想抓住你，好像這樣，就會覺得……還活著。還活著，特別好，很真實……」

抱住你才像活著。

看著你的眼睛，聽到你的聲音，撫摸你的皮膚，親吻你的雙唇，握住你驕傲挺立血脈賁張的地方，在你熾熱的身體裡得到高潮，最原始的慾望，最真切的快感，一切那麼好……與你做愛是活著最快樂的事，只有活著才會那麼好。

「以後不會了，對不起！」夏明朗覆上陸臻的身體，溫柔地抱緊他。

「沒，沒事！」陸臻大度地搖頭，把臉埋在夏明朗頸窩裡。

夏明朗收緊手臂，把陸臻按進懷裡，用一種溫柔而嚴酷的力道，溫柔是因為憐愛，嚴酷代表不容掙脫。

「我以前，是不怕死的。」夏明朗低聲說，音色發沉，有種恍惚的沙啞。

「我不是說，我特別想去送死，我就是，也不是那麼害怕……我覺得也就那樣吧。只要死的值得，我……老子可以，可以，沒問題！現在我怕了，怕留下你一個人，怕死了就沒有你。我覺得現在特別好，有你在什麼都好，我特別想跟你一起到老。」

「我知道，知道了。」陸臻喃喃說，他捧住夏明朗的臉，重重吻住他。

我們會長命百歲的，如果不行，我們就一起做兩個短命鬼。

夜空無盡，漫天的繁星從遠古洪荒而來，向億萬年之後而去。

什麼是永恆？這世上當然有永恆的存在，可是那與你我無關。

陸臻抱住夏明朗，感覺心裡無比踏實，人生百年，一眨眼，滄海桑田，求什麼？盡興而已！

好像忽然間頓悟，不過是一個閃念之間的一點清明，陸臻覺得自己想通了很多之前想不通看不透、鬱結於心的存在，他甚至感覺異常輕鬆暢快，就像在深淵中潛水，危險而自由，非常盡興！

人生得此相伴，夫復何求？

已經有這個人在身邊，那就真的什麼都不用多想了。

晨輝初顯，夏明朗小心翼翼地坐起身，沒有發出任何聲音。

陸臻還在熟睡，側臥著蜷曲了身體，左手抱住自己的肩膀，睡相單純無辜。暴雨將所有激情淫靡的痕跡洗得一乾二淨，海風帶著微涼的濕意，清爽迷人。

有些人得天獨厚，氣質乾淨純粹，即使赤身裸體也不會讓人感覺半點猥褻。夏明朗近乎著迷地看著金黃色的陽光一點一點地塗滿陸臻裸露的身體，強烈的光影勾勒出更鮮明的輪廓，線條跌宕俐落。

陸臻的腿形非常漂亮，他的腓骨與脛骨幾乎是平行的，與股骨在一條直線上，修長筆直。據說美人在骨不在皮，夏明朗從沒見過這樣精緻挺拔的骨骼。記得鄭楷說這小子站起來就像一把尺，在人群裡一眼就能看得見。夏明朗暗想，那是一般人站不到他那麼直。

時光流過，夏明朗仍然記得那個午後，那是他們第一次見面。空曠深邃的禮堂裡暗潮湧動，燎烈的陽光窗外直射進來，在暗色的地板上框出一個個明亮的光斑。

他就那樣走進來，像一陣清風，帶著青蔥濃鬱的朝氣，站到光明與陰暗界線上，眉目疏朗，目光明亮。

一見面就喜歡，是真的。

第一個對眼就合心意，徹底的。

仍然記得他笑著說不合格當然要被踢回來，那也沒什麼可丟人的。那麼純粹、坦然、不焦慮、不浮躁，卻鬥志昂揚，眉目間充滿了對未來不加掩飾的強烈期待，那正是他想要的人。他從一開始就相信他們會成為很好的戰友，卻沒料到可以一起走得那麼遠。

夏明朗記當時的陸臻要比現在白很多，臉上還有殘留的嬰兒肥，生氣時整個腮幫子都鼓鼓的，像一隻水晶剔透的包子。

仍然記得那個一臉認真地說要築夢踏實的陸戰少校。

仍然記得那個緊緊地擁抱他，說我的手上也有血的親密戰友。

永遠記得那個溫柔地笑著說……我是那麼愛你的英俊青年。

曾經的陸臻簡直是無敵的，那麼瀟脫，血氣方剛，正直無畏。彷彿心有明鏡，通透到底，因為理解，所以無所畏懼。

可是這兩年他心思漸重，瞻前顧後，謹小慎微。夏明朗時常內疚，總覺得當時還是應該拒絕的，只為了一己私慾，就把那樣一個人拖入如此艱難的愛戀中，他會毀了他……可是，他已無法放手。

然而，昨天晚上，那個在暴風驟雨中義無反顧地抱住他，只問他想不想的陸臻令他猛然醒悟。原來，他的陸臻從來沒有改變過，仍然那麼驕傲，那樣豪邁，從不抱怨也從無妥協，即使是面對生與死，也一樣的灑脫。

「我只問你想不想。」

似乎從頭到尾都是這樣，他只問他想不想。

只要你想，我就可以抱緊你。

只要你想，我也可以離開你。

只要你想，連未來都能成全你，你去結婚去妥協沒有關係……

只要你想，我就陪你一起潛下去。

……

他從來不說自己，他從不說：為了我，請你放棄。

曾經，他在冰天雪地裡傷心流淚，他說你要相信我，我會變得更厲害，直到滿足你所有嚮往。

夏明朗閉了閉眼，洶湧起伏的心潮中浮起一張臉，那樣平靜的眼眸，那麼執拗地，純淨地向他微笑著。

眼中千帆過盡，不染片塵，他的陸臻。

夏明朗一直知道自己需要某種東西，像植物需要陽光、空氣和水那樣永不滿足地需要著。信賴、支持、感情……這些飽含力量的東西會讓他的心靈變得充實，從此腳踏實地不再焦慮。於是安定，於是平靜，於是可以堅韌無畏，滿懷信心地奔跑，像奔流江水，像掠飛長空的鷹。

他需要那種追風逐日的豪邁激情，他需要，那是他靈魂的燃料。

夏明朗感覺眼眶發熱，喉嚨像是被一團火焰燒灼著，乾澀疼痛。原來，這些年他一直都沒有真正懂得他，一直都不明白自己得到了怎樣的包容。

三年前，陸臻對他說「築夢踏實」，他說：「我們的理想永遠在前方，而同時，做好腳下的事。」

在那之後，夏明朗再沒有見到一個人將那四個字執行得那麼徹底，那樣勇敢無畏的爭取，如此小心謹慎的維護，他的心很大，可是腳步總是很穩。這就是他的愛人，那個勞碌命的可愛小鬼，唯一深愛的男人，永遠都沒法後悔愛上的人。

我得對你更好點。

夏明朗對自己說，我一定得對你再好點。

陸臻確定自己是被看醒的，用他的話來說，在溫柔的朝陽中他本想再睡一會兒，可是有兩道光直勾勾地盯著他，盯得他全身不自在，於是……他不得不醒來。頭還有點暈，渾身都不舒服，喉嚨乾渴，陸臻睜開眼睛，看到夏明朗專注的眼神，他錯愕地低頭打量了一下自己，臉上一紅，罵罵咧咧地曲起一條腿。

是的，雖然昨夜激情四射，可是畢竟主要爽的還是夏明朗，再說了年輕人氣血兩旺，陸臻身上代表雄性血氣的那一部分仍然盡職盡責地進行著早上的例行功課。

然而陸臻在欲蓋彌彰的瞬間就後悔了，因為這行為實在太他媽黃花大閨女了。陸臻懷疑自己是不是腦子抽風了，要不然就是昨天晚上讓夏明朗給嚇著了，以致於產生了短時期的心理陰影。他小心翼翼地瞧了夏明朗一眼，心中又是懊惱又是鬱悶，正在思考怎樣把這種傻行為不露痕跡地遮蓋過去，夏明朗忽然爆笑出聲。

「你！」陸臻惱羞成怒，驟然一腳踹出，把夏明朗壓到地上，順勢踩住他的肩膀。

「早上好！」夏明朗毫不反抗，然而音質低啞而華麗，神秘誘人。

「好！」陸臻瞇起眼，居高臨下地看下去，「我也想要了，給我吧。」

夏明朗做遲疑狀，誠懇地看著他：「我們兩個，總要有一個人，能游回去開船。」

陸臻臉上一僵，含恨吐血，眼神怨懟。夏明朗拉住他，輕佻地舔了舔他的指尖，笑：「我幫你啊！」

陸臻懷疑夏明朗可能比他更瞭解自己這身體，需要怎樣的力度，如何撫摸，怎樣挑逗……花樣百出，極盡溫柔。滿是濃情的吻從胸口滾落，吻遍全身，連每一個腳趾都吻過……陸臻大口大口地喘著氣，濕透了眼眸。

對嘛，就是應該這樣！陸臻揚起頭，一手插進夏明朗的髮根處攥緊。

「嗯，要溫柔，不要暴力！」他故作嚴肅地看著夏明朗，眉角輕挑揚起。

「是啊，以後對我溫柔點。」夏明朗失笑，他威脅性地舔過牙尖，在陸臻大腿內側留下一個牙印。

「我哪有……有對你……」陸臻瞪圓了眼睛。

「我上次發燒也不知道因為誰。」夏明朗異常無辜地看著他。

陸臻眨巴眨巴眼睛，仰頭倒下：「把爺伺候舒服了，既往不咎。」

夏明朗略一挑眉，在陸臻下身不輕不重地捏了一把，陸臻發出短促的輕呼，舌頭被纏住深吮，染滿情慾的呼吸聲瞬間充斥了這方寸之地。夏明朗親一親陸臻的鼻尖，舔著他的耳垂問：「舒服嗎？」

陸臻沉重喘息，捏住他的下巴把距離再度拉近。

人說飽暖思淫慾，陸臻沒想到在如此饑寒交迫之際，還是一樣可以慾起來，而且興致相當不低。兩個人在沙灘上赤裸地糾纏著親吻，胸口的皮膚相互摩擦的感覺簡直棒極了。粗糙的手掌在彼此身上遊走，恰到好處地搓揉，然後，各自驚喘著在對方的唇舌與掌心釋放激情。

很爽，非常舒服，淋漓盡致的快感，唯有與你才會如此。

天之涯，海之角，無人打擾，你與我裁一角天地，且去偷歡。

13

盡興歡愉過的身體有種不可思議的滿足感，心無旁騖，只想微笑。夏明朗懶洋洋地趴在沙灘上，看著陸臻蹲在礁石邊清洗。老天這次很賞臉，對他們很親厚，一場大雨在大大小小的石凹裡留下不少淡水，也幸好如此，否則別說洗澡了，在這樣耗費體液的連番激戰過後，他跟陸臻大概都得脫水。

天已經徹底地亮了，陽光穿透雲霄射到海面上，在如此明亮的光線下陸臻身上的各種淤痕清晰得有些怵目驚心，夏明朗盯著看了一會兒，慢慢低下頭，紅了臉。的確是太過分了一些，他估計著陸臻這次怎麼也得穿上一禮拜的短袖T恤。好在那會兒他們在岸礁上撞出的淤青擦傷也不老少，也好在他還沒瘋到抱著脖子狂吸的地步，於是魚目混珠，或者……也是可以唬一唬人的。

他應該慶幸自己下手太狠，把愛痕搞得像傷痕嗎？

夏明朗很糾結，內心無比羞愧。

有些事情事後很說不清，之前也有幾次他也很想要，可是總能忍住，強壓下去雖然有點鬧心，可是也沒什麼長期心理陰影，過去就算了。可是昨天……他不想說什麼天時地利人和剛剛好什麼的，其實不是，昨天是真的想崩潰。整個人像是蒙了一層保鮮膜，看到什麼都是模糊的，摸到什麼都是鈍的。

只有陸臻，觸碰他的感覺就像是被電流擊中，將周身衝突不去的那道無形的透明牆打得粉碎。

那個時刻只有他，只有他能給出這種鮮活的感覺，只想把他揉碎在懷裡，親吻他，撕咬他，深深地進入他然後抱緊，否則心慌得幾乎不相信已經平安無事。

真狠，這小子太他媽的狠了。再讓他猜一萬次，夏明朗都猜不到他會這麼幹，他以為陸臻會發火會揍他，會攔著他以後再也不讓他下水，可是他真沒預料到他會這樣。

夏明朗甚至懷疑陸臻知不知道自己在幹什麼，他是否明白他的行為會造成怎樣的後果。

就這樣抱著他，然後推開他，在漆黑的海水裡。

夏明朗仍然記得那刻骨的慌亂，有那麼一個瞬間他甚至覺得不如就這麼死了算了，如果連陸臻都會推開他，真的，就這麼死了更好，他絕不能活著看到這一切。

然而，心底有更強大的聲音攝住了他：這不可能！

是的，絕不可能！他想起陸臻緊緊地抱著他，然後對他說：相信我。

是的！我相信你！

我相信你鬆開手就有能力拽回我，絕對相信！

那一刻，夏明朗在進行他生命中最重要的豪賭，雖然贏面近乎100%，可仍有劫後餘生的狂喜與驚惶。

嘶……陸臻發出一聲短促的抽氣聲，這迅速地吸引了夏明朗的注意力。陸臻已經繞到岩石的另一邊，從這個角度，夏明朗只能看到他的正面。

陸臻跪下一邊膝蓋直起腰，緊咬的下唇飽含著隱忍痛楚的意味，他閉上眼睛，輕輕吸氣，慢慢的汗濕了額髮。這個古怪的姿勢讓他看起來很不舒服，身體微微發抖，似乎弄了很久都沒搞定，對此事很不熟練。畢竟正常情況下其實不會射進去，當然，正常情況下更不會搞成這樣。

夏明朗沒有動，這要是在往常他早就衝過去了，握住那漂亮的肩膀往懷裡一帶，親吻著他的脖子與耳朵好讓他放鬆，雖然這事他不常幹，但是他非常擅長。可是現在他忍住了，他想起陸臻其實不太樂意他插手這檔子事，人各有志，陸臻在某些問題上有著古怪的潔癖，儘管，他以前一直都覺得那只是小孩氣的羞澀彆扭。

陸臻終於脫力似的放鬆了身體，雙手撐在礁石上低低喘息，不一會兒，好像忽然得到感應，眉峰一挑，視線與夏明朗撞在一起。他故意沉下臉亮出一邊尖牙，握緊拳頭，拇指緩慢地拉過自己的脖子。夏明朗做驚慌失措狀，陸臻繃不住大笑，用力拍打水面潑向夏明朗。

水花四濺，夏明朗沒有躲，只是呆呆地看著陸臻明亮的笑臉，溫柔而歡喜。

陸臻有很多種面目，羞澀的、斯文的、克制的、桀驁的……雖然夏明朗一直覺得自己什麼都喜歡，只要是陸臻他都喜歡，可是他自己知道，他最喜歡看的是陸臻昂揚肆意的笑容，像陽光一樣，明晃晃的刺痛他的雙眼！他就喜歡他那股子自由飛翔的勁頭，像新生的竹子地向上長，那麼有朝氣有活力。

所以只要一看見他皺眉心裡就急得不得了，總覺得陸臻要是不跟他攪在一起，哪用得著這麼嘔心瀝血地費心。總是內疚，恨不得幫他把一切煩惱都掃蕩乾淨；恨不得手牽著手，帶著他一起走；恨不得對他說，你啥都別想。只要像原來那麼笑著給我看就成，別的都交給我……

可是，那小子不聽他的。是啊，怎麼可能，一個會那樣笑著的男人，他永遠都得靠自己站穩了，才能笑得歡暢。

夏明朗不明白究竟有什麼事情發生了，有什麼東西變化了，但是他很高興他家那個開著全無敵的陸臻又回來了，這些年凝在他眉間的陰影像雲煙飛去，他再一次笑得三年前他們初初見面時那樣明亮而純粹。

「想什麼哪？」陸臻走過來趴到他身邊。

夏明朗笑著低頭，手掌按到陸臻腰上。「我餓了！」他說。

「什……什麼？」陸臻面做土色。

「我是說，我餓了！」夏明朗指了指自己的肚子，捶地大笑。

「我操！」陸臻不忿地揉著耳朵，從潛水包裡翻出兩塊壓縮餅乾砸過去。

方才，陸臻從亂石堆裡把那兩套潛水服扒拉出來時的表情得瑟之極：瞧瞧，小爺我什麼素質？都慾火焚身的關頭了，還記得收拾衣服。要不然，等您老人家回過神來，早他媽沖到越南去了。咱倆就等著讓柳三變捉姦捉雙吧！

夏明朗笑著揶揄他，您這是雙核CPU，雙通道的……

陸臻無言。

夏明朗就著一點雨水啃壓縮餅乾，一隻手落到陸臻身上就不想離開，貼著腰線輕輕撫弄，指頭又悄悄地探進了軍用褲衩的邊沿。

「別，別碰那裡。」陸臻眉頭皺了一下，輕輕抽氣。

「要緊嗎？」夏明朗貼上去蹭了蹭陸臻的肩膀。

「問題不大。」陸臻做感激涕零狀，「真的，憑良心講您還是做了點潤滑的，不過，對了……」陸臻歪起腦袋：「你後來去弄了點啥啊？」

夏明朗臉色一變，視線飄移了三秒鐘之後，果斷地說：「我不告訴你。」

「啊？」陸臻警惕起來。

「反正沒毒。」

「到底什麼玩意？」陸臻虎視眈眈。

「那你告訴我，那個我要七十歲才能知道的那什麼是什麼。」夏明朗義正詞嚴的。

「呃！」陸臻的臉綠了。

「那要不然，我也到你七十歲的時候再把這事告訴你。」夏明朗笑了，陸臻無比鬱卒地抱住頭，他深深地有了一種搬起石頭砸自己腳的感覺。

夏明朗親一親他的鼻尖說：「寶貝，你看這樣多好，我們就都有了一個要瞞到七十歲的秘密。」

「好個屁好。」陸臻異常沮喪，為什麼總讓這混蛋壓一頭。

「很好的，至少我們又多了一個要好到七十歲的理由。」夏明朗微微一笑，千般深情蜜意，萬分道貌岸然，讓陸臻明知道是陷阱還是蕩了一蕩。

夏明朗抓住那他一瞬間的心軟，迅速地轉移了話題：「哎，說起來，你膽子也夠大的啊，你昨天怎麼想起來的，敢把我拖出來。」

「哦，這個，我必須得快，主要是為了能即時覆蓋你之前的……記憶……」陸臻嚴肅起來。

「哦？」夏明朗茫然。

「這個在心理學上叫……怎麼跟你解釋呢！」陸臻搜腸刮肚，「這麼跟你說吧。我媽很怕毛毛蟲，見了跟見鬼似的，所以我小時候也很怕線蟲類的東西。後來我媽覺得不行，她一直被這種莫名其妙的小東西困擾也就算了，我一個男孩子不能這樣。所以有一天，她用手在我面前把這些東西拿起來玩。這個畫面在我腦海中印象深刻，覆蓋了曾經的感覺，我開始建立新的記憶說這些蟲子是可以用手抓的，並不可怕。後來當我再遇到線蟲子，我會開始嘗試接觸他們，反覆強化這種印象，慢慢的，我就不怕了。你明白嗎？……」

夏明朗慢慢點了點頭。

「40米你不是沒下過，你下過好幾次，沒問題，你身體受得了，所以你的問題主要在心理上。如果昨天後來，我表現得很驚慌，很怕很擔心，我反覆不停地向你強調這件事有多危險，那會加深你的心理恐懼感。我不能這樣！」陸臻抿了抿嘴唇，露出堅毅的神色。

「你說死亡就像潛水一樣，所以你不是怕水，你可能是怕死。我甚至覺得你不是怕死，因為拿槍指著你的時候，你沒那麼慌……我不知道具體的問題在哪裡。但是，我必須得儘快地把你昨天的記憶覆蓋掉。所以我按照你形容的，重演了當時的情況，當然我用了一點技巧降低風險。比如說首先耗盡你的體力，利用晚上淺水層的黑暗模糊深度……我希望你將來再一次經歷類似恐懼時，你不會首先想到你差點又死了，把我跟三哥嚇得要命。我希望你首先想到的是這一次，我在你身邊，一直在，我會拉住你。」陸臻偷偷觀察夏明朗的神色，囉嗦舌燦蓮花。

按說，陸臻覺著這事就不需要解釋，英明神武的夏老大應該能自行判斷，與他心照不宣。兩三米的淺水層他陸臻都撈不出個人來，他還不如找塊豆腐去撞死。但小夏同志現在明顯有點怯，判斷力失常，陸臻小朋友雄性因數爆發，出於憐香惜玉的心理不得不把事再吹得更美好一些，把90%的成功率吹成120%，拍著胸膛向老婆保證：放寬心，妥妥的，不用怕！

「我相信你。」夏明朗輕聲說。

陸臻臉上一紅，無比圓滿，無比羞澀：「當……當然，也不可能說這麼一下你就被治好了，我們可以慢慢來。」

「陸臻，」夏明朗叫住他，「我原以為你會勸我再也別下水。」

陸臻當即無奈地笑了：「你覺得這可能嗎？我說了你會聽嗎？夏明朗同志，你怎麼可能承認自己也有辦不到的事呢？」

「不會啊！」夏明朗說，「我承認我不會生小孩。」

陸臻恨得牙癢卻又想笑，咬牙切齒地按住夏明朗的腦袋，把個雞窩似的亂髮揉成一團雜草。

夏明朗可憐兮兮地問：「真的不生氣？」

陸臻搖頭。

「我把自己折騰死了也不恨我？」夏明朗根本不相信。

陸臻忽然安靜下來，專注地看向他，目光溫柔繾綣，青蔥而天真。他輕聲笑道：「我陪你。」

夏明朗愣住，臉色煞白。

「我開玩笑的，你別當真……」陸臻連忙轉了口風。

夏明朗挑起濃眉，臉上陰晴不定。

「別這樣，夏明朗。」陸臻拉過夏明朗的右手握緊，低頭凝視他的雙眼，「你說得對，麒麟不能有一個畏懼海洋的隊長。而我是麒麟的副隊長。」

夏明朗眨了眨眼睛，眸光閃爍。

「別怕。」陸臻吻一吻夏明朗的眼角，傾身抱住他，「前方，不管是槍林彈雨，又或者星辰大海，我跟你是一起的。」

夏明朗猛然閉了閉眼，又睜開，雙手攏到陸臻背上：「好的。」

陸臻嚴肅地抿緊了嘴角，又漸漸欣慰地笑開，他們長久地擁抱，直到海風吹涼了過分沸騰的熱血，讓兩個心潮澎湃的大好青年冷靜下來。

陸臻忽然問了一句：「幾點了？」

「6點23分。」夏明朗抬手看錶。

「這麼晚了？！」陸臻臉色大變。

晚嗎？還好吧！夏明朗莫名其妙，從昨天半夜到現在，他們拔船出海，破浪游了三公里，連番大戰，還抓緊時間睡了一小時……太他媽牛B了，真的，一般人沒這個效率。

「你說，三哥現在應該是個什麼表情！？」

夏明朗的臉色也變了。

「你說他現在到哪兒了？」陸臻頭疼。

「是你誘惑我的！」夏明朗極度不要臉地推卸責任。

「我操！我本來算得好好的，雨停了一起游回去，天亮之前開回碼頭，要不是你小子忽然發情我至於嗎？！」陸臻怒目而視。

「我的錯，我的錯……」夏明朗立馬換上一臉討好的笑。

「得，你現在也不用游回去了，會有人來接我們的。」陸臻蔫巴巴地從防水袋裡扒拉出個小盒子，輸入自己的座標點發送了出去，他沒敢通話，能拖得一時好一時。

「打不還手，罵不還口。」夏明朗正色說。

陸臻瞪他一眼。

夏明朗抱住他：「都打我，都打我。」

「不是這個！」陸臻抓著頭髮，苦惱地，「挺對不起人的。」

柳三變到得比想像中更快，他大概是從清早開始就在海上游蕩，收到消息立刻拍馬而來，風馳電掣，殺氣騰騰。離岸還有十幾米，船停了下來，礁石太淺開不進來，柳三變二話不說從船頭躍下，濺起一蓬水花。

陸臻眉心一緊，知道今天絕無善了，連忙把潛水服套上，跑到岸邊去迎接。

「三哥，三哥……你聽我解釋！」陸臻調配出庫存最甜蜜的微笑，人見人愛，花見花開，搭配最殺人的瓊瑤式臺詞：大哥，你聽我解釋……

然而柳三變迎面一拳砸在他臉上，陸臻雖然即時偏了偏，可是到底不敢明躲，鼻樑上帶到一半勁力，暫態間苦辣酸甜諸般滋味一起湧上來，鼻血長流。陸臻捂著鼻子蹲下去，原來什麼韓劇、台劇、窮搖劇都他媽最可愛了，會捂耳朵會搖頭說我不聽……哪像這位爺提拳就上，老子不需要解釋！

柳三變站穩了身體，抬腳又踹，夏明朗連忙攔住他：「這這，這不關他的事，是我把他叫出來的。」

柳三變冷喝：「放手。」

夏明朗馬上鬆開，眼睜睜看著一下膝擊撞過來，只能硬挨了。太慘了，這架打得，不能反抗不能躲，偏偏這小子下手還挺黑。夏明朗抬頭看到柳三變赤紅著一雙眼睛，臉色鐵青……

呃……得了，就讓人這麼發洩發洩也是該的。

「瘋子，都他媽是瘋子！昨晚上幹嘛去了？幹嘛去了！你們兩個！你白天心跳都停了，你知不知道？再出點什麼事怎麼辦？！這個責任誰來負，你們讓我怎麼辦？」柳三變咆哮大吼，原本清秀的面孔被狂怒扭曲成兇神惡煞的模樣。

「我們負我們負！」夏明朗生怕他回頭再去揍陸臻，連忙按住解釋，「所以昨晚上特意沒通知你就走了，對吧！你什麼都不知道。上面問起來你也沒責任……」

「我操你媽一十八代祖宗！！」柳三變實在是氣暈了，連罵人都罵得毫無水準。

「真的，三哥別誤會，我們真的不是故意害你，昨天那事怨我，是我沒考慮周全……」你聽我解釋啊……陸臻在心裡哀號。

「我說你們故意害我了嗎？」柳三變忽然咬牙切齒。

陸臻被他唬得一愣。

「就這麼想我，啊？我就是怕處分嗎？我就是怕擔責任的人嗎？啊！」

「不不……」陸臻被他推得直往後退。

「大清早上碼頭船沒了。老子開著快艇衝出去找，船還在呢，人沒了！你讓我怎麼想？老子上上下下都找過了，連個屍首都沒有，你讓我怎麼想？」柳三變終於撐不住哭出來，也不顧作訓服浸透了海水，抬起胳膊胡亂擦臉，「我把你們當兄弟哪，要是在我手上沒了……」

夏明朗與陸臻面面相覷。夏明朗做口形說你上。陸臻瞪他，你上，你有經驗。夏明朗大怒，我他媽就是哄梨花帶雨的小姑娘有經驗，這號啕大哭的大男人老子沒經驗。

陸臻萬般無奈，走過去拍拍柳三變的肩膀說：「三哥對不起，我錯了，但昨天晚上我真不是在胡鬧，我是有理由的。」

直截坦白無花式，認罪吧，少年！

陸臻必須承認他從沒關注過柳三變的心情，畢竟經歷不同、個性不同、遇事不一定能想成同樣的，要不是柳三變哭了，陸臻還真沒料到能把人嚇成這樣。畢竟類似的情況擱陳默那裡沒準兒都不是個事，他都不稀得出來找他們。

柳三變抬起眼，冷冷地盯著他：「說！」

「當然，事先沒跟您商量是我的錯，但其實昨天我們沒幹什麼，我就是想讓夏明朗他有個過渡適應，別老惦記著下午的事，以後再下水那就得有陰影了。其實你不在我也不敢帶著他往下潛，都在淺水層撲騰。就是風浪大了一點，不過也還行吧，兩三米的浪頭，都不算高海況。我們倆什麼情況你心裡有數，我這人膽子也小，要真有大危險，我也不敢，你說對吧？」陸臻放棄了一切美好的賭咒發誓，誠誠懇懇地解釋。

「瘋子，倆瘋子！」柳三變狠狠抹了把臉，神色疲憊不堪，「就為了這麼點事，冒這麼大險？這年頭有什麼課程得下40米深？沒有！就你，夏明朗上校，就您這身分，湊合著能在水裡撲騰撲騰就過去了，有什麼事非得你上不可？玩什麼命啊？至於以後你就以後少下水，誰知道？你把自己折騰死了，誰認你？」

「我知道，我自己知道。」夏明朗說。

柳三變怔住，愣了一好會兒，無力地坐到沙灘上苦笑自嘲：「行，我就一俗人，不跟你們這幫有覺悟的聖人一個境界。我不懂你們，我小人得志，行了吧？你們走，都走，以後別答理我。」

陸臻靜靜地站了一會兒，從沙灘上拾起一截珊瑚，彎腰畫開。半晌，沉聲說：「三哥，你看這裡。」

柳三變茫然抬頭，看見陸臻筆直地站在那裡，腳邊是一整幅中國地圖。

「三哥，你跟我都是海陸的人，我從大學畢業穿上軍裝的第一天起，身上披的就是陸戰的皮，這輩子都會流著陸戰的血。我們都是海軍陸戰隊員，我們是中國最可憐的軍種。」

柳三變詫異地皺起眉。

「因為我們從成軍的那一天起，就沒有一點退路，沒有一寸縱深。我們是海軍陸戰隊，要有奪島之能，有守土之責。我們只能前進，站穩，不能退後一步。我們往西邊看，新疆、西藏、甘肅、內蒙古……這些地方讓人打進來一千公里沒問題，他們這些陸軍可以慢慢收失地。可是我們不能，香港、廣州、上海、北京……」

陸臻沿著海岸線在中國的東海岸畫出一道弧線：「沿海200公里縱深帶，在這條狹長的地方生活著我們六成的人口，生產著八成的財富，這是我們的命脈根源，可是它那麼脆弱，到處都是人、城市、廠房。所以，別再說什麼用空間換時間，用縱深換勝利了，沒有，我們沒有縱深，中國的東南沒有縱深。在這條線上，只要讓敵人踩上大陸，哪怕是一步，我們這些陸戰軍人都應該以死謝罪，我們連一公里土地都失去不起，所以我們沒有機會犯錯，不能留一點隱患。」

「可是，」柳三變慢慢站起身，喉間呵呵作響，「為什麼要打仗，有什麼好處？」

「是啊，有什麼好處？戰爭打響讓中國經濟衰退有什麼好處？我爸也這麼說，所以他住在上海住得很安心……」陸臻意味深長地看著他，「可是我們是軍人，我們不能這麼想！如果我們這些穿軍裝的人要靠別的領域來保衛我們，給我們安全感，那留下我們這些部隊還有什麼用？反正不會有戰爭，解散算了！」

夏明朗不自覺抬起手，摸了摸陸臻後腦的短髮，按住他的肩膀。

「這年頭，已經沒有什麼人民戰爭的汪洋大海，也再沒有小米加步槍的勝利了，那時候我們一無所有，光腳的不怕穿鞋的，可是現在不行了。所以我們這些軍人責無旁貸，必須在任何情況下都能保證本土不受侵害。而目前未來最大的威脅來自海洋，國防的重點在海洋，這是大趨勢。一個雙航母聯合編隊的作戰半徑是1000公里，戰斧式巡航導彈的射程是1500公里，我們必須推遠我們的近海防線。東方明珠是移不走的，假如戰爭發生在東南，當我們強大的陸軍開始作戰的時候，我們已經失敗了。」

夏明朗猛然轉頭，深深地看向陸臻，目光幽深無盡。

「我們陸戰隊說『首戰用我』，其實這是廢話，在哪兒打起來首戰都不會是我們。我們說『用我必勝』你信嗎？所以，柳三變，我陸臻不是什麼聖人，我跟夏明朗也沒想幹什麼偉大的事，我們不是故意為難你。我們昨天只是在進行一些不得不做的訓練，我們只是時刻都感覺很危險，不敢讓自己出簍子。」陸臻乾脆俐落地閉嘴，他清亮的聲音像一線拋高的弦在高點斷裂，戛然而止。

四下裡靜悄悄的，只有海浪沖刷沙灘的聲音。

過了好一會兒，柳三變忽然笑了起來，他極慢地鼓著掌說：「真好，要是換一個人，我肯定當他在唱戲，可是你……就憑你們倆那身瘋勁，我相信你是真心話。」

他用力地抱住陸臻，感慨萬端：「真給勁啊，小夥子，我真喜歡你。我真羡慕你，我像你這麼大的時候，就已經不這麼想了。」

「你還是會這麼想的，將來很快。」陸臻說。

柳三變閉了閉眼睛，笑道：「希望吧。」他彎下腰，撿了一個細小的螺殼放在差不多浙江省的某個地方：「這是我家，縱深不到100公里。」他把一個小貝殼放在螺殼南面的某一個地方，「這是阿梅家，大概有個50公里。」

陸臻指著上海說：「這是我家，0公里。」

夏明朗踩到地圖的西北角，故意陰沉著臉咬牙切齒地說：「這是我家，可以被打一千公里的地方……你個渾小子！」他親暱地掐住陸臻的脖子搖晃，「那樣我家就淪陷了，小賣國賊！」

陸臻掙脫出來，躍起大喊：「那我們就把他們擋住，擋在你家門口！」

小馬很詫異，不明白為什麼柳三變下船的時候勢若瘋虎，回來時已經笑面如花。他詫異地看著夏明朗和陸臻看了半天，最後指著陸臻問：「不熱？」

陸臻滿不在乎地抹了一把汗，搖頭：「不熱！」說完，飛快地抱上作訓服竄進艙裡更換。

夏明朗抱著衣服提了淡水跟進來，他用乾淨的毛巾沾著微涼的淡水幫陸臻擦洗身上的汗水與沙礫，小聲感慨：「你剛剛說得很好。」

「哈，我就是無限地拔高我倆的行為，這樣……嘿嘿，三哥還怎麼好意思跟我們生氣呢？」陸臻笑得頗為自得。

「你說未來國防的重點在海洋。」

「是的，」陸臻迅速收斂了笑容，「我不是嚇唬三哥才這麼說的，我從三年前、六年前我還在念書的時候就這麼想了。我們有最牛的陸軍，全世界都知道別跟中國軍人在陸地上對決。可是我們還有漫長的海岸線，有可怕的第一島鏈封鎖，我們最柔軟的腹部，在這一塊，根本輪不到陸軍出場我們就已經損失慘重。所以，東南沿海是重中之重，海防是關鍵中的關鍵。」

陸臻發現夏明朗一直沒吭聲，就那麼沉靜地看著他，他微微有些心裡發虛，揮了揮「爪子」說：「怎麼了？我說得不對嗎？」

「沒！我覺得你說得很有道理。」夏明朗揉一揉他的濕髮，把水桶提起來澆在兩個人身上。

夏明朗微微笑著，挑起眉毛，他看到陸臻眉花眼笑像一個得到最大獎賞與肯定的小孩子那樣幸福滿足得意非凡。他輕輕嘆氣：真想向所有人炫耀，這傢伙是我老婆，我的男人！

14

雖然柳三變說我能理解你們我很敬佩你們，但是……在接下來的日子夏明朗還是被他當成瓷瓶一樣供了起來，而陸臻那身體狀況一時半會也的確沾不了海水。不過海訓已近尾聲，倒也沒耽誤什麼事，最後幾天由柳三變主持著做了一次模擬考核，考核成績令人咋舌。

麒麟諸人大都進步神速，尤其是方進，這位運用身體的天才到後期不光是自己不會被KO，居然還能幫著醬仔設計水下格鬥動作。所以說，素質是一切的本錢，基礎打得紮實，學什麼都容易上手。全隊上下除了黑子評分差一截，基本上都是優秀級。看得柳三變兩眼發綠，恨不得能搶下幾枚囤在自家院裡。而至於黑子，其實也怨不得他，他們蒙古人從小有水忌，對於一切需要淹入水中的活動都有根深蒂固的厭惡，極度反感。

到最後陸臻只能安慰他：黑哥，你已經是蒙古人裡最會游泳的了。

黑子很鬱悶，但再鬱悶也得打道回府，把個幾近兩米的壯漢憋屈得兩眼通紅。

最後拔營那天晚上，柳三變讓司務班做了點好吃的，從外面新鮮運進了蔬菜水果雞鴨，還有青色的檸檬，配合剛剛從海裡打上來的魚、蝦、生蠔、貝類……那頓晚飯吃得異常豐盛。

因為實在新鮮，蠔類浸在乾淨的海水裡還都是活的。陸臻學著柳三的樣子用潛水刀現開蠔殼生吃，擠一點檸檬汁在滴在嫩肉上，連著蠔汁一起吸進去……鮮、香、滑嫩，像最濃情的吻，口感飽滿，帶著海洋的清爽。

陸臻微微閉上眼，慢慢咀嚼，捶地大喊：「爽！」

夏明朗坐在不遠處看著他笑，篝火紅豔豔地映出彼此的滿足的笑容。

荒山海島，席地而坐，啖腥食膻……每天還有大耗體力的運動，這樣的生活有人一天都受不了，有人就是覺得爽，辛不辛苦，全看你喜不喜歡。

陸臻吃得興起，一把抓上幾個坐到夏明朗身邊去。

「好吃嗎？」

「好吃！」陸臻樂呵呵的，他俐落地剖開一個，遞到夏明朗面前，「嚐嚐？」

夏明朗盯著看了一會兒，臉色有點發綠。

「能有多好吃……」他用手推回去，表示不屑。

「很好吃……」陸臻挑了挑眉毛，舌尖舔過上唇，這是個極度誘惑的姿態，雖然只維持了短短幾秒鐘，也令夏明朗怦然心跳。陸臻湊近他耳朵悄聲說：「味道就像……你的舌頭一樣。」

咳……咳，噗……夏明朗不小心把啤酒從鼻子裡嗆出來，捂住臉，咳嗽不已。

陸臻本以為都這麼使盡渾身解數地誘惑了，他怎麼也得賞臉嚐嚐，沒想到夏明朗忽然跳起捏著他的脖子把蠔肉倒進他嘴裡，轉身落荒而逃。後來，陸臻發現夏明朗開始不吃生蠔，他一直以為是這次的陰影，頗有些自責的。

拔營離島回到旅部駐地，夏明朗這才第一次遇到兩棲偵察營的正職營長江映山。江營長生得粗壯，高大威武，一看就是鄭楷的模子，一張大臉見棱見角，明明是標準的凶相，偏偏笑起來忠厚喜慶。在老遠處就張開手，一把摟上夏明朗說：「久仰久仰！」

夏明朗沒防備差點讓他抱個兩腳離地，連忙腿上使了點陰勁，不露痕跡地站穩腳跟笑道：「彼此彼此，久仰大名了。」

江映山樂了：「小柳兒能說我什麼好話。」

陸臻忍不住一聲悶笑，江映山說話帶北方腔，甭管他是不是故意，人名後面都帶著兒化音，一聲小柳兒叫得那個婉轉，把陸臻樂個半死。柳三變面無表情地湊上去捏了捏他的肩膀，說道：「兄弟，挺住。」

陸臻莫名其妙，心想有什麼好挺的，訓練不是結束了嗎？不是都要放假了嗎？當天晚上，陸臻從夏明朗那裡看到這幾天的計畫表，這才明白放假那是戰士們的事，他們這些軍官……甭指望了。

忙著呢，忙什麼？開會！

目前一個軍區級的海陸空三軍聯合軍事演習正在最後籌備期，麒麟將做為客軍力量參與其中，按照原計劃，這也是護航選拔的一部分。言下之意，如果在演習裡表現不好，讓海軍的大佬們挑到毛刺，那後果可就不堪設想了！

軍人嘛，最好的就是面子！

這種跨建制的PK，關係到高層大佬們的面子，連嚴正都正經八百地打了一個電話過來敲打：搞不定就死在外面別回來了！

然而，搞一場大演習不是個容易事，臨時再加一支部隊進來，各方面都要協調，手續極為細瑣，再加上籌備後期本來會就多。這麼一來，夏明朗如同進了地雷陣，日子過得那叫一個水深火熱。

夏明朗從小就怕開會，班會、晨會、校會……就沒有他不煩的。他這輩子最恨坐在那裡聽人說廢話，那簡直就是對生命的褻瀆和摧殘。

在基地，嚴正開會的風格極為直截了當，第一句話說是正題，第三句已經下結論，就這樣的會開多了夏明朗也煩。而謝嵩陽主持的每季度黨員政治生活學習那就更別提了，夏明朗是能逃就逃，實在逃不掉，他連去醫院開病假條這種拙劣的手段都好意思使出來。可是現在一天三個會，大會套小會，小會拼中會，夏明朗活生生從一頭狼被憋成了一隻羊，面如菜色兩眼無光。原先柳三變說他們營長對他挺好的，他還腹誹過：嘿嘿，好個毛好啊！他自己好好在旅部待著，把你一個人放在荒島上風吹雨淋。

可是這幾天開會時他在會場上淨看見江映山不見柳三變，問及緣由，江映山呵呵笑著說小柳是主抓訓練的，別的啥，我能代就都替他代了，就讓他專心搞訓練。

夏明朗感動得熱淚盈眶：三兒啊，你們家營長果然對你很好。

這會吧，我們還別說，它還分兩種，一種是有內容的，一種是沒內容的。當然，我們也可以和諧地把前一種稱之為實際性問題，後一種稱之為思想性問題。

對於夏明朗來說有內容的會議還好一點，就算是內容傻點，一直反反覆覆地強調，就當是口香糖吧，嚼到後來雖然沒味了，好歹嘴裡還有個嚼頭。沒內容的那就最神經，就等於你嚼三小時，嚼到最後就只得了一個屁，把夏明朗鬱得抓心撓肥（十分難受）的。無比心痛地看著那時光如流水，匆匆不復返。

你說有這點空幹點啥不好！夏明朗抱著陸臻鬱悶地吐槽。

是啊，有這點空幹點啥不好……陸臻安慰似的蹭一蹭夏明朗的鼻樑，加快手上的動作。

有這點空，我們不妨，白天也可以做個愛嘛……也比開會有意義吧！夏明朗憔悴地幻想著。

是的，回到旅部之後唯一的好處就是住宿條件變好了，麒麟的人不多，當地也照顧。配給的都是一水兒的四人間，排號排到夏明朗和陸臻這一塊兒恰恰還剩下倆，順理成章地住在一起。剛好白天開會時累積的怨氣無處發洩，於是夜夜纏綿。

可是這麼一來，情況就變得嚴峻了起來。因為白天太憋悶，所以晚上要激情，可是因為晚上太激情，更襯得白天的空虛蒼白浪費時間。於是，夏明朗的生活就漸漸變成了早上睜開眼，等開會，開完會，寫報告，寫完報告，等做愛……由於開會與寫報告在夏明朗的字典裡都屬於沒必要列入人生計畫的無意義事件。

最後夏明朗同志一整天的人生計畫就簡化為：早上睜開眼，等做愛！！

夏明朗沉痛地感覺到這樣不行，再這麼下去，他一定得廢。他是如此哀怨地看著隊員們在緊張的集訓之後，盡情享受著低強度的休整維持期，似乎除了他以外別人都沒這麼痛苦。

方進那麼幸福地認了萬勝梅當乾姐，閒著沒事切磋個兩手，還成天吃香的喝辣的，伙食標準變得跟柳三變一條水準線。陳默與徐知著在水鬼營的狙擊組內持槍而立威震四野、唬得柳三變和江映山這會看到夏明朗都敬意加三分。就連陸臻帶著阿泰，雖然他們的會也多，可到底技術人員的工作，有點嚼頭……

是的，夏明朗再一次深切地感覺到，這麼下去不行，這日子沒法過了！

夏明朗豎起他狼一般的耳朵，狐狸似的嗅覺，他調動了他所有的動物本能尋找任何一點可以衝出的機會。

終於，他等到了！

近日，將和他們一起參加護航任務的導彈驅逐艦武漢號正要出海進行最後一次遠航訓練，夏明朗連夜寫了報告上去，從試著分析陸軍特戰軍官對船上生活的陌生感，到試著分析提前適應的優勢性……洋洋灑灑好幾千字，舌燦蓮花，語無倫次。沒幾天批覆就下來了，據說艦隊參謀長很欣賞這種明知山有虎偏向虎山行的優良作風，同時轉發各陸戰分隊學習先進事蹟。

柳三變收到風聲跑過來「好心提醒」：你有毛病啊！武漢號這次出海直接進高海況區，一去就是大半個月，你要上船也先找個大點的，進片溫柔的海。

夏明朗輕鬆一笑說沒關係。他揮一揮手，不帶走任何留戀地領著大夥離開旅部基地，爬上精悍的武漢號，渾然不知道……又一場「噩夢」在前方緩緩展開。

15

夏明朗一直認定自己是不暈船的，他這輩子從來沒有在任何移動物體上暈頭轉向的經歷。可是等上了武漢號他才發現，原來不暈船的前提是，他從來沒有在任何船隻待到過三天以上。

武漢號的船長叫劉東方，因為「劉」不如「東方」聽起來威武，所以人稱東方船長，以致於初上艦時陸臻還猜想過他大名是不是叫東方不敗。

出海第一天，夏明朗生龍活虎地跟著船員熟悉船上環境；出海第二天，夏明朗早上睜開眼發現自己今天不用等開會，立馬神清氣爽地跟著大副去學習艦載武器的基本戰術資料；出海第三天，東方船長在廣播裡說，今天有點風，大家待在船艙裡不要上甲板。

夏明朗正在思考有點風是個什麼概念，咚的一聲，他撞上了船艙壁板，瞬間頓悟有點風就是這麼個概念。

夏明朗曾經以為在沙漠裡開飛車算顛的，可是上了海，才知道那狗屁不是。真正的晃悠那是個什麼感覺，就是你抱著床板都趴不住，整個人往下出溜著，看著天花板像地板，看著船艙壁覺得：哎，這好像挺穩的，踩一腳吧！

大副十分有經驗地挨家挨戶送繩子，陸臻誠懇道謝，轉過身十分有技巧地把夏明朗牢牢捆在床上。夏明朗在恍惚中盯著陸臻那甜美的微笑，只覺得那笑臉越變越大，模糊中一個變成了三個，三個裂成六個……

陸臻把一個紙袋扔到夏明朗身上：「想吐就吐一下吧！」

夏明朗哼哼著強撐，說：「我不想吐……」

一個「吐」字堪堪出口，胃裡像是被人抽了一鞭子那樣抽搐著緊縮，哇的一聲，連鼻孔裡都在往外倒東西，那滋味，甭提多難受了。陸臻連忙坐到夏明朗身後去，扶著他的肩，幫他順氣。夏明朗自己憋自己忍了太久，一張口就收不住，把那點早飯吐個精光，最後嘔出來的全是黃膽苦水，胃裡反射式地抽搐，兩腮邊止不住地冒酸水。

陸臻連忙把夏明朗按倒平躺，捏著嘔吐袋拿出去扔掉，隨手抽了個瓶子出去打水。一進盥洗室，就看著裡面人來人往，趴著吐的，抱著吐的，吐完正在漱口的，邊吐邊漱口的……應有盡有。

船上來了二十幾個適應期的新人，劉東方自然知道厲害，專門派了水手蹲點照顧著，分頭把一批批活人扶進盥洗室，再把一隻隻「死豬」拖回宿舍。

武漢號的大副忙得暈頭轉向，陸臻身為在場唯一還能說得出話的麒麟副隊頗誠懇地表達了一番感激涕零的意思，把那位誠實人聽得面紅耳赤的，連連擺手說哪裡哪裡，應該的都是應該的……

方進耷拉著腦袋，強梗起脖子瞪陸臻：「臻兒，為啥你沒事？」

陸臻微微笑了笑說：「小弟出身東海艦隊電子營，沒來麒麟之前是要跟船的。」

方進瞪圓了眼睛，異常地不忿加沮喪！

陸臻用一通好話心安理得地把兄弟們都託付掉，抱著水瓶搖搖晃晃一路撞著牆回艙室。

夏明朗是上校銜，劉東方也是上校銜，劉東方不好意思讓同級的軍官住大宿舍，臨時給騰出了一個小間。夏明朗心中竊喜，自然不會拒絕，而吐得昏天暗地之時，更覺得東方船長好生貼心，要不然這麼丟人現眼的樣子全讓兄弟們看去，以後還怎麼橫行四海！！

等陸臻回去，夏明朗已經又吐完了第二輪，其實是真沒什麼可吐的了，強行吃了幾塊壓縮餅乾下去，好墊一墊繼續吐。夏明朗感覺上高原都沒這麼難受過，頭疼得要命。眼睛被淚水淹住了看著什麼都模糊，心跳像打鼓似的好像要破胸而出，胃液火燒火燎地往上湧，把喉嚨口燒得乾澀劇痛。他知道再這麼吐下去沒完沒了，捂住嘴強行壓制，把湧到喉頭的火辣辣的液體都拼命咽下去，對抗胃部的抽動。

陸臻一開門就看見夏明朗像離了水的魚那樣躺在床上喘著氣，臉色蒼白，滿頭虛汗，頓時小心肝兒抽得軟軟地疼。連忙拿濕毛巾給他擦乾淨臉，扶著夏明朗坐起來，餵水給他漱口，等一切收拾整齊了，拿了剛領的醃橄欖給他含上，索性也脫了鞋子坐到床上去，拽住支架把夏明朗摟在懷裡。

夏明朗吐得暈頭轉向什麼都顧不上，後腦枕得軟乎了些他還覺得挺舒服，老實不客氣地蹭蹭享受著肉墊的結實質感，皺起眉頭強忍噁心。不一會兒，有人敲門，陸臻心不甘情不願地把人放下，大副塞給他倆橘子，擠了擠眼睛笑道：「船長下錨了。」

「要停船嗎？」夏明朗耳朵尖，一個激靈清醒過來。

「是，是啊！」大副大吃一驚，顯然是驚嘆夏明朗這副模樣居然還能耳聽八方。

「就給兩個？我們兩人呢！」陸臻盯住大副那一大網袋金黃圓球。

「省著點，後面人多著呢。」大副像是生怕他搶，立馬溜走了。

陸臻把門鎖上繼續上床，一手勾住床身鐵架，一手牢牢地抱緊了夏明朗。他小心翼翼地把橘皮撕開一個角，掰下一瓣橘肉塞到夏明朗嘴裡。夏明朗無意識地一口咬下去，汁水四濺，味道清甜爽口，給毛糙腫痛的喉嚨帶來極大的安慰。夏明朗哼哼著宣佈我還要，等了半天卻不見動靜，睜開眼睛一看，發現陸臻正把撕下的那條橘皮按在掌心搓揉擠壓。

不一會兒，陸臻捂上夏明朗的口鼻柔聲說：「吸氣！」

夏明朗依言深呼吸，柑橘類皮質中特有酸而清透的氣味直衝入腦，頓時精神一振，胃裡翻江倒海的湧動也略平復了些。

「停船是不是會好一點？」夏明朗腦子動起來了，思維也就回來了，他滿懷期待地瞅著陸臻。

陸臻溫柔地笑了笑說：「有我在呢，別怕。」

夏明朗懷疑地盯著他，總覺得那溫柔似水的笑容裡，飽含著某種白牙森森的狡猾。沒多久，武漢號下錨停船，夏明朗著實覺得船是不那麼顛了，可是為什麼……他的頭更暈了？

值得欣慰的是陸臻也終於有了一些暈船症狀，微微皺著眉，把揉碎的橘子皮放在鼻子底下嗅著。在封閉的船艙裡夏明朗感覺不到時間的流動，迷迷糊糊的好像是睡著了，又被一陣乾嘔催醒。睜開眼，抬頭便看到陸臻低垂的眉眼，在明滅的燈光中模糊出光暈，隨著船身搖晃拉出溫暖的光帶。夏明朗困惑地眯起眼睛試圖讓自己看得更清楚一些，可是一切朦朦朧朧似真似幻的。恍惚間覺得陸臻又看了過來，彎起嘴角對著他笑，低頭吻著他的嘴角說，沒事，睡著就好了。

當天風浪太大，浪高過七米，廚房做不出飯來，全艦軍兵都就著乾糧過日子。暈船這種事第一靠天分，第二憑經驗，但真到了風高浪急的當口，是個人都暈，只是程度問題。有人吐水，有人吐黃膽，最嚴重的連血都能吐出來。不過呢，也還好，就像劉東方說的，反正暈船也暈不死人，除非實在受不了自殺。

暈船這毛病，身虛體弱睡眠不足時當然情況會嚴重點，可是這歸根到底也算一種運動病，有時候身體反應越是機敏的人暈得越厲害。結果夏明朗和方進首當其衝，暈得那個天旋地轉，吐得那個七葷八素。倒是陳默與徐知著他們狙擊組成員上船之前為了幫海陸搞訓練，臨時跟著他們補了一大批抗暈眩的前庭訓練，結果歪打正著，雖然也吐也暈，到底比其他人好些。

到晚上，風浪小了一些，大副趕著大家出來走動，湊點了啤酒熟食給大家加個餐。劉東方愜意地坐在起伏不定的食堂裡給大家說笑話，說早些年他還只是個小水兵，有一次跟著漁政船出海。言及於此他刻意地頓了一頓，夏明朗到底強悍，在這種三魂走了七魄之際還知道接話領子，他直起腰曖昧地笑了笑說：「挺刺激的吧！」

劉東方頓時精神一振，那眼神再看過來時，多少都包含了那麼一點意思：兄弟，你是識貨的。

雖然吃下去很快會吐光，而且暈船太嚴重舌頭麻木根本嚐不出什麼味道，可是無論如何東西還是要吃，能忍則忍能撐則撐，要不然連吐帶餓，人很快就會虛脫，惡性循環。

東方船長樂呵呵地說著漁政船上的笑話給大家下食，他說起當年一出海就是三個月，船小浪急，隨便來個什麼風浪都跟飛似的，廚師一邊炒菜一邊腳邊放個桶來吐。又說那時候他們只要抓到過來偷漁的漁民就狠狠地修理，先把船上的淡水搬光，海貨一條條全扔到海裡去，就留下回程的燃油讓對方馬上滾。

他說那時候船上存不住東西，一開始吃青菜，青菜吃完了吃包菜，很快連包菜都沒得吃了，大家吃罐頭啃鹹魚，上岸了眼睛都是紅的，去火鍋店連點五十盤菠菜。他說暈船怕什麼，是個人都暈，別說人暈，是個活物都受不了，他們當年為了改善伙食還試圖養個雞鴨，結果一出海，起浪了……豬瘋雞跳海，只有人還挺著。

大家都哈哈笑，是啊，只有人還挺著！

方進稀裡糊塗地問：東方不敗不是海軍的嗎？怎麼混到漁政船上去了。

夏明朗暗地裡踹他：又給人起外號……不該你問的不要問。

方進於是又稀裡糊塗地趴了回去。

是啊，無論風浪多大，即使豬都瘋了雞都跳海，是人也得挺著。大家吃完飯，一人領了三枚橄欖，一路跌撞著走廊回屋。陸臻為表誠意，自告奮勇地幫著大副去屋裡綁人，把一隻隻神獸們都牢牢地綁在床上。回去時夏明朗已經消停了，一聲不吭地平躺著，臉上沒有半點血色，眼睛緊閉，只有嘴唇是潮濕的，染著一抹不正常的紅。

陸臻坐到船邊，摸了摸他的嘴角，夏明朗微微睜眼：「都睡了？」

「嗯，我幫你看過了。」

夏明朗緩緩合眼，陸臻彎下腰去吻他的嘴唇，小聲輕嘆著：「隊長啊，有時候我發現……」

夏明朗生怕他再說出什麼「你好漂亮」「你很纖細」之類嚇死人的話，連忙一把按住陸臻的後頸直接堵他的嘴。

睡吧……真的！

夏明朗誠懇的……老子再禁不起什麼驚嚇了。

這一夜自然不會有好睡，夏明朗一時暈眩一時又醒了，頭疼得難受，忽然受不了又想吐，整個人徘徊在半夢半醒的邊緣，後來終於覺得睡穩了一些，才發現陸臻不知何時已經跟他擠到一張床上，牢牢地抱緊了他。

甭管能不能出門，廣播裡還是一如既往地響著起床號，夏明朗強撐著坐起身，發現陸臻正坐在床邊目不轉睛地盯著他。夏明朗暈沉沉地說了聲：「早。」

陸臻湊過來舔著他的嘴角：「隊長……」

夏明朗剛剛睡醒腦子裡還不怎麼清楚，警惕性就降了不少，有人獻吻自然是樂得，正在享受著那細軟滋味，就聽到陸臻輕笑著說：「隊長啊，我以前看到你特別拽、特囂張、特帥氣，我覺得特別喜歡；可是為什麼現在看到你這麼嬌弱的樣子，我還是覺得你好可愛。」

夏明朗看到九天驚雷滾滾而下，打得他全身都黑了一黑，骨頭架子慘白地閃了一閃……

嬌……弱……

夏明朗僵硬地看著陸臻，半晌，嘆了一口氣說：「你覺得我現在應該笑好，還是哭好……」

風浪居然又大了一些，但是雨停了，武漢號拔錨全速開進，今天的課程是高海況狀態下的常規戰備操作。夏明朗神奇般地感覺自己的暈船症好了一點，他本以為是自己吐啊吐的就吐習慣了。後來才知道，暈船這種事索性大大地顛起來反倒會好一點，停船遠比開船難受得多。這就是為啥有時候暈車的人坐吉普車不暈坐寶馬車暈，都是一個道理。

但夏明朗不管他的理論基礎是啥，當他覺得自己好一點了，他就開始非常急於擺脫「嬌弱」這個頭銜了。說真的，太他娘的雷了，他這輩子還沒想過這兩個字能跟他沾上邊，他深切地感覺到不行了，這孩子得教育啊，好好教育！再不然，什麼梨花帶雨、傾國傾城、美豔絕倫這種狗皮倒灶的詞都能往他腦門上貼。

夏明朗一思及此，就覺著胃裡又開始了新一輪更強的抽搐。

夏明朗對著劉東方說麒麟要參與訓練，東方船長驚訝地看著他說：「你們行嗎？」

夏明朗扯著嘴角說：「你問個爺們行不行，你什麼意思啊。」

東方船長哈哈大笑，沒問題，上！

夏明朗本以為陸臻得反對，沒想到他聽完積極支持，甚至提出了理論基礎。據說暈船是因為前庭平衡感受器受到過度的運動刺激，產生過量生物電，影響自主神經系統造成的紊亂反應。然而從生理學上來說，無論是前庭還是自主神經都是次層中樞，會被高級中樞興奮性反應所抑制。也就是說，就理論而言，如果你專注於一個別的什麼事，你就能不暈，比如……自己開車的人常常不暈車。

夏明朗聽完極度懷疑地上下打量了陸臻幾眼，陸臻馬上露出科學工作者的嚴肅勁來。夏明朗嘿嘿笑了笑，得，甭管你是真是假，老子要當純爺們，吐也要站著吐，吐出血來老子都不能嬌弱了！

夏明朗一聲吆喝，麒麟全員集合，一個個牙咬緊了，背挺直嘍，愣是在過山車似的走廊上站穩了腳跟。

劉東方原本覺著頭回上船能站直了下船都是個勝利，夏明朗這會兒吆喝來去的也就是單純為了給自己的兵鼓鼓勁來，沒想到夏明朗清點完人數，他玩真的。直接要求大家跟著水兵們一起進行緊急召集，即從休息狀態緊急進入自己的戰鬥位置。

麒麟眾人的戰鬥位置只是在第一天熟悉船況的時候簡單假設了一下，而軍艦卻是一個你連下舷梯都得練習好幾遍才不會出錯的地方。武漢號全長154米，寬16.5米，船身狹長緊湊。艦載各式各樣的反艦導彈、艦空導彈、反潛魚雷和全自動火炮，還有各項雷達、聲納以及電子系統的天線，甲板上各種裝備林立，情況複雜，普通人貿然上船光是記地圖就得記上好幾天……劉東方正覺得是不是有些強人所難，夏明朗輕描淡寫地笑了笑說他們記得的。

於是，一聲令下，汽笛中拉出刺耳的警報。

衝上甲板才知道什麼叫風大，放眼出去都是一望無際的海，海面上看不到一點碧色，陰沉沉，濁浪沖天，堆起千層雪峰，山一樣地撲過來，濺得甲板上全是水沫。

狂風把甲板上的水吹成扭曲的線，一層層一疊疊交錯盤繞，最後像蛇一樣地昂起頭，被打散在風中，碎成煙霧。

夏明朗看得咋舌，不自覺回想起前幾天他在天琴島經歷的那場暴雨，當時已經覺得很洶湧，現在看來簡直溫柔得像他老媽的搖籃。

甲板上浸了海水，極度濕滑，麒麟的隊員們在劇烈的晃動中連滾帶爬地狂奔，間或有人滑倒，直接跌飛出去，撞上右舷的扶欄。軍艦踩浪而行，七八米高的大浪狠狠撞上來，浪尖越過船舷在半空中甩得粉碎，像暴雨一樣砸下來，把人淋得精濕。

夏明朗的戰鬥位置在船尾的直升機平臺，按戰術假定他應該跟著直升機升空指揮，但是在這種海況下，直升機根本不可能起飛，卡-28精悍的機身被纜繩和鐵鏈牢牢地束縛在甲板上，在狂風中搖晃著發出鋼鐵的咆哮。

飛行員拽著鐵鏈站在他的位置上，地勤人員還在忙著檢查飛機的鎖扣有沒有鎖牢。

夏明朗閉上眼睛深呼吸，腥鹹的飛沫撲面而來，他卻從心底裡爽出來，一直抽搐著強硬地宣告自己存在的胃部好像終於從腹腔裡消失了，像其他沉默的器官那樣安分守己地工作著。

夏明朗用盡全身力氣大喊了一聲，前方馬上有人應和，一聲聲從船尾到船頭，連成一片。

麒麟第一次高海況海上戰備值班，雖然到位慢了一些，可是無一脫崗跑錯，全員在崗。劉東方在船長室裡狠狠地被震了一下，這他媽的就是素質啊，高水準的兵，到底不一樣。

16

武漢號所有艦上官兵在到達預定陣位之後，開始了既定的戰術演練。各項雷達，聲吶高密度戰備掃描，導彈等各種攻擊系統進入類比發射。這是一次簡單的常規訓練，除了七米的高海浪讓操作員有些困擾之外，一切有條不紊，整個艦艇看起來非常平靜，甲板上幾乎看不到什麼人，一切在暗處進行。

這就是高科技時代的戰爭，一切在電波中由數字展現，悄無聲息。

據夏明朗所知，像劉東方他們這些艦船上的軍人多半只有手槍防身，而更多的時候，他們連手槍都不用，因為不需要，在現代化的海戰中，短兵相接的可能性幾乎為零。

要麼你擊中對方，要麼你被擊中，棄船沉海。

夏明朗在船頭吆喝了一聲：「兄弟們，是回去趴著繼續暈船，還是在外頭繼續玩？」

這很明顯不是一個選擇題，因為沒人會選前一項，於是夏明朗很開心。

劉東方很詫異地觀察著這群軍艦上的生客，這是他們的第一次遠洋，廣袤的大海，渺小的人類，舉目望去四海茫茫，人在這天地間不過是一顆芥子而已。尋常人初次見到這種自然的偉力多半會怯懦謹慎，不敢輕舉妄動，而他們……

劉東方發現他很難用類似征服海洋、戰勝恐懼這一類常規的詞語去形容他眼前所看到的，這些人他們看起來很從容，有某種閒庭信步的味道，他們並不害怕，於是用不著去征服誰。

武備箱被抬了出來，人們聚集到船尾。劉東方很詫異在這種天氣條件下他們怎麼給自己放靶標，結果不一會兒，有人從廚房拿了一堆用剩的木條箱出來。就這麼隨手扯開，一塊塊從船尾扔出去，瞬間就被捲入巨浪中拋遠，然後被一梭子彈打爛。

然後，他們開始比賽，比誰可以堅持更晚開槍擊中，輸的人或者最後失去目標的傢伙們成群結隊地在普通人站立都不穩的甲板上做俯臥撐。很快的，板條箱用完了，然而更快地他們找到了替代品，前天晚上喝剩的幾個空酒瓶子成了新靶點。這一次他們用起了手槍。

從拔槍到上膛到凌空擊碎，他們必須在那一小段低低的拋物運行中完成這一切。瓶子從船的這一邊飛到那一邊，進入大海——碎開！

劉東方開始聚精會神地盯著螢幕，猜測下一輪的哥們是不是能繼續完成這種高難度的射擊。

忽然，半空中的瓶子提前碎開了，船上剛剛舉槍瞄準的戰士茫然地攤開了手。劉東方正在詫異，有人敲了敲另一塊屏——「這裡。」陸臻笑著說。

劉東方馬上轉頭看過去。

陳默站在右舷邊，他把自己牢牢固定在一個鐵支架上，隨著船身起伏。此刻他剛剛放下槍，眼神平靜如常。夏明朗扭頭看向他，笑了。他大搖大擺地走過去，在老遠處就伸直了手。

劉東方驀然感覺心跳加速，好像小時候看戰爭片時那種熱血沸騰的錯覺。他看著陳默退下子彈，雙手平握把槍交給了夏明朗，於是又輕聲發笑，有點不好意思。他原以為陳默會像電影裡演的那樣把槍很帥地扔出來，而夏明朗會接槍轉身疾射。

方進又扔出了一個酒瓶，墨綠色的玻璃瓶閃著微光劃過灰濛濛的天際，武漢號銳利的船頭高高揚起，踩上一重巨浪，船身搖晃，夏明朗的槍口隨著拋物線滑動……

劉東方眼睜睜追著那點微光飛出監視器居然遲遲不爆，頗有一種武俠片守到最後居然撞上導演玩開放式結局的痛苦。他馬上轉向另一邊，想看看夏明朗這會是什麼表情，終於如願地看到那雙深沉精幹的眼睛從瞄準鏡上慢慢移開，眼神比平時平靜，沉靜如水，有淡然自得的笑意。

徐知著在第二層的舷梯上敲響了欄杆，他抬起手，笑容看起來有些羞澀地：「侯爺，麻煩了！下一個給我。」

劉東方發現自己多少開始有些走神，船尾正在發生的那些事似乎有點不太符合規則，與他平時看到的正規訓練不太一樣。可是他卻覺得不願阻止。那些人……如果一定要給那種感覺下一個形容，那些人站在一起就像是在進行一場足球賽，那麼興奮、激烈、拼搏著努力……並且快樂！

非常快樂！

那種快樂像一根帶著太陽光彩的繩索，它揮灑著汗水與激情，把那些人拴在一起，讓他們放聲大喊，自成一派。劉東方不自覺有一種失落，因為那快樂太過耀眼也太過狹隘，即使在同一艘船上，即使在咫尺相近的地方，他也明白自己沒能參與其中，明白自己無法切身感覺到那種快樂。

「他們……很熱鬧。」劉東方斟酌著用詞。

陸臻笑了：「玩唄，純粹鬧的，能不在屋裡待著都樂死了。」

劉東方一時啞然，不知道應該繼續說什麼。他本想說你們訓練真刻苦，現在發現似乎對方不一定會領這個情，他看著陸臻輕描淡寫地走開，去看雷達兵工作，很顯然目前正在發生的這一切，對於他而言是再正常也不過的。劉東方有些困惑，他依稀記得似乎在咱們部隊是不能用如此輕佻的態度對待訓練的，他由此也記起了，那個永遠在軍報上被反覆強調的「苦練」二字，倒是從來沒聽夏明朗提起過。

有萬惡的暈船頂著，麒麟神獸們白天都練得非常投入，實在沒得好練的時候，差點想著和水手們一起練習船上格鬥，把劉東方嚇得連忙制止。這船晃悠得這麼嚴重，大家對船上地形畢竟不熟悉，也沒個防護，萬一站不穩一跤跌下去磕著腦袋，那的確不是小事，夏明朗一琢磨也對，這才打消了念頭。

這天因為白天太過激情，於是晚上非常萎靡，再加上劉東方又停了船，浪湧起伏，夏明朗就覺著自己胃裡也存了艘船，正在那兒忽悠忽悠地開。人說宰相肚裡好撐船，他到底知道是怎麼個滋味了，哼哼唧唧地躺在床上裝死，連眼皮都不樂意撐開。

陸臻感覺這事太邪門，雖然他的理智一向宣稱娘C（娘娘腔）也是一種合理的存在，但是他在情感上從小到大都特別厭煩柔弱的男人。一個男人，甭管他長得多帥多漂亮，如果氣質怯弱，態度柔媚，身如弱柳拂風，病比西子多三分，他恐怕看見都想繞著走。可是夏明朗最近硬生生撼動了他十幾年的審美觀，沒來由地看著那蒼白臉色、低垂眉目無比地心動。

雖然上下這個問題他們一直沒擺上明面討論，不過陸臻記得之前有一陣夏明朗特別喜歡在上面。當然，那廝也不會明說，總是在床上陰壞，先下手為強把他弄得五迷三道（神志不清）了，自然就可以為所欲為。日子久了，陸臻居然也覺得很不壞。他之前一直想不透這個世界上怎麼會有純零這種生物存在，大老爺們工具隨身攜帶，哪能一直閒著不用？！

後來徹底栽到夏明朗手裡，陸臻才明白一切皆有可能，原來只要某個人覺得開心，他就會樂意奉陪。可是風水輪流轉，老天爺變臉變得比娃娃快，陸臻萬沒想到還有這一刻。

折騰了一整天，夏明朗心滿意足地躺在床上，汗水與海水浸透了全身。陸臻絞了條毛巾過來幫他擦，擦到關鍵部位到底按捺不住，上下其手把人給辦了。夏明朗畢竟是感官主義者，推了兩把沒推開也就不如享受。可就是那兩下反應不及的錯愕落到陸臻眼裡便成了欲拒還迎、無力推拒，更撩撥得他熱血沸騰、心癢難耐。

這一回下來陸臻食髓知味，就此欲罷不能，隔三差五地纏著夏明朗求交歡，而且偏偏最喜歡挑夏明朗上氣不接下氣的時候下手。一來二去的，夏明朗不明就裡，簡直驚了。這怎麼回事啊，姓陸的這小子再次青春期了？火力這麼旺，比老子還色？

一個流氓通常都不能忍受向另一個流氓表示我累了，我沒性趣。尤其是當另一個流氓就是你老婆，這個問題就變得越發嚴重起來。老婆求交歡的時候說我不行……那根本就是男人的奇恥大辱，不過夏明朗最近的確有點體力不支，所以倒還挺感激陸臻小朋友的這份體貼入微——主動在交歡問題上包攬髒活累活。

於是，這些天夏明朗領著暈乎乎的神獸們高密度地演練了從劫持、反劫持到水下修復、水下突破的種種課程。夏明朗白天操練人，晚上偶爾被人操練，生活無比充實。

劉東方大開眼界，讚不絕口：能扛敢拼，我軍之幸！

航行日久，武漢號再度回到近海，風浪頓時平靜了許多。食堂趁機給大家做了一次好吃的，那鮮碧碧的蔬菜、黃澄澄的水果吃下肚，麒麟們只覺滿足到死，頗有了一點再生為人的幸福。

演習在即，武漢號結束獨航訓練，開始加入艦隊編組。組編初期的資料鏈對接工作全是通信部門的工作，夏明朗閒來無事、養尊處優，陸臻自然不會放過他。

小夏隊長偶爾也覺得這事太邪門，要說習慣還真是一種可怕的東西，被那臭小子纏久了感覺居然也挺不錯。尤其是陸臻同志生性溫柔體貼，前戲充分，正餐過硬，清理周全……絕對五星級享受，還真沒什麼好挑剔的。可是那天晚上，陸臻忙了一天火燒火燎地把他往地上壓的時候，夏明朗忽然發現原來習慣不光能成自然，習慣還會慢慢變化！

陸臻辦事一向很猛，但是不囂張，猛和囂張是兩種完全不同的感慨，不可言傳，這就像陸臻一向很得瑟（得意洋洋）但是從來不高傲是一樣的。可是最近漸漸地，陸臻日益張狂了起來，抱著他反反覆覆地求索，烏溜溜的大眼睛精光燦亮，眼神急切而熾熱，恨不得把他吞下去，像一頭已經長齊了鬃毛正在亮牙的狼。

夏明朗長長地喘氣，放鬆肌肉把頭擱回地板，他感覺到汗水沿著髮根滾動，那軌跡極度清晰，他的皮膚此刻敏感得不可思議。

夜已深，換氣口送入清爽的海風，然而這一點涼意完全不足以冷卻兩具灼熱燃燒中的軀體，狹小的船艙燥熱無比，那是高含量雄性荷爾蒙的爆燃性氣體，只需一個火星就能點燃。

由於床單無力承受這麼多的汗水與激情，他們早把主戰場轉到了地板，完事之後潑點水一沖就好，非常方便省事，就是硬了點，常常讓夏明朗錯覺我是不是老了，怎麼腰酸了呢。

船已經停了，起伏的浪湧讓船身搖晃不止，於是，每一次陸臻抽動時，夏明朗都感覺地球在震顫。那種震顫沿著每一個毛孔沁到他身體裡，彙聚出一種很大的波動，從心底裡漾出來，有種辛辣的味道，這讓夏明朗難以忍受，幾乎想要嘶吼。然而他叫不出來，他總是叫不出聲，所以他常常需要閉上眼睛去努力消化那種感覺。

辛辣而猛烈的，快慰卻疼痛的……最原始的刺激。

下唇一陣刺痛，夏明朗錯愕地睜開眼，陸臻狠狠地瞪著他。

「專心點！不許走神！」陸臻不滿地搖晃著腦袋，汗水從他的鼻尖滴下來。

夏明朗忍不住笑，然而這種輕佻的態度激怒了某人，他的動作放慢，變得又狠又準。當體內的某一點被狠狠擦過的時候，夏明朗緊張地繃住了腳趾，這是不同於射精的另一種快感，它是緩慢累積的，從身體的中心開始像洪水一樣地氾濫。他下意識地偏過頭想要咬住什麼，卻發現眼前空無一物。

陸臻顯然很滿意自己收到的效果，他甚至興奮地俯下身去舔咬夏明朗厚實的嘴唇，用靈活的舌尖開路，誘哄著撬開緊咬的牙關，修長的手指隨之而入……

「叫出來吧，乖，我想聽……」陸臻舔著牙尖，笑容很囂張，他一手扶住夏明朗的腰，緊貼著最敏感細軟的地方慢慢地磨蹭。

夏明朗忽然挑眉，凝眸瞪了陸臻一眼。

陸臻頓時神魂顛倒，一時失神，夏明朗已經翻身坐到他腰上。一瞬間的體位大變讓陸臻驚喘出聲，彼此嵌入到前所未有的深度。夏明朗臉上因為用力而閃現出兇狠的表情，他咬緊牙微微揚頭，脖頸拉扯出肌肉的紋理，異乎尋常的性感。無論從哪個角度來講，夏明朗都是一種猛獸，這種猛獸會被繞指纏柔細密地捆綁，但是……他絕不接受撕咬，那只會讓他更興奮。

長長深呼吸讓自己緩過來，夏明朗感覺到內臟被嚴重地擠壓，好像有什麼東西會從喉嚨口頂出來，他從未試過這樣，讓另一個男人的一部分這麼深地進入自己。幾乎是下意識地，他低聲咒罵：「媽的，怎麼這麼長……」

陸臻頓時血脈賁張，他連忙撐起上半身想要抱住夏明朗，卻被一肘子打了回去。

夏明朗勾唇而笑，開始張狂地挺動起腰，他低頭握住陸臻的脖子，用拇指一點一點地抬起他的臉，低啞的聲音裡透露出濃烈的情慾：「你他媽最好給我撐住了，別早洩！」

陸臻看到眼前的空氣瞬間爆炸，金黃色的氣流像閃光的雲母片，從天花板上落下來。

在爆炸的中心，那個瞬間的夏明朗就這樣深深地蝕刻進他的腦海裡，那無可形容的精彩與誘惑。明明是脆弱的，漆黑的瞳孔失陷在情慾的水光中；卻又有一種彷彿非人類的狂野，帶著荒漠氣息的原始的野性，極度的囂張而桀驁，像原野上狂奔的烈馬或者豹子……汗水沿著夏明朗身體流淌，古銅色的肌膚閃爍著黃金的質感，每一塊肌肉都完美如雕塑。

陸臻掐著夏明朗的胳膊坐起來，他用力拉扯，讓火熱的唇舌膠合在一起，含糊不清地喘息：「有種，我們比誰撐得久！」

夏明朗忍不住大笑。

辦完事，兩個人披上衣服若無其事地溜出去洗澡，房門開合幾次，房間裡激情淫靡的氣息迅速地擴散開，消失無蹤影。或者鼻子靈敏的人還能從蛛絲馬跡中嗅出一點點曖昧的氣味，然而那也不妨事，畢竟在船上生活，娛樂基本靠手，類似的氣味在哪裡都不鮮見。淋浴房裡，細細的一線淡水灑在熾熱潮濕的皮膚上，因為不夠而更顯得珍貴，也因為這珍貴反而感覺過癮，偷情似的快感。夏明朗看到陸臻眨著亮閃閃的大眼睛無比熱情地看著他。

夏明朗開始相信所有性冷淡都是因為不夠愛，要麼不夠愛他，要麼，不夠愛生命。而他對這兩者鍾愛得不得了，他只覺一切都好，不僅僅是他的槍、他的事業、他的陸臻或者做愛什麼的，是一切的一切都好。

所有的一切嵌合在一起，剛剛好！

在曾經的生命中，他像每一個刀鋒少年那樣奪路狂奔過，然後被踩住剎車，放下腳步，而這一刻，他終於平靜。

平靜是一種無所畏懼的滿足，洗去一切焦慮與不自信。

陸臻就像是他生命裡缺失的最後一環，嚴絲合縫地扣上，如此圓滿。在那個時候，夏明朗還不知道他的未來將遭遇多少常人不可想像的艱險；在那些命懸一線的危機裡，他從容走過，只因為他比任何人都更加完整。

17

好日子沒過多久，就從柳三變那邊傳來急電，催他們回去開會，說是演習在即，你們他媽的到底想佔哪個茅坑拉屎，快點滾回來說清楚。夏明朗每次都狡猾地繞過去，顧左右而言他，說我們這裡也忙得不得了。當然，他們也的確是忙的，雖然身體上的訓練暫時放了放，可是頭腦風暴又一次席捲。

或者是因為最近地區形勢過於緊張，這次實彈演練的規模大得超乎尋常，三大艦隊都派了王牌出馬，而整個南海艦隊幾乎傾巢出動。

陸臻興奮得整個人閃閃發亮，白天幫著調驗資料鏈系統，晚上就著鮮活的實例給大家講解海軍的各級艦船、各種艦載武器及各路常規海戰戰法。陸臻一向善勾搭，連武漢號的導彈操作手都讓他拖了來給大家講課。海戰與陸戰畢竟是兩個體系，潘朵拉的盒子一打開，連夏明朗都覺得很是新奇有趣。

劉東方的武漢號這次要和022船隊編組一起行動。這種被陸臻稱為「盲眼小美人」的雙體隱身穿浪快艇是最近幾年造出來的新款，卻像病毒一樣迅速複製，迅速列裝，轉眼間已經裝備到各大艦隊形成戰鬥力。單艇荷載8枚巡航導彈，是飽和攻擊的利器。組團出擊時64枚導彈齊射，就算是「宙斯盾」（註3）也能讓它撕開一個口子。

不過022雖然速度快、隱蔽性好、火力強勁……但是雷達罩薄。導彈飛出視距就啥也看不見了，只管發射無力控制，需要與驅護艦編組出擊，比如說像現在這樣，請武漢號上的「音樂台」（註4）幫忙制導。當然，雷達資料共用之後，資訊的傳遞就變得至關重要，這也就需要更為流暢的資料鏈系統，以及更加高效有序的C4ISR（註5）系統。

在風和日麗的下午，022身上獨特的海洋迷彩在陽光下清爽迷人，陸臻興高采烈地趴在欄杆上向夏明朗解釋他的船，是的，這是「他的船」。他在述說自己的夢想，將來的有一天，他要打造一條怎樣強悍的無形的鎖鏈，把這天上的、陸地的、海洋的、海水底下的種種牢牢地聯在一起，令行禁止，讓它們像一個人那樣去戰鬥。

夏明朗看著他笑，海風吹透了他的作訓服，只覺心曠神怡。這是最快樂的時候，他們還足夠年輕，他們彼此坦誠，毫無芥蒂。每天努力地工作，努力地做愛，滿懷希望與信心，心裡沒有一絲的陰影。

後來，夏明朗回想起來，那是陸臻最可愛的時候，那麼單純，那麼熱烈，目光像金子一樣燦爛。

夏明朗一直拖到最後一刻才棄船登陸，柳三變和江映山差點想Ｋ死他。用柳三變的話來說：你老兄死到現在才出現，這田地裡一個蘿蔔一個坑都種好了，到哪兒給你挖個坑去管殺管埋呢？

夏明朗連忙賠笑不止，只說沒關係沒關係，咱不佔坑，把人散開，任君調遣。馬上，俐落地讓陳默領一撥人歸入水鬼營治下；他自己領上一撥人去支援藍軍，這樣雙方實力對比依舊均衡；至於陸臻嘛，那小子是通天黨，前路早就鋪好，已經給自己尋到了絕好的去處。

柳三變是知道夏明朗那心氣的，當下狐疑地瞅著夏明朗上下打量，嘀咕著：你小子又玩什麼陰謀陽謀？

註3：宙斯盾：全稱為空中預警與地面整合系統，是美國海軍最重要的整合式水面艦艇作戰系統。利用艦載對海空導彈應對敵方同時從四面八方發動的空中攻擊。

註4：音樂台是一種俄產雷達，可以進行超視距的遠端導彈制導。

註5：C4ISR是指揮、控制、通信、電腦、情報及監視與偵察的英文單詞的縮寫。即當局做出重大戰略決策以及戰略部隊的指揮員對其所屬部隊實施指揮控制、進行管理時所用的設備、器材、程式的總稱。

夏明朗嘿嘿笑，說我知道給你們添麻煩了，哪還敢有什麼別的企圖。

柳三變仰天長嘆，甭管他有什麼企圖，還真沒什麼別的好辦法了。原本他預想的也是讓夏明朗跟著大部隊幹，本擔心那小子心高氣傲的會不樂意，沒想到人家比他想得更極端。

這麼省事的計畫交上去，旅長當然沒意見。但方案通過了，程式還是要走，時間緊迫，打報告有如打仗，夏明朗借用江映山的營部辦公室幹活，同時召集了陸臻、陳默、徐知著、馮啟泰一起過來搞，還買一送一捆綁了方進當跑腿的。

這邊忙得沸反盈天，那邊柳三變喜得幸災樂禍：讓你過來你不過來，拿老子說話當放屁，現在知道厲害了吧！

陸臻也覺得挺奇怪，夏明朗一向不太喜歡被人平行指揮，而且麒麟自成一派，作戰方式與作戰思路與眾不同，更喜歡獨立處理問題承擔任務，可是現在……當然，對於一名成長中的好幹部來說，不懂怕什麼，問唄！

夏明朗得瑟了一臉，細細道來：「企圖嘛，當然是有的，因為咱不是來顯擺（誇耀）的，咱是來體驗的。只有盡可能地把人都散開，插入各個層面去觀察去體會，才能看清楚對方最大漏洞與需要，而那些……就是麒麟將來努力的方向。」

「因為我們是麒麟！」夏明朗親暱地拍著陸臻的肩膀，「我們不能只滿足於他們讓我們幹什麼就幹什麼，我們是……解決方案。」

陸臻愣了愣，由衷地笑了，他想起很多年前的那個黎明，他糟糕透頂的第一次演習。想來，那種拉長陣線用一個狙擊手守一片海灘的瘋狂戰術也不會是守島海軍的要求，於是……那應該也是麒麟式的解決方案。

因為涉及好幾個軍種對接，材料瑣碎不堪，夏明朗他們直接忙了個通宵。大清早江映山過來上班，咋咋呼呼（聲高吵鬧）地打著招呼說早啊！夏明朗揉揉眼睛，有些疲憊地說不早了，兄弟請吃早飯不？江映山呵呵笑，叫了通信兵出去買早飯。

陸臻叼著包子喝著豆漿，站在窗邊做伸展運動，遠遠地就看到萬勝梅風風火火（急急忙忙）地過來。到底是眼尖，陸臻一聲阿梅姐衝到喉嚨口，硬生生攔了下來，我滴那個天啊，這女修羅煞氣太重。

萬勝梅走屋看了一眼江映山，又對著夏明朗點了點頭，轉了一圈似乎是不知道自己應該往哪兒坐，抬腳勾過一張椅子來，臨到一半忽然改了主意，足尖一挑把它踢上天，然後一腳踏上去，嘩的一聲，碎了個稀巴爛。

徐知著嚇了一跳，連忙站起來，柳三變衝過去拉住他，連連擺手，示意：沒事沒事，跟你沒關係。

「姐……姐？」方進茫茫然有點怯。

萬勝梅看著他笑了笑，就近拉了一張椅子坐下，慢慢地合上了眼。

夏明朗對著柳三變勾勾手指，柳三小聲說道：「旅長說演習要按編制來，讓秦月和筱桐先歸隊。」

夏明朗哦了一聲，若有所思，半晌，他笑著說：「那什麼，我再去說道說道？」

「別了，夏隊！」萬勝梅抬起手，「別麻煩了，連演習都不讓，後面的更甭提。」

「可是阿梅姐……」陸臻不覺詫異，他仍然記得當時的萬勝梅是怎樣言詞懇切地請求他們的幫助，這女人不像是這麼容易就會放棄的。

「連演習都不讓……連演習都不讓……」萬勝梅曲指有節奏地敲擊著桌面，「我本來以為之前同意讓她們去了，就是個突破——繞一圈又回來了。」

「阿梅姐，我跟隊長再去幫你說一說吧！」陸臻總覺著不忍。

「不用了，旅長讓我別太上趕著，什麼功都想爭。這就，再說什麼……都沒用了。」萬勝梅睜開眼，有些疲憊地笑了笑，「你說這年頭怎麼辦吧！以前不如人，沒人瞧得上你；你拼命了，他們說你樣子難看。你不發火，他們說你懦弱；你一發火，他們說你太脆弱。」

「怎麼這樣呢？」方進難受了，「姐，咱們再想想辦法唄。」

「沒事，我沒事。」萬勝梅呵呵一笑，拉過方進，大力拍了拍，「其實沒什麼，她們倆去不去吧，我也就是臉上多層光。可是自己領出來的兵總指著她們成材嘛，對吧！」萬勝梅忽然有些受不了，眼眶一下就濕了，方進「狗腿」地想遞個紙巾子，轉頭找了一圈回來，柳三變已經把他的位置給佔了。

萬勝梅抹了抹臉，深呼吸，又笑了：「我就是有點私心，將來隊裡再來人了，我就能說，好好練哪，你們師姐怎麼怎麼……跟男隊員一起，沒分別。柳三，你說把我們這些人招進來，不就是為了這樣嗎？要不然招我們幹嘛呢？又不是唱個歌跳個舞的。」

「你別瞎想，又鑽牛角尖，這次場面太大，情況特殊，旅長那是多一事不如少一事。」這一屋子都是明白人，柳三變毫無顧慮地把老婆摟進了懷裡安慰。

「是啊，也對！多一事不如少一事。前些日子，倩倩給我打電話，她現在轉業當特警，她說前一陣搞國慶，全城戒嚴，缺人手，有一個算一個全上了。她一身防暴扛著槍上街，那個緊張，一有個風吹草動的就擔心出事，說可比演習嚇人多了。柳三，我的姐妹，還不如員警。」萬勝梅整了整衣領，拉直衣角，慢慢站起身，「走了，我先回。」

方進還想招呼，被柳三變一把拉下，殷勤地護著老婆出門，臨了還特別蜜意柔情地問了一聲：「老婆啊，晚上回家吃飯不？」

萬勝梅臉上一紅，登時愣了，異常侷促地回頭看了看那一屋子笑容曖昧的大老爺們，連忙提高聲音說：「不回了，來來回回的沒空，這都快開演了，隊裡忙！」

陸臻驚愕地看著萬勝梅紅了臉拔腿就逃，他結結巴巴地指著柳三變說：「這這這……嫂子這是，害臊啦？」

夏明朗意味深長地斜了陸臻一眼：你當誰家老婆都跟你似的臉皮比城牆還厚？

柳三變無可奈何地回頭看看他，卻沒吭聲，眼看著萬勝梅人走遠了，脫下軍帽甩到桌子上，低頭罵了一句：「我操！」

「怎麼了？」夏明朗探身過去。

女人走了，男人才敢放肆，一屋子大老爺們全圍了過去，聽柳三變罵娘。雖然柳三變再三強調他不是因為自己老婆偏心，可是旅長他那也太不拿底下人當回事，怕麻煩，怕折騰，他老人家一句話，下面人個個跑斷腿……

不計形象地抱怨了一堆。聽得江映山直瞪眼，心想這小子轉性了怎麼的，居然在外人面前吐自家老大的槽？

夏明朗聽著眼珠子直轉，方進忽然一拍大腿嚷起來：「臻子，你那師叔曹修武不是現管嗎？他是艦隊參謀長啊，那一個金星比四顆星的大，你讓他一說準行啊！」

陸臻臉上發黑，一肚子話衝到嘴邊，看著方進那純真的大眼睛又全瀉了。且不說，他一個麒麟友軍的身分干涉人家的內部事務得犯多大忌諱，也不說，他跟這曹修武壓根就不熟，難得見過那一兩回也全在飯桌上，根本沒什麼深裡的交情。就單單說這請一位少將向一位大校打招呼關心兩個士官的訓練問題，這個級別差太多，幾乎無法開口。

這件事不是太大，是實在太小，他就沒法提，曹修武也沒法辦，真要是辦成了，那就是正兒八經的徇私情，在外人看來簡直妖異。恐怕馬上就得有人來研究秦月她們與曹修武的親緣關係，秦月她們與陸臻的不正當男女關係，或者陸臻與曹修武的門派歸屬問題……

陸臻憋了半天，看著方進那無比期待的小眼神，結結巴巴地解釋：「這這，這怎麼說呢？她們又不是我女朋友。」

夏明朗一巴掌拍在方進腦門上：「邊兒去，別添亂。」

方進嘀嘀咕咕非常不滿地縮了回去，他急扯著陳默要評理，陳默看了他一會，搖了一下頭，方進頓時大洩氣。

「得得得，都別吵了！」夏明朗一錘定音，他盯著柳三變的眼睛問，「那倆丫頭好用不？」

「當然啊，那不廢話嗎，三千里地倆獨苗，再矬能矬哪兒去啊！」

「好用就成了，把她們帶上。我就不相信了，他老人家又不是孫悟空下凡火眼金睛。到時候迷彩一打，往佇列一站，我擔保他看不出來誰是誰。事後問起來，你就說這事發現晚了，作戰計畫都弄好了，萬勝梅那兒沒她們的位置了，你這裡還缺兩人。你們李旅長要是發火呢，你們就跟他爭，連著亞丁灣這事一起爭。本來去不去亞丁灣就看這次演習，你手上有成績有表現，說話就有底。他要是不發火呢……」夏明朗拍了拍柳三變的肩，「你也算是盡力了。」

柳三變苦笑。

「他要是不發火，那我們就帶著小月她們去索馬利亞啦！」方進咋咋呼呼地又跳了起來。

夏明朗瞪他一眼，方進蔫蔫（沒精神）地又坐了回去，小聲嘀咕：「爺我又哪兒說錯了？」

哪有那麼簡單，陸臻看著夏明朗苦笑，有時候沒反應是最爛的反應，那說明人家壓根不重視你。是啊！你不錯，你挺好你很出色，但同樣出色的人也不缺，又不是非你不可，你並不是不可或缺的人，人家幹嘛不去找那更順手、更習慣、瞧著更順眼的人。

可是，要做到非你不可得多難哪？真他娘的殘忍！

陸臻搖了搖腦袋，拍桌子大吼：「幹活啦，幹活啦，幹活啦！」

方進是單核的大腦，基本上同時只能琢磨一件事，陸臻即時切斷了他的思路，他也就樂呵呵地忙別的去了。

這一大攤子的雜事，一直忙到黃昏才算搞定，這還多虧江映山同志於百忙之中支援了他們一名機要員。這讓夏明朗由衷地仰天長嘆，謝政委我對不起你老人家，你才是麒麟真正的支柱，純的！

話說老江一直不能理解，一個中隊編制的隊伍怎麼可以沒有機要，夏明朗誠懇地看著他說這個真的沒有。

江映山扇著蒲扇似的大手說這個真的得有。

萬事俱備，東風在望，陸臻舒張著十指吼了一聲：「吃飯去啦！我請！」

頓時群情激昂，紛紛回應，再沒人去考慮機要的問題，把腦力留給了雞鴨。陸臻一邊清點著人頭說咱們把三哥也叫上。方進腿快，一轉眼人已領到，陸臻瞧著他身後空落落的總覺得少點東西，直到在小飯館裡吃完飯，回旅部進了大門他才醒悟過來：小馬呢？這可是柳三爺麾下頭馬！怎麼回來兩天了，一次沒見著。

柳三變聽他嘀咕，臉色慢慢就變了，三分自嘲七分難受：「要走了，急著轉業，先調別地去了。」

「啊？」陸臻大惑不解，「不會吧，這節骨眼上急著走？」

這再急也得把護航那事給辦過去再說吧，當了這麼些年兵，難得趕上件盛事，哪能不去呢？

「攔不住啊，你當他想走哪？」柳三變長嘆了口氣，掏出菸來給大夥分。江映山點上菸，安慰似的拍了拍柳三的肩膀，陳默和徐知著各自走快了一步踩著上風走，方進、陸臻和夏明朗附耳過去，阿泰挨著他家組長偷聽……

「怎麼回事啊？」陸臻想不通。

「他家情況特殊，從小沒爹，叔叔一直接濟他。海南這地方風俗你們不瞭解，本地男孩像小馬這樣的絕對算特別好的，踏實肯幹，能吃苦，所以他叔也喜歡，一直說過兩年轉業了回去跟他做房地產生意。可是最近房價忽然嘩一下飆成這樣，他叔一下賺翻了。生意太大了嘛，等不了，說趕緊回去幫忙……」

「那小馬哥能樂意？」方進不相信。

「不樂意啊，前一陣看著我差點紅眼睛。可是不樂意又有什麼辦法，那是他叔，又不是親爹親媽什麼都留下給你。人現在發話了，你不去，等過兩年你想去，說不定就沒你的份了。」柳三變長長了吐出一口煙，「所以老子還得勸他，別較勁，這麼好的機會不能放手。沒輒啊！你們說我哪敢留他，人家坐那兒一個月淨賺一二十萬、上百萬的，我們這兒有什麼？年紀到了銜兒上不去，回頭硬刷下來，哭都沒得哭去。」

話說到這份上，別說幾個當官帶兵的都點頭稱是，就連方進也沒話了。只是一轉眼這小子又樂和起來了，直嚷嚷著那小馬哥以後就是大老闆啦，而且多實在一個行當啊，哥幾個以後來海南玩就住他那，多好呀。不像沈少似的，說起來家大業大多有錢，回家探個親放話說人人有禮，回頭拉一車小熊貓過來，老子擱都沒地擱，回家送人，我弟都當我神經了。

柳三變被他逗得直樂，話題慢慢轉向，變成當年沈少那一車小熊貓大家最後都怎麼處理了。夏明朗見陸臻臉色不對，隨口編了個理由拉著陸臻走了另一條路，徐知著意味深長地瞧了他一眼，又瞧了一眼，嘴角一抿偷偷樂出一個小酒窩。夏明朗心想這孩子什麼都好，就是這麼點悶騷不好，啥事都知道，還非得讓人知道你知道，多招人記恨啊……

離開大路走了不多遠，人聲漸漸稀了下去，夏明朗笑著說：「你別介意吧，三百六十五行又不是只有當兵這一行有出息。」

「我不是因為這個……」陸臻笑了笑，「我只是忽然有點感觸。」

「您又哲學了！」夏明朗皺起臉。

陸臻沒輒只能笑，他撓了撓頭髮，笑著開口，聲音很淡然，帶著一點沙質的沉啞：「1985年美國啟動『星球大戰』計畫，我們說他們異想天開，最後他們完成了全球戰略衛星分佈和GPS導航系統；1993美國啟動『資訊高速公路』計畫，那時我們在想，嘿，這是什麼玩意？而現在他們統治著網路的標準。前一陣，有個軍報上說美國是一個不踏實的國家，他們不事生產賣嘴皮子換錢。簡直無知。是啊，我們多實在，我們說房地產是國家支柱產業，一磚一瓦蓋起來，然後把房價從一萬炒到三萬，最後告訴自己，GDP漲了三倍。」

夏明朗一時啞然，只能按住陸臻的肩膀說：「別想這麼多。」

「忽然想到的，不是故意去想的。」陸臻抬起頭看著星光燦爛的夜空，只有在遠離城市的地方才能看到如此光潔的星辰，空氣裡有清淡的海洋的氣息。

「昨晚上休息的時候看到的郵件。藍田問我，他在考慮入籍，問我怎麼看。」

「哇，他連這麼大的事都聽您指揮。」夏明朗故作驚愕。

「他猶豫不決，想多聽點意見。」陸臻看四下無人，輕輕碰了碰夏明朗的臉，這是個很親暱的小動作，讓夏明朗瞬間舒暢了不少。

「那您老什麼意見？」夏明朗仍然嬉笑著。

「我說，你將來可能會很厲害，如果你最後真的很厲害，我不想再聽到一個華裔的諾貝爾獎獲得者。」陸臻的眼神剎那間變得很深遠，彷彿可以看到無盡的虛空去，他小聲嘆息，有些憂傷，「他們都要走，都想走。我今年回家，我媽說我高中同學又走了兩個，一個去加拿大一個去了新西蘭（紐西蘭）。去加拿大的那個跟我說窮啊，在上海活不下去了，把房子賣了移民剛剛好，將來小孩念書還不受罪。我高中同學現在還留在國內的已經不到四分之三了，走了，最好的都走了。」

「最好的沒走！」夏明朗說。

「不，真的都走了，最有本事的、最有錢的都想走，現在連藍田也要走。我回家，和同學們一起吃飯，有人說這個國家太讓人不放心了，趕緊走吧……是啊，這個國家太讓人不放心了，還怎麼能放心離開她呢。」

夏明朗慢慢斂盡了笑容：「他會聽你的，他不會走。」

「是嗎？」

「我也不會走！」夏明朗很輕地攬了一下陸臻的肩膀，沉聲說。

陸臻看著夏明朗的眼睛，純黑色的，平靜的眼眸。那樣安然、肅穆，足可以吞噬一切的慌亂。陸臻並不相信藍田一定會聽自己的，但他相信夏明朗永遠會站在他身邊。

真好，即使這世界上所有的信仰都會崩塌，我至少還能相信你。

真好……

陸臻轉身抱住夏明朗，用一種乾淨透徹不帶任何情慾的方式緊緊地勒住他的背。

「真好！」他說。

陸臻發現他對這個國家的心情一直都在變。小的時候，她是偉大的；再長大些，她是崇高的；再大一些，她是落後的；再然後，她是灰暗的……而現在，她是他的！

這是他的國家，他的父母親朋生活的地方，他出生的土地，他的祖先繁衍生息的文化……這是他的，好好壞壞，這些都是他的，就像自己的孩子，不可離棄的。

「築夢踏實，記得嗎？」夏明朗在他耳邊說。

「嗯！」

「咱們是軍人，不能當逃兵，守住你自己的陣地，別管他媽的背後人走人散……」夏明朗扶住陸臻的臉，看到他眼底去，「下週就要演習了，幹漂亮點。」

「明白！」陸臻非常俐落地點了一記頭，如下軍令狀。

那天晚上，夏明朗仰躺在床上看著陸臻在書桌前忙忙碌碌，顯示幕的白光照亮了他的臉，讓他看起來柔和而純淨。這小子永遠想得比他多，比他遠，也比他廣，所以永遠都是個操心的命。然而最奇怪的是，這麼個憤世嫉俗的小孩兒，卻有一顆赤子的心……所以他喜歡。

夏明朗挑了挑眉毛，翻身睡著。在夢裡，他看見藍田宣誓效忠美利堅，他連忙把陸臻拉過來看：你看看，以後別答理他。夢裡的陸臻還生著十八歲時的樣貌，他鼓著圓圓的水晶包子臉用力點頭，一臉的鄙視：就是，以後絕不答理他。

夏明朗在夢裡笑出了聲，陸臻轉頭看過去，臉上露出溫柔的笑意，幫他把薄毯再拉一拉。

夏明朗迷迷糊糊地問：「睡啦？」

「這就睡。」陸臻小聲應諾。

18

我操，我們還真趕上了好時候！

陸臻站在導演部的大會議室裡，緊盯著門口的投影器觀看這次演習的總框架，心潮澎湃起伏，感慨萬千。這次演習不光是場面大，級別高，參與軍種繁多，而最最重要的是，紅藍方實力對比前所未有地接近，這讓演習終於有了一點本應該的樣子。

給力！陸臻忍不住嘴角翹起。

陸臻轉身四望，迅速地收斂了笑意，眼前星光燦爛，閃爍的金星們聚集在一起，身邊圍繞一圈又一圈的四聯星宿。一個小小的中校站在這裡有如塵埃般渺小。

陸臻深呼吸，換上鎮定自若的淡淡微笑。平心而論，他還是挺慌的，這間房可不好進，為了能站到這裡他和嚴頭都很花了一點腦筋，托了一些人情。不過陸臻並不打算為此愧疚，從很早的時候他就明白這世道水至清則無魚，戰勝流氓的唯一辦法就是比流氓更流氓。

曹修武一早就注意到大門口那個年輕的中校，他看起來並不匆忙，一路都在認真地看著各種框架、計畫與作戰地圖，偶爾會把視線往這裡碰一碰，然後大方地退去。那眼神既不獵奇也不怯弱，有種疏朗沉穩的大氣，與年齡不相符，像是見過大世面的人。

曹修武多花了一秒鐘去等待他，果然，他們的視線在空中相碰。曹修武略點了一記頭，年輕的中校微笑著走過來。

「曹將軍好！」中校立正敬禮，整個人拔得筆直。

曹修武眯起眼看他的姓名牌，忽然一拍巴掌，哈哈大笑：「陸臻啊！」

「是啊，好久不見您了。」陸臻很乖巧地笑著。

「怎麼才……幾年啊，看著都不像了，黑了，精神了！不錯不錯，怎麼樣，現在？你畢業那年我就說讓你來我這兒，你拒絕我！」曹修武故意繃起臉。

「老師說我太鬧，讓我別來給師叔添麻煩。」陸臻笑道。

「我聽師兄說你去了麒麟，還習慣嗎？」

「挺好的！」

「挺好的，我看你是樂不思蜀啊！」曹修武拍著陸臻的肩膀，輕「噫」了一聲，捏住他的肩頭沿著右臂往下捏去，陸臻一時茫然。

「別繃著！」曹修武在陸臻胸口捶一拳。

「沒有啊。」陸臻一頭霧水。

「不錯嘛！」曹修武拉開他的左右手看了看，「不錯不錯，你們麒麟的訓練量挺大啊！怎麼連你都……」

陸臻一下樂了：「報告參謀長，我在麒麟是一線作戰人員。」

曹修武一愣，略略退後了一步，眯起眼從上到下地打量陸臻：黑，瘦，而且鋒利，那是一種顯而易見的鋒利，像見過血的刀鋒。曹修武忽然轉過身去指著控制臺前那群青年軍官招手：「來來，過來幾個！瞧瞧，瞧瞧人家這身板兒，這才像個軍人的樣子。」

陸臻哭笑不得。

「人家跟你們一個學校出來的，專業技術水準也是數著的。」曹修武看了看陸臻，「五公里多少？」

「那得看怎麼跑了，平原、越野、雪地、泥沼地，裸跑還是全裝，或者超負荷，直線跑，或者導航跑……」

曹修武笑了：「隨便說一個！」

「山地越野，三百米的高度差，盤山上坡路段，20公斤標準負重，大概20分鐘吧。」

「大概？」

「我真不記得了，五公里跑得少，我們一般晨練是十公里，我還真沒注意過我五公里的分段計時是多少。」

曹修武又一次哈哈大笑，末了一瞪眼：「故意的是吧？」

陸臻笑得越發無辜。

寒暄幾句，曹修武再一次回到了金星們的陣營，陸臻身邊那幾位軍官在默不作聲地打量他，陸臻連忙調出庫存最親切友好的微笑一一點頭示意。伸手不打笑面人，古有明訓，陸臻一向用得很好。

又等了十分鐘，陸臻見曹修武並沒有向眾人介紹自己的打算，便微笑著默默退開。沒想到還沒走出三步就讓人給拽住了，陸臻回頭一看：喲，親人！

小陸同志曾經的頂頭上司，現在的東海艦隊陸戰一旅旅長祁烈軍正遲疑地瞪著他。

陸臻不自覺摸了摸臉頰，笑了：「有那麼不像嗎，旅長？」

「怎麼長這樣啦！」祁烈軍心疼地抓著陸臻的肩膀，「那邊挺苦的吧！都跟你說回來嘛，老子等著你！」

這次軍演東海方面只派了水面部隊參與，祁烈軍只是列席觀摩，心態非常輕鬆。時間還很寬裕，陸臻被拉到一邊敘舊，祁烈軍把陸臻從頭到腳拍了個遍，強烈表達了你小子吃裡爬外、見利忘義、捨棄舊主的不良行徑。陸臻諾諾連聲，努力檢討，插話問起今年的春茶好喝不？要不然明年換個花色。祁烈軍指著他笑罵：臭小子，就知道喝你點東西不容易，我還不能批評你了怎麼滴？

陸臻連忙討饒。

閒話扯了幾句，話題漸漸深入，祁烈軍問起麒麟的現狀，陸臻挑能說的盡可能介紹了一些，惹得祁大旅長羨慕不已。陸臻連忙安慰：職能不同，定位不同，自然會有差異云云。

其實陸臻自己也知道，一旅在編制上與麒麟相當，每年的經費資源也是相差無幾。可是麒麟上下滿打滿算不足1000人，一旅往少了說也有6000多人。而最重要的是，麒麟唯戰鬥力論，所有資源全部向下傾斜，關注點都落在每一個戰士的裝備與訓練上。嚴正的資歷過人，謝政委人脈通達，領導鎮得住場，這來來往往虛耗克扣（據為己有）的錢就少，而且基地最初的建設規劃夠合理，這些年也沒有翻建什麼。如此一來等於天生是家富戶，又娶回個巧婦，孩子們自然財大氣粗，手上不缺。

這次演習的總指部佔據了整層樓面，各個作戰研究室分門別類各司其職，最終資料都會匯總到大會議室的中央伺服器裡。演習還沒正式開始，但是指揮部裡已經塞滿了人，一邊是忙忙碌碌的資訊處理中心，一邊是前來觀摩學習的各級軍官們。四圍懸掛下來的LCD屏（螢幕）與投影螢幕即時地變換著最近情況，會議廳中央的大型電子海圖安謐地靜臥，泛出淡淡的藍光。

金星和大校們陸續入座。祁烈軍本想讓陸臻坐到自己身邊，可是這次人來得多了一些，環形會議桌的每一個位置都帶著名牌。陸臻連忙表示他坐哪兒聽都一樣，彎腰竄到後排的臨時座位裡。

前方與左右各降下一個4×4的投影螢幕，一位氣質沉穩的上校站到講臺上開始向大家介紹這次演習的流程與看點，陸臻估摸（估計）著這人大概是曹修武身邊的某個參謀。

類似這樣的跨海頓陸演習套路都是差不多：

第一步，制空權、制海權、制電磁權的爭奪。

第二步，特種登陸。

第三步，大規模佔領。

當然戲法人人會變，花樣各有不同。

夏明朗領著一隊人馬投奔藍軍，已經於一週前出發；兩天前柳三變帶著他最精銳的蛙人上了潛艇，他們將在演習開始之前從海面以下摸進敵軍陣地，完成關鍵軍事目標的偵察與引導工作；陳默是最晚走的，他將與江映山一起在第二階段完成直升機機降式登陸，定點清除諸如指揮所、水電油氣供應站等等戰略要地。

陸臻看了看錶，柳三變的人馬應該已經上岸了，陳默還在整裝待發，夏明朗在靜候來犯……而他自己將獨自坐在這間風雨不侵的指揮部裡，觀看這一整場虛擬的戰鬥。陸臻默默盤算，感覺在這所有人裡，就數自己的任務最重要。你瞧瞧就這麼兩隻眼睛一個腦連點紙筆都不讓帶的情況下，他還要把整場演習的精華帶回去上報，他容易嗎？

下午兩點，演習正式開始，第一波就是地對空的實彈演練，衛星圖與即時傳送的戰場畫面被放大在大螢幕上：地對空導彈、雷達與高炮林立；幾個戰士扛著E-31型對空導彈走過荒土，帶著熱火朝天的意味；而頭頂上方，靶機劃過天際，被導彈轟得粉碎。

陸臻看著螢幕上的畫面，有種既陌生又熟悉的感覺，這是他參與最少的演習，卻也是他參與最廣的演習。身邊兩個穿小白常服的校官大約是舊相識，兩個人翻著演習資料小聲低語。一個說，這次玩的挺大啊。一個則不以為然地撇了撇嘴，差遠了，離實際情況差遠了，全球第一密度的對空防禦體系就這樣？

陸臻一時心動，湊過去插嘴：「挺真實的，真的。」

兩位白常服詫異地看向他。

陸臻笑了：「基本上代表了整個渤海灣目前的對空防禦能力。」

白常服們看起來更詫異了。

陸臻壓低了聲音：「我們憑什麼一定是攻方？我們其實也很可能是藍軍。」

白常服們齊齊變了臉色，陸臻聽到他們小聲嘀咕，一個指著畫面上一閃而過的某陸基雷達問道：這玩意看不看得見F-22？另一位低罵：拉倒吧，你做夢去吧！

陸臻藉吃飯的機會與身邊兩個小白服搭上線，原來都是北海艦隊某驅逐艦上的導水長，隔行如隔山，麒麟的名氣在他們那塊約等於零。只有那位脾氣火爆些的少校悄聲問道，你有沒有殺過人？陸臻失笑，正色道：傳聞不可盡信。

到晚上八時許，紅方開始全面進攻，進行制空、制海、制電磁的攻堅戰。這次空戰有來自某陸基航空兵的職業藍軍參與，用講臺上那位上校的話來說，那叫非常地有看頭。但陸臻對空戰不熟，他盯著螢幕可一個勁兒地看，完全看不出個所以然來。

正所謂外行看熱鬧，內行看門道。很多人對空戰的印象還停留在上世紀，空中纏鬥，相互咬尾，在視距內解決問題。但這種情況在現代空戰中已基本絕跡。如今是超視距時代，大機群作戰，配合預警機導航，利用中距的空對空導彈和全向紅外導彈，往往還不等機群照面，便勝負已分。

空中再也不是王牌飛行員逐鹿的戰場，以致於陸臻之前還和阿泰玩笑，這年頭的空戰就像打魔獸，不同級別就只能被屠殺，同級別的才能拼操作。再王牌的飛行員給個殲-7，遇上菜鳥級的飛了個F-22也只有被切瓜砍菜的份兒。

大螢幕上的雷達示圖中清晰地羅列著雙方機群的列陣方式，陸臻能看清那是什麼，可是到底看不太懂那是為什麼。在雙方的盤纏對峙中，不斷地有綠色的亮點消失，那代表著這架飛機已經被導彈鎖定，需要退出戰鬥。

對空實彈演練一直持續到深夜，通訊官們不斷地來來往往，螢幕上即時翻新著各種資料。現代戰爭高度專業化，那些資料在外人看來有如天書，只有少數專業對口人士看得津津有味。

旁觀是一種很奇妙的感覺，陸臻很難形容自己此時此刻的心情。他曾經參加過很多次演習，那時的他就像巨樹的葉子那樣參與了整體，在他身邊全是與他差不多的葉子，無論他多麼努力地抬頭看，也只能看到自己的莖幹與枝條。可是現在不一樣，現在的他站在雲端上，看著樹幹裡來來往往川流不息的養分，看著每一片樹葉的繁茂與凋落。

陸臻在想像那位飛行員被迫退出戰鬥時懊喪的表情，他甚至會幻想在真實的戰鬥中，飛行員絕望地叫喊著「我將墜機！」時驚恐的眼神，可是那一切都像隔了一層似的，像是螢幕上的空虛影像。

他看著曹修武神色淡然地與身邊人討論著些什麼，他忽然有些理解那些大人物的冷漠……當一個人死在你身邊時，他是你的兄弟；當一個人死在遠處時，他是你的戰友；當一個人死在螢幕上時，他是一個數字。

陸臻心裡有種說不出來的滋味。

空戰過後是海戰，天已經黑透了，衛星照片再派不上什麼用處，戰場圖片也變成了灰白兩色的夜視圖。

陸臻打起精神笑道：終於開上俺們家的菜了，要重口啊！要加大料！導水長們笑道，別指望了，實彈一共兩條靶船，僧多粥少，那麼多人要轟。我們來的時候還跟兄弟們開玩笑，悠著點打，別轟吃水線，否則一艘022齊射就完爆了，後面人還打個毛啊！

話雖這麼說，可是前期的非實彈分組對抗仍然很有看頭。夜已深黑，大家的精神都有些疲憊，曹修武與身邊的幾位將軍商量了一下，揮一揮手，笑道：都走近了看吧。

呼啦一下子，所有人都湊到電子海圖周圍，把偌大的地圖圍了個水泄不通。祁烈軍夠意思，招招手示意陸臻過去，把他拉到了第一排。

目前的情況是這樣的，來自北海與東海艦隊的艦船與潛艇合併為A組，而南海艦隊獨自承擔B組。曹修武身為演習總導演，不能直接指揮艦隊作戰，所以B組的總指揮是艦隊副參謀長梁承平。

雙方的總指揮部都設在前線，戰況由資料鏈提交導演部。選擇夜間演習主要是因為在現代海戰中視距內的對抗已經意義不大，雷達與預警機才是現代艦艇的雙眼。在錯綜複雜的海域裡，雙方艦隊呈現出微妙的膠著狀態，陸臻托著下巴看得聚精會神。

因為資料鏈的流量過窄，戰況更新得有些緩慢，年輕一代的作戰參謀與艦上軍官們暗自猜度著下一步的局勢。A組會怎麼動，B組會怎麼動，為何如此。他們不自覺三三兩兩地竊竊私語，等待結果揭曉，或者開心或者懊惱。

曹修武對類似的討論很感興趣，也就漸漸有人把自己的猜度說出口，說對了自然有含笑讚許的眼神，說錯了，也不見苛責。就這樣，在他不動聲色的鼓勵下，討論越來越激烈，而陸臻卻一直沉默不語。

又一次更新過後，曹修武刻意地多看了陸臻一眼。陸臻敏銳地感覺到那種目光的壓力，他笑了笑，說出全場最保守的戰術。祁烈軍一時詫異，很有些不解：這小子從來都是激進派，本以為他去了麒麟那種鐵血的地方應該混得更加豪邁硬朗，怎麼這會反倒綿軟了下來。

一連幾輪都是如此，陸臻最後發言，用最最四平八穩的戰術，有時候他剛剛說完，剛好畫面跳轉，雖不全中，卻也相差不遠。當猜測與結果相去甚遠時，人們關心差距，而當猜測與結果相差無幾時，大家的視線又會回歸到結果身上。於是，大家漸漸發現，這場對抗進行到此已然變得十分平庸無趣，交交錯錯好幾回，彼此都在兜圈子，防禦多過進攻。

「你別順著老梁他們怎麼想，說你自己的想法。」曹修武說道。

「我自己的想法也基本差不多。雙方實力太過接近，對彼此艦船武器的性能也都太熟，又不是什麼複雜海區，雷達都不怎麼好，也沒有空中對抗干擾，雙胞胎打架，打到最後就只能這麼僵著。如果一定要說我自己的真實想法。」陸臻趴到海圖上指定兩艘054A，「把它們再收回來一些。」

曹修武笑了：「你居然比老梁收得還緊。」

「膽兒小沒辦法，不敢貿進。」陸臻微笑，「那麼大個船呢，萬一有個什麼閃失，兩三百號人說沒就沒了，我沒這種魄力。」

曹修武一愣，心裡有種說不出的彆扭，過了好一陣他才反應過來：陸臻說自己沒有那個魄力，是沒魄力勇往直前打破僵局。但他是當真的，他與在場所有的把這場演習當成軍棋下的人不一樣，他很當真，他知道一條船意味著什麼，船上有兩三百號人，值成千萬上億的錢……於是，當他站在那裡，神情嚴肅說出他的想法，就好像他真的在指揮著這樣一場戰鬥一般。

陸臻感覺到曹修武看自己的眼神起了一些變化，然而這種變化代表著怎樣的深意，他卻著實捉摸不透，只能越發謹慎，幾乎閉口不言。

水面上的僵持一直維持到了破曉，假如這是真實戰役，陸臻相信雙方艦隊長都不介意回家清醒一下，回頭再找奇軍破陣。可是現在畢竟是演習，他們不結束後面人就只能在岸上乾耗著。陸臻看見窗外天色漸明，知道快了，他打點起精神緊盯著海面的變化。

果然，在凌晨時分，A組首先發難開始猛攻。

曹修武彷彿不經意地看向陸臻：「要是你，會把重點放在哪兒？」

「022與054A。」陸臻說。

「為什麼？」

「054A的確好用，導彈很犀利。而剩下的江湖級護衛艦看不見022，可以用狼群戰術圍殲。而且更重要的是，這些都是新型號，新型號需要更多的演練，累積操作上的經驗。」

曹修武抬手拍了拍陸臻的後背，不置可否。

海圖上你來我往，打得極為慘烈，不斷地有艦船退出戰鬥。陸臻暗忖，這要是真打，那片海水現在已經是粉紅色了。又一次刷新過後，有人低呼，這艘022又危險了。陸臻看了看資料說應該不會的，能逃走，鎖定它的是紅外制導導彈，022可以放水幕隱身。

一時間有人詫異有人釋然，幾分鐘後答案揭曉：022果然安然逃離。

曹修武笑了：「你一個陸軍，把艦艇的參數全背得這麼溜，不容易啊。」

「從小就喜歡，《艦船知識》塞了一書櫃，習慣了。」陸臻連忙解釋。他不敢居功，當然更不敢得瑟。可憐他在麒麟待久了，被夏明朗那邪人燎得無法無天，一句「小意思，老子有什麼不會！」差點就飆出口，嚇出半身冷汗。

祁烈軍笑道：「小陸本來可是我們海陸的人，活生生讓人給挖走的。」

陸臻抱拳道：「末將雖身在天涯，仍心繫主上。」

「那你回來吧！」祁烈軍哈哈大笑。爽朗的笑聲打破了這個清晨緊張膠著的空氣，長窗外有海鷗掠過天際。一個小時以後，遠處海面上的戰局已分，慘敗與慘勝，誰都不比誰得意多少。然而對於演習來說結果不如過程重要，金星們倒是很滿意這個夜晚。

轉場休息，陸臻急匆匆地喝著水嚼著麵包，抓緊時間趴到窗邊看風景。據說演習的那個地方在南面，陸臻極目遠眺，只看到海天一色。

我能看見你嗎？夏明朗？陸臻心想：你知道我在看著你嗎？

19

黎明時分，演習的最後高潮——陸海空三軍實彈演練在遠方的海島上拉開帷幕。戰火與硝煙霎時間充斥了整個天與地，成排的火箭彈像沾了火的梳子，一寸一寸地犁過灘頭陣地，它將粉碎所有的固定與非固定工事，把守島的軍人堵死在戰壕裡。天空中各式對地導彈呼嘯著衝向目標，一朵朵包裹著黑煙的火紅蘑菇雲爭先恐後地升入天際。

對於某些局外人來說，實打實的演習似乎從現在才開始，然而對於陸臻來說，真正的演習已然結束。

制海、制空、制電磁權，這才是現代戰爭的三匹駿馬，而陸權只是拴在馬後的那輛車。只有當三匹駿馬齊頭並進時車才能馳騁向前，否則，不過是困獸。

陸臻有時會感慨，這麼多年來，我們已經在不知不覺中落後了。

從訓練裝備到觀念理論，中國軍隊缺少一次現代戰爭的洗禮，那種真正的現代化的、高效高速高度資訊化的精確戰爭。不是1950年的抗美援朝，不是1962年對印反擊，也不是1979年的老山前線，不是那樣的。不再是用人命去填，不再只依賴於士兵的堅韌與奉獻，不僅僅是陸軍軍團單純地寸土不失……那不是陸臻心目中的中國軍隊。

這些年來，總有無數人幸災樂禍地指給他看：美國在阿富汗的遭遇，美國在伊拉克的遭遇，甚至美國在索馬利亞的遭遇……他們說你看吧，人民是無法戰勝的，我們的戰士能吃苦，小米加步槍也一樣能打倒帝國主義。

可是，陸臻一直不能理解，那種用100：1的戰損比得到的勝利有什麼值得誇耀？現在還自得於小米加步槍式的勝利，那是對後勤裝備部門的無恥縱容，而所謂的「我們的戰士能吃苦」其實是對指揮官最大的侮辱。

陸臻曾經真心地相信過，在1993年的索馬利亞，美軍有過一次慘敗，而索馬利亞人也享受過戰勝全球頭號軍霸的榮耀。可是後來，在他對比過全面資料之後，他就不那麼想了：讓別國的軍隊進出自己的首都，用2000多平民的犧牲，換取19具敵人的屍體，那種結果不叫勝利，那叫……災難。

所有的人民戰爭都是軍人的恥辱！陸臻一直相信未來要有所改變，如果別人不變，那就由我親自動手。只為了，別再用無邊的血水浸泡一場災難，還不得不安慰自己——我們勝利了。

下午一時許，武裝直升機開始編隊登陸，浩浩蕩蕩地掠過海面，盤旋在已經被火箭彈犁得焦黑的灘塗上。機身兩側的艙門同時開啟，狙擊槍烏黑的槍口探出一點點，尼龍繩拋出，機艙裡的特種兵緣繩飛掠而下。他們分批機降，就地集結，清掃所有地圖上標明的戰略要地。機槍、迅捷的奔跑、精確的射擊……配合空中的狙擊保護，行動如此流暢，如入無人之境……或者，就是無人之境。

導演部氣氛熱烈，陸臻倒並不覺得如何激動，看多就習慣了，都是些常規訓練課程，平時也練得不少。只不過在麒麟時他們一次飛三架直升機，而現在一個批次有三十架。

陸臻試圖在那些一瞥驚鴻的畫面中尋找戰友，卻一無所獲。那麼多的直升機，那麼多的人，群體模糊了個體的差異讓他們成為畫面上的單純符號。陸臻忽然想，說不定陳默現在已經「陣亡」了，他搖了搖腦袋放棄這種猜度。可是另一個莫名其妙的念頭卻隨之閃現，讓他生生疼痛了一下：可能夏明朗也已經「陣亡」了，可是你也一樣不會知道。

海面上，艦炮齊射。

空中，殲-10、殲轟-7（註６）……編成的機群不斷地飛掠來去，大型武裝運輸機張開它白生生的大肚皮正打算投放空降兵團。

陸地，特種部隊從武裝直升機機降搶點，兩棲作戰車在水面火力掩護，登陸艦隨之靠岸，船頭方而闊的大艙門在隆隆炮火中砸到沙灘上，船艙裡等待多時的海軍陸戰隊員奔湧而出……

一切有條不紊，雖然不斷地有小意外傳到導演部，然而一切無傷大雅。曹修武含著笑，幾乎有點輕鬆地看著戰局推演。忽然有參謀報告：一架伊爾-76（註７）被藍方對空導彈擊中，機上有一個連的空降兵，一個都沒跳下去，問現在怎麼辦？

一石激起千層浪，正因為熬夜反著勁兒的人猛然驚醒：怎麼……藍軍的對空導彈群不是應該在第一批空軍爭奪制空權的時候就已經被消滅了嗎？

曹修武一時怔住，有些摸不著頭腦。馬上有參謀提醒他，這次的藍軍擁有機動導彈部隊，是二炮在最後關頭派過來的。曹修武連連點頭……這個，他身為總導演，在具體作戰細節方面需要迴避，他是真不知道雙方指揮官具體會怎麼打。

「但是，機動導彈也應該在轟炸目標裡啊！」曹修武還是有點回不過神。

「有是有，紅軍第一批偵察兵上岸主要就是摸這個的，看前面戰報是清除了的，但是現在又冒出來了。」參謀對此似乎也有點困惑。

陸臻忍不住提醒：「原子彈過後還能活下一大批呢！他們有軲轆能跑，消滅不乾淨也不奇怪的。」說話間，又有兩發對空導彈上天，另外兩架伊爾-76也被標了紅。機上的空降兵營長暴跳如雷：他奶奶的這怎麼回事，傘還沒開呢，他媽的老子就陣亡啦？

一直在空中盤旋的戰鬥機群像是忽然找到了自己奮鬥的方向，浩浩蕩蕩地分出一隊編組，奔著導彈發出的方向直撲過去。可是轉眼間又一枚地對空導彈殺到，最後一架運-8（註8）在半空中笨拙地轉向，飛行員滿頭大汗地怒罵……

註6：殲轟-7「飛豹」，對外名稱FBC-1，大型戰鬥轟炸機。

註7：伊爾-76運輸機是前蘇聯伊柳申設計局研製的一種大型運輸機。最大起飛重量170000公斤，載運量40000公斤或150名士兵。

註8：運-8，大型運輸機。起飛重量61噸，運送貨物時一次能運載2輛卡車或散裝貨物20噸，運送人員時一次可乘坐全副武裝士兵96名，可空降傘兵82名。貨艙內可安裝60副擔架床，一次可轉運重傷患60名、輕傷患23名，還可隨乘3名醫護人員。

陸臻微微閉眼，等待最後一隻大鳥被標紅的時刻，然而情況急轉，一架伴隨護衛的殲-10絕望地衝上去截住了導彈，瞬間標紅，黯然離場，運-8奇蹟般地逃脫迅速爬升高度。

來自空降師的政委擠過來與曹修武討論著接下來應該怎麼辦，理論上這不屬於空降兵的失誤，就這麼退出演習未免太冤。

這邊激烈地討論，那邊在同樣激烈地戰鬥。一時間對空導彈群好像突然從地底下冒出來的一樣，從四面八方射入天際，殲-10機動性高還略好一些，殲轟-7一下子毀了一半，剩下那架運-8根本不敢往近處湊，只在高空中盤旋，琢磨著，老子機上這些人到底是跳還是不跳。

不過，殲轟機群一個俯衝過後，雖然空軍傷亡慘重，但是地面的導彈發射點也被轟了個精光。可憐的運-8看時機不錯正想開艙放人，沒承想（沒料到）剛剛壓下高度，斜刺裡又一發導彈衝上來，送最後一個連的空降兵回家吃飯。

曹修武目瞪口呆：這什麼人啊，把導彈部隊當遊擊隊打？

陸臻忽然樂了，止也止不住，眼角眉梢都露出笑意，曹修武有些詫異地看著他，陸臻只能繃起臉正色道：「我覺得這很像我們那兒人的風格。」

曹修武吩咐了參謀下去查這支導彈部隊的指揮員，隨口問道：「你們那兒什麼風格？」

「絕不配合演習，絕不按正常方式作戰，絕對死磕（硬碰硬）到底，誓要砸碎對方的心頭寶。」陸臻一本正經義正詞嚴。

曹修武沒忍住，哈哈大笑，旁邊的空降師政委不覺有些尷尬，老曹連忙拍了拍他，笑道：「聽見沒有，你們可是心頭寶，頭號打擊對象，精貴著呢。」

很快的，消息傳來，這支部隊的指揮官是二炮的紅旗-12地對空導彈機動二營。曹修武似笑非笑地看向陸臻，陸臻想了想，問道：「這個營的保衛任務是誰的？」

參謀一愣，轉身再去查過。

這一次消息來得非常全面，負責保衛任務的是軍區第三甲種師的一個機械化營，負責偵察協助的是來自麒麟的一支小隊。麒麟派去支持藍軍的總共只有9人，剛好，也只夠一個小隊。

「麒麟！嗯！」曹修武笑著點了點頭，「你們那兒的人！」

「是的，我的人！」陸臻沒有笑，可是明亮的驕傲而又滿足的光芒從他眼底煥發出來，燦爛無比。

夏明朗，你總是有辦法讓我看見你……

那只神出鬼沒的地對空導彈營消耗了紅軍大量的飛機與士氣，令紅方指揮組措手不及，憤怒異常：他們的任務本應該是第一階段的防空演練，怎麼可以憋著一口氣撐到現在來搗亂，這簡直就是違反演習章程的。而活生生被堵死在空中的空降兵們更是暴跳如雷：老子們現在到底怎麼辦？這兩月白練啦？全軍覆沒？回家演習成績怎麼記？考核怎麼算？全軍拿零蛋？！

曹修武有些無奈，卻並不反感，在心底裡，他喜歡這種搗亂。這麼幹不正常，可是不正常得那麼精彩，微妙地介於違例與奇謀之間，讓人愛恨難言。曹修武耐著性子聽完紅方指揮組與空降師的強烈不滿，沉吟道：「讓小夥子們跳吧，帳先記著，然後演習照舊。」

空降政委鬆了口氣，滿意地離開了。

陸臻忍不住還是看了曹修武一眼，沒想到人家正等著他，不等他開口就先問了：「你覺得這樣不好？」

「您有您的考慮。」陸臻道。

「按常理，空降時會折損一半的兵力，可是當空降的兄弟們跳下去之後，你覺得應該把哪一半人抽出來，告訴他們已經死了？」曹修武的神色溫和而沉穩。

呃……陸臻一愣。

「你也跳過傘，你也知道真要打起來，在空中活了死了，基本就跟中彩票差不多，就像現在這事，伊爾那一肚子兵就是個陪葬，跟他們自己的技戰術水準沒關係。我們說演習要向實戰看齊，但也不能拘死理，人既然來了，就得多練練，把一個營調過來，只練半個營的兵，太浪費了。現在也是，運輸機怎麼樣破空防，這些可以在小演習中再磨練，協調這麼多的部隊集合在一起不容易，這樣的機會不多，這麼大的成本花下去了，要盡可能地用到足，明白嗎？」

「明白了！」陸臻盯著曹修武的眼睛，誠懇地點頭。他知道曹修武說這麼多不是為了教訓他，也不是為了要說服他。這是可貴的經驗：某種演習與演戲、演習與實戰之間的微妙平衡。

陸臻有些不明白為什麼曹修武要這樣專門教導他，但他提醒自己要記住這句話，那的確是他不曾想過的。

接下來的演習沒有太多驚喜，然而沒有意外的演習就已經是相當不錯的演習了，上上下下都很滿意。夏明朗參與製造的煙火成為這盤演習大菜中唯一的調味料，那是一抹嗆口的辛辣，調和出更為驚豔豐美的滋味。

三天兩夜的演習環環相扣，基層作戰人員可以找機會休息，身為總指揮的曹修武不能，而因為他的堅守，所有本著觀摩學習為目的站在指揮部的人都堅持了下來。陸臻看到曹將軍在宣佈演習勝利完成之後疲倦地閉了閉眼，再睜開時，精光四射的眼睛黯淡下來，血絲佈滿了整個眼白，眼眶下熬出一抹青黑的影子。他慢慢地坐回去，嘴角的肌肉鬆弛下來，帶一種很奇怪的溫暖歡喜卻又脆弱的味道……微笑著。

陸臻驀然感覺有些心疼，基於某種憐香惜玉的雄性情懷，他很想為他做點什麼。當然……在這麼群情激昂熱血沸騰的時刻，陸臻撓著腦袋，為自己這上不得臺面的小心思，很不好意思地囧了。

陸臻是慣於疲勞的人，他在麒麟經歷過極為嚴酷的訓練來對抗一切肉體上的折磨，所以他目前感覺一切正常，除去思維略微有些遲鈍之外，完全沒有異樣的感覺。可是對於這屋子裡的其他人來說，情況可就完全不一樣了。

精神高度緊張之後的徹底疲憊可不是困倦渴睡那麼簡單的，人到了那種時候，腦子裡基本上跟開全堂水陸道場沒分別，無數的聲音與光怪陸離的圖畫蹦來蹦去，身體發虛，每一步都像是踩在棉花上，然而精神亢奮。指揮部的小夥子們正開心地靠在一起擊掌示意，一個個兩眼通紅、臉色慘白，像一群興奮的兔子。軍銜更高一些的老傢伙們則彼此拍著肩膀，小聲談笑。

陸臻壓低了聲音湊近曹修武：「我去讓食堂做點麵條吧，大家吃完趕緊休息。」

曹修武愣了一下，方才恍悟似的笑了：「會有人安排的。」他想了想，站起身擊掌，示意大家安靜下來：「都休息吧，去吃點東西，好好睡一覺，明天晚上我老曹擺酒請大家，不醉不歸！」

大家一陣哄笑，氣氛又一次熱烈起來。

20

這次參與演習的各級領導人數眾多、來源複雜，他們分別住在不同的招待所裡，而且大人物嘛，總是排場不一樣，等到散場時，軍車差點堵了半條街。

陸臻幫著曹修武的秘書跑前跑後，四下協調，等人都散得差不多，已經是月過中天。曹修武是最後一撥走的，他畢竟是主人家，迎來送往的這點禮貌要做到家。陸臻揮揮手想告別，被曹修武一把拉進了車裡，陸臻有些意外：「那邊有車可以送我。」

曹修武笑了：「捎你一程吧！」

「可是……我們也不順路。」

「你住哪兒？」

陸臻報了個地名，曹修武這下笑得更深了：「還真挺不順路的。」

陸臻心想那是，我們是住在旅部招待所的，您得回軍區大院去，能順路才怪了。

「沒關係，那去我家湊合一下吧。反正你回去那邊也空著，你們麒麟得明天才能趕回來。」曹修武輕描淡寫地就幫陸臻做了主，陸臻一想還真沒什麼可以反駁的。只是本來他上車可以睡了，現在有個長輩在還得撐著，這車太好，晃悠得很平滑，讓陸臻睏意橫生。

「睏困了？」

陸臻用力睜大眼睛：「您精神真好。」

「老了，不像你們。工作起來倍感精神，要睡的時候站著都能睡著。」

陸臻嘿嘿笑：「您現在工作起來也倍感精神。」

曹修武轉頭看了他一會兒，笑道：「你還真不拿自己當外人哪！」

陸臻一愣。

「之前大師兄說到你，說你這孩子人特好，透著親切，辦事細心又周到，在路子上。他說開始總以為你在圖點什麼，後來發現是自己想多了，還覺得很對不住你。」

陸臻紅著臉：「老師就是人太好，看誰都好。」

「挺好的！」曹修武拍一拍陸臻的腦袋，「小夥子前途無量！好好幹，幹點事出來，真的，幹點事出來。以後有什麼問題拿不定主意就來找我聊聊，你還年輕，我畢竟還是比你多看了二十年。」

「嗯！謝謝師叔！」陸臻連忙點頭。

曹修武身為艦隊參謀長，住房面積當然小不了，陸臻直接撲倒在客房的大床上睡了個天昏地暗，早上起來洗頭洗澡，把自己收拾整齊了出來，曹修武已經準備出門了。

「我馬上要回司令部，你有什麼安排嗎？」

「我要……回去拿電腦。」陸臻看著曹修武困惑的眼神，「做演習總結。」

曹修武一下笑出聲：「行，那等下自己叫人送你。」他上下打量了陸臻一番，「晚上換套乾淨衣服。」

陸臻愣愣地點了點頭，等老曹走遠了才想到：老子就這麼一套常服啊！換個毛？

領導一發話，這是行也得行，不行也得行。陸臻一上午啥事都沒顧上做，抱著常服滿大街找乾洗店，要求現場乾洗，現場燙好，馬上拿貨。這麼苛刻的要求，最後還是在陸臻與毛主席的雙重微笑下才打動了人。

於是，整個下午洗衣店的小妹都在偷看那個穿著短袖迷彩T恤與鬆散作訓褲的年輕軍官，獨自坐在店堂的角落裡，抱著筆記本猛敲，神色專注，像陽光一樣乾淨明亮。

一場演習，三個月籌劃，一個月準備，三天拼命，三天拼酒……這是慣例。這種慣例不知是從何時形成的，但大江南北基本放之皆準，而且，拼酒的熱烈程度通常會與拼命成正比。演習結束後，所有團以下單位就地集結，就地慶功。團上的領導與軍直、旅直單位則集中到軍部大食堂，集體慶功。

夏明朗是最後一撥到的，他演習時跟著紅旗-12躲在深山老林裡。導彈車那麼大個東西要藏得好，周邊自然荒涼，演習結束後連撤出都比別人慢半天。這一次，夏明朗協同藍方指揮組玩了一套類似將導彈看成放大版的狙擊槍的理論來指揮整個導彈營，這雖然是夏明朗接到任務後的一閃靈光，可是得益於麒麟出色的山地生存能力與精確的戰場狙擊群組戰術，二炮與陸軍部隊完美合作，戰鬥力倍增。

夏明朗摸石頭過河，越打越覺得這法子可行，就急火燒地想找到陸臻好好討論，怎樣把這個戰術理論化。他一路上都在琢磨這個事，怎麼向陸臻解釋，怎麼形容戰況。電腦裡堆著大把的資料圖，都是演習時隨手存的，夏明朗埋頭整理，都沒注意車已經停了。

「到嘍！」馮啟泰興高采烈地拽著他要往車下衝。

夏明朗一陣莫名其妙：「怎麼了？」

「到了啊！」阿泰歪著大圓腦袋眼神比他更迷茫，「是你說不休整了，直接去吃飯。」

「是是是……」夏明朗忙著存檔，「上輩子沒吃過飯啊？餓死鬼投胎。」

「可是人家急著見組長嘛，都十幾天沒見了，你怎麼都一點都不想他呢？」阿泰困惑的。

夏明朗一愣，不自覺瞇起眼，阿泰條件反射地退了退，感覺背後陰風陣陣。

夏明朗收拾好東西隨大部隊下車，眼前燈火通明，輝煌燦爛，軍區的酒店雖然不如五星級度假村來得奢華，但是那點氣派總是在的。進進出出都是穿著正裝常服的軍人，一個個器宇軒昂，夏明朗這一行人都是昨晚上在野外臨時找條小河洗了個澡，作訓服也沒能洗得多乾淨，陳年舊漬沾著不少，猛一眼看過去，活生生一群鄉下人進城。

「隊長，」阿泰小聲說，「我們其實應該先回去換常服的。」

夏明朗瞪了他一眼，背起手大搖大擺地往裡走。

拼氣場！

夏明朗自問打從娘胎裡就沒輸過！

門口負責接待的小兵躊躇了良久，愣是沒敢把人攔下問。夏明朗領著人直闖進去了才感覺不對勁，他媽的，裡面這麼大，咱到底在哪桌啊？夏明朗正嘀咕著是不是派個人去門口問問，迎面看到徐知著急匆匆跑出來，看見他就跟看見親人似的。

「隊長，你快點，出事了！」

「怎麼啦？」夏明朗心想這倒楣孩子也太慫了，這才多大個排場啊，就怯了，太小家子氣。

「您快點吧，陳默喝醉了！」徐知著拉上他轉身就跑。

夏明朗一愣，臉也白了。

跑過去一看，戰鬥已經結束了，陳默被方進按在地上，對面幾個也讓自己人給攔住了，只剩下吵吵嚷嚷的叫罵不休。現場麒麟那桌還好，一桌子菜整體平移出好幾米，周圍的兄弟可就慘了，那個杯盤狼籍。夏明朗冷眼一掃，發現圍觀群眾都是一副看熱鬧的架勢，就知道危機沒有升級，心頭大定。

徐知著急著解釋：「您不在，陸臻也不在，桌上就陳默最大，四面八方都來灌，話趕話的堵人，您是沒聽見，那話最後說得太難聽了。陳默沒辦法，說就喝一杯。沒想到一杯喝完了還有人灌，陳默就……」

嚴炎馬上插嘴：「隊長，這事可跟咱們默爺沒關係，都是……」

嚴炎的話音還沒落，四下裡群情又起。

「怎麼沒關係，怎麼說話的？」

「把我們的人打成這樣還有理了！」

……

「得得得！」夏明朗揮揮手示意大家安靜，「也就是你們，也是他現在年紀大了，穩重了。要不然……」夏明朗嘿嘿冷笑，解開作訓服的扣子亮出胸口的刀傷，「想當年這小子剛入隊的時候幹的。沒經驗哪，當時我跟你們一樣，起哄唄，一杯下去再一杯！好嗎，上來就給我一拳，老子還想揍回去，這混蛋轉身就是一刀。」

這一下把所有人都說愣了，一個個目瞪口呆的，看看夏明朗，又轉頭看看地上的陳默，迷茫而驚恐，這他媽什麼人哪！！

夏明朗踹了踹方進，問道：「怎麼樣了？」

方進把陳默抱起來，賊兮兮地眨眼笑：「睡了。」

夏明朗心裡鬆了口氣，很寵愛似的幫陳默擦擦臉，轉頭笑道：「事後呢，我們大隊長就笑我，這做人誰還沒點怪癖呢？這孩子又沒自己討酒喝，硬要灌他，灌出事來了吧！」

對面管事的軍官啞口無言，呆了半晌，走過來拍著夏明朗的肩膀說：「對不住，真是對不住……」

「什麼話呀，一家兄弟有什麼對不對得住的。」夏明朗哈哈笑，大聲招呼著旁邊的司務兵們，「都愣著幹嘛，給他們收拾收拾啊！」

徐知著在角落裡扯嚴炎的衣角，輕聲俯耳過去：「陳默真砍過隊長？」

嚴炎撇嘴：「怎麼可能，那刀明明是當年在新疆挨的。」

一場糾紛就這麼掩了過去，事後夏明朗領著人又去敬了一圈酒，男人嘛，畢竟爽快些，氣消了也就是消了，坐在一起又可以稱兄道弟。夏明朗自覺招呼得差不多了，樂呵呵地回到自己席上，剛剛坐定，就在方進腦袋上狠狠地鑿了個暴栗：「你他媽故意的是吧？」

「什麼呀！」方進怪叫。

「陳默沾酒就發飆你不知道啊？你他媽就是故意的，你是不是看他們不爽，你自己說！」

方進抱住腦袋默默垂頭。

「媽的，有人灌酒你不能擋著嗎？陳默就是太慣你，慣得你沒法沒天的。」

「我擋了！」方進委屈地嘀咕。

「你擋了？你擋了現在怎麼你還站著他倒了？」夏明朗瞪眼。

方進再一次抱住腦袋默默垂頭。

夏明朗還想再罵，冷不丁看到徐知著站在桌邊拼命使眼色，憤憤地甩下一句「好好照顧陳默！」，方才起身離席。

四下裡都嘈雜，好不容易才在樓道找到個相對安靜的地方。徐知著連忙解釋：「這事還真不是侯爺的錯。」

「從頭開始，怎麼回事？」

「演習時就有點小矛盾，默爺他有時候說話不饒人，當然他說的都是大實話，不過……就是實話招人恨。我估計那幫臭小子都憋著呢，就等著演習結束報復，這都是正常事。也就是趕巧了，默爺沾不得酒，一下就鬧開了嘛。」徐知著微微皺著眉，表情很嚴肅。

「就算陳默發飆了，方進也能按住他。」

「可能侯爺他也覺得……也覺得……也覺得，借酒裝瘋，給他們點顏色看看也挺好的吧！」

「你是不是也這麼覺得？」夏明朗挑眉看過去。

徐知著眨巴眨巴眼睛，終於不好意思地笑了。

「媽的，都不讓人省心！」夏明朗笑罵，飛身踹過去一腳。其實這麼點小事他還真沒怎麼往心裡放，只是方進這小子骨頭輕，不發點火嚇唬嚇唬他，尾巴一翹起來就不知道天高地厚。

他們兩個在這邊開打，動作到底大了些，兩個正要下樓的軍官被唬得一愣，夏明朗連忙站住，彼此點頭笑了笑，相互敬了個禮，錯身而過。夏明朗實在耳尖，在如此喧雜的環境中愣是聽清了隻言片語的零星對話——

「那小子什麼來路啊？」

「不清楚啊，就知道叫陸臻，好像原來是東海陸戰隊的？」

「可他是陸軍啊。」

「我這不也奇怪嗎，但肯定跟東海有關係，你看他們陸戰隊的祁旅長……」

……

夏明朗醒過神來：「陸臻呢？」

「樓上包廂裡。」徐知著一說起這事，那興奮勁噌的一下就上來了，「隊長你那是沒看見，小臻兒在這甭提多吃香了。那個艦隊的參謀長曹修武將軍，還有他原來陸戰旅的旅長，哎呀一開始搶人搶得，差點沒打一架，就為了拽他坐自個身邊。」

夏明朗聽著點了點頭，若有所思地瞇起眼。

半晌，他在走道邊的櫃子裡翻出兩個空酒杯，又隨便扯出一臉笑，對著門口那桌人招呼了幾句，在列席軍官們面面相覷小聲詢問這傢伙到底誰認識的竊竊私語中，隨手順走半瓶白酒，拉著徐知著上樓去。

「隊……隊長？」徐知著莫名其妙。

夏明朗笑了笑，眼神狡黠：「陪爺敬酒去！」

樓上包房的確是要比樓下氣派，不過桌上的菜碼倒是一色的。不過，部隊請客吃什麼從來不重要，喝什麼才是頭等大事。夏明朗遠遠地看過去，就見陸臻臉色發白，眼睛清潤得幾乎能滴下水來，心裡馬上咯噔一下：喝多了。

陸臻本來就是滿臉的笑，一看到夏明朗更是笑得像花兒似的，忙不迭地跑過來，扯著他去主桌敬酒，一聲「我的隊長」喊得整屋人回頭看。夏明朗失笑，百煉鋼成纏指柔，眼角眉梢裡全是柔情，可偏偏不敢動作，硬生生地綳著，僵硬出一臉詭譎的笑意。看得曹修武心存警惕疑竇叢生，果然啊……就是得這麼個邪行的眼神，才像是打那種邪行仗的人。

陸臻已經很有了一些醉意，那眼神夏明朗就有點招架不住。待了沒多久，把在座的一號領導閃耀金星們敬了一個遍，立馬拔腿跑了。見鬼了，夏明朗頗有幾分懊惱，這一分開十天半個月，沒見著的時候真的沒覺得有什麼可想的，但是看到了就總指望著能摸上幾把，這麼大塊肥肉放在嘴邊上不讓舔，真他媽的熬人。

徐知著偷偷瞥他，被夏明朗的視線撞上了又立馬裝淡定。夏明朗忽然笑了笑，伸手勾住徐知著的脖子，壓到他耳邊笑道：「那小子太招人恨了，是吧？」

「是啊是啊！」徐知著忙不迭地點頭，眼角的笑紋都勾出來了。

「有沒有一點，羡慕嫉妒恨……」

徐知著臉色一變，遲疑地：「隊長，您怎麼個意思啊？」

「別介意啊，別跟我裝，其實老子也挺羡慕嫉妒恨的……」夏明朗惆悵地望著天花板，「他升中校的時候比我都小。」

徐知著噗的笑出聲：「是啊！隊長，我看他都快爬到您頭上去了！」

「我操！他敢？」夏明朗做橫眉立目狀。

徐知著看著他愣了愣，忽然爆笑，捂著肚子差點沒癱到地上去，夏明朗一時怔了：「什麼毛病？」

「沒……沒什麼……」

夏明朗挑起眉。

「就是那個……那個我就是忽然想到，雖然我們罵人吧，也總是說我操什麼的，可是就您說出來，就那麼……那麼……也就您能這麼實踐……」徐知著笑得說不下去，肚子又疼了。

夏明朗臉上乍黑乍紅，身為一個老流氓，他當然聽懂了。他訕訕地點了一支煙，咕嘟著：「笑笑笑，笑死你。」

徐知著當然不至於笑死，倒是笑得更歡了。

樓上這方角落裡的氣氛與樓下大不一樣，來來往往都是兩毛二起跳，他夏明朗一個上校站在走廊裡絲毫不顯眼，放眼看過去，半開的門縫裡光影流蕩，觥籌交錯，繁華得有些不真實。

夏明朗抬腳踢了踢徐知著，輕聲道：「你說，我們為什麼總是覺得他很好？」

徐知著意識到夏明朗現在不是在開玩笑，他慢慢止住笑，眼神溫柔起來：「因為他真的很好啊！」

「哦……」

「隊長你放心，我不會嫉妒臻子的，他真的很好，你也要相信他，他對你真的沒治了，反正我覺得將來不管怎麼著，我相信他是不會變的。」

夏明朗點著頭，跟徐知著並排蹲下。

「反正隊長你可千萬別亂想，」徐知著見夏明朗沒反應，一下急了，「陸臻不是那種人，你知道的，他不是那種一門心思就想往上爬的人，他跟他們不一樣的。哎……反反正……你可不能對不起他。」

「嗯！知道了，丈母娘大人，會對你閨女好的。」夏明朗微笑著點頭，拍拍屁股揚長而去。

「#$*#￥%#%……—*……」徐知著驚得跳起來，整張臉紅成一張布。

行啊，臭小子，夏明朗忍不住笑，挑朋友的眼光一流，我的確不用替你擔心的。

21

迎來送往，戲碼都得是全套的。夏明朗藉口陸臻喝醉了沒人送，打發了其他人先走，自己隱在門口的陰影裡看著陸臻笑容可掬地站在曹修武身後，送眾位大佬擺駕回宮。

華山論劍嘛簡直，夏明朗默默腹誹，這場面，簡直就像岳不群後面跟了個令狐沖。

曹修武按例最後一個走，臨走時關切地問陸臻怎麼樣了，今兒喝得可不少。陸臻搖頭說沒事，小意思。聲音清脆，字字清晰。曹修武撫掌大笑：「好小子，千杯不醉啊！」

陸臻站在路邊看著專車遠去，轉身一回頭，整個視野都花了，所有的燈光與星光交錯在一起，起步就是一個踉蹌。旁邊有士兵湊過來詢問：「你沒事吧？」

陸臻剛想趁自己還有幾分神志時報出完整地名讓他們把自己弄回去……夏明朗從暗處閃出來扶住了他。

「隊……長？」陸臻瞪大眼睛，水靈靈的黑眼珠像兩顆鮮活的紫葡萄。

「不錯，還認得人。」夏明朗失笑，手上忽然一重，陸臻整個人栽進了他懷裡。

「要要……要給你們派車嗎？」小戰士愣在一旁。

「不用，老子有車。」夏明朗輕而易舉地把陸臻扛起來，邁大步走向停車場。

小戰士目瞪口呆地看著夏明朗的背影迅速地消失在夜色裡，從此，一個未經驗證的傳聞在南海艦隊的後勤部漸漸擴散，說是某部有個上校力大無比，看著不起眼，單手提溜一大活人走道，連氣都不帶喘的。

聞者多半不信：吹牛的吧，一上校能自個走道不帶喘就已很好了。

人都走得差不多了，偌大的停車場空蕩蕩漆黑一片，只有一抹殘月的銀輝。

陸臻既然喝掛了，那就自然管不著別人怎麼抱他。夏明朗一路調整，最後看看四下無人，狼心頓起，終於抱了他一直有賊心沒賊膽最最激動人心的那一種。陸臻醉得極為徹底，四肢綿軟沒有半點力道，歪著臉窩在夏明朗胸口，看起來又乖巧又無辜，讓小夏隊長那一顆淫蕩的老心蕩漾不已。

夏明朗單手扶著陸臻開車門，把人抱上「勇士」的副駕駛座，月光只照出他下半張臉的輪廓，唇色水亮誘人。夏明朗到底沒忍住，湊上去吻了吻。陸臻沒有半點反應，夏明朗頓時心頭火起：他奶奶的，醉成這樣，被人佔了便宜都不知道！

至於誰他媽沒事會去佔個醉醺醺的大小夥子的便宜，這一茬他倒是沒想到。不過……得嘞，誰家的老婆誰心疼。夏明朗摸一摸陸臻溫潤的臉頰，幫他扣好安全帶。喝醉酒的人需要通風，也怕折騰，夏明朗生怕開快了顛著他，把四面窗搖下慢悠悠地開在這城市的車河裡。

陸臻退酒一向很快，過了半個多小時，眼睛慢慢地睜開，轉著脖子往四下看。夏明朗見他滿頭大汗，隨手拿了毛巾給他擦，卻被陸臻抬手扣住了手腕……

「怎麼啦？乾淨的，人家車上的……」夏明朗驀然感覺掌心一熱，轉頭看見陸臻小心翼翼地吐出舌頭，緩緩舔過他的手掌。

熱！燥熱，夏明朗不自覺咽了一口唾沫，喉嚨乾得像沙漠。

陸臻看著他呵呵笑，像一個快活的娃娃，忽然間高聲叫嚷著撲上去，在夏明朗臉上亂啃：「我最喜歡你了！」

夏明朗登時嚇得魂飛魄散。

我靠！軍牌！軍車！兩個穿軍裝的校官當街熱吻！這要是讓人拍著了，明天大江南北的報上頭條都得是這一條。

夏明朗連忙急剎車，扯著陸臻的衣領往外拉，偏偏醉鬼裝瘋一時還按不住，臨了夏明朗狠狠心，一下卡住陸臻的頸動脈，陸臻腦部缺氧，漸漸軟下來。夏明朗無奈地呼了口氣，靠邊停下車給去後備箱給陸臻找水喝。剛剛拿了一瓶礦泉水出來，就看到前門一開，那小子跌跌撞撞地衝出來，撲到路邊吐了個天昏地暗。

雖然平時在麒麟也會鬧，也會灌酒，也有喝得神志不清，吐得翻江倒海的時候；可是……不知怎麼的，夏明朗呆立一旁，心頭滾過一絲說不清道不明的鈍痛，似水柔情的憐愛洶湧而來，淹得他幾乎喘不過氣，只想把這個小傢伙抱進懷裡好好地揉一揉。

真的……是真不忍心看到你這樣！

陸臻一下吐開了就止不住，胃就像是被整個倒了過來，兜底往外倒了個乾淨，臨了還得擰成個麻花樣，擠出最後幾滴胃液膽汁，才戀戀不捨地彈回到腹腔裡。夏明朗蹲下去撫他的背，把水遞上去，陸臻一把奪過來猛漱口，把最後那小半瓶全倒在了自己腦袋上。

吐乾淨了夜風一吹，神志到底回來了一些，陸臻扶著夏明朗搖搖晃晃地站起來：「我喝醉了是吧？」

「是啊，剛剛抱著我當街狂啃，還大吵大鬧著說……」

「真的假的！」陸臻張大嘴，表情驚恐。

「說要愛我一萬年！」夏明朗鎮定自若地把話補全。

「不會吧！」陸臻捂住臉。

「啊？不會啊……」夏明朗做失望狀。

陸臻眨著水亮亮的大眼睛：「沒沒沒……沒讓人看見吧？」

「放心，都滅口了！」夏明朗淡定的。

「你騙我？」陸臻懷疑地挑起眉。

夏明朗摸了摸臉頰，把手遞到陸臻眼跟前去：「瞧瞧，口水！」

陸臻羞憤欲絕，又憋屈又懊惱的小樣兒讓夏明朗看得心頭大爽：「合著你自己不知道你喝醉了什麼樣啊？」

「我都喝醉了，我怎麼知道怎麼樣了啊！」陸臻惱羞成怒地爬上車，砰的一聲關上了車門。

夏明朗去後備箱又給他拿了瓶水，隔窗遞進去：「自己喝這麼多。」

「那也不是我想的啊！」陸臻委屈地揉搓著太陽穴，「個個都來灌，個個都來灌，成雙成對地車輪戰，你不先放倒幾個，鎮住他們，神仙也挺不住啊！」

「你這不也掛了嗎！」

「小生好歹戰鬥到了最後一刻！」陸臻幽幽地說。

大晚上的，擱大馬路上談情說愛的確不合適，夏明朗在路邊抽完一支菸，確定陸臻不再吐了，上車發動。酒醉之後容易渴，陸臻一直抱著水瓶子小口喝水。冷不丁前面一輛車違規變線，夏明朗猛然一讓，陸臻被水嗆著，捂住嘴咳嗽了起來。

夏明朗有些無奈，探身過去撫他的胸口，陸臻抬手擋了：「沒事沒事，你專心開車。」

夏明朗不屑地：「這麼寬個路，你還怕我把車開溝裡去？」

陸臻沒搭腔，眉頭漸漸皺緊，痛苦地敲著腦袋：「真他媽難受！」

「喲，現在知道難受啦！您沒瞧您剛才那排場！哇喔，往那兒一站，活生生華山派首徒的範兒啊！」夏明朗嘿嘿笑。

陸臻自己也樂了：「你別這麼說人家，人家對我挺好的！」

「這就袒護上了啊！」夏明朗指著陸臻的鼻子。

「我是令狐沖那你是什麼？」陸臻嘿嘿直樂，彎眉笑眼的，別提多賊了。

夏明朗一怔，手指戳到陸臻臉上威脅道：「不許叫我小師妹。」

陸臻哈哈大笑。

「也不許叫我……」

「田兄，別來無恙否！」陸臻抱拳。

夏明朗收回手，若有所思地摸了摸下巴：「嗯，這個不錯，我喜歡！」

陸臻聽得直翻白眼，這流氓會武術，真是誰也擋不住。

回去時大夥都睡了，夏明朗樓上樓下跑了好幾趟，可惜廚房都下班了，只能從野戰口糧裡給陸臻找了點吃的。人說借酒裝瘋，陸臻到底還有三分醉意，看著四下無人就放開了撒嬌，蹭在夏明朗胸前，一會兒說頭疼一會兒說口渴。夏明朗氣得只想揍他，陸臻睜圓了一雙水汪汪的大眼睛無辜地瞅著他，夏明朗一時無力，把那腦袋瓜子按到胸口好一陣揉搓。

「以後別喝那麼多了！」夏明朗心疼的。

「可能嗎……一個個比打仗還拼命。」陸臻嘆氣。

倒也是……夏明朗也無奈：「想不到你還挺能混的。」

「要不然怎麼辦？嗯？」陸臻翻過身把下巴支在夏明朗胸口，「還是我們那兒好啊，省心。嚴頭不喝酒，謝政委不愛開會，我一去就覺得喜歡。」

「你一去那會兒，應該淨顧著恨我吧！」

「我那時候不知道你是真的要求嚴苛還是生性暴虐。」

「那現在呢？」

「現在啊……」陸臻笑瞇瞇的，「現在你是我的。」

夏明朗挑了挑眉。

「你是最好的。」陸臻探過去含住夏明朗的嘴唇，小夏隊長終於滿意了，心滿意足地結束一個纏綿的晚安吻，踏實地睡著。

麒麟雖然經常參加演習，但卻很少參與其他部隊演習之後的事，最多也就是在野外和兄弟部隊就地灌回酒，連演習報告都是回家自個寫，交由大隊方面總結。用夏明朗的話來說，那就是提槍就上，爽完就走，非常地沒有人性。可偏偏這回情況特殊，演習結束一週後他們就要上艦適應，兩週後護航編隊正式揚帆出海，奔向萬惡的索馬利亞，就這麼點工夫總不見得還能回趟老家，於是就只能在艦隊基地待著。

結果第二天一早，曹修武的秘書就把電話打到了陸臻的床邊：晚上有一個小規模的聚會，參謀長問您有沒有空，有空的話，最好（重音）參加一下……秘書先生的聲音溫潤，聽著像茶，不徐不疾，入耳順服。

陸臻連忙諾諾連聲，有空有空當然有空……廢話！沒空也得找出空來不是？他慢慢地擱回話筒，兩眼直勾勾盯著自己搭在椅背上的陸軍常服，猛然一拍床板跳起來：我靠，還得再去被敲詐一回！

「什麼事？」夏明朗已經醒了。

「晚上還得喝！」陸臻忙著找袋子裝衣服。

「看上你了啊！」夏明朗感慨地，心頭驀然漫過一絲苦澀，他的寶貝，終究還是太耀眼。

陸臻手上一頓，嘿嘿笑著爬上床，跪坐到夏明朗的小腹上：「吃醋了？」

「呃……啊？」夏明朗神色一滯，百轉千回的悠長嘆息化作哭笑不得的一份愕然。

「哈哈哈，你真的吃醋了？」陸臻笑得眼睛都瞇成了一條縫。

「我我……吃誰的醋……」饒是夏明朗如此妖孽橫生的人物，眼珠子還是轉了三圈才回過神來，「曹修武？那老頭？」夏明朗大為不滿：「哎我說陸臻你怎麼能這麼看我？我就這麼淺薄？人都七老八十了……」

「也沒那麼老吧！」

「那也得六十了！」夏明朗嫌棄地撇著嘴，「就那麼個老頭，都能當我爹了，臉上褶子比我還多，我至於把這號的編排給你嗎？我就算給你拉小三也得給你整個帥的不是？」

「那是那是！」陸臻大力點頭。

「怎麼著……也得也得……」夏明朗腦海中閃電般閃出器宇軒昂高大英俊的藍田一枚，他微微一瞇眼，把腦補中的藍田一槍爆頭，輕描淡寫地說道，「也得有柳三那模樣吧！」

「三哥？」陸臻皺了皺眉頭，「三哥跟你差不多大啊！」

「看起來嫩點兒。」

「哦，也是！三哥是挺帥的哈……」陸臻音調上揚做若有所思狀，眼角的餘光跟著夏明朗的眼神走，就見著夏明朗瞳孔收束目光慢慢轉利，馬上音調疾轉直下，一錘定音，「但是！跟你比還是差遠了！」

夏明朗知道是玩笑，可是止不住的心花仍然怒放了。

夏明朗有時會覺得奇怪，他這輩子談過不少戀愛，從最初的生澀莽撞到最後的理智謹慎，他一向都是霸道而驕傲的那個。即使追求都有一種摧枯拉朽的豪邁氣概，就算被甩也一樣瀟灑從容。

他喜歡這樣：我喜歡你，你要不要做我女朋友，我保證會對你好。你不要？行，不要你就走！

來來往往就是那麼簡單的事，所謂感情，最複雜的東西就是要用最簡單的方式來進行，而陸臻顛覆了他的一切行為，在他根本沒有注意到的時候。他開始變得敏感，或者說願意為此敏感，願意留意那個人的每一個眼神、每一點笑容，甚至那麼喜歡逗他。

夏明朗記得自己原來是絕對不會吃醋的，至少絕不會表露出來，醋海生波大不了把那個男人拎出來揍一頓。可是現在他那麼喜歡，甚至熱衷於對一些捕風捉影的事情表達出一絲介意，那甚至不是真正的心懷芥蒂，而是他喜歡……他喜歡做出一點點好像不高興的樣子，然後看陸臻怎樣安慰他、哄他、逗他開心、讓他滿意！

真幼稚，不是嗎？

夏明朗時常唾棄自己，真他媽的越活越回去了，可是……連他自己都忘記了，就算他十六的時候，也沒有這麼幼稚過。

可是就這麼幼稚著很開心啊！夏明朗厚顏無恥地想！

按照慣例演習後的幾天都是休假期，畢竟咱們的戰士再能吃苦體力還是有盡時。可是一週後護航編隊人員名單就得正式敲定，所以夏明朗與柳三變他們還是得加班趕進度提出報告。

陸臻跟著夏明朗一大早收拾收拾出門，繼續把衣服往乾洗店裡送。乾洗店小妹剛剛開門做生意，冷不丁看到昨天的小哥迎面而來，忍不住笑得春風拂面。陸臻估摸著這加急歸加急，可再怎麼著也是回頭客了，人說一回生二回熟，第二次你怎麼也得給我降降價吧？陸臻是上海人，雞賊的個性潛伏在骨子裡，這會兒翻騰上來怎麼也不甘心放棄，狠狠地對著人家小姑娘放了幾回電拋了幾朵燦笑，直忽悠（哄騙）得小女生嬌羞加無奈，鬼使神差地就給他便宜了幾塊錢。

耶！陸臻在心中默默比V，剛好，回頭請夏明朗吃兩碗抱羅粉。

一回頭才發現，噫？人沒了……陸臻找出門看到夏明朗在門外打電話，看見他做了個噤聲的手勢，最後應了幾聲掛斷，似笑非笑地瞅著他。

「誰啊？哪個老相好？」陸臻極少看到夏明朗也有打手機的時候，非常好奇。

「是啊，你的『老』相好。」

陸臻皺起眉，一腦門子的問號。

「回去把我的衣服也拿過來，我的也得洗了！」夏明朗笑了。

自然，一位將軍總不可能是吃一把米長大的，或者……一位將軍的秘書不可能是吃一把米長大的。所以無論是他們之中的誰想起了夏明朗，總而言之，夏明朗也接到了今晚的邀請。軍隊畢竟是個講等級的地方，越過頂頭上司直接去關照某個人，那樣太明顯，太過赤裸裸，那不是在幫忙，那是坑人。

夏明朗翻箱底找到自己的常服，髒倒是不髒，就是皺得厲害，用陸臻的話來說，也不知是從哪個狗洞裡拖出來的。夏明朗抿起嘴角做無奈狀：「我能不去嗎？」

「喲，你不怕別人把我給拐啦？」

「我早看過了，跟你那一桌的就沒45歲以下的。」夏明朗揮揮手表示沒有壓力。

「你還真擔心過？」陸臻哭笑不得。

22

陽光明媚，南中國海的陽光純粹而銳利，樹葉綠得嚇人，連空氣中都蓬勃滋長著那種旺盛的生命力，那是一種明亮的綠色的火焰……陸臻站在窗外，站在那叢綠葉燃燒的中心往裡看，辦公室裡光線幽暗，柳三變大幅度的身體動作像是被打了一層陰影，潮濕的濃黑從他輪廓的邊緣滲進去，讓他的身影像浸透了海水那樣沉重。

陸臻微微有些緊張地扯著夏明朗的衣角，猶豫不決地看向他：我們……要不要……進去？

夏明朗拉著他悄悄離開。

柳三變在辦公室裡發火，這一次規模小了很多，在場的不過只有萬勝梅而已，夏明朗透過唇語看清了他在說什麼，那種苦澀無力的滋味又一次彌漫開來。

很明顯秦月和吳筱桐還是被刷了下來，雖然她們成功地執行了蛙人小分隊的任務，在十幾米深的海面之下，從潛艇的魚雷管裡被彈射出去，然後浮上水面滲入敵方的陣地。她們幹得很成功，但也僅僅是成功而已，與她們一樣成功的男隊員也有很多，足夠多。

李旅長批評了柳三變的冒失，肯定了她們的成績，可是護航？

嘿，我看不出來為什麼非得把她們帶上。

柳三變啞口無言。

是的，沒有什麼理由非得把她們帶上……可是，也沒什麼理由非得把她們留下來。她們是可有可無的人，命運由別人把握，身不由己。

柳三變感覺到深深的悲哀，那種說不出來的傷感，或者說，人為風雨，我為微塵的無力。

陸臻與夏明朗並肩行走在陸戰旅部基地的花園裡，時近正午，陽光越發地猛烈，像是從高空傾倒下來的厚重顏料，潑灑在油綠的樹葉上，明晃晃地跳躍著，反射出淡金色的耀眼的白光。氣溫隨著光線的烈度上升，細密的汗珠像微塵一樣黏附在皮膚上，讓人煩躁而沉悶。

夏明朗一直在抽菸，淡淡的煙霧在陽光中幾乎不可見，只有潮濕得好像被蒸熟了一樣的菸味彌漫在空氣裡。他忽然伸出手去摸口袋，在上上下下翻過一遍發現沒有後，向陸臻攤開手掌說：「手機借來用一下，被我扔房間了。」

「嗯？」陸臻把自己的拿出來遞過去。

「我給嚴頭打個電話。」夏明朗低頭撥號。陸臻一把按住他：「你不會想讓頭兒參與這件事吧！」他驚愕得要命，大眼睛瞪得溜圓，「你別犯傻啊，你，這可是害三哥。」

「沒，當然不是。」夏明朗把電話撥通，放到自己耳邊。

千里之外的嚴正依然中氣十足，四下裡很安靜，陸臻可以輕而易舉地聽清嚴正的嬉笑怒罵與夾雜在那些看似不可思議的要求背後的想念與關切。夏明朗用一種哭笑不得死皮賴臉的表情跟他討價還價，他們在討論演習的問題，在討論那些「軟蛋兒」的兄弟部隊……夏明朗賭咒發誓說老子的兵出門最和諧了！嚴正一邊不屑地嘲笑他「你和諧，你和諧回頭全國的水塘都不產蝦了」，一邊傲嬌地暗示：咱是爺，咱是爺，咱是爺爺爺爺！

陸臻很想笑，他用手捂住嘴不讓自己笑出聲來。夏明朗看了他一眼，把手放到他的脖子後面，安撫似的撥弄著他的髮尾。

他們就這麼聊了十幾分鐘，天上地下，從正事到八卦，夏明朗甚至抽空向嚴正描述了一下陸戰女兵們的長相問題，說挺神的啊，居然有幾個還長得蠻好看的。嚴正鄙夷地嘲笑說：這有啥，眼皮子淺，回頭去體育大學給你招倆姑娘，從身段到長相到武藝360度滅了她們。

夏明朗哈哈大笑說君子一言，什麼馬都難追……他就這麼掛了電話，沒有提及那些居然還蠻好看的女兵們……目前令人傷感的遭遇。

「隊長？」陸臻把手機拿回去，滿眼的問號，對這通沒來由的電話表示不解。

夏明朗略略低頭，露出一點有些遲疑的，彷彿羞澀的笑容，說道：「我就是，忽然想聽聽頭兒的聲音。」

陸臻慢慢地露出極為了然的溫柔的笑意。

夏明朗撓了撓頭發說：「沒辦法，我這人上輩子五行缺賤，這麼多天沒聽他罵我，挺不舒服的。」

「頭兒是挺好的！」陸臻抿著嘴角笑，陽光都收盡在他眼底。

「好啥呀！」夏明朗撇嘴。

「聽說默爺那把巴雷特M82A1是頭兒專門托人從國外買回來的？」

「怎麼可能，那不成倒賣軍火了？是建設集團要進一批樣槍，咱頭兒去租借了一把，借來之後交給陳默做彈道參數，不白用人家的。」夏明朗得意地揚了揚眉毛，巴雷特全套配件連兩年的子彈，不下二十萬，顯然夏明朗也很佩服自家老大做無本生意的能力。

「陳默想要就給他弄了？」

「也不是想要就給，那得是合理要求……」夏明朗驀然一頓，眼眶裡湧上一陣溫熱的濕意，他舔了舔上唇，連聲音都漾出了某種溫熱的情懷，彷彿嘆息似的，「是啊，想要就給了，只要你真的想，他再難也給你，再難也幫你……」

陸臻有些怔愣，不明白夏明朗為什麼忽然如此動情。

夏明朗扶住陸臻的臉，拇指輕柔地撫摸著他的眼角：「我們一定得好好的，知道嗎？陸臻。要不然對不起他。」

陸臻瞪大眼睛，眼神更困惑了。

夏明朗漸漸笑開，說：「他曾經，被我逼著，很不情願地祝福過我們的。」

陸臻呆住。

過了好一會兒，陸臻說道：「我其實一開始和頭兒不熟的時候覺得他有點陰，不像你那麼真實親切。可是後來我記得有一年貴州冰雪，我們去那邊，然後你回來，嚴頭對你說：『我不知道共和國會不會辜負他的戰士，但是我嚴正絕不會辜負自己的兵。』就是從那時候起我覺得，行，那是個值得我為他賣命的人。」

夏明朗嗤笑：「你從哪兒聽來的？他怎麼可能這麼說？」

「不……不是真的？」陸臻大驚。

「你這話一聽也不像他會說的啊！這麼浮誇的說法……這根本就是我的風格。」

「那……」陸臻眨巴眨巴眼睛，好像是哦！

「這話不是他說的，我編著唬那幫小子們的。」夏明朗正色道，「但是陸臻你要明白，辜不辜負這種話不是一個人隨便就可以說說的，那得有資格，當然很多有資格的人他們不說，亂吵吵的那些人，他們沒那資格。只有頭兒，他有資格，他不說，但他做得地道。他已經好幾年沒摸槍了，他坐在辦公室裡，可是他頂著麒麟的天，所以我樂意讓他罵一輩子。」

陸臻看到夏明朗在陽光下微笑，那種驕傲無可形容，明亮得刺眼。

所謂領袖，如果能讓像夏明朗這樣的人都為之驕傲的，那麼……陸臻想，嚴頭兒心裡應該也是滿足的。

晚上的宴會自然賓主盡歡，夏明朗略作留意，發現參與觀摩這次演習的大人物們有半數齊聚於此，而且他們多半有著共同的特性：年輕化，手握重權而且擁有更為先進的技術背景。很明顯這是曹修武的私人圈子，而陸臻是這次常規聚會的一個新鮮亮點，他將在這裡被展示，被評論，被觀察……

陸臻坐在曹修武的身邊，夏明朗坐在陸臻身邊。雖然曹修武開席介紹時說遠來是客，同時極盡華麗與客套地介紹了麒麟的功績與超凡的地位。可是夏明朗仍然明白他能夠坐到這個位置，主要是沾了陸臻的光。因為他是這一桌上軍銜倒數第二的人。

倒數第一是陸臻！

然而那不重要，陸臻仍然光芒四射，中校軍銜配上他年輕的臉龐已經足夠讓人印象深刻，而不正常的履歷更讓人驚訝不已。夏明朗可以清晰地從在座那些人眼中看到讚賞，而他從來不知道他的陸臻……他心愛的寶貝居然這麼地耀眼。

是的，他一直知道他很好，但是不知道有那麼好。

陸臻就那樣坐在那裡，坐在那群所謂的高層中間談笑風生，他自然而然地參與進話題，絲毫不讓人感覺青澀與稚嫩，神情自若，不卑不亢。好像他天生就應該在這裡，在這耀眼的水晶吊燈之下，在這種暗潮洶湧不動聲色的觀察與較量中如魚得水。

而這樣的陸臻於他而言，其實，是有些陌生的。

在麒麟的陸臻不是這個樣子的，夏明朗不自覺地陷入回憶。在麒麟，陸臻是一台精貴的電腦，脆弱的中樞。雖然他已經很好，很不錯，可是在戰場上，人們會相信陳默，相信方進，甚至徐知著……可是沒有人會首先想到他。所有人對他的期待都是，無論如何，你得保住你自己。

那種脆弱感從戰場、訓練場甚至一直延伸到了生活中，大家總是不自覺地保護他，甚至有些寵愛他，好像他真的……是用玻璃做的，好像他真的會被敲碎。即使他可以熟練自如地操作那些精密的儀器，可是仍然得不到戰友們那種發自內心的鐵血殺伐式的依賴感。大家總是習慣於對他說，行了，你就待在這裡。陸臻即使會有憤怒與不平，可是他仍然懂事地不給任何人添麻煩。

在麒麟，陸臻是被照顧的，沒有人會對他有更高的要求，雖然大家都沒有惡意，而他自己也並不情願。

夏明朗有些悲哀地發現，可能一直以來他都犯了個錯誤。他曾經是明白的，麒麟不會是陸臻的家，那個會與陸臻骨血相融，讓他盡情揮灑的舞臺不會是麒麟。可是後來，他迷惑了，或者說，他故意迷惑。他讓自己相信，陸臻像他一樣，是麒麟的嫡子。

夏明朗一直沒怎麼說話，他保持微笑，眼神禮貌而疏離，像一個神秘的深淵。這種形象完全符合人們對一位神秘特種軍官的想像，所以幾乎沒人會去打擾他，畢竟大家都樂意維護自己心中的期待。夏明朗很慶幸，因為事實上他完全不想參與交談，他害怕自己一開口會說出不恰當的話來。

情緒有些失控，在夏明朗心裡，一些灰色的煙霧被吹散，一些美好而溫馨的幻想被打碎，然後在廢墟之上，新的觀念再度建立。沒有人知道，在這個富麗堂皇的包廂裡，在這些昂貴的美酒與珍饈旁邊，有一個人，在默默地崩潰與重建。

而此時此刻，陸臻正在與總參謀部的一個高級軍官聊天，後者正含笑地鼓勵他：小夥子，年輕時吃點苦，把這段逆境熬過去，後面的路才會順。

一條刺目的閃電犀利地劈開墨色黑幕，夏明朗的瞳孔急遽地收縮。

是的，他的麒麟，他迎風奔跑的戰場，他這一生最暢快淋漓的順境，其實是……陸臻最大的逆途，是他的短板（弱點），他人生的泥沼地，他不得不收起自己的翅膀，用雙腳艱難跋涉。他在麒麟看起來光芒黯淡，那或者是因為他只有30%的能量可以耗在這裡。

陸臻，他從來……都只是麒麟的養子。

他簡直就像一個走上層路線的公子哥兒那樣微服私訪深入基層，他態度很好很勤奮，可惜也會力有不逮。於是大家都默認他還稚嫩柔弱，總以為他還有很長的路要走，卻沒想到，其實他只要轉過身，就可以光華凜利。

夏明朗一直認為自己很寬容，足夠大度，他可以看著他的愛人飛黃騰達甚至蓋過他，可是，事實證明那只是存在於遙遠未來的想像。並且更為關鍵的差異不在地位上，而是，他與他的國度。

當他站在麒麟，而他站在……暗潮洶湧的繁華中……

夏明朗感覺到自己的心臟在沉重地跳動，血液被壓向肢體的末端，連指尖都在沉悶地脹痛。他有一種很不好的預感，雖然他從沒打算要把陸臻當成自己的所有物，可是他仍然感覺到了那種隱忍含吞的怒意。他的珍寶在被人窺視，那個乾淨的，在他眼中有如水晶一般的靈魂正在走向一個黑洞，而他甚至不能阻攔他。

這種怒意，讓夏明朗全身上下都外放出一種強烈的肅殺，而他強行控制了那份肅殺背後的攻擊意味，讓這種氣場變得極具存在感，卻又捉摸不透。

夏明朗安靜地坐著，幾乎不吃菜，也完全不喝酒。他的視線隨著席上的話題轉換一一掠過對方的眼睛，漆黑的雙眸帶著精密審視的味道，讓人無法輕易與之對視，甚至當他把視線首先移開時會讓人生產一種空茫的慌亂，彷彿在對峙中落了下風：怎麼，為什麼他忽然不看我了，難道是我說錯了什麼？

陸臻一直在留心觀察夏明朗，畢竟這是他們第一次出席類似的場合，他也有些拿不準夏明朗會怎麼辦。他是會表現生澀與不耐煩，又或者是像個老兵油子那樣談笑風生？好像都有可能，對於夏明朗來說，一切都有可能。可是無論如何陸臻都沒想到會是現在這樣的——他，一個上校，在一群少將、中將與大將中比拼氣度。

他神色從容，緊抿的嘴角帶著剛毅的味道，手掌柔和地放在桌面上；他看起來很放鬆，一直都很有禮貌地看著這桌上的所有人，而眼神的犀利昭示出思考的意味，說明他不是在簡單地客套。

那麼地強勢，有如君王。

讓人相信他將會找到解決一切問題的辦法，如果沒有，那就創造一個。

宴會結束，曹修武把陸臻留下說了些話，他仔細詢問了有關夏明朗的經歷，陸臻自然添油加醋全彩上桌。曹修武流露出難怪如此的神色，鄭重其事地告誡陸臻要好好尊重這個隊長，是個有點真本事的。

陸臻嘿嘿笑，心裡樂開了花。

夏明朗站在離開他們不遠處等著，而更遠的地方是曹修武的秘書與司機，他們仗著環境嘈雜小聲地討論著，自以為不會被人聽見，夏明朗漫不經心地看過去……

「這小子上位真快啊！」

「這沒辦法的，綜合素質太牛了，學歷好，後臺硬，水準也有。最要緊的，長得帥，會說話，千杯不醉，萬杯不倒……出門不帶這種人帶誰去啊，我要是領導我也樂意帶這種的，多漂亮！」

「倒也是啊！我瞧著參謀長應該動心思了。」

「不一定啊，瞧著這樣子得往中央送。可惜了，咱們參謀長家是個兒子，要是個閨女這小子沒跑，鐵定招了。」

「沒關係，曹參謀長家裡是個兒子，梁副參謀長家裡是閨女啊！挺漂亮的……」

「所以，今兒桌上可沒看到梁副參謀長啊！」

夏明朗看見那位秘書意味深長地笑了笑，他的眼睛頓時有種被刺痛的感覺。

23

陸臻這次醉得不厲害，狀態很好。喝酒是非常需要技巧的，比如說，當你第一次與一撥生人喝酒的時候一定要豪邁，要真，不能摻一點水分，因為第一次大家都很謹慎，會彼此觀察，看誰酒品好誰酒品差，這種第一觀感會在記憶中牢牢保留。如果你第一次就放水，會很容易被捉，那麼將來就很難再做什麼手腳了，因為到時候全桌人的眼睛都會盯著你。

而且，拼酒，既然叫拼，比的就是一種氣勢。所以你得在開席的前十分鐘消耗掉你三分之一的酒量，然後在半小時之內再消耗掉你三分之一的酒量，那麼剩下的……你就可以慢慢地釋放了。因為到那時候，如果你還剛好擁有一張像陸臻那樣越喝越白的臉的話，就已經沒有人敢主動挑戰你了。

陸臻這次成功保住了自己最後三分之一的酒量，所以他現在帶著微醺的快意，卻心事重重地坐在副駕駛座上。夏明朗偶爾會用眼角的餘光審視他，可是陸臻彷彿沉浸在了自己的世界裡，他眉間微緊，一言不發。

夏明朗踩下油門，車開得更快了，他不喜歡這樣……甚至可以說，厭惡！

他一向不喜歡捉摸不透的人，那會讓他不安，尤其是他的愛人。可是這次夏明朗反常地沒出聲，他甚至沒有嘗試使用任何技巧去偵察陸臻的大腦，因為他記得，陸臻不喜歡那樣。

或者我應該給他更多一點信心。夏明朗安慰自己，那個有膽子抱住他沾滿鮮血的雙手，有膽子在狂風暴雨中把他往海裡按，還有能力安全把他帶上岸的男人，應該也有本事控制自己人生的方向。

「我聽說，陳默第一次試訓的時候差點沒過，是你硬給留下來的？」陸臻忽然問出一個毫不相干的問題。

「是的。祁隊覺得他協同能力不行，後來我去找了嚴頭兒。我覺得這小子是個人才，而且狙擊手不用很有人緣的，獨立一點也行。」夏明朗不明所以，便盡可能詳細地介紹了當時的情況。

「然後就留下了。」

「是啊，我親自帶的。」

「祁隊沒什麼想法嗎？」陸臻轉過頭盯著夏明朗的眼睛。

「能有什麼想法？挺高興啊，陳默後來多牛？」夏明朗莫名其妙，他甚至微微有些不忿：嘿，小子！別拿你們那兒的觀念來套我們這兒的事！然而，這句話只是在腦海中閃過，就讓他的心臟抽痛了：這麼快？怎麼這麼快，他們就開始分出你我了？

「多奇怪……」陸臻嘆了口氣，倒回到椅背上，「假如說，秦月是我女朋友，當然我是說假如。我就可以很自然地跟曹師叔說起讓她們去護航的事。秦月的確不錯，於是曹師叔也可以輕鬆幫我向李旅長打個招呼，我相信李旅長應該也會很樂意賣我這麼個面子，然後皆大歡喜。」

夏明朗狐疑地看著陸臻，不知道他想說什麼。

「可是，像現在這樣，假如我以一個軍人的身分，向曹修武建議。說我欣賞萬勝梅的工作態度，我相信秦月與吳筱桐的工作能力，我希望她們能有資格參與選拔。假如是這樣，我簡直不知天高地厚。曹叔師應該會很尷尬，李旅長當然就更尷尬，我會讓所有人不舒服……很不舒服。」陸臻揉了揉臉頰，「多奇怪，徇私情就可以那麼理直氣壯，而一件真正正直的事情，卻反而讓人做不出手。」

夏明朗放慢了車速，他的眼睛在黑暗中閃著光，窗外的街燈在他的瞳孔上拉出悠長的光弧。

「為什麼會這樣？」陸臻無可奈何地看著他，握住夏明朗的右手貼向自己的臉頰，「有些地方不對勁，病了，都病了。」

「別這樣，這不是你的錯。」夏明朗曲起手指，貼合著陸臻側臉的弧度。

「還是我們那兒好，乾淨！」

夏明朗下意識地把油門踩到底，急剎車讓輪胎發出刺耳的打滑聲，陸臻訝異地瞪大了眼睛，夏明朗掩飾性地別過臉，把車子重新發動起來。

「你怎麼啦？」陸臻莫名其妙。

夏明朗一把拉過陸臻的左手放到擋把上：「幫我換擋。」

「你有毛病啊！」陸臻咕嘟著，「幾擋？」

「我們一起開！」夏明朗翹起嘴角，眼睛閃閃發亮，寬厚的手掌覆蓋了陸臻修長的手指，牢牢握緊，汽車又一次加速。

「有毛病……」陸臻笑得很無奈，卻甜蜜，心中躁亂鬱悶的褶皺像是被奇異地撫平了，他微微閉上眼，敏感的手背感覺到夏明朗掌心的紋理，這讓他覺得安寧。

那天晚上，陸臻看到夏明朗在黑暗中燃燒，漆黑的雙目中流出火光，明亮的火星在空中飛舞。那種帶著炫目的金黃與豔橘色的火焰從他皮膚的邊緣升騰起來，在空氣中綻放。就像他小時候看過的，科學畫報上，太陽表面洶湧爆發的日珥。

當他赤裸的身體被這雙眼睛注視時，陸臻以為自己一定會被燒成灰燼。

第二天早上，陸臻洗澡時感覺耳朵後面有些刺痛，他扭過脖子艱難地照鏡子，看到自己耳後有一塊皮膚又青又腫。他閉了閉眼睛，他看見夏明朗反反覆覆地吮吸著這一小塊皮膚，而自己只能在他懷中無力地呻吟。

陸臻義憤填膺地從浴室裡衝出來：「看老子上船怎麼收拾你！」

夏明朗正靠在床頭拿菸，伸長的手臂與後背拉扯出性感的肌肉線條。早晨清冽的陽光照亮了他，而他臉上的笑容比陽光更明亮，他單手劃燃火柴點菸，笑著說：「行啊，我等著。」

陸臻默默地看著那朵細小的火焰慢慢熄滅，昨夜的連天火光又在心頭翻湧，勾起了他臉上的熱意，他驚訝地發現自己的怒火也隨著那根火柴一起消散了。

我終究拿他是沒什麼辦法的！陸臻認命地想。

夏明朗用腿勾住陸臻漂亮緊窄的腰部，把他纏到床上。

「幹什麼？」陸臻警告他。

夏明朗把一口煙霧吐到陸臻臉上，讓他不自覺地瞇起眼，溫潤的舌尖落下來，細細地舔過他的睫毛與眼瞼。曾經最喜歡的就是這雙眼睛，那麼明亮的，黑白分明，像蝴蝶的羽翼，像星辰，像所有脆弱美麗可望而不可即的東西。夏明朗濡濕的舌頭抵在陸臻的眼瞼上，隔著一層薄薄的皮膚，描畫他眼睛的輪廓。

陸臻幾乎感覺有些不適了，他彆扭地轉過頭，想要躲避這種怪異的壓力。夏明朗撫過陸臻的唇角，然後吻住了他。

其實，可能真相是這樣的：陸臻不必因為他而勉強自己堅守麒麟的夢想，而是，在他與他相愛之前，他們已經站在了同一個國度。

否則，陸臻就不會愛上他！

夏明朗告訴自己相信他。是的，相信他的勇氣與能力，相信他不會離開，他不會允許自己離開。相信他們即使流落到天涯，也一樣可以拉起手，用同樣黑白分明的眼睛看這並不美好的世界。

你將永遠都無法用雙手抓住一顆心，你只能看清他的心靈所在，相信他，會與你血脈相連。

三天後，護航編隊的名單正式公佈，麒麟除黑子以外的所有人都榜上有名。至於秦月與吳筱桐，柳三變則很為她們花了一點小心思，學術造假，在各方面把她們的總分扣下去，好順理成章地把人刷掉。無論如何，給孩子夢想總是好的，柳三變相信將來會有人讓她們明白真相，可是現在的他開不了口。

選拔的名單在旅部的大操場上公開宣佈，於是有人歡喜有人憂，兩相對比很是鮮明。萬勝梅專門開了車來接她的兵，陸臻看到她總有一種說不出來的歉疚。他走上前叫了一聲阿梅姐。

萬勝梅拍著他的肩膀笑道：「剛好，週末來家吃飯，我給你們煲個靚湯。」

萬勝梅是上得沙場下得廚房的女子，雖然除了在柳三變跟前，她平常會忘記自己是個女人，所以陸臻一直覺得柳三很幸福。

秦月和吳筱桐提著行李乖巧地跟在萬勝梅身邊和大家道別，臉上洋溢著屬於青春少女的那種乾淨單純的笑容。她們看起來並沒有陸臻想像中沮喪，或者對於她們來說，在陌生的男性軍營裡神經高度緊張地訓練了兩個多月之後，能就這麼回家跟姐妹們在一起，也不是什麼太壞的事。

方進大大咧咧地衝出來跟兩位姑娘擁抱，他指天畫地地說：「老子會給你們帶特產的。」把姑娘們逗得直笑。

陸臻小聲地問柳三變：「為什麼你們旅當初要成立一個女隊？」

柳三變笑了：「其實我也不知道，聽說原來不是要建戰鬥部隊的，不知道後來為什麼就變成這樣了。可能……就是想讓人看看，咱們旅的女人都這麼厲害，那男人不就更那啥了嗎？」

「可是把她們就這麼招進來，集中在一起，侷限在一個連隊裡，不能流動。說保護也好歧視也好，其實隔離才是最大的傷害，她們被迫成為了另類。她們整體的定位都不明，一百多個人，她們來這裡是幹什麼的，是儀仗隊還是戰鬥隊，她們的未來是什麼，上升空間在哪裡？」

柳三變看著陸臻，慢慢地，他不笑了，他很緩慢地對陸臻說：「誰會為你想這麼多？」

陸臻的瞳孔收束，眼神變得堅硬而肅殺，那是一種帶著隱隱血光的殺伐的味道，好像他正準備好了要走向某個修羅戰場。

是啊，誰會為你想這麼多？

有誰會真正關心一個士兵的夢想，那些最底層的士兵的夢想？有誰會明白即使最普通的士兵也應該有權擁有夢想與未來，有權嚮往將軍的方向，那條路可以陡可以險，但不應該是迷霧重重，充滿了看不見的透明屏障。有誰還相信，一個合格的軍官不僅要為他的領導負責，還得為他的士兵負責。

夏明朗帶著入選的戰士們來給落選者們送行，後者今天下午要隨著江映山回到營部基地去，常規訓練的生活又將繼續，這世界的規則不會因為個人的得與失而改變。

麒麟一行人被混編在隊伍裡，一身蒼綠看起來很扎眼，像是皚皚雪山上的一叢青松。

他們在大門口排出整齊的佇列，高聲吼出口號說：保證完成任務，絕不辜負戰友的囑託。

秦月與吳筱桐有些手足措地站在江映山的大方陣旁邊，臉上漲得通紅。

陸臻在夏明朗喊立正的時候繃緊腳後跟，他有力地抬手敬禮，眼神堅定，嘴角繃起剛毅的線條。令柳三變動容，他在禮畢後對陸臻說：「別這樣，這都和你沒關係。」

陸臻慢慢地搖頭。

——不，這和我有關係，和我們都有關係，今天是她們，明天就可以是我。

可，那又怎樣呢？

陸臻抬起雙手，正了正自己的軍帽，向夏明朗走過去……我和你，我們，如此幸運地生活在最好的地方，我們是踩著無數戰友的肩膀走到這裡的，我們身上凝聚了太多人的夢想，所以我們必須堅強，必須無畏！

即使四下暗潮湧動，未來危機四伏，即使這個世界並不完美，這座軍營並不純粹……但，我們已不能再抱怨什麼，唯有前行！

第二章 碧海藍天

為了護航折騰了兩個多月，等到真正可以上船反倒沒什麼感覺了。這次的護航編隊一共有三艘船，分別是武漢號導彈驅逐艦、太湖號綜合補給艦與祁連山號船塢登陸艦。旗艦設在祁連山號上，柳三變不愧是好兄弟海陸本色，把更大更舒服的祁連山號讓給了麒麟，自己領了人去蹲小船。夏明朗倒也沒怎麼客氣，暈船事小，柔弱事大，他是真的不想再柔弱了。

不同於上一次十幾天的小適應，為期三個多月的遠洋航行事關重大，柳三變專門派了人來指點麒麟們購買上船的物資。當然物資主要是集中在撲克牌、電子遊戲設備與各類盜版光碟上。用水上的行話來說，就算是看看黃片、打打手槍，也是海上磨難的一個重要組成部分，於是兄弟們各自警醒各尋生路，方進的電腦一晚上刻了五十多張碟，差點燒了光碟機。

正式上艦那天萬里無雲，瓦藍瓦藍的天通透得像海一樣。祁連山號的兩舷站了一水兒的「小白楊」，麒麟與海陸偵察兵穿著一式一樣的黑色防暴服全裝上艦，麒麟的袖標被縮小，繡在了袖口的扣襻兒上。

陸臻看到碼頭上電視臺和八一廠的車都停著，長槍短炮架起來，把小夥子們拍得倍兒（特別）帥。

祁連山號是艘大船，船長200多米，排水量接近20000噸，艦載兩架直-8（最高荷載4架），船腹下包含著巨大的塢艙，可以直接釋放快艇、大型氣墊登陸艇、水陸坦克或者輪式裝甲車之類的登陸作戰單元。船大自然好容人，這船號稱可以荷載800名士兵，不過陸臻上上下下轉了一圈，估摸著要真把800個人塞進來，那鐵定就成沙丁魚罐頭了，應該也只夠從廣州開到三亞那點路，再遠了，是個人都得瘋。

不過目前麒麟加上部分水鬼，分到祁連山號上的通共只有50多人，幾乎所有人都可以住得很寬敞，這讓小夏隊長非常地滿意。

拍著照片，錄著電視，各級領導大人們輪流發完言，這是盛事，總要讓各方面都滿意，陸臻繃緊下巴與所有人一起站成威武的背景，汗水流過眼角又滲入唇間，又鹹又澀。

……終於，開船了，船上的所有人都不約而同地鬆了一口氣。穿著小白常服的海軍軍官們急匆匆地回去換藍色作訓服，穿防暴的哥們更是手忙腳亂地脫衣服，我靠，再穿兩小時非得熟了不可！大家一邊把軍靴裡的汗水甩出來，一邊七嘴八舌地討論這防暴服的設計真他媽的不人道啊，不人道。

終於出發了，陸臻守著自己的裝備坐在甲板上，敞開懷讓海風吹乾汗濕的身體，說真的，演習結束那一禮拜他過得比海島訓練那一個半月都累。

心累！

白天忙工作、做評估，晚上馬不停蹄地見人，陸臻有時候簡直覺得自己現在就像塊田地，瘦田無人開，墾好有人爭。似乎一夜之間頭頭腦腦們都發現，噫，這小子有點意思。再加上曹修武的鼎力推薦，到最後，他為自己精心設計的這次亮相，簡直成功得一塌糊塗。

然而，不是所有的成功都讓人舒服。

在每一個獨自歸去的午夜，大路流光，一路霓虹相伴，都市的繁華幾乎淹沒人心，可是陸臻總是不安，直到站在樓下仰頭看到夏明朗為他留下的那盞燈，心裡才會有種說不出來的暖。只有抱緊他，把臉埋在他寬闊的後背上，嗅著他身上乾燥的菸草味，才會感覺到踏實與舒暢。

這才剛開始……陸臻自嘲地笑：你就覺得不適應了，這怎麼才好。麒麟果然是個太舒服的地方，待久了，會把人寵壞。

陸臻兀自胡思亂想，發現醬仔正試探著向他看過來，他是祁連山號上的水鬼領隊，接下來的日子將會和他們待在一條船上。陸臻自從演習後就沒有再見過他，陡然照面了不打個招呼不好意思，勉強扯出一個笑。不遠處的黑影子似乎猶豫了一下，提著頭盔走過來，半跪到他面前看著他：「你沒事吧？」

「沒事啊！」陸臻一愣，笑了，「就是有點累。」

「哦。」醬仔應了一聲，坐到陸臻身邊。

陸臻這才發現這小子有點不太對，刻骨悲涼的感覺，好像有什麼沉重的東西壓住了他，讓他疲憊到連眼神都遲鈍的地步。陸臻與醬仔交流不多，可是印象中的那個黑小子絕不是現在這樣的。那是個笑容很憨、脾氣很好、很溫和的中尉，他甚至有時候會被自己的兵欺負，可也總是笑笑就過去。

「怎麼了？」陸臻試著按住他的肩。

醬仔飛快地看了他一眼，似乎在猶豫，猶豫了很久之後，終於很輕地嘆了一口氣說：「我有一個朋友，前兩天自殺了。」

「為什麼？」陸臻愣住，下意識地脫口而出。

「他本來就有點抑鬱症，又被家裡孤零零一個人扔在國外，一時想不開就……」

「有這種病的小孩怎麼能往國外送呢！」陸臻氣憤難當，卻發現醬仔正盯著他，非常用力的樣子，好像急切，又似乎惶恐不安的……有太多的情緒堆積在眼底，讓人看著都會覺得有點心疼。

「是故意送出去的，怕他留在國內，丟家裡的人。」醬仔說完深深地低下了頭。

「丟什麼人啊……這這他們怎麼想的，自己兒……子。」陸臻像是忽然意識到什麼，慢慢放緩了激憤的語速，心裡有種模糊的預感，彷彿真相就已經在眼前了，只隔著一層薄薄的紙。

「我朋友的性向不正常，他喜歡男人。」

醬仔沒有抬頭，而陸臻也沒有轉頭去看他，這是一種心照不宣的默契，好像嘩的一聲，一道透明的牆轟然倒下，某些不正常不合理的地方變得順理成章了起來，比如說，如此私人的煩惱為什麼要告訴並不相熟的他。

「你朋友不能算性取向不正常。」陸臻聽到無比冷靜地說，「他只是有些小眾。」

「你說他爸媽現在會不會很開心？他終於死了，不會再惹事，不會再給家裡丟人了。」

「不會的。」陸臻斬釘截鐵地說，「他們會後悔，會很難過。」

「你怎麼知道？我覺得他們就是很開心，很輕鬆了……」

「不會的！」陸臻提聲重複，他伸長手臂攬住醬仔的肩膀，「父母都是愛我們的。」

醬仔霎時間停住了他語無倫次的反駁，過了好一會兒，他抬起頭來輕聲說：「希望吧。」然後迅速地走掉，快到陸臻甚至都來不及看清楚他的臉上是不是有淚光。

人是走了，可是餘震留下了，就這麼沒來由冒出來的三言兩語在陸臻心裡掀起了軒然大波。那似乎是柔軟的感懷的，又似乎是惶惑而憂慮的。他能夠從醬仔的背影中看出那種孤獨與蒼涼，那是他與他共同的。無論怎樣繁華的人生、如何強悍的靈魂都無法掩飾的那種潛行於主流之下的另類的訴求。那是在暗夜中深藏於心的渴望，卻在日復一日孤單的觀望中被侵蝕成空洞，渴望理解，渴望撫慰，難以平靜。

在最初的瞬間，陸臻覺得欣喜，在茫茫人海中找到同類的感覺，可是轉瞬間那種欣喜變成了不安……他怎麼看出來的？為什麼？總有人說Gay是有氣場的，圈內人可以彼此識別，但陸臻知道那他媽根本就是扯淡，氣場要我樂意展示你才能摸得到。人們連性冷淡和性虐狂都不能從外表判斷出來，更何況是簡單的性向之差。

陸臻幾乎有些驚恐地想，為什麼是我？我做錯了什麼，讓人準確地試探過來，把握十足。然而同時，陸臻又無比地羞愧，他在想我怎麼了？我可以相信所有人，卻不能相信一個同類。千頭萬緒的想法，好的壞的正面反面，把陸臻搞得心事重重。

下午，夏明朗與祁連山號的船長周劍平在甲板上開見面會，老周是那種非常典型的中國式老海軍，臉板得像棺材板一樣，神情嚴肅，目光堅定。陸臻聽他喊了幾句口號，思維飄移又開始琢磨起醬仔的事。等他再度回神，說話的人已經換了好幾撥兒。

祁連山號雖然級別高，可是這樣的遠洋航行也是第一次，與特種部隊合作也是第一次。初次合作總是謹慎，周劍平特別派了一位文書全權負責配合夏明朗的工作，首先領著去分配住艙。

夏明朗也發現陸臻今天走神走得厲害，下艙時緩了一下湊過去正想問，卻發現陸臻搶先一步越過他下了舷梯，夏明朗一愣，有些莫名其妙。結果還沒等他回過味來，陸臻的下一個選擇就結結實實地把他給鎮了。

祁連山號的住艙條件要比武漢號好得多，基本都是六人間，床鋪固定在三面牆上，各有兩層，白天可以把床架收起來，活動空間就會大很多。本來文書的建議是三位校官住一間，其他人按六人間住。夏明朗正想找理由說明為什麼陳默應該跟他的狙擊手兄弟們住一起。陸臻卻平靜地開口說：「不用了，大家都是第一次遠洋，條件艱難就別搞特殊化了，官兵都一個待遇，直接按部門分散住比較好一點。」

此言一出，夏明朗的眼珠子都差點從眼眶裡掉出來，徐知著下意識地看了看天，醬仔原本領著人往深處走，猛然站定了回過頭去，直愣愣地看著他。陸臻躲開所有詫異的目光，把馮啟泰還有另一位老資訊員郝小順拉過來擋在身前：「這是我們組的，剛好，狙擊組再補充三個過來，就是一間了。」

徐知著撓了撓腦袋站到陸臻身邊去。

文書呵呵笑著說：「行行，沒問題，這個你們自己安排。」他清點好人數，把鑰匙交給夏明朗，領著水鬼們往走廊深處去。

夏明朗強壓著火氣分配好房間，拍了拍陸臻的後背，示意他跟自己走。

陸臻知道夏明朗得發飆，所以走到僻靜處搶先開口：「姜清可能看出來我是Gay了。」

夏明朗把菸拿到手裡正要抽，張大嘴愣了半天，他扯起嘴角笑著說：「需要我幫你滅口嗎？」

陸臻忍不住也笑了，總是這樣，什麼天塌的大事放到夏明朗跟前都成了浮雲，可是再細想想又能怎麼樣呢？知道就知道了唄，還能怎麼樣，總不能殺人滅口吧？

陸臻指了指夏明朗手上的菸：「收起來吧，甲板上不讓抽菸，影響不好。」

「是啊。」夏明朗嘆氣，他把香菸在唇上聞了聞，又放了回去。

「我不知道是哪裡出了問題，可能是我們最近太放肆了，自己不覺得，反正……現在這麼多人擠在一個船上，避避嫌也是應該的。」

夏明朗用一種如狼似虎的眼神盯著陸臻的下三路看，誇張地掰著手指算日子。陸臻又好氣，又想笑，到頭來沒忍住，在他屁股上踹了一腳，夏明朗也沒躲，拍拍屁股罵道：「媽的，殘害領導。」

陸臻卻因為這個超常的舉動轉頭觀察了一下四方。

夏明朗一下怒了：「你他媽過來！就你現在這德行，是個人都覺著你有問題。」

陸臻苦下臉，道理誰都知道，可是事到臨頭卻不是誰都有夏明朗這麼厚的臉皮，如此牛B的心理承受力。

夏明朗嘆了口氣：「得，滾吧！這小樣兒，就跟我要強姦你一樣。」

陸臻垂頭喪氣地走了，內心哀嚎不已。

就這樣，因為一個不自然的起點，讓捲入其中的所有人都開始變得不自然。開船的第一週是近海適應期，各式各樣的演練不斷，麒麟與水鬼們需要無縫配合，而姜清是水鬼們的頭兒，陸臻想躲都躲不及，幾乎成天泡在一起，時時刻刻與醬仔面對面。偏偏那小子一見他就失措，欲言又止心慌不安的模樣讓人看著就心驚膽戰，不知道出了什麼事。

陸臻從期期艾艾到仰天長嘆，得……日子還得過，關係還得處，對方靠不住，那就只能靠自己。真不明白那小子主動跑上門來出櫃，回頭甩他這麼一臉子，這他媽到底神馬（什麼）意思。剛好，那天祁連山號上的一個直升機駕駛員過來溝通明天的配合演練，陸臻倍兒誇張地看著他的名牌說：「哎呀，剛剛注意到，你叫張夜啊！」

他聲音響，整個特種作戰艙室裡的人都抬起了頭。

「是啊，怎麼了？」張夜有些莫名其妙的。

「我以前小學一個同學叫金昌。」陸臻笑瞇瞇的。

張夜愣了一下才反應過來，笑嘻嘻地問道：「男的女的，給兄弟介紹一下。」

「男的。」陸臻鎮定地說。

「哦，那沒關係，咱沒有金昌，咱有祁連山。」張夜裝腔作勢地打開手臂，卻聽到陸臻問道，「你知道張掖的反義詞是什麼嗎？」

「張夜的反義詞？……李白？」

「不，」陸臻搖了搖頭，一字一頓地說道，「是斷臂！」

醬仔正在喝水，噗的一聲噴了出來，夏明朗一路狐疑到此，終於聽出味兒來了。

「怎麼可能？」張夜嚷嚷起來。

「因為『張中華之掖，斷匈奴之臂』，張掖郡得名於此。」陸臻得意揚揚的。

張夜無言以對，嘴角抽搐了半天，陸臻拍他的肩膀笑道：「所以啊，兄弟，找個男人也不錯的，別枉擔了這虛名。」

可憐的小夥這才知道被耍了，橫眉立目呆了半晌，找不到反擊的餘地，只能憤憤不平地走了。

陸臻轉過身，發現醬仔正出神地望著他，見他看過來，又把頭低下去。陸臻翻了翻時間表說：「哎呀，剛好巡個崗，誰出個義務役，陪我出去聊個天？」

在船上生活各式各樣的值更多如牛毛，特種作戰分隊負責整個艦船的防務工作，前後甲板上上下下分片值勤。雖然誰都不相信在近海能發生點什麼，可是應該值的更還是要值，應該巡的崗還是得巡。陸臻這一句話說出去，陳默沒抬頭，夏明朗不吭氣，醬仔終於承受不了壓力抬頭看過來，陸臻勾勾手指說：「得　，就你了，陪爺走一圈去。」

巡崗的主要任務是抽檢船上的值更情況，前後上下看一圈，看有沒有脫崗亂跑不到位的。陸臻一路查到後甲板，彷彿不經意地問道：「你那個朋友現在怎麼樣了？」其實這話問了也白問，海上沒有手機信號，衛星電話一週才能打一次，醬仔這會兒等於是與世隔絕，啥消息都不會有。

果然，醬仔悶悶地說：「不知道，應該已經送回國了吧。」

陸臻一邊走，東拉西扯慢慢把話題深入進去，當年怎麼出櫃的怎麼鬧翻的怎麼送出國的等等。陸臻這才發現那個平素看起來有點木訥的黑小子心裡藏了那麼多話，好像竹筒倒豆子那樣嘩啦啦地倒出來，信息量很大，卻並不繁瑣，帶著軍人式的簡潔，眉峰皺得很緊，有種悲涼的憤怒。

「他……」陸臻試探地，「有沒有男朋友？」

醬仔飛快地看了他一眼，低頭說道：「有過，後來分了。可能是壓力太大吧，在一起會吵，分了反而好。」

那就是了。陸臻在心裡嘆息，大約這就是真相了。

「我給你添麻煩了。」醬仔鼓起勇氣看向陸臻，滿臉的內疚。

「怎麼會？」陸臻眨了眨眼，「聽說過沒？你哥我在隊裡可是出了名的心靈熱線，人見人愛，車見車載，有事找我準沒錯。你小子有眼力！」

醬仔黝黑的臉上露出溫暖的笑意，他彷彿無措地左右看了看，又緊張兮兮地湊過來用力抱了抱陸臻。陸臻一直以為醬仔會問點什麼，可是到頭來他一句都沒問，甚至細想起來，他也沒有一個字牽扯到他自己。

不承認不否認，不問不說……似乎所有的同志在生活中都不約而同地遵循著這樣的原則，彷彿心照不宣的默契。陸臻終於確定這只是一次意外，某個不堪重負的男人一次走投無路的傾訴，而他卻如臨大敵，緊張到把自己和夏明朗的生活節奏都打亂。

是否必要？

做賊心虛？不大氣、不理智、不聰明？

不……這只是他們天生的弱勢，有如原罪。

陸臻不無自嘲地看向遠方，天大地大，九百六十萬平方公里，偏生沒有你光明正大的容身之所，又能怎麼辦？不過是承受而已。

為期一週的磨合期過去得無驚無險，祁連山號與武漢號調頭南下，經麻六甲海峽，穿越印度洋直奔亞丁灣而去。護航畢竟是全新科目，如何與直升機配合，如何與艦載武器配合，怎樣模擬上艦護航……這一些的科目都得在路上這十幾天裡磨合完畢，戰士們剛上船也新鮮得很，每天都有事幹，倒也不覺得無聊。

祁連山號是超規格艦，在海軍艦隊中的地位僅次於目前還在紙面上的航母。所以無論是艦長還是政委都配的是悍將，業務出眾，思想過硬。

周劍平是上世紀風格的老海軍，資歷精深，據說新中國海軍的登陸艦體系從最舊最破的到最新最潮的，就沒有他老人家沒待過的。這次出海時直接擔任艦隊總指揮，用張夜的話來說，那就是典型的軍閥，見紅旗就扛，見第一就爭，面狠心黑，爭強好勝，徇私護短。而政委馬漢，天生取了一個縱橫海洋的名字，遇上大事就興奮，文書捧著厚厚的一摞檔說這全是政委做的護航途中的政工預案。夏明朗聽得後背寒毛倒立。搶劫有預案，觸礁了得有預案，政工都他媽的有預案？

於是，才一個多禮拜，夏明朗就嚐到了苦頭。周劍平要求嚴格就不說什麼了，大船保養得一絲不苟，老頭子平素沒有什麼別的愛好，就好四下轉，從最底層的電機房轉到最高處的瞭望台。船長室裡一張巨大的白板，那是各部門的評比表，天天查月月檢，條分縷析的，連內務都有人考勤。陸臻敢怒不敢言，每天被迫把自己的稿紙收拾得整整齊齊。

但訓練生活再嚴格那畢竟是身體上的小小操勞，到週末馬漢大人一上場，那才真正知道什麼叫心靈折磨。

每週兩次雷打不動的政治學習，不光馬漢政委親自講，各部門長也都要上臺講。夏明朗就想不通了，為什麼小到副班長，大到參謀長，做報告時永遠都那麼幾句話，前年的講稿翻翻新後年還能繼續用。上面激情澎湃，下面睡意沉沉，難道說上臺的諸位都失憶了，不知道自己當年坐在台下時是個神馬心情？

夏明朗還在腹誹，馬漢政委一陣親切而熱烈的掌聲把他迎上了台。夏明朗頭暈目眩面如死灰，他看看頭頂朗朗白日，看看腳下黑壓壓的人頭，雖然大家都穿著短袖，清爽的海洋迷彩看著好像很清爽，但是那一腦門子的汗都在無聲地述說著：放過我們吧！

夏明朗舔了舔嘴唇看著馬漢，馬漢做了一個手勢，示意最後說給大家說點什麼鼓鼓勁。

夏明朗提聲吼道：「大家說政委說得好不好啊！」

眾人還在發怔，陸臻帶頭鼓掌：「好啊！」

「大家支不支持！」

「支持！」

夏明朗轉身握緊馬漢的手說：「您講得太好了，我真沒什麼可說的了，你看小夥子們多精神，散會吧！」

一時間，臺上臺下都繃著，回去笑倒了一片。

結果，當天晚上夏明朗就被馬漢政委招到辦公室裡一陣突擊教育。

馬漢是上過南疆老山的資深人物，論資排輩起來連嚴正都比他低兩屆，所以借夏明朗天大個膽子都不敢對長輩不敬。可是英明神武的夏隊自稱在麒麟他軍政一肩扛，於是馬政委在欣賞之餘，也對他做出了更多的期待。逼得夏明朗欲哭無淚：早知道就該把陳默拎出來頂上去，死道友不貧道，這才是麒麟的生存哲學。

就這麼著，夏明朗白天鬧心，晚上還沒得瀉火，日子過得別提多傷悲了，晚上睡覺時做夢都在吼：柳三變我操你祖宗。把方進嚇得一愣一愣的，這怎麼回事啊，這鬧得，剛剛和小臻子分居了，就要操柳三的祖宗，難道是柳小三真的當小三了？

夏明朗悲憤填膺，無言以對。好在訓練還緊，事還挺多，跟陸臻合作那個導彈狙擊方案也開展得有滋有味的，要不然，他非得跳海去不可。

煩歸煩，形式化歸形式化，可是船隊過國境線時馬漢操辦的那場告別儀式仍然結結實實地給了大家震動。在船上生活有船上的規矩，艦船離港與離開國境線時要掛滿旗示意。之前離港時操辦過一次，可是那會兒大家都在跟鏡頭和防暴服死磕，也沒顧上細看。

而這一次周劍平特意在晚上下錨停了半宿，第二天早上八點五顏六色的信號旗從艦艏通過桅杆懸掛到艦艉，全艦官兵正對著國旗與軍旗敬禮。太陽在東方，祖國在北方，而他們將西行。

周劍平穿著筆挺的常服站在高處，一貫有些平直的聲音陡然深厚：「我們離開了嗎？小夥子們，說，我們離開祖國了嗎？」

夏明朗聽到身邊地動山搖的喊聲：「沒有！」

周劍平的神情極度嚴肅，眼中有異樣的光彩，他一字一頓地喊道：「在我們腳下，永遠是中國！」

「時刻準備！保衛海疆！」

如雷的吼聲直入雲霄，笛聲長鳴之後，艦船越過了九段線，固定的國土被留在了身後，而流動的國土開始遠洋的跋涉。

夏明朗一直認定這世上只有他忽悠（哄騙）別人，絕沒有別人忽悠他的份兒，要論浮誇，他是天字第一，漂亮話沒誰能說得比他更地道，更入情入耳，他總覺得自己是不會被這種程式化的東西所打動的。可是現在，此時此刻，他看著身邊水兵們激動漲紅的臉，感覺到一種讓血液沸騰的震動，那種震動暗合了他心底的節拍，讓他不可抑制地興奮著。

或者，只要是軍人，在心底就總有一些說不明白的激昂的成分，那是身為軍人的自豪感，是與一塊土地緊緊捆綁在一起的責任感。這些東西會在特定的時刻被觸動，即使是再油滑的老兵，也擋不住在那一刻熱淚盈眶。

在這種時候，就連馬漢政委的老生常談都顯得那麼動人。

過了地圖上的南海九段線，艦隊正式進入公海，天氣也就更熱了。

每天早上，清爽的晨曦從艦艉彌漫開來，熱帶的海洋，瑰麗的天……一切有如天堂，然後轉眼間天堂就直墜入地獄，火辣辣的陽光像岩漿那樣潑下來，甲板上燙得嚇人，穿著軍靴踩上去，腳下會有融化的錯覺，發出橡膠燒灼後臭烘烘的氣味。

在如此酷烈的陽光下，戰士們穿著嚴嚴實實的作訓服與防彈衣進行反劫持訓練，汗水從身體裡蒸騰出來，浸透衣裳，作訓服濕了又汗，留下一片片白花花的汗漬。等到休息時脫下鞋，甚至會有流動的汗水從靴口倒出來，非常誇張，就像電影裡拍的那樣。馬政委興致勃勃地指揮文書給大家拍照留念。

可是即使是這樣苦，大家也沒有太多抱怨，異國他鄉的海洋令人橫生出一股孤絕的豪邁之氣，身為軍人的自豪感在這天地間的兩葉孤舟上發揮得淋漓盡致。彷彿真的就像馬政委說的那樣：我的腳下是中國，我站起來就是長城！

艦隊星夜兼程，在規定時間內與目前護航在亞丁灣的前一支護航編隊順利會師，浩浩蕩蕩的五艘大船列隊傲然前行，那個威風氣派，震得來往的中國商船紛紛鳴笛示意。

他鄉遇故知那絕對是興奮的，那幾天連周船長的棺材臉上都透著一絲笑意。會師當天搞大聚餐，菜不好酒來湊，一個個都喝得醉醺醺的。喝完酒排起隊來給家裡打衛星電話，每個人五分鐘，有些人醉後感情太豐富，嘩的一下就哭了，把電話那一頭嚇得心裡直擔心。鄉愁這玩意是個急性傳染病，一個人哭了，個個心酸，一點一大片，星火燎原。

水兵們多半是二十多歲的青年人，一轉眼哭了一堆，把老周船長哭得直瞪眼。可是對於祁連山號上的小夥子們來說，眼下牽掛的不光是鄉愁，還有別意。

艦隊與補給艦會合之後，原來在艦上的兩位女軍醫就要轉到太湖號上面去了。祁連山號從水兵到特戰，老老少少加起來通共三百多個男人，就這倆女的，那個金貴，比大熊貓更勝一籌。而且，就這麼兩位女軍醫，一位已經年方三十八，兒子能跑會跳滿世界亂竄。雖說當兵三年母豬也賽貂蟬，但有主的母豬小夥子們還是不敢問津，於是火辣辣的熱情都湧向了另一位。

陸臻最近是一直覺得徐知著有點路數不對，可是一方面他因為之前惡意地猜度了醬仔很不好意思，忙著當知心大姐，黏貼醬醬小朋友那顆絕望破碎的小心肝；另一方面，他好歹也得注意著跟夏明朗小偷個情，真槍實彈是不敢想了，摸摸小手親個小嘴還是很必要的，否則憋壞了身體，革命就沒有本錢了。這麼一來，業餘時間完全被佔用，兄弟的第一手動態就沒掌握到。

酒終人散，個個都帶了三分醉，還清醒著的就只有陳默和陸臻，一個滴酒不沾，一個千杯不醉。徐知著酒入愁腸，化作相思意，桃花面上桃花眼，眉目流動間怎麼看怎麼都是個姦情！陸臻這才驚覺大事不好，扯著馮啟泰細細拷問。才知道不過十幾天的工夫，他的好兄弟已經成為了全民公敵。

當然，這個呢，其實說穿了也不能怨他。誰讓某人天生就長了一張禍害小姑娘的臉，等他從眼睛疼看到牙疼，五官上能犯的毛病全都犯完之後，年輕美貌背景高深的女軍醫梁一冰姑娘已經有半隻腳踩到了他的坑裡。其實戲法人人會變，效果各各不同，所以為什麼人成了你不成，那是姿色的問題，那是水準的問題。

陸臻仰天長嘆，兄弟啊，你太他媽的給力了。徐知著低頭一笑，羞澀而靦腆，陸臻眼前電光疾閃，結結實實地被震了一下。陸臻琢磨著，這等美人，連男人都看著這麼有想法的，那女滴就更別提了吧！

果然，最後雙向選擇下來，梁一冰非常高尚地放棄了條件更好的補給艦，堅持要待在第一線給戰士們排憂解難。這消息一放出來，整個船差點就炸了，小夥子們一個個高叫「老天保佑」！陸臻心中不屑，你們不如吼幾聲「小花萬歲」！

而至於徐知著本人，那必須的，自從梁一冰正式留艦，臉上的小酒窩就沒退過，笑意盈然的一張臉，真的跟花兒似的，盛開的。夏明朗對此事還頗有點微詞，他總覺得所謂的泡妞高手就得像他那樣，舌燦蓮花膽大心細，要豁得出去，收得回來。像徐知著這號，未語先笑，臉紅起來比女孩子還快，這怎麼可以泡到妞呢？

陸臻自然就唾棄他，就你老夏這手段，也就是泡泡沒見過世面的小丫頭。梁醫生年輕漂亮家底過硬，那是在萬千男戰友的圍追堵截中殺出一條血路維持的單身。人家什麼世面沒見過，什麼樣的甜言蜜語沒聽過？估計也就是沒見過徐小花這樣的，有事沒事悄沒聲兒歡天喜地地守在你旁邊，桃花電眼就這麼瞅著你。你要跟他說點什麼，他比你還驚慌，你問他眼睛還疼不疼，過來給我看看，他臉漲得比你還紅。

這叫什麼？這就叫清純啊！這就是青澀啊！這才是十八歲失戀單身至今，這輩子只拉過小手沒親過小臉的純情羞澀美少年的風範哇！

陸臻自從陪著徐知著去看了一回病，回頭再看徐小花那眼神就是兩樣兩樣的，得虧這小子不是Gay，要不然當年只怕得栽他坑裡去。由此看來像夏明朗那種知道自己是個禍害的，那還不夠值錢，就得像徐小花這種，自己都不知道自己有多招人，鞍前馬後地伺候著，還生怕你不高興。才更讓姑娘們春心蕩漾，什麼鐵石心腸都通通化作春水流。

徐知著帶上陸臻去看病，那就是想讓他給把把關，陸臻驗完貨感覺相當好，一流水準。家世背景什麼的咱先不去說她，就這麼個姑娘，長得還挺平頭整臉的，扔在兵窩裡那鐵定是搶手貨。可是讓男人們搶了這麼些年，言行談吐還能看著不驕不躁，大大方方平易近人，那可是很不容易的。

徐知著得到如此給力的正面肯定，頓時心花怒放，笑得那個明媚。

陸臻托著下巴繞著他微微嘆了口氣，頗有那麼一點吾家小兒初長成，娶了媳婦就會忘了兄弟的惆悵。不過戀愛中的人一向是最自私的，徐知著尚沉浸在他剛剛起步的美好未來裡，完全沒顧上好兄弟心中的糾結。畢竟此時春光正好，花開正濃。

在亞丁灣護航雖然聽著很唬人，可是畢竟不算個高難度工種，聯合艦隊護著商船把規定路線來回走了兩次，祁連山號與武漢號漸漸上手，前一撥的海口號與中山號也就可以功成身退，放心大膽地打道回府了。

馬政委的工作特色是這樣的，只要是個機會，他通通不會放過，有那一尺厚的預案打底，他隨時隨地都能搞出一個有高度有水準有深度的活動來。夏明朗雖然不待見他，但是就工作力度而言，還真是不得不服他。

於是自然而然的，歡送戰友也成了一個學習教育的亮點。為了突出離情別意，馬政委把人員集中到了船尾的停機坪上，夏明朗著實無聊，閒來只能以觀察台下戰士的表情為樂，有激動的、有感動的、有麻木的、有昏昏欲睡的、有東張西望的……夏明朗看得趣味橫生。只是不知怎麼搞的，台下忽然起了一點波動，大家有意無意地都往右邊瞟，夏明朗轉頭定睛一看，明白了！

原來，就在不遠處的天邊，正飄著一朵雨做的雲。

祁連山號雖然設備先進物資充足，可是淡水仍然貴如油，有誰會拿油洗澡亂沖的？

夏明朗略一躊躇，輕聲把消息傳了出去，背後的觀通長蘇彤先是用肉眼觀察，然後偷偷溜走又用儀器觀察了一番，確定，這是一塊雷陣雨雲，而且正在下雨。於是，同志們開始騷動了，先是航海長悄無聲息地通知了武漢號，下令調整航向。然後這個消息像潮水一樣擴散開去，當馬政委發現苗頭不對，臺上臺下已經齊刷刷地以一種極為饑渴的眼神盯著他。

於是……呃！

馬政委望瞭望天際，無奈地宣佈，暫時休會。

頓時甲板上一片歡呼。大夥兒蜂擁去住艙拿盆拿桶，還有更機靈會過日子的，把自己積下來的襪子、褲衩、作訓服通通扡了出來。航海長開足馬力，全力衝向暴雨帶，粗大的水滴劈裡啪啦地砸到身上，陽光下的暴雨，帶著清新的淡水的氣息，讓人心曠神怡。

一轉眼的工夫，甲板上已經脫得跟天體浴場似的，小夥子們都捂了大半個月了，每次洗澡限水限量，眼下陡然從沾衣欲濕的杏花雨闖入了驚濤拍岸的千重雪，那感覺……爽得透透的。

也不知道是誰起的頭，拉下褲衩沖著壓頂的烏雲狂吼：給我兄弟也洗個痛快的！

四下裡爆笑，好幾個水盆揚起來，拉出水幕潑到他身上，小夥子滿不在乎地抹了一把臉，哈哈大笑，說痛快的來……你們不試試嗎？

眾人不屑地撇嘴，一邊鄙視他不要臉，一邊跟著他不要臉，不一會兒，一個個都脫得光光溜溜，追逐打鬧，踩得水花四濺。陸臻感慨，這他媽真是Gay的天堂，可是無論在場有多少人，高的矮的、胖的瘦的……有美好的長腿的，有誘人的細腰的，又或者長著C羅式的均勻腹肌的……可是他的目光流連之後，最終還是鍾情在一個身影上。

熱帶的陽光穿透烏雲，變得縹緲柔和，輕盈地散落在那個結實健美的身體上，像印象派的畫筆，淡淡一掃，畫出寬厚肩膀與緊窄的腰，後腰處染著淡淡的陰影，臀部緊翹，結實而飽滿。

瞧瞧，多棒的屁股！陸臻很罪惡地想：其實呢，如果夏明朗找個女人也挺浪費的。

陸臻正想入非非，嘩的一聲，眼前一花，一盆水撲面而來。陸臻抹著眼睛轉頭看，發現醬仔同志不知何時已經站到他身邊，眼神有些緊張地看著他的下半身，陸臻下意識低頭，發現自己那玩意兒已經半硬不硬的把褲衩撐起了一個包。

呃……啊……我靠！

陸臻羞憤不已，連忙蹲下去佯裝洗衣服。

3

熱帶大洋上的雨，來得快去得也快，就像一塊海綿被無形的手慢慢絞乾了水分，天空中的雨雲漸漸變得輕盈，褪去了深黑的底色。陽光再一次明亮起來，快樂的人群沐浴在這樣的光線裡，沾著水的皮膚閃出微光，像古希臘聖殿前的群像。

雨點漸漸稀疏，忽然一下子，就徹底地沒了，天上留下一絲絲的雲絮。方進開始仰天叫罵，向老天爺討價還價再賞點雨。夏明朗默默搓出一手肥皂沫抹在他臉上，方進大怒，瞇著眼睛潑了夏明朗一頭的水，潑完才醒悟，呃……老子的水沒了。阿泰看勢頭不妙，試圖圓潤地溜走，被方進一個箭步攔在身前，硬生生搶去半盆水。阿泰寶寶很傷心，放言再這麼下去，將來結婚就不請方進吃喜酒。

這是輕鬆快樂的時刻，雨後清新的海風讓人沉醉，即使雨停了還有人留戀著不想走，人家慢吞吞地穿衣服，開開心心地惡作劇。張夜把一條掛在他飛機上的褲衩扔到甲板上，笑罵著說誰再敢用這玩意上他老婆，他就要讓誰再也不能上自個老婆……眾人哄笑不止。夏明朗瞇起眼，看到周劍平背光站在高處，臉上有隱約的笑意，難得的慈祥。

可是不一會兒，馬漢急匆匆跑過來疊聲的催促：「快快，趕緊收拾個人樣出來，有人要過來。」方進本來就不待見這位，眼下打擾了自己進一步的搶水工程更是讓他心裡不爽，夏明朗連忙攔住他，語氣恭敬地問：「是誰要來？」

這荒茫大海的，就算是商船，今天也不是跑護航的日子啊。

馬漢著急催士兵們趕緊收拾軍容打掃甲板，頭也沒回地甩下一句：「那個非洲問題專家。」

這下子，別說夏明朗了，連方進都趕緊穿上了。

人說知己知彼百戰不殆，尤其是像索馬利亞這麼複雜的國情，這麼陌生的人文環境生活習性，萬一真打起交道來，可能不是被揍死的，全是冤死的。上趕著用A犯了B的忌諱，熱臉貼上個冷屁股。所以自前幾次護航起，一線部隊就一直要求給派個專業的非洲問題研究員來幫助理解那些陌生人的奇思妙想。

只不過索馬利亞不是美國、日本之類牛B大國，情報部有專門的研究室在研究他們，隨時都能把人派出來。就這麼個無聲無息的小國，要是沒點海盜全世界都沒人惦念。研究國家又不像研究國學，囫圇啃個四書五經就敢說自己是大師。又要夠懂行，還得靠得住，總參情報部全球搜尋，終於在麒麟加海軍特戰的雙重壓力下把人選給定了下來。卻千叮萬囑說，這只是個試用品，本事應該是有的，但是風險也是有的。不是十足成金的自己人，聽指點就成了，不能讓對方參與機密。

夏明朗當時看完指示跟陸臻樂了半天，說敢情咱們也從老土的戰爭片進入到時髦的諜戰片了啊……

當然情報部的習慣就是把全世界都不當好人，也不想想，就算是自己人，又有幾個能參與機密的？只不過有了這份指示打底，連陳默都對這位神秘的非洲問題專家產生了一點點好奇。

傳說中的非洲專家搭著順風貨船而來，有關的無關的閒沒事的都聚到了側舷去迎接。觀通部門核對完基本情況，對方船上放下一艘小艇。方進立馬賊興奮，扯著阿泰嘀咕說不知道那老頭會不會黑得跟炭頭似的。阿泰傲然地反駁你這是種族歧視。方進咬牙切齒地亮拳，陳默放下望遠鏡噫了一聲。方進馬上問：「咋了？」

陳默有些猶豫不決：「好像是個女人。」

方進頓時炸了：「不會吧！？」他搶過遠望鏡去看，說話間，快艇又近了一些，方進調整焦距把人縮小放大看了一個透，最終傻眼。對方穿著美式空軍制服，雖然墨鏡和帽子遮住了大半個臉，她卻非常坦然地選擇了女裝款，曲線合度，方進甚至透過敞開的領口初步估計出了胸部的尺碼。

方進傻愣愣地扯扯夏明朗說：「女的啊？」

夏明朗也是一頭霧水，不過為免方小二的二勁發作，他連忙瞪著方進警告道：「你等會別亂說話！」預想中的黑炭頭成了個女人，這讓這方小侯多少有點違和感，但是夏明朗這一瞪眼還是讓方進有點小委屈，敢情……老子都成專業搗蛋的了。

小艇的速度快，不多時就到了祁連山號船邊，船上眾人正打算放梯子下去，專家同志在底下做了個手勢，示意給她一條繩子就行。馬政委還在猶豫以繩待客是不是會有點不禮貌，陳默先人一步把平時訓練用的繩索拋了下去。專家同志輕輕巧巧地爬了上來。

雖然方進的發現已經在第一時間傳遍在場所有人的耳朵，可是當人們親眼看到一個高挑瘦削黑髮黑眼睛的年輕東方女子雙腳踩上甲板，真真實實地站在他們面前，所有的老派軍人，甚至包括夏明朗都感覺到有那麼一點點不適應。

「你好，我叫海默。」視線飛快地在男人們的軍銜上一掃，海默準確地把手伸向了周劍平，一口平直的普通話，聽不出一點口音。

老周完全不能接受跟一個穿美軍軍裝的東方女人握手，繃著棺材臉，草草示意了一下，馬上強調：「妳不能在我船上穿這種東西。」

「沒問題，我可以穿你的衣服。」海默笑著說。

「妳怎麼能穿我的衣服！」老周臉上黑如鍋底。

海默意味深長地笑了：「那我不穿衣服？」

陸臻頓時吐血，他連忙插進去打圓場，幫著提起海默的行李，說保證給海小姐找到適合的衣服。周老爺子哼了一聲不再說話，倒是夏明朗瞳孔收束得越來越緊，懶洋洋的視線中透出一股子犀利來。海默回頭看了看他，伸出手去：「這位是？」

「夏明朗，特戰行動隊隊長。」夏明朗成功地在這女人手上摸到成形的槍繭。

「很好，您看起來像個開明的人。」海默馬上笑得燦爛，「未來我應該主要跟您合作，這讓我很高興。」

陸臻再一次吐血，這丫頭說話還真不客氣，眼看著周船長的臉黑得發亮，馬政委的眼神也透露出尷尬，估計二老都被震得夠戧。他馬上拋了一個眼神給夏明朗，說道：「行了，我先帶海姑娘找地方安頓換衣服，就這麼一身也不適合向大家介紹。」

周劍平沒回話直接走了，馬漢拉著夏明朗走借一步說話，人群頓時四散。方進本想跟上去看個新鮮，被夏明朗眼觀四面追到，用嚴厲的眼神瞪得他打道回府。

海默看起來並不美貌，當然也不難看，單眼皮，挺直的鼻樑給人以堅定感，很典型的東亞長相，長手長腳，目測身高大約在一米七零左右。陸臻對她好奇十足，情報部畢竟不是吃白飯的，這女人身上必然有幾把刷子。

「妳是華人嗎？」陸臻裝作很不經意地詢問。

「不是。」海默索性停下來，「我不是華人，不是日本人也不是東南亞人。我的直接監護人一個是美國人，一個是北愛爾蘭人。我的國籍是馬爾他。我可能擁有東亞血統，但我並不知道是哪裡，而且也沒有文化歸屬感。」

陸臻頓時樂了：「妳是不是一直被人問啊？」

「是的，你們中國人很喜歡問血統，當然日本人也喜歡，而韓國人會為我惋惜我居然不是韓國人。」海默看著他，「OK，男孩，我知道你想問什麼。首先，我的公司與你們的政府有一些合作，我被雇傭來告訴你們一些事實，但我不會參與你們的任何行動；其次，我在非洲待過十四年，在所有衝突的地方，包括1994年的盧旺達。所以我自信可以告訴你們一些事，一些待在房間裡的人不會明白的事，把你們的問題整理好給我，我會告訴你們那些可以知道的。」

這番話氣勢十足，唬得陸臻一愣。

「希望合作愉快！」他馬上伸出手去。

「希望！」海默也笑，伸手與他相握，輕輕一搖之後忽然發力狠攥了一下，那力道下得足，陸臻雖然不至於痛徹心肺，也不自覺皺起眉，馬上發力想撐住，對方卻已經鬆開了手。

「你居然是會用槍的。」海默上下打量著陸臻。

「我為什麼不能會用槍？」陸臻貿然被偷襲手指僵硬，又不好意思明著舒展，很窩火。

「是這樣，我來之前接受了一些針對中國軍隊的介紹。你看起來很年輕，而且非常英俊，有人告訴我，在中國像你這樣的高級軍官或者就是歌手，或者應該是某人的兒子。」

「你的資料庫應該要更新了。」陸臻簡直笑哭不得，「另外謝謝妳對我的誇獎。」

「不客氣。」

陸臻笑眯眯地：「我們先去找衣服好嗎？」

「噢！當然！」海默像是剛剛想起來她跟著陸臻下艙的目的，閃身讓陸臻走在她前面。

祁連山號上唯一的女軍人目前正躲在住艙裡睡覺，不是她故意偷懶，而是專門有人通知她說目前男人們要在甲板上玩天體，女人迴避。梁一冰只能滿臉通紅地把自己反鎖在住艙裡，索性蒙頭大睡。

軍用作訓服一般都會寬鬆一些，梁一冰雖然個子不算高，但上衣的尺碼給海默還算湊合，就是褲子明顯差了一大截。陸臻托下巴尋思了一陣，忽然陰陰一笑，從方進那裡偷來一條作訓褲。長度正合適，就是腰大，海默研究了一番表示能改沒問題，陸臻心花怒放地又從嚴炎那裡順走了一條。

後來，那兩位找褲子找得一頭霧水，陸臻中校裝路人偶遇，輕描淡寫地告訴了他們真相，把這兩位可憐人恨得咬牙切齒卻敢怒不敢言，白白損失一條褲子還落了把柄在人手裡。嚴炎被敲走麻辣兔丁一斤，而方進，用陸臻的話來說，實在一無所有，所以要等爺想出來再消遣你。方進那個悲憤，差點抱著陳默哭一場：一個隊長就夠他受的了，這兩個隊長將來的日子還怎麼過？

當然這是後話。

陸臻幫海默找齊了衣服，順便安排她與梁一冰同住。海小姐起初有些不太樂意，仔細詢問過梁一冰的性向才釋然，似乎在這位女士眼裡，LES（lesbian，女性同性戀）比男人可麻煩多了。陸臻看見她那鄭重其事的模樣囧得嘴角直抽，倒是把梁一冰樂了個夠戧，說改天給你介紹我那位，比我漂亮多了，看著可像Gay啦！誰承想海默指著陸臻說難道比他還像Gay嗎？

陸臻一愣，兩個女人的視線齊刷刷地刺過來，如狼似虎。陸臻讓她們看得寒毛倒立，心想這年頭的女人都好可怕好可怕好可怕……

當天晚上，馬政委給海默搞了個簡單的歡迎會，船上的小夥子們對於咱們船上又要多個姑娘這一事實表示強烈的歡迎，而至於這個姑娘究竟是上船幹什麼的，反倒沒什麼人關心。畢竟是喜事，小夥子們理由充分地聚餐了一次，酒杯推到海默面前又被堅定地推了回來。在船上，300：2的高比例下，女人天生有些特權，當她笑瞇瞇地看著你，自然沒人敢逼她。

船上空間精省，沒有大塊的室內艙可供海默上課用，所以相關的課程安排都放在了晚飯後的甲板上。雖然侵佔了大傢伙的休息時間，可是在這船上待著，能聽美女說話也是一種享受。海默把資料傳了一份給太湖號和武漢號，這樣那邊船上只要派個人幫著翻翻PPT，就能利用通訊設備完成同時授課。

夏明朗心裡嘀咕著老外就是老外，說話按小時算錢，能一遍的東西絕不捨得說兩次，要是政工的工資也是按小時算就好了……月初給他兩千塊，說多了他自己都覺得虧。

第一個晚上的授課內容很平常，也就是說說革命家史，從1840年英國入侵開始，歷數近現代索馬利亞的各個重大變革。陸臻原本打算記要點，可是後來發現信息量太大，記不過來，只能直接用上了錄音筆，專心聽得津津有味。這種資料類的東西需要的人聽著入神，普通士兵卻只當是在聽天方夜譚，直到時間軸進軍到本世紀七十年代，毛澤東這個名字的陡然出現讓大家精神一振。馬上有人嚷嚷，哎呀這些人真是忘恩負義，我們還援助過他們呢，還來搶。

陸臻看到海默挑了挑眉毛，馬上心知不妙。果然，海小姐淡然笑道：「當時中蘇決裂，而索馬利亞也因為針對埃塞俄比亞的軍事意圖與蘇聯決裂，你們的主席為了向世界證明共產主義陣營不是只有一個蘇聯，為索馬利亞政府提供了大量的軍火，然後索馬利亞在美國的鼓勵下帶著這些武器進攻埃塞俄比亞，從此一敗塗地。如果你們運氣好的話，這些天在海上也可能會看到你們的56式衝鋒槍，性能不錯，一直可以用到今天。事實上我不覺得有任何一個大國對索馬利亞進行了任何有效的幫助，他們選擇了它，利用它，最後拋棄它。」

陸臻不自覺摸了摸小心肝：我靠，這女人說話太火爆了。

果然，這麼個深水炸彈扔下，馬上激起千層浪，七八個人同時站起來發言反對，現場一團亂麻。陸臻頭疼地按著眉間，還好那兩位老古董不在場，否則非得把老人家給嗆死。

夏明朗給陸臻使了一個眼色，正想站起來鎮場，海默忽然大力擊掌，示意大家都安靜。物以稀為貴，女人在這船上天生有些面子，四下裡漸漸安靜了下來。

海默提聲說道：「有人告訴我，在中國，如果你不同意別人的觀點，你不必去尋找事實，也不必整理邏輯。你只需要質疑他的立場，猜測他的動機，尋找他過去的道德缺陷，好像只需要這樣，你就能證明對方的錯誤。但是，我想說，我的工作只是在這裡告訴你們一些我所知道的事實，我沒有責任說服你們。你們可以選擇相信我也可以不相信，這對於我沒有任何影響。你們大可以抱著自己的愚蠢繼續生活下去，並奉為真理。現在，先生們，我可以繼續了嗎？」

一時間甲板上鴉雀無聲，幾個還站著的男人們面面相覷，夏明朗一個一個把人按下去，貼著他們耳根留下一句：「別丟人。」

陸臻悄悄地向海默比了一個小小的V字手勢，海默失笑，正想把斷開的內容再接下去，夏明朗微笑著看向她：「你剛剛說的那些，用一個老詞來說，叫誅心。誅心不好，是不好，所以，我承認咱們的老一輩在這疙瘩可能當真沒幫上什麼忙，但是所謂的我們選擇了誰、利用了誰，最後又拋棄了誰，那也是誅心。誅心不好，你說呢？」

「疙瘩？」

「地方，這裡。」

海默做出一個明白的手勢，低頭沉默了一會兒，正色道：「對不起，這是我的失誤。」

「沒事，您繼續！」夏明朗笑得極溫和，那個大氣爽朗道貌岸然的範兒，看得陸臻心裡直感動。

動。

經此一役，雙方自然都收斂了很多，海默的說明越發的不鹹不淡，底下聽講的也更加沉默是金，全程無互

有陳默這麼個槍神打底，陸臻和夏明朗對海默這號小槍筒子感覺完全無壓力。可是對於其他人來說那可就完全不一樣了，馬漢、劉東方還有太湖號上的政委拖上夏明朗他們連夜開了個碰頭會，激烈討論是不是得派個人過去給這假洋鬼子上點人情世故的課，要不然這麼一路嗆下去，這也太他媽的張狂了。

陸臻無奈領命而去，馬漢還憂心忡忡地懷疑他是不是能當此大任，如果鎮不住人家，他這把老骨頭也是可以出手的。陸臻一面賠笑臉一面腹誹：就她那做總結時張口就來的理論高度，你當人家會不知道咱家這麼些潛規則嗎？關鍵在於她樂不樂意陪你裝這個孫子。美帝橫行天下，還有人當面不給臉呢，中國人民海軍在國際上又能排幾號呢？從來沒打過大仗的主兒。

陸臻只能暗暗祈禱情報部真的給海默發了很多錢。

4

目前護航的流程基本是這樣的，各國海軍都有一塊自己的主要責任區。各類商船在進入該海域之前就與艦隊聯絡，大家湊成一個船隊一起出發。護航一般有伴隨護航與隨艦護航兩種，一些安保水準不高的貨用船需要直接派特戰隊上船，而這部分人大多都由方進負責安排。快要元旦了，也許索馬利亞的海盜也和某地的小偷一個心理，有錢沒錢最後撈一筆過年。祁連山號編組艦隊第一次獨立護航，航程沒走過半，就看到天邊呼啦啦撲上來五六十艘快艇。

蘇彤在雷達上看著都傻了，這他媽……標準的，狼群戰術啊！

馬上，警報聲傳遍全艦，所有人上戰鬥位，祁連山號與武漢號上的三架直升機全部做好了升空的準備，整裝待命。

這邊軍艦應對得有條有理，可是那邊民船畢竟是民船，那麼多快艇一下子撲上來，還不等他們幹點啥，自己就先慌神了，一時間電臺裡吵得不可開交。有特種兵隨船護航的那些還好一點，船上沒有軍人壓陣的幾乎全亂了套，有急著往前開的，有爭著往軍艦靠的，船隊陣形大變。伺機而動的快艇們趁機插入，就像繽紛的落葉散落在整個船隊裡，一下子，幾乎所有的船都被包圍了。

周劍平氣得要命，TNND（他奶奶的）一個個不聽指揮，亂開亂開，把船長們都拎出去槍斃！

蘇彤特別無奈地看老爺子怒髮衝冠的模樣，身邊的通訊員小聲詢問船長這句話要不要發出去？蘇彤狠狠地瞪他一眼，在他腦袋上砸了個爆栗子。

添亂！真沒眼色。

海上的事夏明朗和陸臻都不算精通，兩個人面面相覷也不知道說什麼，夏明朗試探著問道：「得準備驅逐了吧。」

周劍平陰沉著臉，出倆字：「廢話！」

老頭子拿了海圖開始畫船隊隊形，副長和航海員幫著他一起算，一套套航向指令發出去，引導商船回覆自己的航行路線，不管怎麼說，得先把自己人穩下來。同時艦上的重型機槍開火示警，一架直升機升空從船隊的頭部開始驅離那些擠到船隊內部的快艇。

一時間，海面上就像炒豆子似的槍聲四起，沈鑫好久沒這麼敞開放槍了，打得極爽，一梭子子彈橫掃出去，千米之外的海面上豎起一道威嚴的牆，代表禁止，不容進入。

然而軍艦雖然火力過人，但畢竟不能直接向人員開火，而對方的快艇實在是多，這邊趕走了，那邊又來。祁連山號擠在中間，頗有幾分高射炮打蚊子的痛苦。馬上有戰鬥部門建議，咱們是不是也放快艇和氣墊船出去。祁連山號的大肚塢艙裡裝著兩艘快艇兩艘大型氣墊船，這麼好的東西藏著不用未免浪費。

周劍平略一沉吟，同意馬上給塢艙放水，把兩艘快艇全放出去。

「嘿，先生們，我有話要說。」

一個略顯清脆的聲音響起，船長室裡忙碌的人們詫異地回頭，看到海默被衛兵攔在門口。

「回妳屋去，沒人有空聽妳說話！」周劍平差點兒就暴跳了，他本來對這丫頭印象就不佳，昨晚上的「謬論」傳到他耳朵裡又是一肚子火，這會兒還敢來添亂！這要是他自己的兵，早就抓起來關禁閉了。

「據可靠消息，兩個月前，有一批肩扛式導彈流入索馬利亞。」海默說完這一句，轉身就走，陸臻連忙衝出去拽住她：「說具體點。」

海默似笑非笑地看著周劍平，夏明朗直接上前一步，截斷她的視線。

海默只能無奈地笑著說道：「我不知道具體型號，但是貨不少，從伊拉克流出來的，應該是伊戰之前的伊拉克庫存，在戰爭中散到民間，有人囤下一批，最近美軍撤得差不多了，那邊在出貨。今天來的是大家族，那麼多船，我不敢保證他們手上有沒有。」

夏明朗轉身看向馬漢，所有人的臉色都有些凝重，不怕一萬就怕萬一，如果當真在索馬利亞這小陰溝裡出點什麼差錯，只怕連海軍總司令的臉上都無光。

「那你覺得？」馬漢問。

「把直升機拉高，另外，盡可能地不要殺傷。索馬利亞人劫船隻為財，在他們的觀念裡，海盜也是個正當行業。所以只要讓他們看清實力差異，明白這次沒機會，他們就會退走。不要逼他們拼命，反正不劫你們還可以劫別人，這是無所謂的事。而且，這麼多小艇出來，附近一定會有母船。」

周劍平與馬漢交換了一個眼神，新的作戰指令一條接著一條地出籠。兩架直升機破空而起，奔向快艇群過來的方向，尋找對方的母船。兩艘快艇與一艘氣墊船中巨大的塢艙中涉水而出，分區塊驅散船隊編組之內的快艇。

大船上除了留下幾名必要的機槍手之外，所有的特戰兵全部離艦，由我們自己的快艇送到各個薄弱的商船上。而留在船隊上空的那架直升機則放棄了驅逐任務，接上陸臻和阿泰爬升到高處，負責整個船隊的預警導航工作。

一個小時之後，所有的快艇都被擠出，整個船隊以緊湊的梭型前進，祁連山號與武漢號一前一後在周邊側翼保護，直升機突前領航。在最周邊搜索的直升機編組也終於傳來了好消息，在三點鐘方向找到三艘海盜母船，直升機上的特戰人員在空中把高爆彈和曳光彈投下去，母船已經開始回撤。

驚慌失措的船隊終於穩定下來，開足馬力往前趕。

太陽西沉，天邊漸漸泛出橘紅色，官兵們多少鬆了一口氣。索馬利亞人設備不行，不習慣夜航，在太陽落山之前他們會全部退走。留在商船上的特戰隊員們忙著給船長們加油鼓勁兒。當最後一艘快艇披著霞光消失在浪濤中，方進把一梭子子彈打上了天：操他奶奶的憋死我了，打不過你磨死你，真他媽的噁心！

夏明朗生怕手下的小子們有樣學樣，氣得笑罵：浪費子彈，回頭扣你工錢！

方進不忿地黑下臉。

雖然從理論上來說夜晚都是安全的，可是為防萬一，所有的特戰隊員都沒回艦，祁連山號全艦處於戰備值班狀態，所有的戰位都有專人留守。食堂裡燒出了戰備餐，大家拎著各自的吃食在自己的位置上哨，馬政委在廣播中百般強調：嚴防死守！以防萬一！嚴防死守！以防萬一！……

夏明朗盤點完隨船護航那部分特戰隊員的基本戰況，大步流星地趕去船長室述職，陸臻在甲板上對著他做了一個幸災樂禍的鬼臉。果不其然，沒多久就聽見廣播裡馬政委親切地說道：「下面，由夏明朗上校給大家說兩句！」

夏明朗的「苦難」就是某人的樂趣，陸臻捂住嘴，樂得前俯後仰。海默好奇地看著他：「你可以告訴我為什麼笑嗎？」

陸臻正想甩她一個「文化差異你不會懂」的無奈表情，就聽著夏明朗沉聲道：「我就說兩句，丟掉幻想，準備打仗！」

我靠……哥們兒，你這也太激進了，當心嚇死老爺子們！

陸臻沒忍住，一下就笑噴了，差點濺了海默一臉的唾沫。

當然，有些話老爺子們不喜歡，小朋友們可樂得緊。正蹲在甲板上啃飯團的戰士們嘩啦啦站起來一半，面面相覷之後又慢慢坐下去，興奮得兩眼直冒光。祁連山號雖然級別夠高，可是畢竟是新船，其實整個中國海軍都沒什麼遠洋經驗，上到艦長下到水兵，基本沒見過多少鐵血大洋的世面。眼下，面對著的是荷槍，打出去的是實彈，這場面，別提多來勁了，導彈實演也不帶這麼刺激的。

「他很可愛！」海默指了指頭頂。

陸臻知道她在說夏明朗，心裡頓時美孜孜的，比有人誇自己還開心。

「不過我覺得你們沒必要把他們說得很有罪孽，其實他們中的大部分都不算壞。」

「搶劫的好人？」陸臻笑了。

「不可能？你有沒有聽說佐羅、羅賓漢，還有你們中國人喜歡的劫富濟貧，在他們看來，他們在為自己的祖國維持正義，拿回那些外國人欠他們的東西。」海默狡猾地微笑著。

陸臻眨了眨眼睛，開始重視起這場對話：「你的意思是說，他們在代表國家劫掠，並以此為榮？可是一個以劫掠為生的國家會有什麼前途？」

「荷蘭、西班牙、英國……有很多國家都曾經以海盜為榮。否則你以為哥倫布靠什麼吃飯，東印度公司又是怎麼賺錢的？美國獨立戰爭時期，沒有自己的海軍，華盛頓邀請海盜搶劫英國的貨船，請他們保護自己的港口。」

「難道你覺得他們做的都是對的嗎？搶劫，把苦難留給別的國家。」陸臻不自覺有了一些怒意。

「是嗎？可惜在主流文化中，哥倫布一直是英雄。另外，中校先生，據我所知，你的中華在歷史上是個很強盛的民族，自古都以開疆拓土為榮。請不要誤會我的意思，先生。國家之爭沒有什麼對與錯，他們要搶，你們不讓，彼此都沒有錯，因為誰都不比誰更乾淨。基督說，只有身上沒有罪孽的人，才可以投出石塊。」

陸臻一愣：「妳是這麼想的？」

海默挑了挑眉毛。

「我承認妳說得有理，但總有一些普世的正義即使不被尊重也存在。我不像妳，我是個中國軍人，有自己的歸屬。我不可能像妳這麼客觀無情，妳覺得呢？」

海默偏過頭想了一會兒，點頭道：「的確，你們是狹隘的軍人，只能忠於自己的歸屬。」

陸臻感覺真得給這丫頭上點課了，這些話說給他聽沒關係，這要傳到老周耳朵裡，他真擔心周船長會把這妞扔到海裡餵鯊魚。您持有不同政見這沒關係，可問題您是拿錢辦事的，您不能錢拿了，事也辦了，可是最後把咱家的人給氣死了。這這……這就是職業道德的問題嘛。

陸臻腦子裡琢磨了一番，心想成不成先起個頭，這妞看著腦殼就硬，得慢慢教育。他剛剛說到，其實我也知道可能在妳看來，中國軍隊真是不怎麼樣……海默一臉驚訝地看向他：「當然不，為什麼你會這麼想？至少在亞洲，中國軍人也是最好的。你們起碼要比印度軍人好十倍。」

「你很瞭解阿三的兵？」陸臻大驚，他這會兒都要無奈了，好十倍妳還這麼埋汰我們？

「阿三？」

「印……印度。」

「哦，我在喀什米爾待過一年，所有人都瘋掉，我們決定再也不能與印度軍人有任何關係。」海默做出非常痛苦的表情。

「說說感想。」陸臻心想有情報不套白不套。

「邱吉爾說：『印度是地理名詞，就和赤道一樣。』而我覺得，在印度，軍隊是個行政名詞，就像稅務署一樣。其實你們要好很多，你們看起來還有信仰，我是說戰鬥的那種信仰。當然，你們太久沒打過了，希望這種信仰不是個假象。」

陸臻心裡切了一聲，心想這些結論全世界都知道，不過也對，首先，她也碰不到什麼機密。其次，老闆可以罵，但是機密不能賣，這是職業操守。這妞能混到現在這份上，不會連這點都不懂。

陸臻收拾了心情趁熱打鐵：「這麼說起來，妳對咱們的印象還是不錯的。」

海默困惑地點點頭。

「那麼妳以後對船長他們不能客氣點？妳別騙我說妳不知道怎麼樣是客氣！」陸臻痛心疾首。

海默忽然大笑：「嘿，中校先生，有人告訴我永遠不要在中國軍人面前批評他的祖國與部隊，即使那是事實。所以，這條忠告不需要被更新，對嗎？」

「是的！」陸臻默默腹誹：果然是女人，小心眼，愛記仇。

「你真可愛。」海默笑得瞇起眼，「我很好奇，在你們的部隊裡，真的沒有人會去挑戰他們的權威嗎？我是指像周船長那樣的人，他那麼容易被挑釁，他是真的在生氣嗎？」

「你他媽故意的？」陸臻終於回過味來了。

「我只是好奇。」海默做無辜狀。

「那妳好奇完了嗎？」夏明朗走過來，順手搭上了陸臻的肩膀。

海默聳了聳肩。

「人是不能白玩的，妳再這麼玩，我就通知情報部扣妳錢。」夏明朗笑著說。

「請不要這麼殘忍，我知道你是好人。」

「得，好人不長命，你別咒我。」夏明朗推了推陸臻，「先回去睡，今兒晚上戰備值班，你守後半夜。」

陸臻很不情願地看著夏明朗，夏明朗若無其事地看向星空，星夜空寂，清涼的海風貼著甲板浮動。幾秒鐘後，陸臻敗下陣來，乖乖地回去跟床拼命，娘滴，今天又不累，這麼早怎麼睡得著？

第二天早上，清輝初顯，晴朗的海空沒有一點雜質，海上的陽光像染了異彩的重劍，壓著波濤橫掃整個海面。陸臻揉了揉眼睛，讓自己精神點。幸福的、不用戰備值班可以正常早睡早起的海默同志從他身邊跑過。

這妞的生活習慣十分健康，每天十點入睡，六點起床，早上跑一陣，下午跑兩陣，晚上在健身房裡玩得比男人還勤快。就她這性別這身板而言，力量的確驚人，而且肌肉耐力足。聽方進說前兩天張夜跟這妞飆上做仰臥起坐，最後慘敗。張夜不服氣啊，放話說有種咱們比俯臥撐？誰知此妞嘿嘿一樂說，有種咱們比生孩子？

方進轉述這話時拍桌大笑，樂得見牙不見眼。陸臻一時衝動，本想說反正小花最近也有苗頭了，泰寶寶都快談嫁論嫁了，哥幾個都快尋找著真愛了，要不然這位您看著中意，您也去追一個？可是話到嘴邊又醒過神了，小花那位搞定了，那叫一段佳話，這位神妞要真招進門了，那絕對的政治錯誤。陸臻嚴正地告誡自己，你最近的思維能力很低下。

陸臻一路胡思亂想，一路查崗，海默又一次從他身後跑來，陸臻發現身邊戰位上的小戰士們在止不住地偷偷瞄她。天熱，海默不受軍容約束，穿著借來的作訓褲和自己的白色小背心，胸口像懷了兩隻小鴿子似的，撲騰騰的。這一船的少男懷春，你讓人不偷看？那簡直不人性嘛！

陸臻站定吆喝了一聲：「立正，右後方加轉135度角。」

守在雷達戰位上的幾個小兵莫名其妙地聽令轉過去，就看到某性感小妞披著晨光向自己迎面奔來。海默也有些困惑，路過時放慢了腳步。陸臻笑著說：「給專家小姐打個招呼。」

海默一頭霧水，禮貌地對著大家笑了笑，大約是實在莫名其妙，跑過去之後還回頭看了陸臻一眼。

陸臻忍著笑，壓低了聲音說：「想看就把膽子放大點，誰讓她穿那樣，對吧？不看白不看！」

小夥子們如夢初醒，一個個不好意思地羞紅了臉。

「不過呢，看了也白看。別去招她，這妞不是咱們能招的。」陸臻眼神誠懇，自己都覺得有三分像夏明朗。

小夥子們立馬點頭不迭，表忠心表得都快趕上入黨申請了，陸臻得意揚揚地繞開他們，繼續查崗。沒走幾步就看到神妞讓老周船長攔住了厲聲訓斥，從軍容風紀說到行為不端，從你誘人犯罪說到居心險惡……

陸臻生怕神妞一怒之下把老周給氣死了，連忙走過去站在周劍平身後，伸出右手在周劍平肩膀上方不停地畫出美元標誌。這有錢就是能使鬼推磨，一點不含糊，海默同志那態度好得老周自己都差點不相信，不光是誠懇道歉，還立馬回屋換了身衣裳。周劍平自然是滿意了，可憐了船上的小夥子們，最後一點小眼福都沒了。

新的一天裡，海盜並沒有跟著太陽的升起一起回來，海面上風平浪靜，觀通室裡忙忙碌碌地搜索著附近的洋面，散落在各個商船上的特戰隊員們趁機組織船員訓練起應急預案。所有人都在緊張，然而當你等待的時候，你想看到的東西往往不會來。這一路有驚無險，艦隊順利地把所有商船送出護航海域。

海盜們雖然名聲大，可是跑這條線的商船也不是人人都見過，耳聞當然不如目睹。當傳說中的惡徒真實地站在眼前，距離近得讓你幾乎可以看見對方手裡黑洞洞的槍口，那種驚慌沒有親身經歷過是無法想像的，於是驚魂之後的安全也得就顯得如此甘美。尤其是被本國的海軍所保護，親眼看著自己的子弟兵拿起槍來保衛自己，那種自豪感直達內心，是彼此最真誠質樸的情懷。

護航結束的那天早上，船隊裡最大的那艘商船上升起國旗，整個船隊的高音喇叭同時響起國歌。一時間，綿延數公里的船隊，幾百位船員們齊刷刷地喊出：「感謝解放軍，感謝人民子弟兵。」

站立在晨風中準備嚴守最後一班崗的戰士們猝不及防，一個個熱淚盈眶。海默沉默著旁觀這一切，陸臻忍不住走近盯住她的眼睛：「明白了嗎？」

他轉身指向遠處的紅旗：「這是我的國家，這是我的國民，我們有自己的歸屬，我們明確地知道自己要保護誰。可能我們為此狹隘，可是，我們也因此得到幸福。」

海默揚了揚眉毛，過了一會兒，她說道：「Congratulations!」

5

大約是第一次的狼群大襲被不動聲色地壓了下去，這讓海盜們多少感覺棘手，在接下來的半個多月裡，海面上風平浪靜，連海盜的影子都看不到一個。

戰士們從手握鋼槍兩眼圓睜到手拎鋼槍扯皮聊天，無聊也是一種病，病久了，是個人都會疲。風浪再大點，大家沒什麼大事可惦記，放眼望出去全是海平面，就只能淨趕著暈船。那個壓抑乏味加無聊，甭管周劍平再怎麼加大訓練量，馬漢再怎麼愛國主義教育，方進的碟子還是派上了大用處。

當然，有人喜歡拿著MP4躲在被窩裡自High，有人喜歡叫上三兩好友，關起門來共樂，這都是細節，咱不去理他。而方大神自己嘛，其實是這樣的，看盡天下AV心中自然無碼，所以在這場淫民運動中他倒是不太積極。至於另一位大佬夏明朗同志……當3D立體360度無死角，熱騰騰可親身感應，有手感有激情的大活人放在自己眼前，傻子才去關注那平面直角還帶碼的假戲，所以夏明朗同志志在偷情。

俗話說妻不如妾，妾不如偷，一個偷字，寫盡千年的香豔，而又妻又偷的主，估計上下數幾百年也就他這麼一個。夏明朗苦中作樂，也就慢慢摸出了一些興致。

偷情的關鍵在於默契，一個眼神，一彈指，一停留……你知我知，天知地知，咱倆最好還裝懵懂無知。

夏明朗摸排過全艦，覺得哪兒都沒有自己的辦公室來得安全。到晚上，人都散了，把門那麼一關，小手一拉，小臉一摸，陸臻那欲拒還迎，明明自己都想得不行不行了……還試圖道貌岸然地維持辦公地帶聖潔性的矛盾小樣兒真是怎麼看怎麼招人。有時候夏明朗也覺得自己的確不是個東西，至少不是個好東西，但凡劍走偏鋒的事他都幹得特來勁。而色情指數也就一路飆升，從接球到上壘，沒幾天已經直奔全壘打。

話說那天星光正好，室內春情正濃，夏明朗好不容易威脅利誘哄了陸臻給自己更深入的體貼，正上下其手，肢體交纏，呼吸熱得像火山灰。陸臻這傢伙，無論現在混得多麼的兵痞，骨子裡還是有些潔癖的，在這種特殊時刻，辦公室裡的桌椅板凳就都不怎麼想碰，可是牆上光溜溜的也沒個好著手的地方，結果他就只能攥上了門把。

「你這樣會讓我覺得你想把門打開。」夏明朗啄著他的後頸，笑得沉啞曖昧。

夏明朗這會兒剛剛進去，陸臻正在痛苦與歡愉難分難解的臨界點上煎熬，回眸瞪了他一眼，三分惱怒七分勾魂。

夏明朗一下被電暈，哪裡還敢再怠慢，連忙把自家男人的小腰攬緊，一邊深入淺出，一邊還不忘深加愛撫，細心體貼周道之極。慢慢的，廝磨開了，快感便像泉水一樣一層壓一層地湧了上來。情到深處總是難耐，陸臻不敢出聲，嘴唇咬得煞白，夏明朗扶著他的臉貼上去細吻，聽到急促黏膩的輕微呻吟，幸福得無與倫比。

難得如此銷魂，夏明朗自然眷戀著不想早點結束。陸臻被他磨得心癢難耐，就差最後那一點，就是不肯給他。想要自己動手吧，還沒碰著就讓那頭狼在肩上咬了一口。猛然的刺痛像冰水一樣沖淡了積蓄的快感，那種瞬間虛脫的滋味像毒品一樣令人惱怒而沉迷。

陸臻猶豫著是不是開口求求他，聲音放柔一點，再放幾個沾了水的小眼神……可就是太丟人了……真不是爺們所為。然而正在他調用1%的CPU運算「求還是不求」這個偽命題的當口，大門忽然被拍得山響。周劍平老爺子平板而威嚴的聲音在門外響起：「怎麼燈還亮著？誰還在裡面？」

門板的震動透過把手傳到陸臻手心裡，讓他有一種大門已開的錯覺，他睜大了眼睛，眼前灰白色的大門瞬間變得透明，近在咫尺的距離，他幾乎可以看到周劍平眼中的驚詫。

陸臻一時間魂飛魄散，全身僵硬。夏明朗猝不及防，差點疼得哼出來，他一邊捏著陸臻的腰側催他放鬆，一邊沉聲道：「我，還有點事沒處理完，一會兒就走。」

「走的時候記得關燈，也別太晚了。」周劍平道。

陸臻就這麼聽著老周走遠，離開的腳步分外的清晰，好像就踩在心尖上，永不斷絕。

夏明朗用力捏了兩把，見陸臻還醒不過神，心頭驀然起了一股邪性。他舔上陸臻的耳垂低笑，握住懷裡的窄腰猛撞：「怕什麼？有我呢！」

陸臻被混亂的情緒淹沒了理智，好似被狂流捲走，在半明半滅的幻境旋轉。他死死咬住手指，一聲不吭，各種紊流在他身體裡衝突激盪，抓不住放不開，轉瞬間就衝出閘門，一發不可收拾。陸臻在高潮時肌肉綳得更緊，差點站立不穩。夏明朗再兇悍那玩意兒也不是鐵打的，緊跟著就在陸臻身體裡繳械投降。

夏明朗強行定了神，才發現懷裡那位已經臉色蒼白，一身的冷汗。沾濕的瀏海貼在腦門上，血潤的紅唇微張著欲言又止，看起來無辜又可憐，像一個剛剛被壞人蹂躪過的小男孩。

夏明朗咯噔一下，心頭像是被劃了一刀，火辣辣地疼——玩兒過了！他連忙捧著陸臻的小臉細心親吻，柔聲哄著：「別怕，別怕啊，寶貝，乖……沒事兒了，人都走了。」

陸臻呆了半天，眼珠子慢慢轉出一點點靈動，咬牙罵道：「王八蛋！」

「對對，我混蛋，我王八蛋，我不是人，什麼蛋都是我……」夏明朗心裡一鬆，趕緊連聲應諾。心想這次的認罪態度一定要好，任打任罵隨殺隨剮，讓跪主板絕不跪鍵盤。

「媽的，一把年紀了不好好睡覺，到處亂跑，關他鳥事兒啊……」

呃？夏明朗一愣，就聽著陸臻認真嚴肅有條有理地詛咒周劍平拍門的手上長瘡，眼睛生針眼，毀人好事走路摔跤……他忍不住想樂，又不敢，憋得抓耳撓腮的。其實老周臨睡前查崗那是十年如一日的生活習慣，只是往常門開著，他也就這麼過去了，沒人有空關心他，誰承想，他今天也剛好睡晚了呢？

「媽的，還有你！」陸臻橫眉立目，氣得臉上通紅。

「對對，還有我！」夏明朗已經止不住地笑咧了嘴。

「還笑，你還笑？你想搞死我啊！再來幾次老子非得早洩不可！」陸臻暴跳如雷。

夏明朗連忙抱住他：「不怕不怕，早洩也沒事。」

「早洩還沒事，那什麼才叫有事！」陸臻這會兒殺人的心都有了。

夏明朗笑容古怪地瞅著他，半晌，憋出兩字兒：「不舉。」

陸臻一口氣沒提上來差點兒讓他給噎死。

「不過呢，就算你不行了也沒關係，對吧，你不行了還有我呢，不會沒有性福的。」

陸臻一腳踹在夏明朗小腿的迎面骨上，夏明朗頓時疼得臉色大變：「我靠，你這要把我踢死了，那性福可真的全沒了。」

陸臻也不理他，拿了毛巾過來把自己清理乾淨，慢慢地穿衣服。夏明朗自知理虧，意意思思地不停招惹他，一會兒碰一碰，一會兒又委屈地看兩眼，陸臻終於無奈，低聲喝道：「去洗澡嗎？」

「哎！」夏明朗頓時心花怒放。

後來，洗完澡，陸臻慢慢抹乾身體，從空蕩蕩的裡間走出來。夏明朗一如既往地快，赤裸著上身坐在更衣室的條凳上等待。昏黃的燈光讓夏明朗的皮膚泛出細膩的暗色，他在笑，笑容溫柔得幾乎模糊。

陸臻默默地走過去，探出手指抬高夏明朗的下巴，他的動作很慢，像是帶著某種阻力，眼神迷茫卻固執，有種不顧一切的脆弱的堅持，俯身親吻他的嘴唇。

夏明朗似乎有些驚訝，驟然張大的瞳孔慌亂地顫動，然而他卻沒有動，安靜地與他接吻。

濕熱的空氣裡有種曖昧的張力，陰影無處不在，光亮像精靈般跳躍。而時間瞬間靜止，凝固在這一刻，他抬頭的角度，他彎腰的弧度，他眼中的光斑，他手臂肌肉拉起的線條……像雕塑一樣。

然後，半空中靜止的水滴落到地面，濺出清脆的聲響。

陸臻彷彿受驚似的放開他，慢慢直起腰，拇指摩挲著夏明朗的嘴角。夏明朗下意識地回頭看了一眼身後虛掩的門，即使他一直能聽得到……外面並沒有人。

「怎麼了？」夏明朗輕聲問。

「將來，等我們都老得沒用了，什麼都幹不了，也就沒什麼可怕的了。我們就告訴大家我們在一塊了，在一起很久很久了。告訴所有人我們這樣挺好的，告訴他們……」陸臻沉默了一分鐘，一分鐘之後他笑著說，「我愛你。」

夏明朗慢慢笑開……無聲而燦爛。

「好啊！」

第二天在晨會上，周劍平老爺子認真嚴肅地表揚了夏明朗與他的特戰隊踏實肯幹的工作作風：起得是最早的，睡得是最晚的，練得是最苦的，總結是最即時的！

夏明朗頂著一張非人類的臉皮，笑容淡定從容自若，一派王者之風。陸臻到底敗下陣來，自顧自躲在人群中煮紅了兩個耳朵，不知道的還以為被點名的人是他。

雖然偶有小風波，可是海上的生活依舊枯燥而乏味，就這麼巴掌大的地方，就這麼百來號人，看久了真是日日生厭。在遠洋航行時，煩躁是比海盜更可怕的強敵。

海默姑娘瀟灑而來，把能幹的幹完應說的說完，又瀟灑而去，陸臻很嫉妒地看著她投奔花花世界，陰暗地猜度她此時此刻正在哪個猛男懷裡夜夜笙歌。徐知著則非常地懷念她，因為她在的時候，梁一冰身上的火力起碼讓她轉移掉一半，他也沒那麼招人嫉恨。只有夏明朗覺得滾了真好，成天扯著他男人聊東扯西的，擺明了不安好心。

好在年關將近，這次是春節，正是離家萬里，這年才要好好過，日子才更得往折騰裡搗鼓。馬漢聯繫了補給艦多放點大白菜豬肉出庫，緊趕著大年三十好包頓餃子。

夏明朗這種時候又覺得家裡有群政工幹部也挺好的，打仗能扛槍，平時能顧家，除了嘴巴瑣碎點，也算是出得廳堂入得廚房，戰時神勇戰後賢良。夏明朗這麼一想，又覺得心裡平順了些，你說那不就跟討老婆似的，你指著她幹家務，她不就得多嘮叨？

國際航運的季節是隨著國際市場的供求定的，無論過不過春節該跑的船還是得跑，所以估摸算著，年三十和年初一都得在護航中度過。馬漢覺著這也挺好的，多有意義啊，在這新春佳節時刻，在全國人民團圓的日子裡，我們護航海軍本著什麼什麼為著什麼什麼……他連春節晚會的賀詞都琢磨好了。

過年了再怎麼著也是個開心事，小夥子們一個個都挺興奮。所有來自中華區的商船們多多少少都帶上了一些彩，方進佔用頻道向夏明朗得瑟，說這裡的船長請他們吃牛肉罐頭包的餃子。夏明朗樂呵呵地笑著說，三大紀律八項注意，回來罰抄一百遍。方進急得怪叫，你不是當真的吧！

一切都挺祥和，海面上看不到一點異動，蘇彤和陸臻聊著天說，他們應該不知道咱們要過年吧。陸臻笑道人又不指你們一家做生意，這麼花心思研究你啊！蘇彤笑著說那最好了，不怕賊偷就怕被惦記嘛。

司務班發廣播讓目前沒值班會包餃子的同志下去幫忙，陸臻興沖沖趕過去幫著和麵，忽然間身上的通話器警報高響，陸臻沾了一手的麵粉大囧：不會吧……這麼賞臉？？

也來不及擦手，陸臻舉著一雙「白手套」衝進船長室，蘇彤正在給大家介紹情況：西南方向，60海里外，有一艘希臘的船，目前正在被海盜圍攻，我們是最近的護航部隊。

人嘛，多少都是有私心的，聽到不是自己人出事，陸臻馬上鬆了口氣，挑了個沒人的地方躲著搓自己手上的麵粉塊兒。

作戰方案很快就拿了出來，周劍平派出兩架直升機，一艘氣墊船，殺氣騰騰地直撲過去。陸臻、陳默與另一位突擊手張俊傑在一起；另一架飛機上則是由徐知著、嚴炎和觀察手薛偉構成的雙狙擊組；醬仔帶領一個水鬼小分隊乘坐氣墊船從水面挺進。

60海里不算近，蘇彤把對方船上的通訊直接聯到陸臻那裡，結果一路就聽著英語交雜著希臘語的鬼哭狼嚎在咒罵加哀求：你們他媽的怎麼還不來！求求你們快點來吧！

張夜加速再加速，最後怒氣衝衝地抱怨我老婆又不是會噴氣的！

陸臻忙著兩邊安慰，一個頭煩得兩個大。

一路導航過去，取得是直線，海面空曠直升機又在高處，遠遠地就看到一艘貨船在S形狂奔。陸臻在望遠鏡裡看到有兩艘小艇已經掛到了船邊，而另外還有三艘意圖不明的快艇守在近處遊弋，估計海盜們已經上了甲板，難怪貨船那邊如此地驚慌失措。

陸臻有點頭疼，一般來說只要上了甲板海盜們的心態就會馬上變得非常強硬，到口的肥肉只差最後一點吞下肚，很可能會不惜一切地拼命，畢竟只要真正劫持到人質，救援工作就會變得異常艱難。

本著不開第一槍的原則，張夜打開高音喇叭俯衝下去，用索馬利亞語、阿拉伯語兩種語言播放驅逐的警告。甲板上的海盜們似乎是有些慌亂了，槍口指天，胡亂地揮舞著。

張夜與另一架直升機的飛行員鄧勇亮交換了意見，決定由他先壓下去。張夜控制飛機做出一個異常漂亮的俯衝動作，從貨船甲板上掠過，螺旋槳絞起的狂風把海盜們沖得站立不穩，一時間，有人驚慌躲避，有人仰頭叫罵，也有人孜孜不倦地試圖繼續進攻船員生活區……

張夜罵了一句：「我操，不見棺材不掉淚！我要開槍了！」

因為海盜已經登船，理論上就可以按罪犯抓捕，所以陸臻也沒有制止，只是關照了一聲注意不要傷人。

張夜調轉機頭，挑了最近的那艘快艇下手，12毫米口徑的機槍重彈匯成鋼鐵的洪流，在海面上濺起一米高的浪頭，差點打爛了對方的船頭。不過海盜們畢竟是混海為生的人，控船能力的確強，硬生生把方向轉了回去。張夜剛好也不打算趕盡殺絕，一擊得手立即爬升。

船長室裡傳出一陣歡呼，一群希臘人用奧林匹斯山的各種神來讚美張夜的子彈。

此升彼降，鄧勇亮那邊開始進行第二次俯衝驅逐，震耳欲聾的高音警告在海面上迴響激盪。有人腳下失足，被狂風推得跌倒在地，隨手操起步槍朝天打空了一個彈夾。

飛機壓得太低，鄧勇亮緊急規避，子彈擦著艙底飛過去，陸臻聽到小鄧怒罵：「我日，龜兒子敢打老子？！」

雖然直升機的底部都有裝甲，AK的子彈打上去也就是一個淺淺的坑兒，可是這批飛行員多半把飛機當自己親兒子疼，那真正就是你敢傷它一毫米，我就要讓你血肉築長城。陸臻生怕鄧勇亮發起火來對著人群掃射，連忙命令他立即拔高，先穩定飛機。

自己兄弟讓人打了，張夜自然也生氣，一個漂亮的俯衝，連抬槍的機會都沒給海盜，張俊傑已經投下了一大片催淚彈，甲板上煙霧彌漫，海盜們被嗆得淚涕橫流咳嗽不已。

陸臻聯繫過醬仔，確定海面部隊隨後就到，頓時心頭大定，安排了鄧勇亮去搜索母船，他和張夜先在這兒盯著。

這個方案太保守，飛行員們自然不喜歡，陸臻無奈地安慰大家又不是有什麼血海深仇，咱們也就算個員警執法，能不殺人還是不要殺人的好……

陳默忽然開槍，大口徑的高爆燃燒彈頭在空氣中撕扯出嘯音，陸臻嚇了一大跳，連忙拿起望遠鏡細看，一邊問道：「默爺，怎麼回事？」

陳默擊中的那艘船原本是在最周邊轉圈的，不知什麼時候居然靠近過來了，其實這船偏小，陸臻雖然注意到它了，也沒太留心。可是這會兒陳默一槍打著了船上的篷布，船上的海盜們手忙腳亂地把燃燒的篷布掀進海裡，露出船上大量的汽油和長金屬梯。

很明顯這也是艘正兒八經的海盜船！

張夜咬了咬牙，罵道：「什麼蝦兵蟹將都敢來搶食吃，不給你們點厲害，都不知道馬王爺有三隻眼。」他按下機頭，又一次低空俯衝射擊，海面上激起一線白浪，緊貼著對方的船舷擦過去。陸臻正在詫異這船上的人好生淡定，機槍掃過連躲都不躲，就看見一哥們彎腰扒拉出一根巨大的燒火棍兒扛上了肩……

「導彈襲擊！」陸臻大叫。

張夜聽到示警連忙拉起機頭，扯出極限高速爬升，隨後蛇形規避。電光石火間下面導彈已經升空，機載雷達報警嗚嗚地急響。副駕駛放出兩個紅外干擾彈，鄧勇亮那邊也火速打出兩發紅外彈。一時間，天空中滿是鎂粉燃燒的煙塵與炫目的弧光，拖著豔麗火舌的導彈終於被迷惑，撞上其中一枚干擾彈劇烈爆炸。然而時間緊迫，干擾彈飛行距離不足，爆炸幾乎近在咫尺。

來不及關閉艙門，陸臻眼睜睜看著碧波之上藍天之下，懸空生出橘紅色的大火球，熾熱的氣流隨著衝擊波撞進機艙裡，將他整個人掀飛，又被保險繩拽回去，迎面撞上機艙壁。

張夜就著衝擊波飛出一道弧線，好不容易穩住飛機，急得大吼：「大家沒事兒吧！」

「沒事！」

「沒事！」

「老子的耳機被風扯走了！」陸臻揉著肩膀怒罵。

「有命在就很好了！我操，老子第一次被導彈打！」彼時生死一線，還不知道驚慌，現在回過神，張夜整個後背上全是冷汗。問題是就這麼死了冤不冤啊……人說你怎麼犧牲的，被兩個蟊賊給放倒了？國際笑話了！

「滅了吧。」陳默面無表情地低頭檢查槍支。

「陸臻中校，我強烈抗議你……」張夜急了。

「滅！」陸臻目光一凜，與陳默冰冷的視線相碰，找出備用的耳機插上，這下張夜滿意了，不吭聲了。

果然，頻道裡已經一團亂，蘇彤扯著喉嚨大喊：怎麼了？怎麼回事！出什麼事了！

「我們剛剛遇到導彈襲擊……」陸臻聽到耳機裡一陣抽氣聲，連忙道，「沒有傷亡，再重複一遍，沒有傷亡！另外，請求擊斃歹徒！」

對面頓時議論紛紛。

「你廢什麼話啊？」張夜移開通話器大罵。

陸臻下令：「把高度降到1500米接近目標，注意釋放干擾彈。」

「幹嘛？這高度不夠啊！」張夜莫名其妙。

「不需要你夠，默爺夠就行。」陸臻看了看陳默。

陳默已經打開掌上電腦佈置遠程狙擊位。遠端狙擊，對風速、角度、溫度等等細微的參數都極為敏感，雖然很多資料陳默可以瞬間心算出來，可是空中的距離不好定位，而且有條件的情況下，陳默一向不喜歡冒險。

「這樣也行？」張夜明顯有些興奮，「那好，看哥哥給你飛個穩的。」

無論是對哪一方來說，肩扛式導彈都算個稀罕物，海面上的海盜都像傻了似的仰頭看結果，見一擊不中大都失望得回不過神。倒是攻擊的那艘船知道要不好，威風凜凜地又上了另一發，大有不死不休，老子與你們死磕的勁頭。

張夜讓鄧勇亮在遠處盤旋，駕駛飛機在高空掠過。從上往下垂直射擊時的彈道參數會與平時有很大差別，陳默第一槍打進了海裡，目測調整後連發兩槍，一槍打中了船尾的發動機，一槍打中了汽油箱……

轟的一聲，黑煙包裹著火舌直衝天際，陳默放下槍，用高倍電子望遠鏡觀察自己的狙擊效果。

陸臻有種微妙的違和感，這是一件奇怪的事，當夏明朗開槍時你會感覺到熱血沸騰，而當陳默開槍時，你只會覺得寧靜，好像就只是一個愣神，啊……沒了……在陳默手上，生命彷彿就是那麼簡單的事，有時候連陸臻都覺得這傢伙是真的有點不正常。

陳默記下數據，抬頭看向陸臻：「還打嗎？」

陸臻想了想，說：「聽命令吧！」

祁連山號那邊關於殺與不殺的討論終於有了結果，周劍平力排眾議氣壯山河地下令說：殺！要徹底清除導彈威脅！

陸臻沉聲應道：「明白！」

「那……那剩下的怎麼辦？」到了這時候，張夜也有些無措，第一次真刀真槍就是這種麻煩，不是太過激進就是太過猶豫。

「驅逐，讓他們跳海，不跳的直接炸船，干擾彈還是要放，以防萬一。」陸臻開始逐條下令，「A2機，你們負責貨船上的，要求全部跳海，可以開槍，允許傷亡，再重複一次，允許傷亡。大風，報告你們的位置。」

「還有10分鐘路程！」姜清好不容易逮到說話的機會，連忙追問，「你們怎麼樣？我聽說有導彈。」

「沒有傷亡，我命令你部減速等待，暫時不要靠近。」

「啊？」姜清大奇。

陸臻也沒解釋，拿起望遠鏡觀察海面的情況。這群海盜遠比他想像的來得難纏，然而在海上只有空中的重火力才能保證萬無一失，只要對方沒了導彈，水面目標就是直升機和狙擊手的活靶子。而普通步槍的射程自下往上根本打不到這麼高，即使僥倖能沾著，也不可能損傷機身的厚甲，不過就是劃傷一層漆。所以說他謹慎也好殘忍也罷，屠殺就屠殺了，他不打算讓自己的兄弟冒一點險。

再兇悍的人也都是血肉做成的身軀，哪裡抵擋得了金屬狂潮的肆虐，張夜輕而易舉地把剩下兩艘快艇上的人都趕到了海裡，並且與貨船遠遠地分隔開。而大型貨船的甲板大多無處藏身，有些試圖依託地勢負隅頑抗的海盜也被催淚彈和閃光震撼彈逼得無路可逃。貨船上的海盜們在連續被狙傷後，終於放棄最後一點幻想開始狼狽地跳海逃生。

陸臻聽到船長室裡的希臘人又開始不間斷地問候上帝與諸神。

很快的，整體清場完畢，算算直升機油耗也差不多得返航了，陸臻通知姜清全速前進，追上希臘船再派點人上去，幫他們做一次仔細的徹查。送佛送到西，空中打擊畢竟粗糙，別最後還剩兩人在船上，狗急跳牆臨死再拖累幾個。

張夜不放心先走，堅持守在空中盤旋，一直等到醬仔的人上船了才離開，臨走時還風騷地擺了擺尾，當是打招呼。陸臻發現他們海軍航空兵好像都有這習慣，忍不住想笑，才發現已經疲倦得說不出話來。

算起來，這還是他第一次挑大樑直接指揮戰鬥呢！

剛剛那下撞得不輕，現在放鬆下來，骨頭縫裡都透著疼，額頭上刺刺的癢，陸臻隨手抹汗，掌心裡染上一層血色，倒把他唬了一跳，拿手巾擦了擦才發現都是小口子，血已經自己止住了，他也就懶得再處理。反正現在艙門關上了也不怕摔出去，陸臻四仰八叉地躺下去，深深地吸了一口氣。

「他……他們怎麼辦呢？」副駕駛趙前海遲疑地問道。

「什麼他們？」張夜不解。

「那些海裡的，海盜們。那船還能用嗎？你們說……他們還能開回去嗎？看起來傷得不輕……」

「話該！」張夜一想起自己一世英名差點盡喪於此，那心火就止不住地往上冒。

「是啊，也挺可憐的其實……」小趙嘆了口氣，「估計有些是回不去了。」

「前海。」陸臻沉聲道，「每個人都有自己的選擇，做什麼不做什麼，怎麼做，有什麼後果，自己承受。你說呢？」

「也是哦！哎，這麼看起來，咱們國家還是不錯的，至少有口飯吃。」小趙到底年輕，腦子一轉又開心起來。

「瞧你這出息？你也不比這點好的。」張夜笑罵。

這一番戰鬥誤了不少時間，回去一看春晚都快開始了，周劍平領了人在飛行甲板上候著，一個個神情肅穆，簡直就是迎接烈士歸來的待遇，把陸臻嚇了一大跳。馬政委就更誇張了，抱著陸臻的脖子說剛剛和電視臺聯繫過了，等會兒全國人民大拜年的時候給咱們十秒鐘，你要不要把剛才的事說一下。

陸臻驚得目瞪口呆，連連拒絕，大過年的給人扯血光，那不是給全國人民添堵嗎。

馬漢冷靜下來一琢磨也是。

正因為是自己老婆，夏明朗倒有些扭捏了，反而不像面對別人時那麼熱情洋溢，意意思思地上前抱了一抱，假惺惺地說道：「幹得不錯。」

陸臻被他碰到痛處，眉頭一皺，夏明朗立時驚覺了：「怎麼？」

陸臻擺了擺手忙著脫作戰服，上衣扯開來，從肩到背連著一大片淤青，標準的軟組織挫傷，簡而言之：撞的。

夏明朗立馬臉就黑了，這人哪，就是不能找老婆，找了老婆什麼原則啦、要求啦、高標準啦都毛有的，說心疼就心疼了。

陸臻心裡煩悶，也沒留心夏明朗的臉色，一邊轉動著肩膀，一邊絮叨：「好個屁啊，指揮得亂七八糟的。」

「挺有章法的啊！」

「有章法才有鬼了，整個一糊裡糊塗……一開始就沒有一個整體的思路，碰到什麼幹什麼。全局觀全靠默爺盯著，要全憑我自己啊，指不定今天得出什麼大簍子。」陸臻抱著自己的裝備愁眉苦臉的。

夏明朗想了一會兒，指著黃昏中影影綽綽的船隊：「今天晚上如果有人來偷襲，你能知道前面那第三條船，什麼時候能有人爬上去嗎？」

陸臻眨巴一下眼睛，不解其意。

「打仗就是這樣，打仗不像你編個程式，前面三步後面三步你都知道。打仗什麼都不知道，什麼事都會發生，兵來將擋，水來土掩。說穿了就兩條，讓他們死，讓自己活。」

陸臻失笑：「可是我覺得你不是那樣的，你看起來做什麼事都特別有底。」

「你也知道是看起來，我說什麼你就信什麼啊？腦白金還說全國人民都拿它送禮呢！」

「虛假廣告。」陸臻苦笑著點頭。

「廢話，你不裝得人五人六的誰敢跟著你賣命？挺好啦，小子。什麼運氣啊，第一次放單飛就趕上導彈了，老子混了半輩子了都不知道地對空導彈長啥樣呢！」夏明朗笑嘻嘻地揉了揉陸臻汗濕的短髮，攬上他往住艙裡走。

「小夥子怎麼啦！苦著個臉！」馬政委一圈慰問完，正打算回去。

「操心呢，嫌自己指揮得不好，手忙腳亂的。」

「挺好了！面對重大險情，臨危不懼，我正跟文書說呢，這筆要記下來。小陸同志，這可不是我說你啊，過分謙虛就是驕傲了，咱可不帶這樣的啊！」馬政委苦口婆心。

「我就說了嘛，」夏明朗嘴角一扯，彎彎的笑眼扯出三分吊詭七分猥瑣，「看別人幹和自己幹那是兩碼事，你他媽就算看片兒看得跟方進似的，第一次找個姑娘上床，也照樣雞飛狗跳一地雞毛的，你現在都順利高潮了，就挺好了。要不然你當身經百戰是白來的？經驗、教訓、技術、水準那都是幹出來的，幹多了就有了，別急。」

大過年的，可憐的馬政委被夏明朗那渾話噎得嘴巴裡像是含了一個雞蛋，轉頭一看陸臻居然還滿臉的若有所思，就越發痛心疾首，這這這……這都是什麼人啊！教壞下一代啊！

夏明朗一看勢頭不妙，立馬扯上陸臻閃了。

今兒是大過年，官兵一家親，張燈結綵，食物豐盛。

陸臻心裡還惦著白天的戰鬥，換好衣服洗過澡去廚房一看，好東西是不少，可是胃裡發堵什麼都吃不下。他前前後後轉了一圈和戰友們打招呼，就看到張夜身邊圍了一圈人，這小子正幸福地嚼著餃子順便吹牛，你必須承認沒心沒肺也是一種天賦。

陸臻索性找了個角落坐下來，強迫自己把當時的情況前後梳理了一遍，心裡才漸漸鬆泛起來。夏明朗像是幽靈一樣從他身後冒出來，遞上軍用小飯盒。陸臻打開一看，微酸的蒸氣氤氳上來，盒子裡豔紅嫩黃錯雜在一起，煞是好看。

「放過醬油了！」

「你做嗟？」陸臻笑得眼睛都看不見。

夏明朗扯起領章給他看：「上校級的司務長。」

陸臻扔掉筷子找了個勺，吃得狼吞虎嚥。

「你是個指揮官，不是老天，你得相信你這個團體，你得依靠他們。你不能代張夜去飛，陳默本來就應該協助你觀察全局。」夏明朗輕柔地撫弄著陸臻的後頸，「別急，慢慢來。」

陸臻偷偷看著夏明朗，滾熱的豐足的食物落到胃裡產生出單純的飽足感，人生的幸福又變得如此簡單。

6

亞丁灣比北京時間要晚五小時，但是今天船上為了和北京保持一致，特意把時差調了回來。士兵們把塢艙裡的水排乾，騰出空地來開聯歡會，笑著鬧著用投影儀看春晚。是的，當兵三年，母豬都賽貂蟬，離家萬里，連春晚都是萬人迷。

醬仔他們雖然慢了一拍，但還是趕在零點時給全國人民大拜年之前回到了艦上，雖然那短短一聲拜年的話裡包含了太多人的聲音，可是趕上與沒趕上還是兩種心情，醬仔扯著陸臻笑得倍兒自豪。

過了零點，所有的衛星電話都放開了給大夥兒打回家拜年，每個人兩分鐘。

沒多久就聽著從武漢號那邊傳來歡呼聲，夏明朗他們正疑惑著，通訊處就有人呼叫，讓他們過去一下。都是同一個船隊的，消息哪裡守得住，陸臻他們剛剛跑進門，蘇彤就一邊做著鬼臉，一邊把緣由給說了。原來萬勝梅懷上了！柳三變要當爹了！正興奮得滿世界宣揚呢，把整個武漢號鬧得不安寧，現在鬧到這邊來了。

夏明朗一聽那還了得，隨手就把跟柳三的通訊聯到了公共廣播上。

可憐的柳三變還茫然不知自己被放了大喇叭，正興奮地向夏明朗得瑟著說阿梅懷上了，一個多月了……哈哈，臨走時懷上的，哈哈……還不肯生呢，哈哈，現在懷上了吧，不生也得生啊！哈哈哈哈哈，我要當爹啦！！

夏明朗酸溜溜地調侃他，兄弟啊，真有你的，臨走臨走都得最後拉泡屎把坑給佔了。

柳三變大怒，你膽敢咒我兒子是屎！你當心將來生兒子沒屁眼！

夏明朗長嘆氣，能生兒子就不錯啦，還管他有沒有屁眼啊！

柳三變這輩子還從來沒遇上過夏明朗這號自絕生路但求一勝的辯論法，活生生被噎得言語無能。陸臻在桌下攥了攥夏明朗的手指，夏明朗低頭一笑，嘆道：真操行，讓你小子趕在我前面了。

柳三變哼哼冷笑，連老婆都沒有的人，還敢想兒子。

夏明朗陪著他一起哼哼，笑得整個祁連山號歡樂無比，夏明朗挺遺憾地琢磨著，按陸臻的計畫起碼還得再過三十年才能把這一筆給贏回來，夏隊長有點小不爽。他是多想得瑟啊，老子不光有老婆，老婆還比你們家的都像樣！

正當柳三變的老婆兒子論傳遍全船之際，馮啟泰兄堪堪排到了電話機前，兩分鐘，他花費十秒向老爸老媽說了聲新春快樂，火速撥通了另外一個號碼。是的……他要求婚！如果沒有老婆，哪裡來的兒子呢，對吧？柳三變一語驚醒了夢中人。

方進無比鬱悶地等在阿泰身後，聽著他軟綿綿有如無骨地發著嗲說：「妳同意嘛，妳同意了吧……不要嘛，妳現在就同意嘛，妳同意了我才好讓我媽去買房子嘛……」

方進這小子看片一向只看動作片，從不看言情片，這輩子沒聽過情侶之間互嗲那是個什麼情況。只覺得頭眼發花，好似一整個夏天的蒼蠅都圍在了他的耳邊嗡嗡直叫。終於，他忍無可忍不可再忍，一把搶過話筒吼道：「煩死了，行不行，給句話！」

「啊？泰泰……」

方進聽到對面吐氣如蘭笑意溫柔的一聲輕喚，瞬間酥了半邊骨頭。

馮啟泰趁機奮起反抗，平地起跳一腳飛踹，正中方進胸口，強力奪回話語權，立馬柔聲哄道：「剛剛那是我戰友，他最不好了，老是欺負我，妳不要睬他，嗯嗯……就是就是，哎呀，我沒有時間了啦，妳到底嫁不嫁嘛……」

方進委屈地揉一揉胸口，垂頭喪氣地退開，小心肝酸酸滴。他感覺要按自己的個性應該馬上打回去，把阿泰揍個滿頭包……可是為什麼，現在按他自己的個性，他就這麼灰溜溜地一邊待著了。任憑馮啟泰那小子無比噁心地求著婚，還無恥地用完了他的時間份額……這到底是為神馬？

方進雙目含淚，哀怨地看了陳默一眼。陳默愣了一會兒，說道：「我給你一分鐘。」

方進嘆了口氣，繼續酸溜溜地看著阿泰的背影，哎～娘們說話就是好聽啊！跟娘們說話都這麼好聽……

有人說就是出了國才想過年，這句還真是沒錯。春晚結束後馬政委也沒有硬性要求，居然沒有人回去睡覺，除去值班守夜的全來了，大家鬧著要守歲，一起吃著零食，拼點小酒，把身邊順眼的不順眼的都扔上臺去表演節目。

陸臻年輕帥氣，親和力十足，即使麒麟的人不鬧他，友軍們也愛他得緊。等政工幹部們編排好的節目演完了，大家伙自由發揮沒多久他就讓人扔上了台。

到這會兒，陸臻下午受的傷在臉上全顯出色了，連青帶紫，額頭上一片半凝痂的血色擦傷，披上件舊軍裝袖口挽起往那兒一站，哇靠，那個清俊眉目，那個落拓氣質，儼然傷痕派視覺系搖滾巨星。

方進生怕他再出什麼，一雙大眼直勾勾地盯著他，連口水都不敢喝。陸臻中校拿了把吉他調了調弦：

「那，這樣吧，我給大家唱一首寧夏民歌，名字叫《賢良》。」

方進被自己的口水嗆到，咳得漲紅了臉。

旋律剛剛起來時居然還頗有幾分柔美，陸臻故意扯成破鑼的西北嗓忽然爆出來，著實嚇了大夥一跳。

石榴子開花嘛葉葉子黃呀
姨娘嘛教子女賢良
哎嗨咿呀咿得兒喂
姨娘嘛教子女賢良
一學那賢良的徐大哥呀
二學那開藥房的梁二姐
哎嗨咿呀咿得兒喂
二學那開藥房的梁二姐

賢良的「徐大哥」初初上場時大家還沒回過味來，等到開藥房的「梁二姐」光榮亮相，人民群眾瞬間恍悟，七手八腳足足有一個班的人壓住了「徐大哥」不讓他反抗，而可憐的「梁二姐」眼看這人民戰爭的瘋狂陣勢，知趣兒地選擇了沉默。

陸臻在徐知著無力的威脅中悠悠閒閒地往下唱：

徐大哥月光下守門邊等呀
梁二姐叫他進屋他撒腿跑呀
哎嗨咿呀咿得兒喂
我問你娃跑滴是做撒子喲
你是世上的奇女子呀
我就是那地上的拉拉纓喲
我要給你那新鮮的花兒
你讓我聞到了刺骨的香味兒

這首歌旋律實在是豪邁，唱上兩遍大家都能跟著吼，煽動力十足，陸臻刻意拉長變調的假聲裡有一種詭異的蒼涼戲謔的味道，刺激得全場歡騰興奮。

陸臻低頭笑了笑，專心撥出一段SOLO，等大家稍稍安靜了一些，唱起新詞……

辣格子開花嘛花不開呀
姨爹嗎教子呀好賢良

哎嗨咿呀咿得兒喂
誰的爹教子嘛好賢良
夏大哥的本事嘛真正的強呀
抬起手他一跺腳嘛地動山搖
哎嗨咿呀咿得兒喂
天塌下來卷一卷嘛當個被被
夏大哥他做人嘛真正的辣喲
血埋在地下長出個鐵打的漢
哎嗨咿呀咿得兒喂
祁連山下站的是
好！兒！郎！

部隊是真正臥虎藏龍的地方，總有人懷著一些平時不顯的絕技，這歌的旋律簡單，陸臻唱到第二段的時候，居然就有人上臺幫他打起了鼓。雖然只是簡單的節奏，可是一首歌有了鼓點就有了筋骨鋼架，陸臻有了支撐，歌聲陡然更硬朗起來，高音區隱約劈裂出那麼一點子金屬質的嘯音，倍兒張狂倍兒搖滾，無比流氓無比屌！

馬漢目瞪口呆地看著陸臻站在臺上對著夏明朗大吼：「你是世上的奇男子……你讓我聞到了刺骨的香味

兒……」

臺上臺下一片歡騰喜樂，眾人大合唱，儼然重金屬搖滾音樂節。馬政委身邊的文書先生斗大的汗珠子滾出來，心驚膽顫地看著自家老大青裡泛白的面色。只有夏明朗安坐一隅，從容地嗑著瓜子兒，他微笑淡然平靜優雅，連吐出來瓜子殼兒都是兩瓣兒的，整整齊齊。

馬漢擦了擦汗，心想，小嚴要領導這麼一群妖魔鬼怪，工作著實不易。

陸臻一曲唱完，台下的氣氛已經燃燒到了極點。徐知著算是看明白了，這小子藉歌寄情呢，老子也就是他過牆的梯子藉著踩一腳，索性也不掙扎了，還跟著大傢伙一起大喊再來一個。

夏明朗站身起來，對著陸臻勾了勾手指，四下裡頓時安靜下來。陸臻狗腿地撲過去，夏明朗一把攬住他的脖子笑道：「膽兒肥了啊！」

夏明朗也不等大家反應過來，提著陸臻的領子就走，眼神陰裡帶笑，笑裡藏刀，刀光閃閃的熱辣：「借過，清理個門戶。」

眾人譁然，哎呀呀，這娃完蛋了。

自然，當陸臻被夏明朗綁回去按到地板上時，他也覺得自己這回完蛋了，分開腿，曲起膝蓋，熱辣辣的眼神熱辣辣的舌頭把他從裡到外連皮帶骨啃了個透。

果然是夠辣的奇男子，賠給他一生一世怕也是不夠的。

那天晚上大家一直鬧到凌晨才散，夏明朗拉上陸臻再度出現說值後半夜，讓前輩們好好休息過個年。馬漢心裡頗感慨，這些孩子，說他們好吧，不守紀律；說他們不好吧，個頂個的能幹。時代變了啊，現在的兵都越來越有個性，也越來越需要人性化管理了。

這是黎明前最涼爽的時候，天空呈現出一種通透的鈷藍色，漫天都是潑亂的碎鑽。夏明朗和陸臻從船頭巡到船尾，陸臻隨手扣上保險繩，坐到欄杆上去，夏明朗站在他身後，陸臻有些放鬆地向後靠，後背貼到夏明朗胸口。

「你怎麼什麼都會啊？還會彈吉他。」夏明朗有點兒酸。

「小時候彈鋼琴，老媽就會說你去考個級吧，別浪費了。進了大學，學生會一看，喲，鋼琴八級，同學有沒有興趣來軍樂團打個小軍鼓？我一想行啊，沒問題。打了一年軍鼓，朋友說，陸臻啊！哥幾個準備組個Band，要不要一起玩？我一看這得去啊，多帥啊，將來泡妞就靠它了。後來樂隊組起來了，我再一琢磨這樣不行，老在後面坐著，這帥哥美女們都看不見我啊。不行，得去練個吉他……」

「那會兒泡了很多妞！」夏明朗揚起眉毛。

「那是，」陸臻得意的，「連帥哥都是大把大把的。」

夏明朗誇張地彎下腰去看他，陸臻連眼角眉梢都堆著笑。夏明朗驀然失笑，伸手揉了揉陸臻的短髮。兩個人漸漸安靜下來，相對無話，卻並不覺得尷尬，時間那麼寧靜地流淌著，有如這寧靜的夜，在最喧囂過後匯入平和，那是帶著疲倦的豐美的幸福。陸臻有些累了，微微閉上眼，夏明朗雙手插在褲袋裡，站直了身體，安靜地支撐住他。

很安靜，只有風吹海浪與星星眨眼的碎響，陸臻小聲地哼著歌，不同於方才的戲謔，空寂的調子蒼涼而悠遠。夏明朗凝神細聽，只斷斷續續地聽出了眾神的草原與兩個少年，天荒四野，明月高懸，千年的歲月……

夏明朗抬起手，食指輕輕劃過陸臻的臉側，陸臻揚頭微笑，笑容純淨得看不到一點雜質。有一種感覺，那是非常微妙的感覺在夏明朗心頭發酵。這個名叫陸臻的傢伙一開始像個孩子那樣闖進他的人生，他看起來是那麼單純熱血，並且無辜，讓人擔心即使天空的一片烏雲都會讓他憂傷。

夏明朗有些不明白，究竟是什麼原因讓他在這個新年的黎明如此地感性，可能是剛才陸臻放肆的嘯叫震懾了他，又或者是這些日子以來他猛然看到太多陸臻另一面的種種……

是啊，大家都喜歡他，他那麼討人喜歡，樂觀、積極、向上……像一團溫暖的火焰，他一直在毫不吝惜地燃燒，溫暖每一個人。所有人都愛他，愛他的笑容與純真，愛他的無憂無慮。

然而只有他，只有他夏明朗才知道這個樂觀開朗的青年真正的模樣。

這不是火焰，這是光芒，這是一束純淨的光亮，他照亮著所有，好的壞的、美麗的醜惡的他都看得到。他也會悲傷也會憤怒，會喋喋不休地抱怨，會疲憊恐懼充滿憂慮地抱著他哭泣……而這樣的陸臻，夏明朗越來越覺得，只有這樣的陸臻才是唯一屬於他的，破開所有堅強的外殼，在他面前裸露出最純粹的靈魂。

這是世間唯一的，你可以觸摸的靈魂，就在你手指間，帶著溫熱的血肉的觸感，那麼真實，他對你毫無防備，全然信任，讓夏明朗深切地慶幸與感動。

夏明朗開始相信愛情……這個讓他迷惑而從未去理智思考過的東西。或者愛情最珍貴的不是我們在哪裡，愛上誰。而是我們愛上一個活生生的有趣的人，他向你索要又熱情地付出，他有時快樂有時悲傷，他會成長會變化，他是一個有生命的奇蹟，每天都有新的面目。

愛上他，這是雙倍的人生，所以不會厭倦。

7

時間過得又快又慢，護航的任務過去大半，人民群眾陷入最後的煩躁期，連周老爺子心裡都掰開了手指數日子。夏明朗在他的護航心得上重重地記下一筆：遠洋任務本身並不艱巨也沒什麼可光榮的，但是光榮在於無聊，艱巨在於在無聊中保持警惕與戰鬥力。

方進傷心地抱怨著爺一定遲鈍了；陳默表示，回去之後狙擊場的租用時間要加長；陸臻說小爺所有存下來的工作都做完了……阿泰說，護航真好，終於有空求婚了，可是我的婚都求好了，為啥還沒回去呢？

為了讓小夥子們每晚上能睡好，夏明朗加大了訓練量，每天睡覺前一個體能競賽，為的就是榨乾戰士們最後一點精力好蒙頭大睡。常規的護航，常規的險情，經歷多了就不再驚奇，大家各司其職，處理得一板一眼。於是這會警報響多了，也就不值錢了，夏明朗坐鎮中軍不動，陸臻保持勻速跑進聯合指揮室，蘇彤正遺憾地向對方解釋：太遠了，你們一定要努力自救……

陸臻掃了一眼海圖，皺起眉：「太遠了！」

「是啊！」周劍平丟下筆。

800多海里，完全超出直升機飛行半徑，船開過去得一天一夜，快艇和氣墊船又開不了那麼遠，這會除非有航空母艦和噴氣式飛機，否則神仙都追不上。

「糟糕，通訊斷了！」蘇彤一臉的焦慮。

「那怎麼辦？」

「正在幫他們查最近的軍隊，完蛋了，估計是來不及了。」蘇彤緊張地交代工作。

陸臻埋頭研究海圖：「我們沒辦法了嗎？」

「分一條船出去我這裡怎麼辦？而且也追不上。」周劍平臉色嚴峻，「他們的船長要負責的，早知今日何必當初，就那麼急著走，不肯等不能繞，不知道走安全的路線，就是僥倖心理！」

蘇彤無奈地解釋那船是繞行好望角的，跟咱們根本不在一個航線上，而且目前出事的地點在印度洋，早就超出了咱們的管轄區，就算跟隊護航也早分道揚鑣了。

陸臻知道周劍平只是心裡著急，逮著什麼就罵什麼，連忙安慰著說會有辦法的。副長送資料過來說道：「剛剛查到這是艘臺灣籍貨船，叫海狼號，船主是臺灣人（註9），深綠，綠得起油……」

作戰室裡一片噓聲：難怪了，免費護航有得省錢也不幹，寧願繞行好望角躲開海盜高發的亞丁灣，這下好了……人算不如天算，躲得過初一，逃不了十五，亞丁灣繞過去了，折在了印度洋裡。大家雖然沒有明說，那意思是擺明了的，讓他們台島海軍來解救這些人吧！

註9：遠洋運輸中，船主的歸屬地與船員常常是不一樣的，臺灣船的船員大部分來源於大陸和東南亞。

「幹嘛！幹嘛！怎麼回事？！不要把情緒帶到工作裡！」馬漢低聲呵斥，他顯然是看到這份資料專門過來壓場的。

各級官兵們不敢明抗，不以為然地各自噤聲。不一會兒，蘇彤無奈地報告說沒有任何一支部隊表示有能力救援。陸臻苦笑，這下子船主得準備贖金了。不過，到底是人命，也算是同胞，甭管大家站在什麼立場上，陸臻都挺焦心，腕上的多功能戰術表卻恰在此時顫動起來，提醒有衛星電話接入。

陸臻只覺得奇怪，這支加密衛星電話是麒麟的專屬，可是自打上了船，就算是和嚴頭兒聯絡也是利用船上的通訊，畢竟正在與海軍合作中，你自己有事沒事用條私線，讓人看著就生分。可是這麼久沒用過的電話忽然響起來……陸臻直覺就知道不是小事，連忙向周劍平道了個歉，跑回特種作戰室接電話。

陸臻趕到的時候，夏明朗已經在清場，陳默把茫然的醬仔拉出門，陸臻連忙打開電腦聯上衛星電話，對方的資訊傳過來，三重密鑰加密的身分識別。陸臻不自覺看了夏明朗一眼，夏明朗低聲道：「是二部的聶卓。」

哇哦！陸臻輕輕吹了一聲口哨，中將級的直接指揮，這得是個什麼任務啊！

很快，三重核對完成，聶卓又唸了兩句古詩完成聲波核對，連忙問：「有船被劫了。」

多大個事兒啊，怎麼這麼快就通天啦？陸臻有些驚異，但還是平靜地介紹情況：「是一艘臺灣籍散貨船，叫海狼號。不是在護航區出事的，目前在船隊東南面800多海里處……」

「我要求你部不惜一切代價，不能驚動任何人的注意，拿回這艘船。」聶卓說。

陸臻聲音一頓，與夏明朗面面相覷。

這是戰事，不是拍電影，不惜一切代價這種話不是這樣隨便使用的，這艘船什麼來頭？

「我們調動不了海軍的。」夏明朗道。

「海軍司令部的命令半小時以後會到，全力配合你部。」

陸臻抬手在空中畫出一個大大的問號。

夏明朗沉聲問道：「為什麼？」

「你不應該問的。」

「但我需要知道您要什麼。整艘船？船上的人，哪個人？船上的貨，哪批貨？這樣我才能更好地設計行動方案。」夏明朗說。

聶卓沉默了一分鐘，說道：「稍等。」

時間瞬間開始變得漫長，夏明朗與陸臻移開話筒小聲地討論著，然而一頭霧水不得其解。那艘船眼看著就是追不上了，可是國際上到目前為止還沒有過進入索馬利亞海港進行反劫持的例子，冒這麼大的風險，為了什麼？

十分鐘後，通話繼續，聶卓鄭重警告：「我接下來告訴你們的內容不可擴散，屬於A級絕密。在那艘船上，有10台六維高精機床，這是最新型號，帶全套軟體。船長不知道他運了什麼，海盜們也不能知道，全世界都不應該知道。明白了？」

夏明朗看到陸臻露出恍然大悟的神情，馬上低喝：「明白。」

「馬上行動，半小時後再聯絡，有問題直接交給我。」聶卓說話乾淨俐落。

剛剛斷開通訊，夏明朗就著急問：「那什麼玩意？」

「印鈔機！」

「啊？」

「我爸說的。」陸臻笑了笑，「知道為什麼我們造不出好的發動機嗎？因為沒有高精機床。我們自己的製造水準還停留在四維，目前能進口到的全是臺灣那邊流過來的五維貨。我師傅當年做課題的時候用過全國最好的機床，還是80年代中歐蜜月的時候從德國進口的六維機床，全國只有四台。目前這種機床針對中國全球禁運，這玩意比飛機、導彈重要多了，這不是蛋，這是雞。」

陸臻用力一擊掌：「夠狠，一下子搞到10台，不知道從哪兒偷的，這次下血本了，難怪聶老闆急成這樣。」

「很值錢？比你還值錢？」夏明朗畢竟不像陸臻，他對這玩意沒什麼感性認識，他一面下令把分散在船隊中隨船護航的麒麟精銳抽調回來，一面調侃陸臻。

「值錢多了，無價之寶！拿它和航空母艦擺一起，我都選擇它，有了它，航母就能自己造了。」

哇！夏明朗也吹了一聲口哨。

從全國最高一級的指揮部運轉的行動果然高效，還沒半小時，海軍司令部的命令就到了，而在這之前，夏明朗已經完成了特戰人員的集結待命。柳三變帶領18名最精銳的水鬼登上了祁連山號，而除去自己與陸臻，夏明朗還打算再帶走12位麒麟。剩下的特戰隊員則由姜清暫時領隊，負責整個護航船隊的安保工作，這次老大們盡出，留守的擔子沉重，把這憨厚的小夥子唬得一愣一愣的。

海軍司令部使用的理由很模糊，只說是政治需要。當然這個從常理上講不通，畢竟就算是大陸籍的船失手被劫了，多半也是保險公司交贖金。可是「政治任務」這個詞從來都是反常理的，負負得正反而讓周劍平沒什麼疑心，火速把旗艦權移交給太湖號，留下一艘快艇一艘氣墊船，帶上特戰小分隊直撲失事船隻。

因為失事船隻上裝有隱藏的主動式衛星定位儀，一直可以發報方位，情報部專門借調了一隻衛星追蹤那艘船，失事船隻的平面圖也早早地傳到了陸臻手上。立體船模被火速搭建出來，從海、空、潛三路立體式反劫持的各套方案也相繼出籠，特戰隊抓緊時間爭分奪秒地配合演練。

然而非常不幸的是……那艘船當真離得太遠了，祁連山號即使拼了命地追，也還是鞭長莫及，眼睜睜看著衛星圖上的紅點慢慢靠岸，一步步駛入索馬利亞的海港，祁連山號即使心頭滴血，也只能硬生生停止在傳統領海線之外。

雖然一直沒敢抱過太大的希望，可是當如此殘酷的現實撲面而來，陸臻還是失望地拍了桌子：「聶老闆怎麼回事？這麼重要的船放單跑？」

夏明朗馬上瞪了他一眼，陸臻自知失言，抱上衛星電話去隔壁。為免人多口雜，夏明朗暫時徵用了隔壁一間圖書室做為一級指揮部，規格絕密，非請勿入。

陸臻剛關門就忍不住發飆：「那幫情報部的豬！申請護航不是什麼事都沒了！」

「你現在怎麼跟周老似的亂念經，這船就算申請護航了又怎麼樣？出事那地方都進印度洋了，離開摩加迪沙好幾百海里，從來沒有海盜出沒過，咱管得著那麼遠嗎？」夏明朗心裡窩火，也個沒好聲氣。

「可是他們搞那麼多花樣有什麼用？還不是一樣被劫掉？」陸臻重重嘆氣。

「話不是這麼說，情報部辦事就是這種風格，總覺得間諜衛星就在自己頭頂上，幹什麼全世界都能看見，做賊心虛習慣了。這麼重要的東西肯定不敢自己運，武裝押運也甭想（註10），馬上就得讓人起疑心。挖空心思找了一艘帶顏色的臺灣船，進可攻退可守，擺明了跟大陸撇清關係，可是萬一真出了事咱們還能出手。」

「點兒太背了。」陸臻按住太陽穴呻吟，「都怪最近各國兄弟都太賣力，亞丁灣沒生路，把人都逼到印度洋去了。」

「是啊……」夏明朗也嘆氣，最近索馬利亞人一個月都劫不了一艘船，居然都讓他們撞上了，那得多揹運啊……人哪，就是這樣，怕什麼一準兒來什麼。

時下資訊發達，這個消息幾乎在第一時間就傳遍全球。各國護航海軍在祁連山號脫離編隊試圖追趕的最初就表現出困惑，畢竟那是一艘幾乎不可能追上的船，而像現在這樣灰頭土臉地停下來，簡直就是一定的。這真是一個愚蠢的決定，他們在心裡嘲笑著。

而一些自認為看問題能看到本質的人，則相信這只是中國軍方迫於國內輿論壓力所不得不做出的一種姿態。畢竟對於大量世代生活在大陸上的中國人來說，遠洋真是個不可想像的概念，他們多半分不清海里與公里的差別，但這卻不妨礙他們對萬里之外的事情發表評論。而諸如「我的祖國天下第一」、「丟什麼也不能丟臉」的心態，在全世界都是一樣一樣的。中國人不是最自戀的，當然也不會是最淡漠的。

註10：遠洋運輸，不允許船上自備殺傷性武器，而且船員的數量非常少，很難不被注意地臨時安插沒有遠洋經驗的人。

中國軍方這次反常的積極反應極大地挑逗了國內的神經，一時之間，國內各大報上「敢於有為」的讚美率見報端，各大網路論壇、軍事社區議論紛紛。偶爾有貶低或者不屑一顧的言論也會馬上被「冷豔」、「高貴」、「精英黨」等等這一類的冷嘲熱諷給淹沒。

陸臻對此簡直哭笑不得，沒想到老百姓這麼容易滿足，隨便在邊遠小地做一點完全沒有成就可言的小事都可以讓高帽一頂頂地飛過來。如果此行只是為了順應民意，沽點名釣個響的話，他們現在就能鳴金收兵了。只可惜，現在只有他和夏明朗以及總參二部極少的一群人明白……事情是真真正正地麻煩了。

在海上反劫持與入港之後再搶回來，那完完全全徹徹底底的不是同一種操作難度。好在如今國內波濤洶湧的民意足以掩飾他們本來的目的，萬一後繼要採取一些比較極端的行動也能看起來更自然，這大概已經是目前唯一的利好。

陸臻無可奈何地聯繫聶卓，聶中將顯然也已經從自己人那裡得知船已入港，聲音裡絲毫不見慌亂，一條一條地交代優先順序。

第一，要貨。

第二，不能讓任何人有時間發現船上貨物的性質。

第三，影響要小。

第四，人員無傷亡。

陸臻與夏明朗相對枯坐頭疼欲裂，開著軍艦打進去把東西搶出來那當然沒有什麼難度，可這就成了大規模對外用兵，死傷無算。索馬利亞再亂也是個國，有領土有主權的，雖然目前安理會允許各國進入索馬利亞內陸和領空打擊海盜，但是鬧得太大了如何收場？明天早上全世界的頭條都是這個！你怎麼向全世界解釋，總不能說政治任務吧？

好吧，不開軍艦不打仗，偷偷摸摸把船搶回來，這也不是什麼不可能的事，利用蛙人從水下接近上船奪取控制權，反正索馬利亞海域沒有聲納沒有反潛網，可問題在於你怎麼把船從港口開出來？那麼大個東西跑也跑不快，邊上好幾十條快艇圍著，海盜的老窩就在岸邊上，送你十發RPG火箭彈，這船還開不開了？

「我們需要知道岸上的情況，找海默！」夏明朗敲了敲桌子。

「你打算？」陸臻疑惑。

「必須有人在岸上攔住他們。」

「那樣太危險了，我們可以這樣，把船鑿沉，然後在水下把東西運出來帶走。」

「這也需要有人在岸上攔住他們，被劫的船員都在岸上，那些人不可不救，否則怎麼解釋？」夏明朗的眼神平和而堅定。

陸臻埋頭盤算了一番，忽然靈光一閃，脫口而出：「能不能花錢？」

夏明朗一愣，眼神也變了：「肯定能！」

所有能花錢解決的問題都不是大問題，但是贖金談判一向都是個麻煩事，討價還價不拖上一個月不算完，時間拖得太久一切因素都變得不可控。目前官方消息說船上裝的是大型工程機械，可是誰又能保證一個月之內都不會有人察覺船上到底裝了點什麼玩意？一邊談贖金一邊倒賣船上貨物的先例又不是沒有過。

很快的，作戰大綱再度修正，雙管齊下，先兵後禮。一方面從水下潛入海港，奪取船隻的控制權，確保最關鍵的東西在自己的手心裡握著；另一方面通過中間人談判，在武力的威脅上加以利誘，快速贖回船員。這樣子，既顯武力又講人性，裡子面子都能賺足，國內國外全能敷衍好。

「胡蘿蔔加大棒，全世界都是這一手。」陸臻用力一擊掌，那眼神都帶著華彩，「那丫頭得給個團購價了。」

海默的電話倒比想像中到得更快，劈頭蓋臉的第一句話就是：「說你們的想法。」

陸臻被她問得一愣，旋即又笑了起來，他跟這女人真是前世修來的，幾乎見面就吵，天上地下無所不辯，但是不可否認的，他們有著非常相似的行事風格與喜好，比如說這種絕對直白簡潔的說話方式。

很顯然，從一開始情報部就在藉助她的力量調查此事，所以陸臻沒說任何廢話，直接向海默介紹了他們目前的行動方案。同時為了應付像海默這樣的專業人士來問及緣由，陸臻還花心思從海姑娘的母語中搜羅了可以準確解釋「面子工程」、「輿論壓力」、「政治需要」……的專門辭彙來解釋他們為什麼要捨易取難，不肯乖乖交錢換人。

但是海默沒問為什麼，她從頭到尾沒有一點問到過為什麼。事後，陸臻才明白過來，這種「不問動機，只論結果」的行事風格才是海默真正的職業素養，可是在當時他的注意力馬上被轉移了。

因為海默馬上說：「我反對。」

沒有一秒鐘的遲疑，非常平靜的聲調。

夏明朗皺起眉，他想提醒這個女人注意場合，現在不是為了反對而反對的時候。

「通常他們會從三個方面判斷贖金的多少。一、船的大小；二、船員多少；三、船主有多著急。談判，就是比誰更著急，目前還從來沒有人進港奪船，所以你們是最著急的。」海默說。

夏明朗恍然大悟：「你覺得他們會漫天要價。」

「索馬利亞是沒有物價局的。」

「可是船會在我們手上。」陸臻不相信。

「你們的船目前在艾迪拉，你可以認為那是個小港，但是那裡有槍，有RPG，有導彈、有炸藥和榴彈炮。沒有人可以用步槍守住一艘沒有裝甲的民船，你們會陷在裡面，跟你們的船一起，或者沉沒，或者成為新的人質。」

「你覺得他們敢直接反攻？」陸臻從心底竄上來一道涼氣。

「為什麼不敢？」

「那樣損失巨大，他們的戰鬥水準根本不可能跟我們比。」陸臻相信真要打起來，即使是水鬼營的兄弟也能以一當百，絕對地屠殺。

「沒打之前他們不會相信，開戰之後，停不下來。」

是的，在人們的慣性思維看來，從岸上攻擊海港內的船總是很容易的，中國海軍也不是什麼在國際上大有聲名的存在，對方懷著僥倖心理冒險反攻是完全有可能的，而當傷亡開始出現，最初的目的就不重要了……更何況這還是個永遠在內戰的國家，素來悍武，那是個會傾城出動讓黑鷹墜落的民族。

陸臻與夏明朗面面相覷，終於明白為什麼從來沒有人試圖劫回已經入港的船，即使一艘船值得數千萬的贖金，也沒有任何官方和私人武裝樂意幹這個事。而現在，他們的任務就是這件完全不可能的事。

難道真的要把船弄沉，把東西偷出來？？

陸臻苦笑。

可是水下操作的難度與成本是不可估計的，誰都不能保證那些儀器的防水性能，就算包裝是防水的又能在海水裡支撐多久？而且這種行為根本不正常，寧願毀船也要弄到貨，普通的工程機械怎麼會這麼大的吸引力？擺明就是告訴全世界這裡有鬼。

「能查到是誰劫了這艘船嗎？」夏明朗問道。

「能。」

「知道他住哪裡嗎？」

「哦？」海默的聲音一挑，很有興趣的樣子。

「劫持他有用嗎？」夏明朗沉聲道。

「Interesting……」海默沉默了幾秒鐘，笑道，「我不知道。」

「不知道就是一個不最壞的結果。」

「的確。」海默笑得很愉快，「二十萬美金，我幫你送10個人到他家門口，管進不管出。」

「15個。」

「OK！」

事已至此，夏明朗反而想開了，東西他們不得不拿，事情不能鬧大，反正他都得上岸走一趟，總是要做點什麼的，不如到時候再想，這世上不存在千里之外就萬無一失的方案。

從軍多年，陸臻從沒遇上如此棘手的情況，也當然的，從沒聽說過這麼不靠譜的方案。但是夏明朗對此泰然自若，這讓陸臻隱隱懷疑，可能曾幾何時，當他屁顛屁顛（傻呼呼地）特別崇拜心裡特別踏實地跟在這位老兄身後共赴殺場的時候，其實這廝也如今天這般，腦子裡空無一物！

陸臻不是個機會主義者，他對這種現實簡直吃不下睡不著，他這輩子打過的唯一一場沒有草稿的仗就是追夏明朗，而後果是雖然他追到了，卻永遠不明白怎麼追到的，以致於一年之後都不敢相信自己可以永遠擁有他。

切斷電話，陸臻瞪著艾迪拉港的衛星俯視圖呆坐，無數個劫持與反劫持的戰例從他腦子裡轉過。夏明朗摸了摸他頭頂的毛碎，見他沒反應，掃一眼緊鎖的艙門，握住陸臻的脖子彎腰吻住他。陸臻初時愕然，條件反射式地掙扎，可是被壓制之後又緩過神來，雖然有些不情願，終究被吻得心醉不已。

「相信我！」夏明朗輕輕摩挲著陸臻頸側細膩的皮膚。

陸臻失笑，這廝向來擅長對著空茫茫的未來許諾空頭支票，而最神奇的問題在於，總是可以誆到他這個最謹慎的聰明人。

新的作戰方案很快被拿了出來，所有作戰人員兵分兩路。一路從陸上走，劫持海盜頭目；一路從水下潛入，奪回船隻的控制權，兩相配合，同時發動。

夏明朗在戰前討論會上侃侃而談，無比地有底氣，連陸臻都差點想相信這混蛋的兜裡必然藏著個錦囊，裡面放著孔明的妙計，一步步都設計巧妙，道路雖然曲折，前途必然光明。

由於陸臻與夏明朗是在場唯一的兩個瞭解真相的人，所以他們必然要分領兩路，這才能保證兩路人馬都能深刻地理解那個深藏在表像背後的真正作戰目的，不會捨本逐末。當然，幸運的是陸臻的水戰能力非常強，足夠與水鬼們合作，柳三變甚至半玩笑地調侃夏明朗說你家正房跟我走了，你家裡撐不撐得住。夏明朗滿不在乎地指著馮啟泰笑道幾個蝨賊而已嘛，帶個小妾足夠了。

兵貴神速，海默表示當天晚上就能把路安排好，於是夏明朗馬上決定在天亮之前他們就要登上非洲大陸。一級戰備，特種作戰隊像高速機床那樣驟然啟動，所有的部件都飛快地運轉著，有條不紊嚴絲合縫，器械、子彈、各種裝備、非致命性武器……逐件檢查。夏明朗是最熟練的熟練工，自然比一般人快，陸臻狀似無意地看了他一眼，遞一個眼神向衛生間，然後先走了過去。夏明朗撓了撓頭髮，暗忖，難道要臨別一吻？

果然，走進去就看到陸臻在裡面的一個隔間裡抽菸，夏明朗見四下無人，若無其事地走進去反手插上門鎖，這空間幽暗窄澀曖昧難言，夏明朗忽然覺得這其實也算是個偷情的好所在……陸臻看了他一眼，就著夾煙的手探過來解他領口的扣子。

夏明朗一愣，連忙問道：「你要幹嘛？」

這……不會當真心有靈犀要偷個情吧，當然這情形看著倒是挺像的，可這會兒時間緊迫馬上就得出發，能說上兩句貼心話已經很了不得。

陸臻手上一頓，眼神茫然地看過來，轉瞬間又笑了，咬住嘴角有點羞澀的模樣：「上了你！」

夏明朗嘿嘿笑：「別這麼自暴自棄。」

說話間，陸臻已經解了他兩枚鈕扣，貼著鎖骨探手進去摸到夏明朗軍牌的鏈子，把它拽了出來。

「我們換一換吧。」陸臻埋著頭，手腳俐落地把夏明朗軍牌副鏈上那塊拆下來換上自己的。夏明朗直到他完成才反應過來這是在幹嘛，他抬起手按到陸臻手背上，泛著薄汗的皮膚觸感細膩冰涼。

陸臻抬頭看向他：「不行嗎？」

頭頂的燈光在他眼中聚攏出一個光斑，漆黑的瞳孔光潤明亮，微微顫動著欲言又止的期盼。夏明朗心裡有一絲慌亂，自己的鏈牌還掛在陸臻指間，那只手修長優雅，骨節分明，兩塊暗銀色的金屬牌在燈光下泛著溫柔的光暈。

它們本應該是一模一樣的，這樣才能完成它們既定的使命，然而，現在它們不一樣了。那麼……假如真的有那麼一天，夏明朗想到，萬一真到了那一刻，他其實可以咬住寫著陸臻名字的麒麟軍牌入土（註11）……

這個想法讓夏明朗全身的血液都為之沸騰了起來！

註11：軍士牌一般一套有一模一樣的兩枚，材質為金屬或者高端塑膠，上面銘刻著佩戴者的姓名、出生年月、部隊番號和血型。現代軍士牌通常還會植入晶片，便於攜帶一些更複雜的資訊，比如說，這個士兵是否有某些過敏源與不耐症。軍牌一般用於戰場上的敵我識別、醫療救護與身分證明。當士兵在戰場上意外身亡時，會將其中一枚放入死者的口中或者骨灰裡，以確保在轉運回後方安葬的過程中不會弄錯身分。另一枚由戰友收集上交，用於決定戰鬥死亡人數與身分。最大限度地避免出現所謂「無名英雄」這樣可悲的事情。

陸臻看著他，就這樣放開他，然後慢慢笑了起來，知道他懂了，而且相信他一定會懂。陸臻動作瀟灑地抽了一口菸，把煙霧吹到夏明朗胸口，指著那片燦爛的銀色說：「收起來吧！」

極驕傲極拽的模樣，好像全世界都盡在掌握。

夏明朗嘆了口氣：「這也太明目張膽了。」

「不會有人發現的。」陸臻滿不在乎地。

的確，所有的圖案設計都是一樣的，分別不過是姓名的羅馬拼音、編號與血型之類的資訊，乍一眼看過去都一模一樣，而人手一套的東西，誰又會拿著你的細看。

可是如果當真出事了還是會有人發現的吧……夏明朗看了陸臻一眼，卻沒有說什麼。畢竟如果真的出事了，也就不在乎發不發現了。

據說索馬利亞是沒有海防的，所以那些垃圾船才可以放肆無忌地把核廢料拉過來扔在他們的海灘上。按海默的說法，夏明朗大可以青天白日地開著快艇直接衝岸，反正也不會有人發現。

不過，夏明朗還是選擇了凌晨時最黑暗的時刻，將快艇停在離岸13海里的地方，利用衝鋒舟悄悄靠岸。這種操作一般可以躲過普通的岸基雷達和不太強大的紅外探測設備，雖然這不必要，但是……這是一種習慣。紅外探測顯示前方某處礁石邊有一個完整的人形發熱體，夏明朗猜度著這大概就是海默的線人。然而為保萬全，他還是派了一個懂阿拉伯語的突擊手先上岸摸情況。

因為中東不是我們的傳統活動區，麒麟裡精通閃含語系的隊員非常之少，目前這支突擊小隊只有兩個人會說阿拉伯語，而索馬利亞語這種基本上屬於天外飛仙語的語種則從來沒在麒麟的教程單上出現過，所以目前的語言環境相當困頓。

突擊手宗澤算是比較精通阿拉伯語的一個，雖然據他說索馬利亞地區的阿拉伯語有一定的方言音問題，他其實也不是完全能聽懂，但是，總要好過只會說「真主至大」的夏明朗。

宗澤悄無聲息地消失在夜色中，沒過多久，夏明朗聽到一聲困惑的低語：「隊長？」

「嗯？」難道有問題？夏明朗頓時緊張。

「我拿不準，你最好過來看看。」

夏明朗一時霧水滿頭。宗澤是陸臻同期生裡比較不起眼的一個，當然有光芒四射的陸臻與超級神槍手徐知著映襯著，那一屆的其他人都黯淡了不少。宗澤是最不好不壞的那種，或者就是這個原因讓他選擇了最沒人樂意選的閃含語系當自己的主力外語，當然也正是這個原因讓相對不那麼出色的他一路過關斬將出現在這個深入異境的隊伍裡。

這是個勤奮而謹慎的人，夏明朗想不出有什麼事會讓他如此反常。

月亮已經落山了，但是星光極盛，普通的微光夜視鏡就足夠看清四野。夏明朗無聲無息地出現在宗澤身邊，順著他的指示看向那位正倒頭大睡的老兄，頓時也生出那麼一點點不太正常的感覺。

此人看起來身板頗厚，手臂與睡覺的姿態讓夏明朗相信他絕對訓練有素，可是他在這種空曠的地方睡得毫無防備……

「我沒發現一點輔助警戒設備。」宗澤小聲說。

是啊，這情形怎麼看怎麼像一個誘敵深入的陷阱，但問題是這有何必要？

夏明朗心裡眨眼間已經轉過千百種心思，他一點一點地仔細觀察，在這位壯漢手邊發現五枚子彈，一大、三中、一小，隨便散落著。夏明朗這才心裡一鬆，他知道最小的那枚子彈口徑應該為5.8毫米，是中國製95槍族的標準使用彈頭。當然這不是看出來的，因為北約彈頭是5.56毫米，在這麼遠的距離上根本看不出分別，他能認出這枚子彈，主要因為這是陸臻的信物。

當時，他們在討論怎麼接頭，海默姑娘呵呵笑著說，這多簡單啊，我這裡有小帥哥送我的簽名子彈。陸臻頓時大窘，在所有戰友飽含各種深意的目光中，深深地低下了頭。

夏明朗隨手扔過去一小塊珊瑚，心裡琢磨著，他應該找什麼機會把子彈偷回來。

壯漢被珊瑚正中鼻樑，啪的一下彈坐起來，四下裡看了看，用英語問道：「什麼人？」

夏明朗與宗澤按兵不動，壯漢揉了揉鼻子，把子彈擺得更顯眼一些，抱肩再躺下去，夏明朗只能哭笑不得地站起來打了聲招呼。陌生人出現得如此之近，這顯然嚇了壯漢一跳，他按亮手電筒照過來，夏明朗只好拿開了夜視儀。

在雙方驗過信物——小帥哥的子彈後，壯漢握住夏明朗的手，沉聲說道：「我叫槍機，你們就兩個人？」

夏明朗搖頭說不是，招呼大家上岸。

槍機大大咧咧地插腿坐在地上打手機，啞嘎著嗓子威脅著對面那位快點從床上滾下來，開車來海邊接人。夏明朗簡直哭笑不得，在這麼一位豪放哥的對比下，他們剛才偷偷摸摸上岸的模樣怎麼看怎麼都有點搞笑的味道。

槍機滿足地罵完司機的祖宗十八代，隨手拉開自己當枕頭用的那個大包，倒出一大堆當地衣物。夏明朗他們在出發前換過裝，當然，如果能夠更合群，他們也不介意再換一次。槍機同時還頗有些不好意思地告訴夏明朗車子要等天亮才能到，所以你們要不然先睡一會兒？睡不著的話，要不要打打梭哈，他那裡還有兩副紙牌。

整個行動隊面面相覷，整體石化。行動前各種緊張嚴肅的心理準備在此刻僵硬成黑色幽默，那種感覺是什麼樣子？你鼓起勇氣要劫法場，人家引了你去看《唐伯虎點秋香》。

夏明朗哈哈大笑，拍著槍機的肩膀說，行啊，賭多大？

入鄉隨俗舉重若輕是夏明朗身上最精彩的成分。

槍機兩眼放光，啞聲笑道，你說多大就多大。

陳默和徐知著在睡覺，宗澤在警戒，常濱就睡在他身邊，臨睡前告訴他一小時之後叫醒他換班，嚴炎消失在更遠的夜色中，方進、夏明朗與槍機戴著夜視儀在賭七張牌梭哈，馮啟泰充當荷官。方進剛剛學會怎麼玩七張牌梭哈，而在這之前他一直以為所有的梭哈都像香港賭王裡演的那樣是只有五張的，可無知歸無知，賭博有它自己邪門的潛規則——新手通殺。

方進最高峰時贏了一百五十二美金，槍機淨賠，讓這老兄很不開心，他揚言新手賭運不可能持久，拉住方進再戰。但是新手賭運耗盡的方進並沒有讓槍機轉運，最後夏明朗一家獨大，贏了二百零五美金，方進還剩下三十六美金沒輸光，槍機仍然淨賠。那張胖圓臉陰沉下去充滿了沮喪，夏明朗拍著槍機的肩膀說給錢給錢，槍機心痛不已。

夏明朗看著他掏兜，接錢的時候自以為神不知鬼不覺地順走了陸臻的子彈，槍機忽然握住他的手腕說道，哎呀，好像夾了個東西。夏明朗一時之間幾乎不能相信他「妙手神偷」多年不墜的聲名竟會盡喪於此。然而槍機從夏明朗手中的亂鈔裡挑出那枚子彈放進胸口的衣兜，拍了拍袋口說道，還好沒丟了，要不然Baby一定不會放過他。

夏明朗一陣惡寒，仔仔細細地把這位仁兄從頭到腳又看了三遍，典型的南美人長相，大眼睛、圓臉、兔牙、強壯。

這丫頭口味可真重！

夏明朗說服自己放棄那顆子彈。

天色漸明，嚴炎用暗語向夏明朗報告有車輛接近，果然，沒多久一輛蒙篷的大卡車披著晨光而來。這車很破，後面也沒個坐處，槍機象徵性地表達了一下歉意，夏明朗也就象徵性地表達了一下體諒，其實出門在外誰也不會把這麼一點困難放在心上。不過路是真的破，破車加破路，顛簸是雙倍的，把麒麟一行人晃成了一車鬥的滾地葫蘆。

司機是一個高高瘦瘦的阿拉伯人，整個人都包得嚴嚴實實的只露出一雙深邃漂亮的大眼睛，不過中東人的眼睛普遍都很漂亮，倒也不見得有多麼姿色出奇。槍機說這人叫榴彈，至於為什麼叫榴彈那是後來才明白的，當時的夏明朗也只是很淺薄地詫異了一下，因為怎麼看怎麼覺得這人的體型和榴彈差得都有些遠。

夏明朗一直坐在車尾，從帆布篷的空隙裡往外看。索馬利亞內陸並不如他最初想像的那麼可怕，沒有滿地的橫屍也沒有持槍對峙的匪徒。當然窮也是真的窮，沿途幾乎看不到任何能展示現代文明的建築，說落後中國一百年誇張了一些，可落後五十年大約是不止的。放眼望去大片大片的曠野點綴著少量的綠樹，這是最常見的東部非洲。

然而，上車前夏明朗下意識地回頭看了一眼，海面上正隆重地升起初陽，浩瀚的海水泛出油光，厚重濃豔華美非常，毫不遜色於這世間任何一處聞名的勝景。假如不是因為紛飛的戰火，這裡也會成為人們趨之若鶩的度假勝地吧。

路不好，當然車也就走得慢，一路晃悠到中午才開進卡納羅爾，夏明朗倒是想通了為什麼槍機他們都有意無意地想拖到天亮再走，這爛車破路再加上黑燈瞎火，沒有地圖沒有指示，從索馬利亞開到盧旺達也不稀奇。

海默的據點是個土黃色的大破院兒，小姑娘笑眯眯地衝出來和槍機熱情擁抱，把麒麟的小夥子們看得一愣——這丫頭畢竟在船上待過一陣，也算是一段時間內人民群眾的主力X幻想對象，雖然沒人指望著幻想成真過，但是，如果……那多少也有那麼一點「這種熱情要是用在我身上就好了」的遺恨。

海默摸了摸槍機的光頭，親暱地在他臉頰上親了一口，笑道：「Hello! Chubby!」

麒麟裡有一半人忍不住大樂，一半人沒聽懂，槍機「胖胖」不滿地抱怨了一大串西班牙語。阿拉伯人一向對女人不算親近，海默簡單和榴彈點了個頭，就把手裡一大卷紙頁扔到夏明朗懷裡：「有失遠迎了，夏隊！艾迪拉的地圖，薄禮，不成敬意。」

夏明朗心頭大喜，打開一看才發現居然是手繪的草圖，兜頭一盆冷水澆下去，臉色都變了。

「你以為這裡是洛杉磯，」海默不以為然地笑，「給SWAT打個電話，平面圖直接傳到你手上，隨你縮小放大？」

夏明朗知道這是事實，也沒什麼好計較的，而且一張手繪的地圖怎麼也比從資料庫裡直接列印的成品來得隆重而誠意，這種獨家限量的姿態簡直就像在提醒夏明朗，那二十萬你們花得絕對不冤。他也就只能略一抱拳，苦笑道：「多謝！」

海默一邊領了大家進門，一邊吩咐：「找個地方休息吧，傍晚出發，已經不遠了。就別吃我們這兒的東西了，免得不適應。」

既來之則安之，絕大部分隊員都在快速進食後抓緊時間補充睡眠，警戒工作交給了陳默和常濱，夏明朗打開衛星圖核對海默給出的手繪地圖。海默探身過來用一支紅筆圈出了他們此行的目標，夏明朗算出經緯度，傳回後方去給技術支援，要求更高解析度的衛星照片。

在索馬利亞，海盜大都是家族武裝，他們多半是由父系的血脈維繫，就像海默說的，這是一門家族生意。艾迪拉是他們的主力據點之一，一個徹頭徹尾的海盜港，那裡有差不多一千多人的持械武裝，主要分佈在六個姓氏裡。當然還有一些小家族，一些散碎的雇傭兵，不過這種散人很少，因為很少有海盜家族會樂意請外人，他們喜歡一大家子的兄弟們一起幹活，就像當年打漁時那樣。

在這種情況下，要分辨一夥海盜的頭目就成了件麻煩事，很可能這個家裡老爹跟兒子都很有發言權，又或者幾個兄弟會平分贖金。在海默給出的情報裡有一個好消息和一個壞消息。好消息是劫持了海狼號的那窩人目前有一個比較罩得住的帶頭大哥，壞消息就是，那窩人生活很親密，他們住得很近，核心成員甚至就住在一窩大房子裡。

夏明朗有種欲哭無淚的衝動。

索馬利亞信奉伊斯蘭教，名字都起得曲折，此帶頭大哥的名字海默說了兩遍大家都沒能記住，最後只能起了個暱稱，叫Najib，搞得大傢伙都像是此人的好友親朋。

隊員們休息了一下午，躲過東非洲最燎烈的陽光和最酷熱的風，到黃昏時，氣溫終於變得親切了一些。槍機和一個黑小夥在牆邊練習摔跤，高瘦的黑小夥赤裸著上身被摔得滿身塵土。

夏明朗頗有興致地站在旁邊看，黑小夥忽然轉身看向他，用並不太熟練的英語問道：「Chinese？」

夏明朗點點頭，說道：「Chinese！」

黑小夥頓時歡呼起來：「I like Chinese!」

夏明朗被他這熱情唬了一跳，心想難道中宣部說的都是真的，第三世界的人民都愛中國？他大驚其訝，滿腹狐疑地問了句：「Why?」

黑小夥興高采烈地脫了鞋，又把他的手機拿出來指給夏明朗看：「Chinese！」

夏明朗看著那支金光燦燦的山寨手機，心情很複雜。

「在索馬利亞，60％以上的日用品來自中國，他們常常以為義烏就是中國最大的城市，因為你也知道，中國貨很……」

「便宜！」夏明朗點下頭。

「也沒什麼不好啊！」海默笑了。

夏明朗嚴肅地：「能為世界人民的幸福做貢獻是中國人民的榮幸！」

海默哈哈大笑。

的確沒什麼不好。夏明朗看著熱風從地面上掠過，捲起塵埃。

這裡有AK，有反政府軍，有海盜，有子彈，這裡也有碧藍的天空與海洋、黃土築的房子與眼前因為一支便宜手機就歡天喜地的青年。夏明朗想起他第一次去緬甸，過境時心裡緊張得要命，耳邊聽著子彈呼嘯的聲音，有戰亂有紛爭，他們戰鬥他們逃命，可是轉過頭也仍然能看到滿山遍野的青蔥翠色與無辜百姓臉上的歡喜顏色，有時候只是因為一小塊糖、一點點的錢與善意。

最後，就學會平靜了，不再緊張也不再害怕，夏明朗對所有的亂世之地都有著某種柔軟而沉重的情懷。

他招招手，溫聲問道：「What's your name?」

黑小夥大聲說：「Kabace!」

夏明朗翻遍行李，送給他半包南京菸，Kabace如獲至寶，用結結巴巴的英語和夏明朗聊起了天。槍機索然無味地去找阿拉伯人練手，海默靠在牆邊看著談笑時表情豐富的夏明朗，若有所思。

「我們在等什麼？」夏明朗注意到海默的視線，笑著轉過頭。

那是很寬厚的笑容，很放得開，明亮灑脫，一點也不刺目，讓人舒服。海默揚起了眉，言簡意賅地說道：「錢！」

夏明朗一愣：「我以為應該是直接劃到你帳上的。」

「幫你們準備的現金，我想了想，覺得把什麼都帶上可能更好。」

夏明朗誇張地做了一個鬼臉，豎起大拇指。

「不過，時間也差不多了，準備起來吧！」海默擊掌示意大家聚攏，「這樣，先脫衣服，一個一個來。」

啊？小夥子們面面相覷。

夏明朗極陰損地調侃道：「你不用這麼饑渴吧？」

這話說得直白，自然人人都聽懂了，可是海默畢竟是女孩子，麒麟的小夥子們多半不及他們的中隊長這麼沒皮沒臉，一個個忍笑忍得極為辛苦。海默轉了轉眼珠，笑容嫵媚又甜蜜：「Oh，是我疏忽了。不過，先生們，這裡是非洲，世界上愛滋病最高發的地方，所以如果你們有什麼需要的話，建議內部解決。」

她轉身看向徐知著聲音柔美，溫柔而誠懇地說道：「辛苦你了。」

徐知著一時茫然，幾秒鐘後反應過來，刷的一下蹦了起來，梗住……連脖子根都紅透，急得一個字也說不出來。

一時之間徐知著所有不懷好意的損友們都安靜下來看好戲。

徐小花向來都不是個有急辯才能的人，舌燦蓮花五味這種事他這輩子沒指望過，從來都是心裡有十分，說三分退兩分藏五分，所以常避是非圈兒之外。像此刻這種充滿了隱語的下流詭辯，根本超出了他的能力範圍，索性開始就裝淡定也就算了，氣勢還在，不輸臉面。可是偏偏氣急攻心跳了起來，如此飛來橫禍，居然把他活生生憋在那裡，腦中一片空白，張口結舌，進退不得。

要是陸臻在就好了！徐知著絕望地想。

海默之前與徐知著不過是個點頭的交情，也沒料想一句玩笑話居然能把他逼成這個樣子。此刻，這個漂亮的男孩子站在陽光裡，手足無措的樣子看起來羞澀而又無辜，這神情似曾相識，讓海默心中柔軟。

漂亮的人永遠都是會佔點便宜的，任何時候，或多或少。

「開個玩笑嘛，別這樣，真的生氣啦？」海默換了表情，柔聲討好，像一個嬌俏的小女孩。

這種口舌之爭，女孩子先服軟，男人當然不好再追究，徐知著終於等到臺階可下，忙不迭地坐下去表示大度。

「好嘛，那就你先來吧！」海默像變戲法一樣弄出個小手提箱，一打開，露出各種瓶瓶罐罐刷子粉撲，大家這才反應過來，原來是要化妝。

夏明朗眉角一跳，這丫頭，放得出去收得回來，當得潑婦裝得淑女，端的是個勁敵，一定要讓她離開陸臻遠遠的。

麒麟標配隨身的偽裝盒裡也有黑色的油彩，但那是用來抹迷彩色的。海默擺開三個罐子調棕黑膚色，而且麒麟的隊員們多半膚色偏深，扮個黑人真是事半功倍。

打底，上色，加重眼部陰影，放大嘴唇的輪廓……眼看著一個非洲帥小夥就要從她手下誕生，海默忽然停下來，托著徐知著的下巴左右看了看，嘆氣：「Oh，我錯了，我應該把你化成一個阿拉伯美女的。」

徐知著吃一塹長一智，強壓衝動，淡然問道：「那妳要重來嗎？」

海默哈哈笑：「算了，下一次吧。」她調了一大塊深棕色的粉液給徐知著，讓他去抹身體，拍拍身前的空位吆喝道，「下一個！」

眾人一陣扭捏，方進被夏明朗一腳踹了過來。

一般來說，凡是大眼睛、雙眼皮、輪廓立體的臉盤子，妝化成了會比較像，而像夏明朗、陳默這號的，因為寧死不肯上雙眼皮貼的緣故，效果讓海默很扼腕。大筆的現金終於在晚飯前送到，一百萬美金，捆紮得整整齊齊地裝在一個旅行袋裡，夏明朗簡單清點過後把袋子交給陳默，陳默接過手看也沒多看一眼，隨手壓到自己的槍袋底下。

押貨的是一個黑人，少見的眉目清秀，方進乍一看還以為是科比，多看了幾眼又覺得像威爾•史密斯。於是如獲至寶地衝過去跟人家嘮嗑，打聽有沒有人說你像某某某。黑帥哥詫異搖頭，過了一會兒聊開了，他笑眯眯地對方進說：我覺得你長得很像成龍。

方進於是徹底地傻了眼，看來臉盲是全世界人民的共性。

萬事俱備，整裝待發。夏明朗揮了揮手，散漫休息了整個下午的麒麟隊員們凝聚起視線，他們沒有整齊劃一地站列，穿著最普通的襯衫與長褲，手裡拿著AK，子彈圍在腰上，看起來像外面隨處可見的政府軍或者反政府軍，然而四下裡卻隱隱地蕩起風雷。

榴彈留下看家，黑帥哥查理與Kabace開了一輛索馬利亞最常見的敞篷小皮卡，帶上那些化完妝後足夠以假亂真的麒麟隊員們在前面開路，海默與槍機的帶篷小卡車則負責攜帶剩下的隊員與裝備。

夏明朗給自己整了一副蛤蟆鏡，抱槍坐在皮卡後面的車斗邊沿。怎麼看怎麼都像個剛剛買得起墨鏡的暴發戶，寧願天黑看不見也不肯收起自己的新眼鏡。這個優秀的道具瞬間縮短了他在形象上與非洲黑小夥的差距，並且與他那種與生俱來的裝B耍帥的氣質配合得天衣無縫。

海默對他這種神形兼備的化裝技巧嘆服不已。

黃昏時的卡納羅爾遠比上午來得熱鬧，車隊穿城而過，開得並不快，沿街的路人偶爾看他們一眼，又漫無目的地轉開視線。這是海默計畫的一部分，用於檢驗這個隊伍是否看起來會突兀。

卡納羅爾是一個各種勢力混雜的地方，政府軍與反政府軍在這裡巷戰，走私客到這裡倒買倒賣，海盜們來這裡消費。所以如果在這裡就露了餡，可能大家各自為政都不會拿你怎麼樣。而艾迪拉是一個海盜專門棲身的漁港，那裡只有海盜與靠海盜為生的人，如果在那裡被發現是異類，很可能會引起傾城的攻擊。

雖然不費一兵一卒，最後很可能也會不耗一槍一彈，只是動動嘴皮子和開開車，把錢借出來裝個樣子，三天就能賺回二十萬美金。這看起來簡直是暴利，可是海默仍然用她的實力讓人明白她是值得的，她出賣的是多年經驗與無價的頭腦，一次成功的行動從來不是開槍與殺人，那只是最基本的技能。

在飛揚的塵土與小夥子們同樣飛揚的眉目中，太陽安靜地入土，壯烈的金色與紅色鍍在每一顆塵埃上。

車隊漸漸接近城市的中心地帶，行人多了起來，沿街的平房裡開著小商鋪，沒有什麼正兒八經的招牌，大片大片五顏六色的塗鴉帶出一些商業的氣息。街道很窄，人群散亂，地上鋪著塑膠布與一些簡陋的帳篷，四處搭著巷戰用的路障，所有的建築物上都帶著彈火硝煙的痕跡，整個城市就像一座巨大的廢墟。

孩子們追逐叫嚷著，用一個鼓鼓囊囊的塑膠袋在路邊踢，一群披著頭巾的女人帶著孩子從個店鋪裡走出來，Kabace停車讓行，方進若無其事地看了夏明朗一眼，握槍的掌心裡生出些濕氣，夏明朗挪了挪位子，靠到方進身上。

槍聲驟然而起，像炒豆子一樣，劈裡啪啦地穿過窄長的街道從遠處傳來。方進和宗澤瞬間握緊了槍，夏明朗抬手按住他們，警惕得四下張望，陳默把槍口悄悄地伸出了帆布車篷……

「放鬆，放鬆點，先生們，放鬆……這和你們無關。」海默利用隱藏的入耳式耳機安撫眾人。

「這是政府軍與反政府軍在打巷戰，過幾天就得打一次，沒關係，這與我們無關。」查理小聲地向夏明朗解釋。

悄悄探出的槍口又悄悄收了回來；方進強迫自己看向地面，避免過分銳利的眼神讓路人產生冒犯感；夏明朗充分地利用了他的墨鏡，表情閒適地看向槍聲傳來的地方。

路上的行人大都麻木而茫然，踢足球的少年們猶豫不決地觀望，一個孩子忽然衝過來大力抽射，「足球」越過夏明朗的車隊落到前方的街口。少年們大聲咒罵著，把那個憑空冒出來的小孩按到地上飽以老拳，他的母親則著急地跑過來拉架，好搶救她的兒子。

槍聲越來越近，卻漸漸稀疏起來。Kabace把車停在了一個街口，他攤開手，表示先等等，讓交戰雙方先過去。

一個驚慌失措的少年從前方的街口跑出來，他步伐凌亂，下意識地貼著牆根跑，以乞求得一點掩護。夏明朗在心裡嘆氣，巷戰不同於叢林，叢林裡的樹木會吃掉子彈，所以躲藏在樹邊是安全的，可是水泥牆面會反射子彈，牆角是最不安全的地方。

海默指揮著車隊往旁邊退，退到與正在交火的橫街平行的另一條橫街上。

大路上的行人三三兩兩地跟著退了過來，青年人討論著這次誰會吃虧誰佔便宜的話題，他們聚集在一起，平靜地觀望，甚至有點興奮，就像中國北方某些民風悍武的地方那樣，大老爺們聚在一起，興致勃勃地圍觀一場街頭群架。雖然這場群架的武器是AK和子彈，代價是生與死。

夏明朗與方進等人已經跳下了小皮卡，他們也擠在一起做出看戲的模樣，但是與身邊的正宗索馬利亞人保持著恰當的距離。海默有些佩服夏明朗，這個男人身上有種難言的勇氣與膽識，讓他在任何情況下都能從容不迫，舉重若輕。

一小隊服色雜亂的武裝人員從那個街口退出來，跑到縱向長街的另一邊。他們用各種方式回身射擊，當然絕大多數的動作是錯誤的，於是身上多多少少都掛著彩。

「反政府軍？」夏明朗小聲地問查理。

查理搖了搖頭：「是政府軍。」

呃……夏明朗錯愕。

「在這裡，反政府軍更有錢，部落和海盜都給他們錢，他們比政府軍有錢，能買統一的軍裝，政府軍買不起。」Kabace用顛來倒去的英語小聲地解釋著。

如此之矬的政府讓夏明朗幾近哭笑不得，難怪他們會在聯大呼籲各國入境干涉他們的海盜問題，引外國勢力干涉本國內政，一個政府貧弱至此，還能有什麼前途？

「這地方……」夏明朗嘆氣。

「其實這地方也快結束了。」查理說道，「打了二十多年都散了，也打不出什麼來了，克蘇尼亞現在鬧得才厲害。」

「哦？」

「你不知道嗎？你應該知道啊，你們中國有很多油田在那裡。」

追擊的反政府軍在街口露出了頭，依託著十字路口的路障，雙方交火越發激烈起來，最初逃出那塊是非之地的少年忽然尖叫了一聲，撲倒在地……方進後背一凜，全身的肌肉瞬間繃緊，夏明朗拍了拍他的肩膀，把人攬到懷裡。方進勉強咧起嘴笑，命令自己放鬆下來。

中了流彈的少年艱難地坐起來，他捂著大腿痛哭不已，臉上被碎石劃破，血水與淚水混合在一起，慢慢流到脖頸。

反政府軍一路追擊，壓制火力透過了那個路口，槍聲又一次稀疏下來，漸漸遠去。一些膽大的青年人走過去張望，然後揮一揮手，示意大家可以通行，一個性急的少年飛奔過去撿球。

Kabace吹出一聲口哨，讓大家上車，夏明朗輕籲了一口氣，隨大家按剛才的座位坐下，車隊再一次啟動，緩緩開過彌漫著硝煙味的街道。抱著「足球」的男孩子心滿意足地笑著走回來，與夏明朗擦身而過。

夜色漸濃，天邊散盡了最後一點瑰麗的光彩，被流彈擊中的少年在夜色中漸漸模糊，哭聲遠去。

夏明朗按了按胸口，某一塊堅硬的金屬緊貼著他心臟附近的皮膚，他覺得陸臻不在這裡真是太好了。

9

從規模上來看，艾迪拉是個非常非常小的城市，整個城市的常住人口不足八千人，一個稍微大一點的街區都比它大。然而，在操作上，這種孤立的小城給大家帶來了大麻煩，因為它實在太小，很可能這個城市裡所有人彼此之間都有點面熟，這幾乎是一個不能混入的地方。

陸臻與柳三變站在船頭看日落西沉，早已看過千百遍的海在這個傍晚變得分外壯美，那種大戰將至的壓力令人屏息。

柳三變忽然問道：「不知道夏隊現在到哪兒了。」

「現在應該在路上吧，按計劃，他們應該在三個小時以後到達艾迪拉。」

「希望一切順利。」柳三變說。

陸臻默然，點了點頭。

相較於夏明朗，他們這邊的任務要容易得多，目前在艾迪拉的港口裡停著八艘船，但是藉助海狼號自帶的主動式衛星定位系統，他們可以輕而易舉找到目標。於是接下來的工作就再簡單也不過了，潛水、接近、上船、反劫持……

目前的情報表示，人質都被扣押在陸地上，沒有人質在手，再兇狠的海盜在軍方看來也不過就是一群烏合之眾，大可以隨便搓扁揉圓，生殺予奪。

誰都明白此行真正的關鍵在陸地上，夏明朗需要從一群兵匪中準確地挑中自己的目標，他需要盡可能地不驚動那些不知根底的海盜。因為沒有人說得準這群人的反應，面對槍口他們是會拼命反抗還是會投降？他們是否有能力判斷形勢，為自己做出正確的選擇？有時候人們不怕神一樣的對手，就怕不要命的蠢貨。

陸臻憂心忡忡地看著遠處陸地的輪廓。

從卡納羅爾到艾迪拉的道路品質比夏明朗想像中好了很多，Kabace一邊吹著口哨，一邊向夏明朗介紹這條由可愛的中國人援建的路。內戰二十年，讓這個國家的基礎建設徹底停止，連這樣二十多年前修造的老路也成了寶貝。

前方是海盜之城，路上的車輛並不多，可是只要有車經過就是十輛以上的大車隊，絕大部分都是日本車，豐田產的陸地巡洋艦和三菱越野，當然也有極少量的賓士與寶馬。查理告訴夏明朗這些海盜都很有錢，開好車，買好酒，花錢如流水。他們總是成群結隊地進城採購，即使遇上員警也不擔心，因為員警們的裝備遠不及他們。

夏明朗他們到達艾迪拉時，是當地時間晚上九點，海默指揮車隊在城外繞了半周，分兩批把人放下去。艾迪拉的佔地面積不足一公頃，地勢險要，易守難攻。馮啟泰、徐知著與海默一起，在城南的一處高地上建立起前沿資訊支援站。

雖然海默與夏明朗達成的協定是管進不管出，畢竟如果行動順利，夏明朗他們應該與海狼號一起離開港口，而如果行動不順，陸路也不會比由柳三變護航的水下更安全。但是為保萬全，海默還是讓槍機他們守好車子，留在附近待命。

按現有的計畫，夏明朗這支部隊將在十點左右進入Najib的住所抵近偵察，而柳三變的水鬼們則將在零點左右抵達海狼號的船底。兩邊匯合之後進入統一的單兵電臺頻道，以夏明朗為最高指揮，在凌晨時分同時動手——奪船劫人。

深夜的艾迪拉仍然喧鬧，有人在聚會，喝酒開著派對，也有人飆車胡鬧。不過這個幾乎沒有街燈的小城給麒麟的潛入提供了不少方便，他們在黑暗中掠過屋頂，甚至大搖大擺地從海盜們的眼皮子底下經過。

太順利，所有人員都提前接近目標，Najib的家是一片大宅院，最高不過三層樓，馮啟泰開啟小型陣地雷達與主動式紅外探測器對小樓進行精細掃描。夏明朗輕咳了一聲，突擊隊員們在各自的隱蔽點迅速地戰鬥換裝，防彈背心、頭盔、夜視鏡……黑色的夜間作戰服，連掌心都塗黑。

這不是一個危險的任務，卻比曾經任何時候都更需要謹慎，某種全或無的開關控制著整個局勢，要麼兵不血刃，要麼屍橫遍野，夏明朗不想面對後者。

突擊手先行一步潛入，陳默與嚴炎進入各自的狙擊戰位，一人控制兩個方向，完成狙擊保護。在先進而嚴密的電磁偵察下，這座宅院幾乎是透明的，什麼人在什麼地方，他們在幹什麼，在馮啟泰眼前一目了然。方進領著兩名突擊手在馮啟泰的指示下順利潛入，與夜色融合在一起，沒有引起一絲的異動。

「不太對。」海默忽然出聲，身為幕僚人員，她只與夏明朗保持單線聯繫，當然馮啟泰可以直接聽到她說的話。

「嗯？」夏明朗反問。

「人太少，而且沒什麼男人。」

「的確是的！」馮啟泰已經基本統計完了這屋子裡所有的活人，可是這麼一大片地方才這麼些人，而且差不多全是女的，忙著聊天幹家務逗小孩，這怎麼看怎麼也不像個海盜窩吧？

「地點沒錯？」夏明朗問道。

「當然。」

夏明朗略一思索，指揮方進在幾個重要位置放上了竊聽器，海默調換頻道逐一抽取竊聽，最終苦笑著得出了一個結論：由於海狼號順利被劫，所以Najib領著男人出門Happy去了。

「你知道他們去哪兒了嗎？」夏明朗無奈。

「我不是真主，不知道他的兒子此刻身在何方。」海默開著玩笑，畢竟事不關己，她要輕鬆得多。

得，反正閒著也是閒著，夏明朗交代好周邊的警戒保護，帶上宗澤悄然潛入主樓，就讓他來看看那位年輕的海盜頭子到底在過著什麼樣的生活吧。

即使不在索馬利亞，Najib的家也算得上奢華，樓上樓下有不少臥室，有些還睡著年輕漂亮的姑娘，夏明朗感慨要是知道哪位是那哥們兒的寵姬就好了。當然也有更多分不清功能的房間，裡面堆放著華麗的中東風情的櫃子、各種毛毯、菸、酒……還有牆上鑲嵌著寶石的「真主至大」的掛毯。

夏明朗小心地觀察每一間屋子，估計大小、方位與功能，馮啟泰配合他迅速地完成了這棟小樓的建築平面圖。這工作幹得太過精緻漂亮，海默大為欣賞，半開玩笑地稱呼夏明朗為「我親愛的蜘蛛俠」。

夏明朗輕哼了一聲，半是得意半是不屑。

柳三變的隊伍準時進入計畫戰區，馮啟泰聽到電臺裡傳來陸臻的聲音，感動得幾乎熱淚盈眶，差點就想直接把控制權轉移給他，轉念一想才記起來，這會兒陸臻大半截身子還在海裡泡著，他才是此行的陸地資訊總支援。

陸臻自然有自己的事要做，他利用電磁設備掃描全船，發現守船的海盜出奇地少，不到十個人，全部都在船員生活區與駕駛室裡待著，水鬼們全員上艦之後幾乎可以二對一。當然，這回也算柳三變他們第一次出實戰，不惜血本，精英盡出，要的就是那種飽和性攻擊的範兒。而且誰都知道奪船不是難題，守船才是難題。

由於Najib與他的兄弟們還沒回家，何時動手就成了個懸而未決的新問題，夏明朗下令靜默待命，所有的特戰隊員們分散開，潛伏入種種人所不察的角落，屋裡屋外，院前院後。這是基本功，一個稍微大一點的房子，夏明朗就能往裡面藏上兩三個人。而阿拉伯式的室內陳設華麗而繁雜，貼牆邊一水的實木大櫃，櫃子頂上的空隙簡直是天造地設的隱蔽所。

無聊的等待最消磨鬥志，酷悶的熱帶夜晚，空氣乾燥，靜止不動時沒有一點風，汗水貼在皮膚的表面蒸騰殆盡，令人煩悶。

躲藏在前院灌木叢裡的常濱用極輕的聲音抱怨著國產的防蚊水不防非洲大陸的蟲子，張俊傑被祈禱室裡的香料薰得幾乎不敢呼吸。夏明朗為了打發時間，甚至還花幾分鐘去估計了一下夜晚的水溫，不過這裡是熱帶，相信陸臻在水裡待著一定比他舒服……

「來了。」陳默忽然說道。在任何時候，他都是永遠不會走神的那個。

眾人心中一緊，瞬間抖擻了精神。

「有車隊往這邊過來，有七……不對十一輛車。」馮啟泰的聲音緊張起來，這怎麼回事啊，海盜大集會嗎？

「哦……哦哦哦……」海默小聲驚嘆。

夏明朗琢磨著這算怎麼回事？都快半夜一點了，還沒鬧夠啊……

打頭的那輛陸地巡洋艦直接開進了院子裡，院子中間的燈驟然開啟，射出慘白的光，幾個男人從邊上的平房裡跑出來迎接，越來越多的車開進來，直到再也停不下。男人們在院子裡走來走去，他們中有些人抱著槍，有些空著手。他們高聲談笑，喝著酒，唱著歌，彷彿在等待著什麼。

有時候，對於外人來說，黑色人種的面目實在太過相似，常小濱同學調大望遠鏡的倍數一個個地看臉，看來看去看得兩眼眼花，完全無法分辨這群黑哥兒們裡到底哪一位是Najib。

海默利用之前裝在前院的拾音器聽他們的對話，可是七嘴八舌說話的人實在太多，聽得腦子裡糊裡糊塗的，還真不知道他們在嚷什麼。方進趴在屋頂氣得直瞪眼，要是能強攻就好了，居高臨下這麼一梭子下去，直接送他們全部上西天。

幹架最怕的是什麼？

有人質！

比有人質更可怕的是什麼？

全要活口！

夏明朗苦笑，心想真他娘的燙手山芋一攤爛泥，這些人就不能表現出一點組織性紀律性來嗎？那個那個，當頭兒的，您能不能站中間，有點領袖的範兒。

最後一輛廂式小貨車艱難地從那堆停得亂糟糟的車堆裡開到院子中央，車廂的後門打開，像黑洞一樣嘩的一下子吸引了所有人的目光。常濱的潛伏的角度意外地好，位置絕佳，他極輕地吸了一口氣說道：「很多武器。」

不一會兒，方進也看清了。

的確，很多武器，一箱一箱地從車下抬下來，從AK型的步槍到更大支的機槍，黃澄澄的子彈用粗紙封著，一包一包地碼在地上。

「他們在買武器！這是最近的一批大貨，果然，已經分銷到這裡了。」海默在前方提示下終於抓到了話題重點，難怪這麼一大群男人全聚到一起，原來是有大買賣。

方進在心裡咒罵了一聲老天爺，贖金還沒到手，用不用這麼暴發戶啊？

幾個看起來像是頭領的男人圍在車邊討價還價，一些海盜們湊近了去檢查槍支，也有人直接挑走了一支槍，向旁人展示著，好像在說這玩意兒我要了。

方進冷不丁看到一個人晃晃悠悠地朝常濱潛伏的方向走過去，他馬上在喉式通話器上輕彈了兩下：警報！

所有人都無聲無息地扣住了扳機。常濱全身的肌肉一塊一塊地緊繃收起，眼前的黑影被灌木的枝葉分割，越來越近越來越大，忽然向前踉蹌著一撲……常濱像一隻待發的花豹那樣蹬住了地面，卻聽得哇的一聲嘔吐，一股刺鼻的酸臭味兒直撲面門。常濱眨巴著眼睛，欲哭無淚地看著那些黏黏糊糊看不出樣子的黏液從樹葉上滴落下來，砸到他的頭盔上，慢慢下滑，最後從他的眼前掉下。

「警報解除……」方進壓住了一聲悶笑。

「怎麼回事？」夏明朗問。

「有人送了我們濱濱一碗高湯。」方進笑道。

常濱不敢出聲，他死死地盯著那個跌跌撞撞離開的醉鬼，豎起指甲刮過貼在喉頭的通話器，刺耳的雜音讓大家眉頭一皺。

「行了，」夏明朗安撫道，「沒對著你『唱歌』就不錯了。」

院子中間討價還價的聲音越來越響，有人從廚房拿了大塊的肉食出來給大家當宵夜，幾個看起來是徹底醉倒了的傢伙被人扶進了樓裡。

海默輕笑道：「這槍賣得還真貴。」

夏明朗本打算調侃一把，讓她開拓新市場，可是這麼潛伏著壓低了聲音說話也怪累的，念頭也就這麼閃過去了，懶得出聲。他已經開始琢磨著想撤了，都三更半夜了，這夥人眼看著就是要鬧到天亮的，而且看這架勢就算散了場，也是要待在這樓裡先歇過夜的。

這地方的拂曉禮拜時間差不多在四點半，他們很可能會待在這裡做完禮拜再各自回家睡覺。可是這麼一大群五六十號人，個個都拿槍，輕重武器一大把，不說打不打得過，要一下子全控制住也是有難度的。

夏明朗用兵求穩，不想打硬仗，反正這小子也跑不掉，今天不幹明天幹，點都踩好了，情況全摸得透透的，明天只要天亮前直接過來撈人就是，就是辛苦了柳三變他們怎麼游過來的還得怎麼游回去。

夏明朗主意打定，讓馮啟泰把陸臻和柳三變連到他的電臺上，親自向他們解釋目前的情況。

院子裡的交易似乎達成了共識，武器的主人把沒有被挑中的槍支彈藥重新裝箱，Najib的兄弟們翻來覆去地檢查著剛剛買下的新貨色。有人藉著酒興試圖對空瞄準，被旁邊人大力拉了一把，似乎他自己也明白過來這三更半夜的擾人清夢實在不好，兀自搖了搖頭。很明顯，這是一筆好交易，賓主盡歡，他們熱情地說笑，相互摟抱著走進樓裡，後面簇擁著Najib的小弟們。

夏明朗輕輕說了一聲撤。

宗澤從牆角的陰影中閃出來，輕巧地翻出會客室的一邊窗子。夏明朗利用微光夜視儀最後審視這個地方，這是個裝飾富麗的大屋，雕花嵌寶的矮桌上放著水菸。他悄無聲息地退到牆邊，樓道裡已經喧鬧起來。

海默忽然低呼：「麻煩了。」

「嗯？」夏明朗不敢多言。

「Najib明天要去摩加迪沙。」

「嗯？？」夏明朗大驚。

「他要去首都找厲害的中間人，他們在說海狼號是大船，他們已經知道你們在追這船，他們說要找更厲害的中間人，說要估個好價錢……」海默邊聽邊翻譯，聲音又輕又快，夏明朗的眉頭卻越皺越緊。

「走遠了，我聽不見了。」海默輕籲了一口氣，「你怎麼打算？」

「全員原地待命，注意隱蔽。」夏明朗下意識地說出一個命令，縮身藏入剛剛宗澤潛身的位置。

剛剛退到一半的隊員同時停下，躲入最近的藏身之所，陸臻詫異地問道：「怎麼了？」

夏明朗來不及回答，腦中疾轉。

他知道海盜們的中間人交易制度，那些仲介都是些手腕靈活背景高深的人物，他們大都會說好幾門外語，控制著索馬利亞單薄的對外貿易。這些人眼光毒辣，非常擅長為海盜與船主交涉，從中賺取大把的仲介費用。且不說Najib這一走什麼時候才能回來，單單這個未知的中間人的加入就讓夏明朗心底發涼。

假如他驗了貨，萬一他很有見識……其實夏明朗自己也不知道所謂六維機床到底長個什麼樣子，是不是可能李代桃僵瞞天過海。但是萬一有人認得，並且公之於眾的話，那簡直是比丟了這批貨更糟糕的失敗。

夏明朗心臟狂跳，然後深深地吸入一口氣。

「隊長，他們去你那兒了。」馮啟泰敏銳地發現夏明朗並沒有從屋子裡退出來。

夏明朗聽到走廊裡響起雜亂的腳步聲。

「你不走嗎？」海默莫名其妙，這麼一大夥人擁進來，等會兒燈亮了再想走，就很難了。

夏明朗的視線掃過會客室左右的兩扇大窗。

「隊長，他們要進去了！」阿泰已經急了。

七嘴八舌讓人聽不懂的熙攘聲在門外響起，夏明朗看到房間被緩緩推開……他忽然站起來，用極輕的聲音命令道：「侯爺，阿宗，守住窗口。所有人，沒我的命令不許開槍！」

燈光驟然亮起，溫暖的橘黃色的光亮在水晶石的折射下均勻地灑落到這房間的每一個角落，夏明朗坐在大屋正中的靠墊上，攤開雙臂，極富感情地用阿拉伯語大喊：「真主至上！」

Najib臉上的笑容猛然僵硬，目瞪口呆驚恐萬狀地瞪著這個彷彿鬼魂一般冒出來，端坐在自己老窩腹地正中的異國男人。各色歡笑喧鬧戛然中斷，所有人好像條件反射似的端起槍，密密麻麻的槍口像金屬的森林，直指夏明朗。

不是沒有被槍指過。

但是，被林林總總四五十把長槍填著實彈正對胸口，那種感覺仍然可以讓酷暑變成嚴冬。

夏明朗下意識地用膝蓋頂起身前的矮桌，雖然他也知道，如果槍聲響起，即使他把這張桌子踢出去，AK的子彈也可以輕而易舉地撕碎它，直撲他的身體。可是當人們身處絕險時，總是下意識地想要為自己找一點依靠。

即使，他是夏明朗。

夏明朗輕輕舔了舔下唇，笑容變得更燦爛，他用更響亮而且更加飽含深情的嗓音，彷彿吟唱似的又一次喊道：「真主至上。」

給點反應嘛，夏明朗感慨。不能怪他說話沒新意，車軲轆話來回跑，主要是對於阿拉伯語這種無妞可泡的語言他當年學的時候就沒怎麼上過心，除了「真主至上」他就只會說「閉嘴」、「不許動」和「找死」，很明顯後面三句都不適合現在說。

陸臻已經發現了情況異常，茫然問道：「隊長？」

海默與馮啟泰面面相覷，他們是目前最能夠統觀全局的人，於是首先被夏明朗這種不合常理的行為震撼至無語。馮啟泰乾巴巴地向陸臻那邊解釋目前到底怎麼樣了。海默則咬住嘴唇一言不發，她搞不清楚這個瘋狂的男人在想什麼，而唯一可以確定的是：他媽的太有種了。

Najib像是終於醒過神來，他驚慌失措地往後急退了兩步，整個人群居然被他壓著一起後退。此老大終於受不了，隨手拉過兩個人攔在自己身前，身後的小弟們如夢初醒，潮水一樣湧過來把他重重包圍。重拾回安全感的Najib指著夏明朗，結結巴巴地飆出一大串阿拉伯語。

「他問你是誰，怎麼來的，來幹什麼。」宗澤小聲為夏明朗翻譯。

夏明朗略一思考，終究覺得翻來譯去太麻煩，他看著試探著問道：「Can you speak English？」

（以下內容分中英文兩版，大家可以自行選擇閱讀）

中文版：

這位爺大小也是個頭目，就索馬利亞這情況要求他會一門基本外語不過分吧？

Najib驚惶地點了點頭。

夏明朗舒了口氣，盡量挑最簡單的句子說：「我，到這裡，是來幫你的。」

「什麼？」Najib瞪大眼睛。

「我是說，我，沒有惡意，我是來幫你的。」夏明朗用極慢的速度抽出腰間的佩槍，Najib身邊響起一連串子彈上膛的聲音。

「不不，別緊張，我沒有惡意。」夏明朗小心地保持槍口朝下，展示這種完全沒有攻擊性的示好行為，把手槍慢慢地放到矮桌上，而後遠離它。

宗澤機靈地告訴夏明朗「別緊張」、「我沒有惡意」的阿拉伯語發音，夏明朗鸚鵡學舌。有更多的人聽懂了，於是也就有更多的人糊塗了，他們困惑而戒備地盯著夏明朗，眼神驚恐。

「隊長？我們還要撤退嗎？」陸臻這會兒也徹底摸不著頭腦了。

「當然，我們到這裡來是有目的的，我的確是想做一些事。」夏明朗說。

「行動？如果行動照舊你就咳嗽一聲。」

夏明朗握拳輕咳了一聲，真誠地看著Najib說道：「我到這裡是想給你和平，沒有流血，也不讓任何人受傷，明白嗎？」

「OK，明白了！」陸臻馬上打開群通頻道，把最新的命令傳達下去：馬上開始行動，使用非致命性武器，盡量保證人員的安全，留活口，無傷亡。

陸臻按住胸口，指尖觸摸到金屬牌邊緣的輪廓，他低下頭，親吻自己的手指。

四角錨鉤被拋繩器發射出去，牢牢地固定到船舷上，一條條黑影破水而出，與夜色融合在一起。

「知道嗎，你現在有個大麻煩。那艘船，你們前幾天弄到的那艘船，讓中國人很不高興。中國，你知道嗎？中國製造？你們城外的那條路，中國造的。記得嗎？」夏明朗竭盡所能地讓自己看起來誠懇而又嚴肅，要不是Najib實在長得太黑，他簡直要想把那張臉想像成陸臻。

「那麼？」Najib謹慎地。

「那個國家有很多人，很厲害，有很多軍人，而你們拿了他們的船，他們很生氣，他們和別人不一樣，他們會因為生氣就戰鬥，所以……」夏明朗盯著Najib的眼睛，觀察他臉上任何一點點神色的變化，「你現在很麻煩，我的老闆，他想拿回那艘船，他給了我一筆錢，讓我把你們都殺掉。」

「什麼？」Najib勃然大怒。

「不不不，冷靜點，別激動，你聽我說……」夏明朗做出安撫的手勢，「你要明白我不是他，我不恨你們，我也不想殺你們。我不想跟你們作戰，你們有很多武器，我看到了，你們很厲害。如果我們打起來，我的人也會受傷，而我不想這樣。所以我想到一個辦法，我給你一百萬美金，你讓我把船帶走，我們誰都不受傷，你覺得呢？」

「只有一百萬美元？」Najib緊緊地皺起眉頭，「只有一百萬美元，你就想帶走那艘船？」

「那你想要多少？」夏明朗氣定神閒地靠到墊子上，只要把話題引向鈔票，那問題就不再是個問題了，他狀似無意地抬手摸了摸下巴，震動聲帶發出一個命令：瞄準他。

兩道紅色鐳射瞄準線穿窗而入，一左一右，重合在Najib的眉心。

對面又是一陣人仰馬翻，金屬碰撞聲不絕於耳，Najib連連大吼了好幾聲才讓他的小弟們安靜下來，他指著夏明朗咬牙切齒地咆哮道：「把它拿開！」

「這不公平，」夏明朗微笑著，「你們用那麼多槍指著我，而我只有兩把槍指著你。」

Najib咬牙站立，胸口劇烈地起伏。這哥們畢竟是個梟雄，槍口上舔血為生的人，到底也沒趴下去，也沒有尿褲襠，夏明朗對此很滿意。他其實不太喜歡那種拿槍一嚇就衰掉的人，因為他們多半反覆無常，而且非常愚蠢，即使你給他們鋪好一條雙贏的星光大道，他們還是會一根筋地撞到死路上去，連累你也受傷不淺。

「別這樣。」夏明朗柔聲道，「抽菸嗎？」

他從懷裡抽出一支包著金箔的雪茄煙，剝開包裝紙露出棕色的茄體，放在鼻端深深嗅吸。

「不介意吧？」夏明朗揚起手，笑得很誠懇。

Najib莫名其妙地看著他。

桌子上放著鍍金的雪茄剪，夏明朗將帽頂的圓弧剪去三分之一，劃燃一根長梗火柴。他挑眉看了Najib一眼，眼神狡黠，等火焰燃燒到中段時，點燃了手中的雪茄。

一種混合著堅果、橡木與泥土的乾爽香氣彌漫開來。

「好菸！」夏明朗微微笑著，合上眼，似在回味。

「你看，這麼好的東西，如果我們死了，就都享受不到了，沒有什麼比活著更好。」夏明朗的聲音低啞醇厚，聽起來像酒一樣讓人舒服沉醉。

「哦……」海默輕呼，她移開通話器，笑瞇瞇地看著馮啟泰說，「你們的隊長，他簡直像個魔鬼。」

馮啟泰傻乎乎地回望她，不知道該怎麼回答。

「一百萬美金太少了。」Najib終於也有些動容。

「你想要多少？」夏明朗大方開價。

「一……千萬美金。」Najib猶豫不決地吐出這個數字，很明顯是生怕吃虧的獅子大開口。

夏明朗失笑，他從容地吐出一口煙霧，說道：「一千萬美金足夠讓我瘋狂，給我一個更合理的價格。」

「那是一艘大船。」Najib馬上說。

的確，那是一艘大船，夏明朗來時詳細地查驗過先例，同等噸位的散貨船，贖金一般在三百到五百萬美金之間。不過，即使這筆錢最後多半也會由保險公司賠出來，夏明朗也想壓一壓價，能省則省嘛。

耳機裡傳出一聲輕笑，歡悅而有些得意的，讓夏明朗緊張的心境為之一震。

「報告隊長，我部已順利完成任務，奪回海狼號控制權，俘虜八名，我部無傷亡，俘虜無死亡。」陸臻道。

夏明朗眼前一亮。

「好吧，我承認那是一艘大船，可是我不能白來。」

「可那是我的船。」

「是嗎？你確定？」夏明朗勾起嘴角，笑容邪惡，「你要不要打個電話確定一下？」

Najib遲疑不定地看著夏明朗，身邊有人遞過來一隻手機，夏明朗看著他按了幾個號碼撥過去。陸臻在耳機裡問道：「可以接嗎？」

「嗯！」夏明朗含糊不清地應聲。

「你好，我的人怎麼樣了？」陸臻用一種清晰而堅硬的調子問道。

夏明朗看到Najib的臉色變了。

「你的船現在在我手上，船上的人，八個，全在我手上，他們目前都還活著。你最好跟我們合作，否則……」

「你敢？我會殺了他！」Najib指著夏明朗大聲說。

夏明朗馬上露出無辜的表情。

「哦？那我就殺了你，和你們所有人。」陸臻一個單詞一個單詞吐出來，清晰冰冷，閃著刀光劍影，「如果你敢傷害他，我會把你們所有人的手腳都打斷，然後扔進海裡。」

Najib面色陰沉，烏麻麻黑成一片，連五官都快看不清。

陸臻掛了電話，向柳三變比出一個V字，柳三一愣，半晌失笑，指著陸臻搖頭不已：倆瘋子，都不是正常人。

「別介意，他太年輕了，小男孩都這樣，很衝動。」夏明朗笑眯眯地安慰Najib。

「喂！」陸臻不滿地抱怨。

「嘿，老兄，別這樣，別和小男孩較真，你看你有多麼好的生活，這麼大的房子，漂亮的女人，你真想跟我拼命嗎？這不值得。」夏明朗揚起眉毛，「你看看你身邊的兄弟們，他們是那麼相信你，你捨得讓他們死嗎？」

夏明朗盯住Najib眼睛，給出最後一擊：「我可以再加點錢。」

「多少？」Najib馬上反問。

「一百五十萬，一口價。」夏明朗的語氣極硬，斬釘截鐵地砸出來，Najib還沒聽他用這麼硬的語氣說過話，驚得眉角一跳。

「你把水手們都放了，送到船上去，一百萬在碼頭交換。等船開出去我就把你船上那八個人還給你。最後剩下那五十萬，我們用直升機扔給你。」夏明朗的聲音又軟下來，變成溫和浮華的亂世兵匪模樣。

「我憑什麼相信你？」Najib冷笑。

「我可以留下來做個人質。」夏明朗笑道。

陸臻心頭一跳，柳三變猝然抬頭與他的視線碰到一起。陸臻定神笑了笑，說道：「沒事的。」

海默笑著調侃：「親愛的，別害怕，用不著直升機，我明天就帶著錢來贖你。」

夏明朗不方便反擊，只能在心裡不以為然地冷哼了一聲。

Najib兀自在猶豫不決，轉身跟旁邊人小聲商量著，夏明朗像個王爺似的坐著抽菸，安之若素地接受各種目光的洗禮。

夏明朗暗忖大概一百五十萬真的太少了一點，這海盜的生意都是三年不開張，開張吃三年，這哥們兒手下拖家帶口的眼瞅著不下百來號人，這一筆分出去，連水泡都不見一個。可這價碼開了就是開了，再鬆動反而丟了氣勢，而且說句實話，他夏明朗好賴也算親自出馬走了這麼一遭，如果還得付常規價，他也咽不下這口氣。

「嘿，兄弟。」夏明朗指了指身後的大窗，「讓你的人安靜一點，別害怕別激動，我請你看點東西。」

Najib警惕地盯著他，側過臉向手下人吩咐了幾句，一個小夥子閃了出去。

夏明朗站起身慢慢往旁邊撤，Najib領著他的護衛團一點一點地移向窗口，這簡單的幾步路走得暗潮洶湧殺氣騰騰。夏明朗在喉間輕彈了一下，撫著嘴唇輕聲道：「默爺，露兩手。」

話音剛落，院子中央的一輛車就爆了前胎。

聽不到槍響，看不見子彈劃破夜空時曳光的軌跡。院子裡的車像中了邪一樣接二連三地爆胎，右前胎，一絲不亂。樓上樓下有被驚醒的索馬利亞女人在高呼尖叫，然後被狠狠地斥責恐嚇著安靜下來。

亞音速子彈，無聲狙擊，這是黑暗中最最可怕的兇器，它彷彿不存在，於是無處不在，有如神蹟。

最後三槍，前院的大燈一盞一盞地熄滅，夏明朗聽到一陣高過一陣的急促的抽氣聲。

黑暗中，連空氣都凝固了，時間停滯了腳步，Najib與他的手下們面面相覷，忐忑不安地等待著。一道血紅色的鐳射射線從蒼茫中破空而來，直射進窗口。

高呼！驚叫！

纖細的紅線讓海盜們慌亂地躲避著，彷彿冥冥中有一雙看不見的巨手，只輕輕一揮就把窗邊的人群撥得一乾二淨。

夏明朗滿足得連眼角都帶上了笑紋——陳默永遠都是那麼的合他心意！

「嘿，兄弟……」夏明朗張開手臂。

「OK！OK！」Najib咆哮大吼，身邊有人似乎想阻攔，被他一腳踹到了地上。

夏明朗聳了聳肩膀，沒有再說話。

英文版：

這位爺大小也是個頭目，就索馬利亞這情況要求他會一門基本外語不過分吧？

Najib驚惶地點了點頭。

夏明朗舒了口氣，盡量挑最簡單的句子說：「I, I came here to help you!」

「Wh……What?」Najib瞪大眼睛。

「I mean,I,I came here for good, I'm here to help you！」夏明朗用極慢的速度抽出腰間的佩槍，Najib身邊的小弟們劈裡啪啦一連串子彈上膛的聲音。

「No, no, please, easy, easy, friend, you know, I'm a friend.」夏明朗小心地保持槍口朝下，展示這種完全沒有攻擊性的示好行為，把手槍慢慢地放到矮桌上，而後遠離它。

宗澤機靈地告訴夏明朗「別緊張」、「我沒有惡意」的阿拉伯語發音，夏明朗鸚鵡學舌。有更多的人聽懂了，於是也就有更多的人糊塗了，他們困惑而戒備地盯著夏明朗，眼神驚恐。

「隊長？我們還要撤退嗎？」陸臻這會兒也徹底摸不著頭腦了。

「All right. We are here for a reason. I would like to do some business, business with you!」夏明朗說。

「行動？如果行動照舊你就咳嗽一聲。」

夏明朗握拳輕咳了一聲，真誠地看著Najib說道：「In fact, I'm here to offer peace, you know, no one hurt, no blood!」

「OK，明白了！」陸臻馬上打開群通頻道，把最新的命令傳達下去：馬上開始行動，使用非致命性武器，盡量保證人員的安全，留活口，無傷亡。

陸臻按住胸口，指尖觸摸到金屬牌邊緣的輪廓，他低下頭，親吻自己的手指。

四角錨鉤被拋繩器發射出去，牢牢地固定到船舷上，一條條黑影破水而出，與夜色融合在一起。

「You know, you are in trouble, big trouble, right now! The ship you got, was a Chinese ship! And now, Chinese are angry. China, you know. Made in China! The road, outside, Chinese built, remember?」夏明朗竭盡所能地讓自己看起來誠懇而又嚴肅，如果不是Najib實在長得太黑，他簡直想把那張臉想像成陸臻。

「What do you want?」Najib謹慎地。

「China, you know. It has many people, big army, oh, you got their boat! Too bad! They will fight really hard when they are angry⋯」夏明朗盯著Najib的眼睛，觀察他臉上任何一點點神色的變化，「You're in trouble now! My boss, he wants his boat back. He paid me big money-to kill you, all!」

「What?」Najib勃然大怒。

「Ok, easy,easy,calm down, listen to me⋯」夏明朗做出安撫的手勢，「Hey, you know, forget the boss! I don't hate you. I don't want to kill you! You see, you got good weapons, you are sharp! Anyway, I don't want hurt your men, or mine. How about a deal, a deal! Between you and me! I give you one million dollars, and I get the boat back. None of us will be injured. Good deal, eh?」

「One million!」Najib緊緊地皺起眉頭，「Only one million dollars, you want my boat! The big boat! No!」

「OK, your price?」夏明朗氣定神閒地靠到墊子上，只要把話題引向鈔票，那問題就不再是個問題了，他狀似無意地抬手摸了摸下巴，震動聲帶發出一個命令：瞄準他。

兩道紅色鐳射瞄準線穿窗而入，一左一右，重合在Najib的眉心。

對面一陣人仰馬翻，金屬碰撞聲不絕於耳，Najib連連大吼了好幾聲才讓他的小弟們安靜下來，他指著夏明朗咬牙切齒地咆哮道：「Get the fucking of!」

「Hey, brother! It's unfair!」夏明朗微笑著，「You see, you have so many guns aiming at me, I have only two!」

Najib咬牙站立，胸口劇烈地起伏，到底也算個梟雄，槍口上舔血為生的人，到底也沒趴下去，也沒有尿褲襠，夏明朗對此很滿意。他其實不太喜歡那種拿槍一嚇就衰掉的人，因為他們總會反覆無常，而且非常愚蠢，即使你給他們鋪好一條雙贏的星光大道，他們還是會一根筋地撞到死路上去，連累你也受傷不淺。

「Easy, brother!.」夏明朗柔聲道，「Cigar?」

他從懷裡抽出一支包著金箔的雪茄菸，剝開包裝紙露出棕色的茄體，放在鼻端深深嗅吸。

「Do you mind?」夏明朗揚起手，笑得很誠懇。

Najib莫名其妙地看著他。

桌子上放著鍍金的雪茄剪，夏明朗將帽頂的圓弧剪去三分之一，劃燃一根長梗火柴。他挑眉看了Najib一眼，眼神狡黠，等火焰燃燒到中段時，點燃了手中的雪茄。

一種混合著堅果、橡木與泥土的乾爽香氣彌漫開來。

「Jesus, it's bloody good!!」夏明朗微微笑著，合上眼，似在回味。

「You see, so many good things, life is fucking good, en, dead, nothing!」夏明朗的聲音低啞醇厚，聽起來像酒一樣讓人舒服沉醉。

「哦……」海默輕呼，她移開通話器，笑瞇瞇地看著馮啟泰說，「你們的隊長，他簡直像個魔鬼。」

馮啟泰傻乎乎地回望她，不知道該怎麼回答。

「A million is too little!」Najib終於也有些動容。

「Well, how much do you want?」夏明朗大方開價。

「Ten million!」Najib猶豫不決地吐出這個數字，很明顯是生怕吃虧的獅子大開口。

夏明朗失笑，他從容地吐出一口煙霧，說道：「Come on, brother! Ten million can make me crazy. Be reasonable! Come on!」

「It's a big ship.」Najib馬上說。

的確，那是一艘大船，夏明朗來時詳細地查驗過先例，同等噸位的散貨船，贖金一般在三百到五百萬美金之間。不過，即使這筆錢最後多半也會由保險公司賠出來，夏明朗也想壓一壓價，能省則省沒什麼不好。

耳機裡傳出一聲輕笑，歡悅而有些得意地，讓夏明朗緊張的心境為之一震。

「報告隊長，我部已順利完成任務，奪回海狼號控制權，俘虜八名，我部無傷亡，俘虜無死亡。」陸臻道。

夏明朗眼前一亮。

「Oh, yep. It is, but you see I am here now, I can't do a hard job and get nothing.」

「But it's my ship now.」

「Really? Are you sure?」夏明朗勾起嘴角，笑容邪惡，「Maybe you should call someone, someone on your ship.」

Najib遲疑不定地看著夏明朗，身邊有人遞過來一隻手機，夏明朗看著他按了幾個號碼撥過去。陸臻在耳機裡問道：「可以接嗎？」

「嗯！」夏明朗含糊不清地應聲。

「Hello, how is my man?」陸臻用一種彬彬有禮卻堅硬的調子問道。

夏明朗看到Najib的臉色變了。

「Listen, It is my ship now. And your guys, eight of them!I suggest you cooperating with us, now! You know…」

「You dare! I kill him now!」Najib指著夏明朗大聲說。

夏明朗馬上露出無辜的表情。

「Hmm? I will kill you, all of you!」陸臻一個單詞一個單詞吐出來，清晰冰冷，閃著刀光劍影，「If you dare to hurt him, I will break your hands and legs, and feed to the sea!」

Najib面色陰沉，烏麻麻黑成一片，連五官都快看不清。

陸臻掛了電話，向柳三變比出一個V字，柳三一愣，半晌失笑，指著陸臻搖頭不已：倆瘋子，都不是正常人。

「Hey, brother, easy, don't worry, he is just a young boy, too young! You see!」夏明朗笑眯眯地安慰Najib。

「喂！」陸臻不滿地抱怨。

「Hey, brother! Come on. You see, you've got big house, pretty women,do you really want a fight?」夏明朗揚起眉

毛，「Come on, look at your brothers, a million dollars or fighting and death! Eh?!」

夏明朗盯住Najib眼睛，給出最後一擊：「How about a bit more?」

「How much?」Najib馬上反問。

「One and a half, final offer!」夏明朗的語氣極硬，斬釘截鐵地砸出來，Najib還沒聽他用這麼硬的語氣說過話，驚得眉角一跳。

「Brother. Release all the sailors, you will get one million once they are on board! And then I will let your men free when our boat is out of the port! The rest payment, you can get from the…up, you know, the chopper!」夏明朗的聲音又軟下來，變成溫和浮華的亂世兵匪模樣。

「How can I believe you, eh?」Najib冷笑。

「Look, brother, I am here…」夏明朗笑道。

陸臻心頭一跳，柳三變猝然抬頭與他的視線碰到一起。陸臻定神笑了笑，說道：「沒事的。」

海默笑著調侃：「親愛的，別害怕，用不著直升機，我明天就帶著錢來贖你。」

夏明朗不方便反擊，只能在心裡不以為然地冷哼了一聲。

Najib兀自在猶豫不決，轉身跟旁邊人小聲商量著，夏明朗像個王爺似的坐著抽菸，安之若素地接受各種目光的洗禮。

夏明朗暗忖大概一百五十萬真的太少了一點，這海盜的生意都是三年不開張，開張吃三年，這哥們兒手下拖家帶口的眼瞅著不下百來號人，這一筆分出去，連水泡都不見一個。可是這價碼開了就是開了，再鬆動反而丟了氣勢，而且說句實話，他夏明朗好賴也算親自出馬走了這麼一遭，如果還得付常規價，他也咽不下這口氣。

「Hey, brother, listen,」夏明朗指了指身後的大窗，「Let me show you something, ok, don't worry, calm down and be quiet…」

Najib警惕地盯著他，側過臉向手下人吩咐了幾句，一個小夥子閃了出去。

夏明朗站起身慢慢往旁邊撤，Najib領著他的護衛團一點一點地移向窗口，這簡單的幾步路走得暗潮洶湧殺氣騰騰。夏明朗在喉間輕彈了一下，撫著嘴唇輕聲道：「默爺，露兩手。」

話音剛落，院子中央的一輛車就爆了前胎。

聽不到槍響，看不見子彈劃破夜空時曳光的軌跡。院子裡的車像中了邪一樣接二連三地爆胎，右前胎，一絲不亂。樓上樓下有被驚醒的索馬利亞女人在高呼尖叫，然後被狠狠地斥責恐嚇著安靜下來。

亞音速子彈，無聲狙擊，這是凌晨時分最黑暗時最最可怕的兇器，它彷彿不存在，於是無處不在，有如神跡。

最後三槍，前院的大燈一盞一盞地熄滅，夏明朗聽到一陣高過一陣的急促的抽氣聲。

黑暗中，連空氣都凝固了，時間停滯了腳步，Najib與他的手下們面面相覷，忐忑不安地等待著。一道血紅色的鐳射射線從蒼茫中破空而來，直射進窗口。

高呼！驚叫！

纖細的紅線讓海盜們慌亂地躲避著，彷彿冥冥中有一雙看不見的巨手，只輕輕一揮就把窗邊的人群撥得一乾二淨。

夏明朗滿足得連眼角都帶上了笑紋——陳默永遠都是那麼的合他心意！

「Hey, easy, easy, brother……」夏明朗張開手臂。

「OK!OK!」Najib咆哮大吼，身邊有人似乎想阻攔，被他一腳踹到了地上。

夏明朗聳了聳肩膀，沒有再說話。

****

接下來的情況變得非常有戲劇性，兩位老大被相互拿槍對指，小弟們奔跑著去辦事。陳默、常濱、張俊傑、沈鑫他們帶上錢跟著Najib的手下去釋放被俘的水手。嚴炎接手了陳默的防區，天色漸漸亮起來，方進和宗澤兩個懸在窗外的突擊手終於讓人發現了蹤跡，可是槍還沒抬起來，就讓嚴炎一記冷槍打爆了槍機，嚇得那小子扔槍像扔炸彈一樣快。

如此嚴密的多層連環保護的確是雜牌武裝不可想像的，Najib漸漸喪氣，他看得出眼前這個從容不迫的男人面對幾十支明明白白的槍口並不驚慌，然而他看不出在他的周圍還有多少看不見的槍口，其實他很驚慌。

晨曦中，海狼號顯出模糊的輪廓，常濱招呼著剛剛脫險的水手們趕緊上快艇，一百萬美金的大包在他背上背著，陳默蹲踞在船頭平靜地瞄準，緩緩離岸。

當最後一名水手爬上船舷，柳三變下令轉舵起航，他回頭看了一眼岸的方向，這個夜晚超乎想像地平靜，於是超乎想像地圓滿。他開始猶豫並思考，可能他與夏明朗，他引以為傲的陸戰隊與麒麟的差距或者比他想像的更為深遠而微妙。那是一種說不清道不明的差距，不是十環與九環，不是19分鐘和18分鐘。

迎著初升的旭日，常小濱站在碼頭眺望東方，海狼號漸漸遠去，模糊在燦爛的朝霞中。他感覺到身邊的黑哥們兒不約而同地用一種餓狼的眼神盯著他……呃，他背上的金山。他其實挺想帶著錢直接跳進海裡，一百萬啊……不過，隊長他……唉，反正這錢省下來也不會分給他。

常濱用一個異常瀟灑的動作把錢遠遠地甩出去，而後，在一片驚叫聲中縱身跳入玫瑰色的海水裡。奮力下潛十餘米，一名水鬼開著水下拖拽器迎上來，他拍拍常濱的腮幫子先給了他一個微笑，把呼吸器的咬嘴遞過去。常濱咬到嘴裡深吸了一口氣，換上潛水服與水肺系統。水鬼把一個釋放驅鯊劑的袋子掛到常濱脖子上，調轉方嚮往更深處下潛。貼著海底起伏的岩石，水下拖拽器帶著他們快速離開艾迪拉港，接應他們的快艇在三海里以外。

夏明朗當然不可能完全對Najib守信，事實上海狼號剛剛開出港口沒多久，祁連山號就已經越境過來迎接。兩船相遇時，陸臻站在船頭發出一聲清嘯，他張開手臂高聲叫喊，心曠神怡地擁抱不遠處的祁連山號。

成功了！

陸臻激動得差點熱淚盈眶，這些日子以來他一直承受著旁人無法想像的壓力。在很多人看來，那不過是艘普通的船，這也不過是一次普通的可進可退的榮譽之戰，成功了當然好，辦不成還可以用錢收場，沒有什麼大不了。

柳三變和海默他們都不明白為什麼要孤軍深入，為什麼要冒這個險，甚至連夏明朗都不能真正瞭解為什麼那艘船值得他拼命。只有他才明白……只有陸臻才明白那是所有中國軍工製造業者的夢想，雖然這還只是第一步，甚至是不那麼風光的第一步。

陸臻苦笑著安慰自己，大概誰都有這麼坑蒙拐騙著挖第一桶金的時候。

10

在碼頭上發生的意外並沒有讓Najib感覺激動，那個帶著錢的小子就此消失也沒能讓他驚訝，至少，錢留下了。事實上，他已經習慣了由夏明朗給出的一個又一個的意外，甚至，即使夏明朗在他眼前憑空消失也不會讓他更震驚。他暗自猜度著自己的對手，他相信自己遇到了很貴的軍人，很貴的那種，非常值錢的，一個人就值很多錢的那種軍人。

雖然他想不通自己為什麼就這麼倒楣，可是在亂世中掙扎不易，這讓他早就明白了一個道理，只有很多人很多槍才是生存必要條件，別的……都不算什麼。那個男人並不想要他的命，當Najib徹底地冷靜下來，他開始無比慶幸這一點。

當海狼號與祁連山號勝利會師，八名被扣留的海盜坐上了回家的小艇，這家並不遙遠。Najib聽碼頭上的兄弟們彙報完，面無表情地盤算著如何用眼前這位大爺交換剩下的五十萬。當然，即使這筆錢最後要不來，他也不會很難受。

只要船能安全脫離，夏明朗這頭就心安了。海默在中午時分通知他現金已經準備好，夏明朗驚訝地發現這丫頭在湊錢方面絕對地有一手，他們似乎在深耕索馬利亞這塊地，不是一天兩天的經營。

交換人質的地點最後定在城外30公里以外的大路上，艾迪拉港的其他匪幫們都多半還在詫異著Najib哥這次談贖金的效率。Najib打發了幾個探頭探腦來打聽的小弟，嚴令封鎖消息，所以更多內情還得再過幾天才能被傳播開。他已經在思考怎樣讓這個事聽起來是他Na氏的威武，而不是軟弱。在這個槍桿子裡出生活的地方，名聲還是很重要的。

在夏明朗的示意下，方進和宗澤先行退走，槍機在城外接應了他們與海默會合。而嚴炎在幫助方進清場後又轉了一個潛伏點，海盜們一直找不到他在哪裡，估計他可以在那裡一直待到天黑再悄悄溜走。

最後一點交易的尾聲了，之前的鉤心鬥角與火光四射都已經過去，彼此用槍指著大頭過了一整天，最後都生出那麼一點點情分。夏明朗禮貌而克制地向Najib行了一個伊斯蘭式的告別禮，風流倜儻的模樣好像某個沙漠中的王族。Najib的車讓陳默打癱了一半，不過這哥們到底有錢，還是給夏明朗挑了兩輛豪華版的陸地巡洋艦。

兩個長相精悍的黑哥兒們拿槍指著夏明朗的後背，可是前者從容不迫的步調讓他們幾乎以為自己是個跟班。

日影西垂，從艾迪拉開出去，道路兩邊都是無邊無際的曠野，戈壁荒漠被夕陽染成沉重的橘紅色，窗外飛掠過稀疏的灌木叢和零星的山羊與駱駝。

夏明朗坐在副駕駛的位置，有兩把槍正對著他的後腦勺，這讓他不得不有點緊張，不是怕別的，是怕走火，這些槍看起來怎麼都有點保養不力的味道。夏明朗不得已只能一直盯著車外，試圖用景物轉移自己的注意力。結果，藉助他超乎常人的優秀視力，他在第一時間看到了堵在大路中間的海默姑娘。

這條路並不很寬，對開兩車道而已，海默囂張地坐在越野車上，散開的長髮呈現出自然的彎曲，在風中飛舞不定。

敞開的緊身夾克，白色低胸小背心，荒漠色的迷彩軍褲束在高幫沙漠靴裡。這行頭，這氣魄，這睥睨天下草莽縱橫的架勢，活脫脫就是西部大片的範兒，連夏明朗都忍不住對她吹了一聲口哨。

由於伊斯蘭的教義裡不出產剽悍的女人，所以索馬利亞的男人們對眼前這場面很不適應，夏明朗感覺身後那倆小弟的眼睛都快直了，看那姑娘的眼神絕對就像在看妖魔鬼怪。

押送夏明朗的車隊在距離海默不到100米的地方停下，夏明朗被人用槍指著後腦勺下車往前走。海默從車頭跳下，提著錢袋子高聲叫罵，昂首闊步氣勢洶洶地走過來，沙漠靴重重地踏到路面上，揚起一片塵土。原本圍著夏明朗的海盜們頓時受驚，紛紛舉槍瞄準，方進和宗澤見情況不對，立馬跟上去對峙警戒，一不小心自貶了身價，成了海默的保鏢。

場面風雲突變，氣氛變得不正常，馮啟泰連忙下車為方進和宗澤做掩護，手上拿的卻是一把M16A4。這其實是海默的佩槍，看起來雖然不打眼，但是瞄準鏡被徹底改裝過，能直接記錄自然光和紅外條件下的影像，等於就是一個移動的攝像頭。馮啟泰在國外的兵器網站上看過這種裝備，只是一直沒機會見實物，今天早上無意中發現心癢不已。在出賣了夏明朗的身高、三圍、體重與最愛吃的東西是番茄炒蛋等等這一類不涉及國家大事的資訊之後，終於得到這槍的賞玩權，機會有限，實在不忍放手。

這丫頭搞什麼鬼？

眼睜睜看著這詭異的情況逼近，夏明朗正詫異著，就聽到宗澤充滿了困惑的轉譯：「她……她好像在說，你是她……丈夫？」

啊？！夏明朗饒是腦子靈活，心思快過閃電，這一時之間也迷糊了。

「她在威脅他們，她說你是她丈夫，她讓他們小心一點別搞鬼，她說她是……火焰加什麼什麼的……沒聽懂。」

一百米不是個多長的距離，兩邊一起走，不一會兒就碰了頭。海默搶在Najib那邊的小頭目開口之前把手上的錢袋子扔了出去，伸手一拉就把夏明朗拉到身邊……

「親愛的，我來了。」海默仰起臉，笑容甜美，她一手攬在夏明朗的腰上，整個人幾乎貼進他懷裡。這不是借位，這是360度實打實的親密。方進差點嚇得把眼珠子給瞪出來。

夏明朗天才的大腦在當機了良久之後終於回過味來，他估摸著，這丫頭大概是想在這些海盜面前與自己表現出某種關係，好趁機把他夏明朗幹的威風的事也攬到自己名下。

夠陰險的，真會佔便宜……夏明朗在心裡冷笑。

不過……話又說回來，這次的行動雖然在法理上沒什麼漏洞，要公開的話也完全可以公開。可兵者詭道，有時候沒必要讓外人知道得那麼明白。他倒是真不介意把這潭水攪混，把這次的事栽到某個正兒八經掛牌賺錢的保安公司的名下，相信聶老闆也不會介意的，畢竟虛則實之，實則虛之。

夏明朗主意打定，臉上立馬露出了那種流氓大亨勾引未成年少女的標準性笑容，又壞又拽的，卻很好看。

「辛苦你了。」夏明朗壓低了音調湊近海默的耳邊。演戲嘛，多大個事啊？再說這小妞也算前凸後翹，五官端正，他夏明朗是個男人又不會吃虧。

方進和宗澤對望一眼，宗澤不自覺摸了摸耳機。海默眸光一顫，迅速地亮了起來，眼角的餘光中看到海盜們已經在清點鈔票，而領頭的那個正若有所思地看著他們。

「不辛苦，怎麼會辛苦呢……」她踮起腳尖，抱住夏明朗的脖子，吻上去。

夏明朗沒提防，避讓不及讓她碰到嘴角，登時羞憤不已：他媽的，怎麼回事啊？老子配合你唱戲還白搭塊豆腐？

他咬緊了後槽牙，笑容止不住地往邪裡跑，食指頂在海默的脖根處把人往外推，這姿勢看著曖昧撩情，手勁卻絕對不弱。海默沒法兒硬撐，一下就被推出了安全距離，她順手關了夏明朗的通話器，輕聲笑著說：「讓我親一下怎麼了？」

「影響不好。」夏明朗誠懇的。

「不會有人知道的。」海默拋出一個眼風。

夏明朗後背生汗，這簡直是在邀請過夜嘛，不必這麼入戲吧！

「你很緊張，怎麼，怕小帥哥吃醋嗎？」

夏明朗心頭劇震，神色間卻絲毫不亂，困惑地揚了揚眉毛：「啊？」

「他喜歡你吧？」

夏明朗攬住她的腰，把人拉得更近了一些，卻隱含著一種壓迫的控制感。他在勃然大怒與戲謔相待之間猶豫了一下，選擇了一個折衷的策略，若無其事地警告說：「中國不是美國，別亂說話。」

「哦？你們的船上有三百多個男人，三百多個男人待在那麼點大的地方，那麼久……他每天都來找我，跟我談一千公里以外的東西，我無論穿成什麼樣在他面前，他都不會有一點反應……」

「別那麼自戀，他可能只是看不上妳。」

「不，他看得上我，但是他對我沒性趣。」海默微笑著轉移了視線，看向地上一遝遝鮮綠的美元，她的樣子好像在催促那些人快點把錢點完，嘴裡卻說著完全不相干的話。

「我對妳也沒性趣！」夏明朗笑道。

現在這局面真是太有意思了，他們親密摟抱耳鬢廝磨，可是對話卻刀光劍影，暗藏殺機。

「但是你不喜歡我，你討厭我，不想看見我。」

媽的……夏明朗簡直想哭，這娘們的洞察力也未免太牛B了一點。當然，他不知道，感知身邊的男人們對自己是否有好感，那是某些女人的天生技能。夏明朗的排斥意圖表現得那麼強烈，想讓人感覺不到那簡直是不可能的。

夏明朗忽然微笑，特張狂得意的調調，身邊的索馬利亞人受驚地瞪住他，夏明朗指了指錢堆，用英語問道：「OK? OK!」

領頭人猶豫了一下，終於揮揮手，說：「OK！」

夏明朗轉過身與海默面對面，居高臨下地看著她，眼神充滿了攻擊性，張揚露骨，那種赤裸裸的尖刀帶血的豪邁與狠勁兒。海默明顯錯愕，不自覺略退了一步：「你……」

「我……」夏明朗輕佻地一笑，一把扭住海默的手臂把她扛了起來。海默待要掙扎才發現手腕已經讓塑膠手銬鎖死，她下意識地抬腳想踹，夏明朗在她屁股上用力拍了一巴掌：「親熱點，別亂動，妳現在是我老婆。」

海默大頭朝下，全身的血都在往頭頂衝，一時間也搞不清楚情勢。宗澤和方進僵硬在路邊，目瞪口呆地看著夏明朗瀟灑闊步而來，經過他們時勾了勾手指：跟上！

方進如夢初醒，一邊倒退著瞄準前方的海盜們，一邊忍不住地回頭看，在不遠處監視全局的徐知著終於驚慌失措地移開了瞄準鏡。

夏明朗繞過打頭那輛越野車，槍機震驚地站在車邊瞪著他，半截還在冒煙的菸頭跌進腳邊的沙土裡。夏明朗自覺相當無恥下流地跟他打了個招呼，槍機呆呆地向他揮手示意。

夏明朗本指著槍機同志不堪受辱，斗大的拳頭就這麼揮舞過來，那麼他把這娘們往地上一扔就可以開打了。可是萬萬沒想到，這小子呆滯的表情竟慢慢流露出意味深長。夏明朗頓時失望，難不成他之前估計錯誤，這傢伙其實不是這娘們的姘頭？

哎呀，這可怎麼好，一著估錯，這戲還得往下唱。

夏明朗甩手把海默扔進後面的車斗裡，這娘們硬是練過的，抬腿一勾，利用軍靴後跟的刀子自己割開了塑膠手銬，天旋地轉中居然還是穩住了，沒有跌個頭破血流，正想坐起來，夏明朗已經縱身跳了進去。

阿泰和槍機探頭探腦地蹭過來張望，夏明朗轉身指定他們的鼻子，一字一頓地威脅：「別進來！」阿泰嚇得扯住槍機連退了好幾步，夏明朗甩手摔下簾子，隔斷了他們的視線。

「隊長不會犯錯誤吧……」阿泰惶惶然。

「不可能的！」方進暴跳：陸臻會宰了他的。

「你……你想……」海默還回不過神。

「你喜歡我！」夏明朗在海默面前蹲下，抬高她的下巴，他這句話說得堂皇自信，極度臭屁。

「啊？」海默被激怒了。

「別他媽裝了，扯那麼多幹嘛呢，什麼陸臻對妳有興趣沒興趣的，妳不就是想引起我的注意嗎？別繞那麼多圈子，妳到底想怎麼樣啊？」夏明朗不耐煩地看了看車外，「我把人都攔在外面了，給妳留點面子，妳想要什麼樣快點說，別拖拖拉拉的，蹭得我好像真跟妳有什麼。」

「不是……」海默勉強定住神，從頭理了理，絕望地發現她的思路已經完全被打亂了。再想把話題往陸臻到底是不是Gay上引已經不可能了，想要藉此再刺探夏明朗，假裝為他著想分析情勢，估計也不可能了。

「我想要你。」海默終於鎮定下來。

「這不可能，」夏明朗笑容傲慢，「妳還不值得我上軍法處。」

「我不是這個意思，當然我承認你很吸引我，如果我還是單身的話，我可能會追求你，但是……」

「別對我花那麼多心思，別搞得好像妳很欣賞我一樣，」夏明朗危險地揚起眉毛，「沒有用，妳從我這裡撈不到什麼好處，甭指著我飛黃騰達，說穿了我就是一個兵，上面讓我幹什麼我就得幹什麼，爬不到對妳有用的地方。」

「可是你今天很配合我。」

「我有我的理由，妳也不用向我解釋妳的。」

「不，我可以告訴你為什麼。我只是想藉這個機會，插入中間人的業務。這是門好生意，沒什麼風險，利潤卻很高。我們對外面的那些保險公司很熟悉，但是我們之前一直沒辦法對海盜幫派產生影響力。」

「妳從開始就算計好了？」夏明朗對這妞簡直要另眼相看了。

「不，最初我只是想賺點小錢，順便和你們中國搞好關係。」

「哇，我真感動，原來我的祖國這麼受人愛戴。」夏明朗誇張地假笑。

「關係，你知道的，我只是不得不先搞好關係。你們不像美國、法國，他們，他們習慣了跟我們這種人打交道，跟他們做生意不需要有關係，只需要一個好價錢。而你們不是，你們是銅牆鐵壁的中國，你們是蒙眼走路的中國，我必須先跟你們建立起某種信任關係，然後……」

「然後你就可以獨佔這個市場。」

海默笑了笑。

「可是中國值嗎？」夏明朗到底有點好奇。

「中東已經膠著了，未來新的戰場在東南亞和中非，都和你們中國有關，遠的不說，說近的，克蘇尼亞……」

「妳不用告訴我這些。」夏明朗道。

「但是告訴你也沒什麼壞處。」

的確沒什麼壞處，不過……夏明朗狐疑地審視著她。

「但是，你昨天晚上的表現太精彩了，我已經很久沒有見到像你這樣的人。你是個天才，對環境，對氣氛，對你的對手，對你屬下的控制，太完美了。我的組長，他說有些人可以靠鼻子得到勝利，你就是那種人，憑直覺戰鬥的天才。」

「別這麼誇我，我這人經不起誇。」夏明朗冷淡的。

「所以，如果將來你因為什麼理由打算要退役的話，來找我，我會給你搞到一份很棒的合約。」海默目光灼灼。

「嘿，這麼明目張膽地挖牆腳，妳這生意還做不做了？」

「你也說了你只是個兵，離開軍隊就什麼都不是。我的上司原來是個將軍，不過他已經老了，成天想退休。我覺得你可以取代他，如果我沒有記錯的話，在你們的體系裡，沒有給你這種出身的人留什麼好位置。」

「抬舉了。」夏明朗完全不想亂這個心，但還是被隱隱刺了一針，果然只有現實最傷人。

「你不必現在回覆我，你也可以永遠都不回覆我，我只想告訴你，你有這個選擇。」海默站起來拍了拍身上的灰，她已經說完所有想說的話，雖然過程不如她最初想像，多少有些狼狽。不過，反正都是順勢一擊，不求速效。她只是想在夏明朗心裡種下一顆種子，可能這顆種子永遠都不會發芽。可能他一路青雲直上，可是，誰知道呢，保不齊他會因為什麼事倒上大楣。她只是想給他的未來多一個選擇：如果你混得不好，請第一個想到我。

海默這麼一想心裡舒服了很多，她走到車斗邊回身笑道：「看在你這麼顧及我顏面的情分上，我決定也報答你一下。」

夏明朗有些莫名，海默跳下車，撲到槍機身上，沮喪地抱怨：「他拒絕了我！我不想再看到他……」

槍機尷尬地看了看夏明朗，再看看自己懷裡的小姑娘，咧開大嘴對著夏明朗傻笑。

方進地拍了拍胸口；阿泰眨巴眨巴眼睛，有些憂傷；徐知著不滿地看著夏明朗，宗澤用力挖著耳朵……他是真有點被自家鐵血隊長方才那酥麻麻的情話給刺激到了。

夏明朗冷著臉，由衷地做出一副鐵石心腸的模樣。

11

回去時比來時要更放肆一些，夏明朗與槍機在等船時又賭了兩把，揣著贏到的二百美金離開了多事的非洲大陸。

海狼號反常的高效營救引起了國際海運行業的注意，從入港到出港前後不足五天，這是前所未有的創舉。夏明朗早在索馬利亞等人時就把海默的意圖經由陸臻轉告了聶卓，聶老闆對此果然很滿意。夏明朗上船後下令封口，把麒麟與水鬼們的任務內容對外解釋為單純地在碼頭上接收船隻。

鐵血老將周劍平同志對這種情勢很不滿，在他看來，這是揚威海內的好機會，正所謂犯強漢者，雖遠必誅。只可惜他並不知曉夏明朗他們具體幹了點啥，夏明朗最後對他說什麼，他也只能就這麼相信著，轉而憤憤不平於為什麼堂堂國家正義之師反而要去藉助二流傭兵的力量。

夏明朗無力解釋，總有人會幫他去說服他老周的，反正不外乎是「避免中國威脅論」、「避免捲入區域紛爭」、「唯真實戰鬥力不可對外展示」等等諸如此類的理由。由於夏明朗在索馬利亞的工作處理得非常乾淨俐落，給後面補漏收場的情報人員們留了很大的餘地。幾乎不需要什麼引導，這場風波就被自然而然地順了過去。

反正國內媒體是慣常的報喜不報憂，只談表面不講內幕。報導的重點全放在人船安全上面，至於在這個過程中有誰，幹了什麼，花了多少錢，那從來都是不會報的，國際上也習慣了中國人的這種風格，自然也無人質疑。

過了不久，一個在傳說中非常有效率地參與了這次營救談判工作的仲介公司在各大涉及海運業務的保險公司內部流傳開，當然這都是後話。

那天早上，夏明朗大刀闊斧地把幾件極待解決的問題辦了，封口令放下去，調子定好，就向周劍平申請要了一間空住艙倒頭睡去。太累了，超過六十個小時沒合眼，心累，一直這麼緊張著，被人用槍指著，再怎麼心定也還是怕的。槍這玩意，兇器，誰知道它什麼時候會走個火？

夏明朗一覺睡醒已經是天色擦黑，肚子餓得咕咕叫，待在索馬利亞時擔心水土不服，一路上啃的都是一些高能壓縮食品，味道太爛就不怎麼想吃。夏明朗溜到廚房去吃了一大碗麵，回去洗頭洗澡，裡裡外外地把自己搓了一遍。這些日子塵土滿天，風裡來水裡去，全身的熱汗冷汗濕了乾，乾了濕，老泥積下一大把，搓完身心俱爽，最後對著鏡子把鬍子一刮，終於滿意了。

他自覺英俊瀟灑風流倜儻，哼著小曲回屋去，遠遠的就看著陸臻坐在他的床邊等著。夏明朗登時眼睛就笑成了一條縫，這小子，太他媽貼心了，就知道老子飽暖得思淫慾，吃飽睡足了就想亂他一亂。

陸臻一看到他，把手上的東西一放就站了起來，夏明朗這才發現他今天居然穿了一套浪花白的海軍常禮服，往那兒一站，端的是玉樹臨風，風采卓絕。我的娘，今天這什麼待遇啊，這是活生生的制服誘惑啊！

夏明朗簡直是下意識地就把房門反鎖，指著陸臻上下那一身詫異著：「你這是……」

陸臻壓了壓帽檐：「馬政委下午在搞那個把海狼號轉移給船主的活動，我得發言，我們那身綠皮見人不方便，就從三哥那兒借了身衣服。」

「哦……哦……」夏明朗咬住手指繞著陸臻上下打量，總覺得牙癢，自個都唾棄自個怎麼就這麼猥瑣。

「怎麼了？就穿這麼一回，你別這麼糾結。」

「別別……我不糾結，這身衣服多少錢，我回頭給你買下來。」夏明朗彎眉笑眼地就想撲上去。

「別，剛好有事要問你。」陸臻不動聲色地讓了一步，一張小臉一本正經地端著，跟個石雕的玉人兒似的。

哦？夏明朗眉峰一挑，喲，這事整的，假模假式的，這是要欲揚先抑嗎？他當下抹平了臉上的笑紋兒，強壓內心的波濤洶湧，裝著公事公辦的調調問道：「什麼事？」

「海默最後跟你說他們想趁機插手中間人的業務？」

「呃……啊？」夏明朗此刻滿腦子的誨淫誨盜，一時竟沒反應過來。

「啊什麼啊？提到她你就沒主意了是吧？」陸臻板下臉。

「不是，」夏明朗茫然地撓了撓頭皮，「對對，她是這個打算，我估計她是想卡在中間吃兩頭，你也知道外面人想到索馬利亞都特別怕，索馬利亞人看外面，也跟看外星人似的。」

「這就對了。」陸臻若有所思，「我一直覺得很奇怪，她的情報來得太快也太準了一點。索馬利亞也不是有多大油水的地方，她經營這麼細。」

「你是指她早就在海盜裡安了眼線！」夏明朗是什麼人物，自然一點就透，「她們其實早就想插手這塊務業，早就在收集海盜幫派的情況，所以這次她就是順便從手縫裡漏點給我們。甚至……」

夏明朗心念電轉，甚至很有可能，海默還能藉此機會，利用他來試探考驗海盜們的實力水準與心理底線。所以，明明說好的是管進不管出，她還是盡職盡責地陪到了最後，甚至不要錢地給他們調現金應急。她其實就是想近距離觀察著，好摸清形勢，虧他還自戀地以為這娘兒們是真的有點欣賞他。

夏明朗的臉色迅速地難看起來，陸臻的嘴角彎了彎，又馬上繃緊。

小夏隊長是有尊嚴的人，這輩子當然只有他坑天下人，絕無天下人坑他。如果一開始就把這層意思點透，這利人不損己的，夏明朗多半也會樂意配合，可若是懵懵懂懂的就讓人當槍使了去……夏明朗頓時感到昨天下午在某蠻女面前賺下的那點面子又被賠了個一乾二淨。

夏明朗咬牙切齒地擠出一聲國罵：「我操！」

「算啦，各取所需，我們也不吃虧，把任務順利完成了就好。」陸臻見目的達到，馬上又安慰起了夫君，「聶老闆盛讚你這次的行動，說兵不血刃，馬不沾塵，手腕高明。」

「幾等功？」夏明朗沒精打采地抬了抬眼皮。

「集體二等功。」

「那我呢？」

陸臻微微一笑：「你也知道，這年頭都是論著傷亡評軍功，你老人家全須全尾連頭髮都沒碰斷兩根，你讓人怎麼給你往上報啊？難道能說，因為你……威風十足地在海盜面前抽了根雪茄，不墜我中華大國風範……」

夏明朗翻了翻白眼。

「哎，說起來，你那根雪茄哪兒來的？」

夏明朗終於提起了一點興致，神秘兮兮地眨著眼睛說：「我偷的！」

陸臻驀然無語，搖頭大笑。

「要不要嚐嚐？我偷了很多……」夏明朗從換下的那身作戰服裡摸出一大把，「我研究過了，古巴產的，啥啥啥牌子我也不懂，但絕對的好貨色，很香的。」

陸臻笑著點了點頭。

夏明朗找不到雪茄剪，只能用軍刀削了帽頂，用普通打火機點著，他先吹了兩口，把煙氣吹散了再遞給陸臻：「行了，別咽到肺裡，直接在嘴裡轉一轉就吐出來，用舌頭嚐，用鼻子聞。」

陸臻接過雪茄輕輕吸入一口，細膩的煙霧從薄唇間吐出來，掠過他的雙眼。夏明朗只覺得自己被徹底地誘惑了，陸臻的手指修長漂亮，持菸的手勢優雅非凡。他站在那裡，一身雪白，帶著與生俱來的冰雪一般的禁慾味道，似笑非笑地看著他，眼神中那種捉摸不定的戲謔味道讓夏明朗心癢而又好奇。

是時候了吧……夏明朗心想，閒話扯了這麼久，該入正題了吧……

他湊近去呼吸陸臻吐出的芬芳味道，把彼此之間的距離收縮到極限，然後略頓了頓，灼熱的視線聚焦在陸臻形狀優美的嘴唇上……

陸臻忽然微笑，將頭一偏讓了出去：「差點忘了，要給你看個東西。」

「什麼鬼東西？！」夏明朗那個失望，差點一頭栽到床上去。

陸臻把放在床上的手持平板電腦遞給夏明朗：「是這樣的，阿泰呢，他今天下午向我講述了一個淒美的愛情故事。故事發生在一個英明神武、威風豪邁的中國軍人與一個美貌多情的異國少女之間。」

夏明朗莫名其妙地點開播放鍵，在嗞嗞的雜音中，畫面清晰得可恥，曠野、夕陽、公路……還有相擁相抱的男女主角，夏明朗的臉瞬間就黑透了。

「在這個故事裡，充滿了一見鍾情，再見傾心的浪漫情愫。」

夏明朗無比震驚地看到海默往前一竄就把自己親了個正著，那場面看起來真是要多煽情有多煽情。

TNND，夏明朗懊喪之極，怎麼當他身在其中擔綱男主角的時候，他也就覺得這麼一晃就過去了，原來從第三方看起來，居然是這個樣子滴？他媽的，連他自己看了都想罵一聲狗男女！

「故事的女主角熱情似火，而男主角壓抑在理智枷鎖之下的深沉情感更是可歌可泣。發乎情……止乎禮……」

「咳……這個……」夏明朗艱難發聲道。

陸臻終於停止朗誦他那段激情飽滿的偽廊橋遺夢，單純無辜地看著他。

「我可以解釋的。」夏明朗說。

陸臻用力點頭。

「那我當時……陪她唱戲嘛，對吧？當然，當然這小娘兒們不厚道，亂佔人便宜，」夏明朗偷眼觀察陸臻的臉色，忽然撲上去抱住陸臻哀嚎，「我被人糟蹋了，你要為我做主啊！」

陸臻到底遜了一籌，沒撐住，爆笑出聲，夏明朗終於心頭大定，一塊大石頭落了地。

陸臻拍拍夏明朗，示意他讓開一點，笑眯眯地問道：「阿泰讓我打聽一下，你跟她在車裡幹了點什麼？」

「阿泰問？」夏明朗懷疑的。

「是這樣的，阿泰和宗澤打賭，賭你們倆到底深入到哪一步了，當然我嚴厲地批評了他們。」陸臻清了清嗓子，正色道，「我說你們怎麼能這麼猜疑你們的隊長呢？就這麼點時間，他從進去到出來都不夠啊！」

夏明朗的臉色青裡泛綠，眼神極度複雜地瞪著陸臻，不知道自己是應該哭好，還是笑好。

「可是我還是很不爽。」陸臻吸入一口雪茄，乾燥的手指撫過夏明朗的臉頰，滑到喉間捏住他的下巴，

「她抱著你，她摸了你，她還吻了你。」

「我是被迫的。」夏明朗可憐巴巴地眨著眼睛，眼神濕漉漉的，十足十裝得像個未經世事的小男孩。

「可是那怎麼辦呢？我很不舒服。」陸臻低下頭看著他。

夏明朗眼中溢出笑意，他握住陸臻的左手放到自己腰上，氣聲妖嬈地低語：「那你再摸回來啊！」

夏明朗剛剛洗過澡，那層薄薄的迷彩T恤沾透了水氣，緊緊貼著皮膚，手感順滑。

「這裡……嗯，她碰過？」陸臻啞聲道。手掌沿著夏明朗的腰側滑到後背，順著脊柱線摸下去，按到後腰上。

「還，嗯，再……」

「再，哦……」陸臻偏過頭，嘴唇若即若離地掠過夏明朗的嘴角，靈活的手指撩開T恤的下擺探了進去。

陸臻的手指微涼，而夏明朗的皮膚火熱，觸碰的瞬間兩個人都不自覺顫了顫。

夏明朗呼吸漸緊：「繼續……再往下。」

「再往下？」陸臻笑起來，手指挑起軍褲的邊沿，指腹緊貼著充滿了彈性的光滑皮膚，手感飽滿。

「對，再往下……」夏明朗低笑，笑意盎然地眸子裡閃著光，帶著某種不可言說的性感誘惑。

「還要，再往下？嗯？」陸臻猛然發力把人按進懷裡，一口咬住夏明朗的喉結吮吸，「你竟敢……」

夏明朗悶聲笑，鎖骨上一陣刺痛，陸臻抬起頭，威脅似的舔了舔牙尖。

「還有哪裡？嗯？」陸臻姿態傲慢地把煙霧吹到夏明朗臉上。

夏明朗閉了閉眼，微笑著，聲音喑啞：「還有很多，很多很多……」

「看樣子需要徹底地處理一下。」陸臻嚴肅地。

「是啊，我也覺得。」夏明朗握住陸臻的腰，完全蓄勢待發的模樣。

「哎！」陸臻忽然做出一個停止的手勢，「別弄皺了衣服。」

不等夏明朗同意，陸臻就徑直走到了住艙的另一邊，他把雪茄菸小心地放到桌沿上，轉身看向夏明朗，慢條斯理地脫起了衣服。修長的手指捉住金色的鈕釦，然後慢慢地把它從釦眼裡推出來，一顆，再一顆。

冷白色的室內燈光在陸臻的鼻樑上鍍出一層亮色，讓他瘦削的輪廓更加深峻，明亮的雙眸折射出銳利的光彩。

邱吉爾說：皇家海軍的唯一傳統就是朗姆酒、雞奸和鞭子。

聖潔的白色，高貴的金色，如此銳利的色彩組合昭示著凜然不可侵犯的味道，是的，禁止……禁止遐想，禁止。夏明朗想不通為什麼要選擇這兩種顏色來充當海軍的制服，那種欲蓋彌彰的悖論感真是讓人瘋狂。

陸臻把脫下的外套平整地放到床上，抬起手，解襯衫袖口的釦子，筆挺的布料包裹著瘦削有力的手腕。袖口散開，像一個禁令被解除，夏明朗的視線沿著陸臻裸露出的手臂往上，被衣袖擋住，終止在另一個禁令裡。

夏明朗聽到自己劇烈的心跳聲，還有血液流動的聲音，身體裡沸騰的雄性荷爾蒙快要逼得他走投無路。他開始明白，之前陸臻所有有意無意的挑釁與抱怨其實都不過是玩鬧，而只有現在他才是認真的，可能他是真的有點兒生氣。那隻狡猾的小狐狸知道怎樣才能讓他難受，他知道怎麼折磨他，怎麼報復他。

陸臻抬起頭扯鬆領帶，領口被打開，那個管束全身的重要禁令土崩瓦解，原本被緊緊包束著的修長的脖頸一點一點地敞露出來，直到露出鎖骨優美的線條。

夏明朗發現自己陷入了一團焦灼的矛盾之中，他想要撲上去撕碎陸臻身上所有的衣服，他希望他永遠都別結束這無聲的誘惑。他看著陸臻把襯衫褪下來，身體的線條徹底呈現在視野裡，麥色的肌膚包裹著瘦長的肌肉，寬闊的肩膀，漂亮的胸肌和紮實的小腹……夏明朗一動不動地站著，用一種彷彿困獸囚徒的眼神，絕望地盯著他。

行了，夠了，來吧，別再折磨我了，我知道錯了！來釋放我！

陸臻終於站不住了，他快步走過整個房間，把夏明朗抱進懷裡：「我不喜歡有人碰你。」

「是啊，我也是。」夏明朗嘆息著。

「我不喜歡自己這樣！」陸臻有些委屈地把夏明朗身上的T恤扯下來，用手撫摸著他的後頸，然後推向自己。

「沒關係。我也這樣。」夏明朗安慰似的親吻他，嘴唇輕柔地碰到一起，好像一種試探，然後發力。他感覺到房間裡的空氣被瞬間抽空，身邊沒有任何氣流的波動，也沒有任何東西。陸臻的手掌搓揉著他後背的皮膚，從脊柱骨的最上面，往下，再往下……

舌尖相碰，糾纏，發狠地吮吸，誰都不肯相讓，最後在窒息中分開。

「你是我的。」陸臻慢慢伸出舌頭舔舐他飽滿的下唇，夏明朗微笑著躲閃，狡猾地試圖用牙去咬他。陸臻抬起膝蓋，固執地擠進夏明朗兩腿之間，他控制著力度小心擠壓著，埋頭舔吻他的脖子、胸口、手臂……甚至，每一根手指。

這些，都是我的。

然後……

陸臻抬起頭，目光濕潤，看著他，喘息著說道：「然後……嗯……」

「嗯，然後……」夏明朗漆黑的眸子顫動著，像是裝滿了星辰，聲線低沉而柔軟，誓言般莊重，「然後，Fuck me now!」

他看著陸臻的眼睛，滿意地看到那裡剎那間佈滿了火焰。所以，你看，學會一門外語有多重要，讓你可以用最深情誠懇的語調說最無恥下流的話。

陸臻有時候覺得自己就像一個老式的單一命令DOS軟體，只要夏明朗給他敲入一個命令，他就再也無法抵抗。

不過，女人什麼的，還是遠遠地飛走吧！

至少，你們能上他嗎？

你們能讓他筋疲力盡，能讓他無可奈何，能讓他控制不住地顫抖，威脅著哀求著讓我快一點或者慢一點嗎？

你們不能的。

只有我才可以！

那天後來，因為某人刻意縱容而某人銳意進取的緣故，情況變得非常熱烈火爆。第一輪戰畢，幾乎沒什麼備戰備荒就迅速啟動了下一輪，事後汗流了一地，兩個人精疲力竭，累得都不想站起來。陸臻堅持強調主要是因為某人叫得太銷魂了，他實在受不了，才幹得這麼賣力的，正所謂最難消受美人恩。而夏明朗則無比同情地看著他，有那麼High嗎，都幻聽了。

汗濕的身體，空氣悶熱，四下裡環繞著曖昧的氣味，陸臻仍然覺得這場景真他娘的性感無比，他在想他真是越來越完蛋了，品味沒有了，追求沒有了，格調也沒有了……

夏明朗伸手過來解他胸前的銀色鏈牌，鏈子上浸透了汗，濕津津的手指打滑，竟然弄了很久都沒弄開。

陸臻握住他的手說：「我就聽說過腳軟的，真厲害，連手都軟了。」

夏明朗瞄了他一眼：「下次讓你連頭髮都軟了吧。」

「我頭髮本來就軟。」陸臻嘿嘿笑，「別弄了，借我戴戴又怎麼了？」

夏明朗手上停了停，一想起這牌牌的種種功能就覺得心裡瘆得荒，不吉利得很：「讓人發現了怎麼辦？」

「哎，你還別說，我把你這一戴上就覺得心裡特別有底，那個逢山開路遇水搭橋啊，百邪不侵，百鬼莫近。」

夏明朗臉都綠了：「你把這當什麼？」

「辟邪啊！」陸臻理直氣壯的。

夏明朗登時哭笑不得。

不過柳三變那套制服到底沒能要回去，夏明朗死氣白賴地藏下了它，他甚至向陸臻透露了那個有關皇家海軍與邱吉爾與聖潔的制服之間的遐想。陸臻哭笑不得地瞪著他，最後無比惆悵地感慨：「從此以後，當我看到海軍常服的時候，心情就會變得不一樣了。」

【請繼續閱讀 麒麟之戰爭之王2——浴血南珈】

國家圖書館出版品預行編目資料

麒麟：戰爭之王—海外護航／桔子樹著.
－－第一版－－臺北市：宇河文化 出版；
紅螞蟻圖書發行，2013.2
面　公分－－(Homogeneous novel；5)
ISBN 978-957-659-926-2（平裝）

857.7　　101027863

Homogeneous novel 05
麒麟：戰爭之王—海外護航
作　　者／桔子樹
責任編輯／韓顯赫
美術構成／Chris' office
校　　對／楊安妮、朱慧蒨、桔子樹
發 行 人／賴秀珍
總 編 輯／何南輝
出　　版／宇河文化出版有限公司
發　　行／紅螞蟻圖書有限公司
地　　址／台北市內湖區舊宗路二段121巷19號（紅螞蟻資訊大樓）
網　　站／www.e-redant.com
郵撥帳號／1604621-1　紅螞蟻圖書有限公司
電　　話／(02)2795-3656（代表號）
傳　　真／(02)2795-4100
登 記 證／局版北市業字第1446號
法律顧問／許晏賓律師
印 刷 廠／卡樂彩色製版印刷有限公司
出版日期／2013年2月　第一版第一刷

定價 360 元　港幣 120 元

ISBN 978-957-659-926-2　　Printed in Taiwan